「十三五」国家重点图书出版规划项目

「中国近代日记文献叙录、整理与研究」

（项目编号：18ZDA259）阶段性研究成果

中国近现代稀见史料丛刊【第六辑】

张剑 徐雁平 彭国忠 主编

沈锡庆日记

沈锡庆 著

高利华 整理

本辑执行主编 彭国忠

凤凰出版社

图书在版编目（CIP）数据

沈锡庆日记 / 沈锡庆著 ; 高利华整理. -- 南京 : 凤凰出版社, 2019.6
（中国近现代稀见史料丛刊. 第六辑）
ISBN 978-7-5506-2957-8

Ⅰ. ①沈… Ⅱ. ①沈… ②高… Ⅲ. ①日记—作品集—中国—近代 Ⅳ. ①I265

中国版本图书馆CIP数据核字(2019)第102072号

书　名	沈锡庆日记
著　者	沈锡庆 著　高利华 整理
责任编辑	张　燕
装帧设计	姜　嵩
出版发行	凤凰出版社(原江苏古籍出版社) 发行部电话025-83223462
出版社地址	南京市中央路165号,邮编:210009
出版社网址	http://www.fhcbs.com
照　排	南京凯建图文制作有限公司
印　刷	江苏凤凰通达印刷有限公司 南京市六合区冶山镇,邮编:211523
开　本	880×1230毫米　1/32
印　张	12.125
字　数	315千字
版　次	2019年6月第1版　2019年6月第1次印刷
标准书号	ISBN 978-7-5506-2957-8
定　价	68.00元

（本书凡印装错误可向承印厂调换,电话:025-57572508）

袁行霈先生题辞

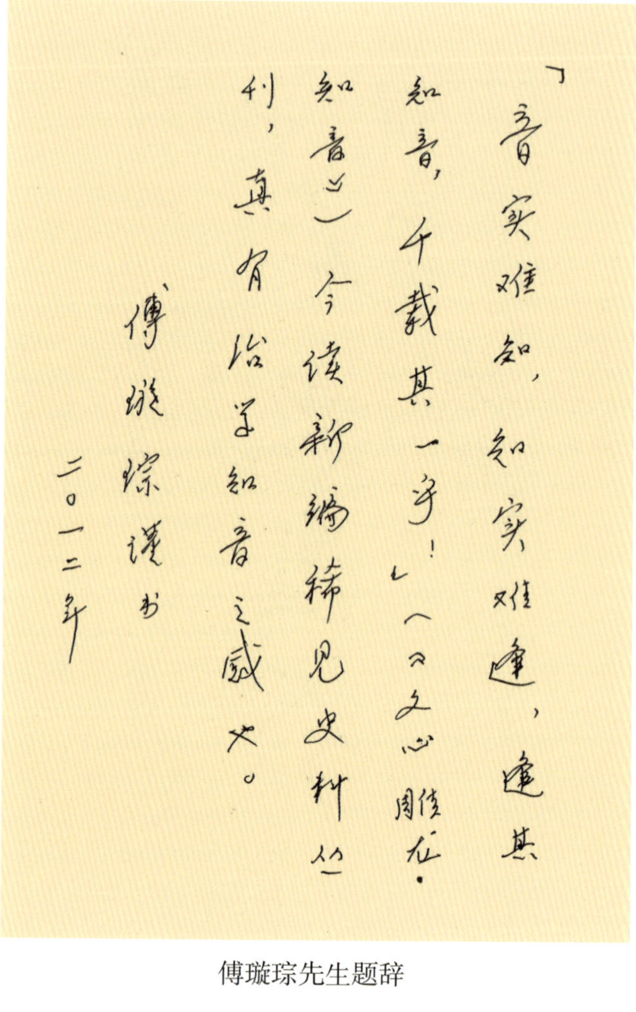
「音实难知，知实难逢，逢其知音，千载其一乎！」（《文心雕龙·知音》）今读新编稀见史料丛刊，真有治学知音之感矣。

傅璇琮谨书

二〇一二年

傅璇琮先生题辞

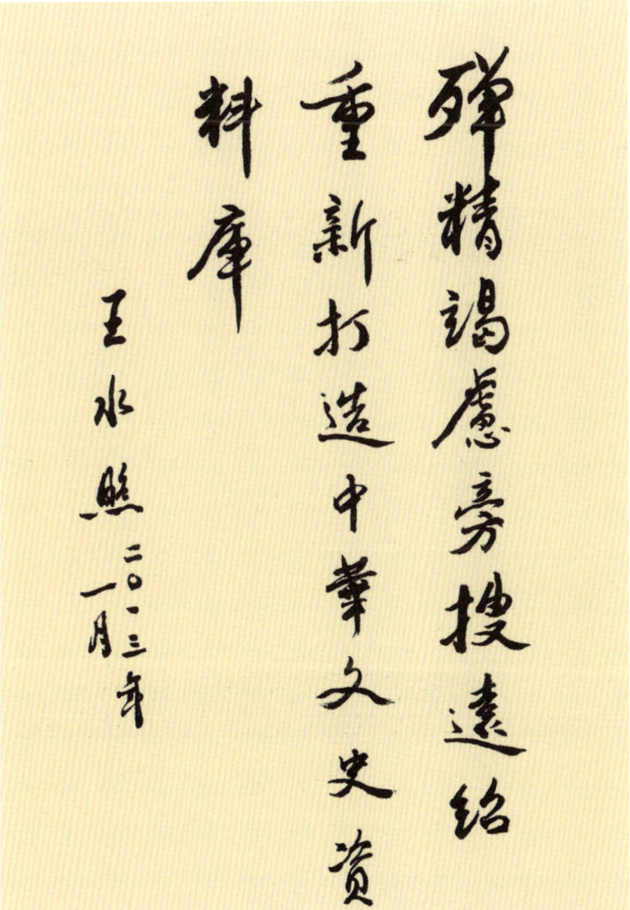

王水照先生题辞

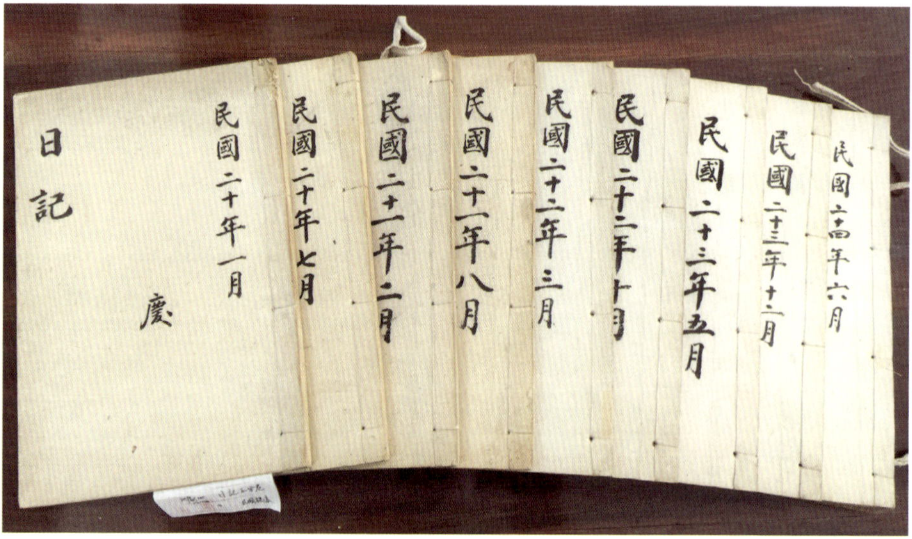
日記
慶
民國二十年一月
民國二十年七月
民國二十一年二月
民國二十一年八月
民國二十二年三月
民國二十二年十月
民國二十三年五月
民國二十三年十二月
民國二十四年六月

沈锡庆日记

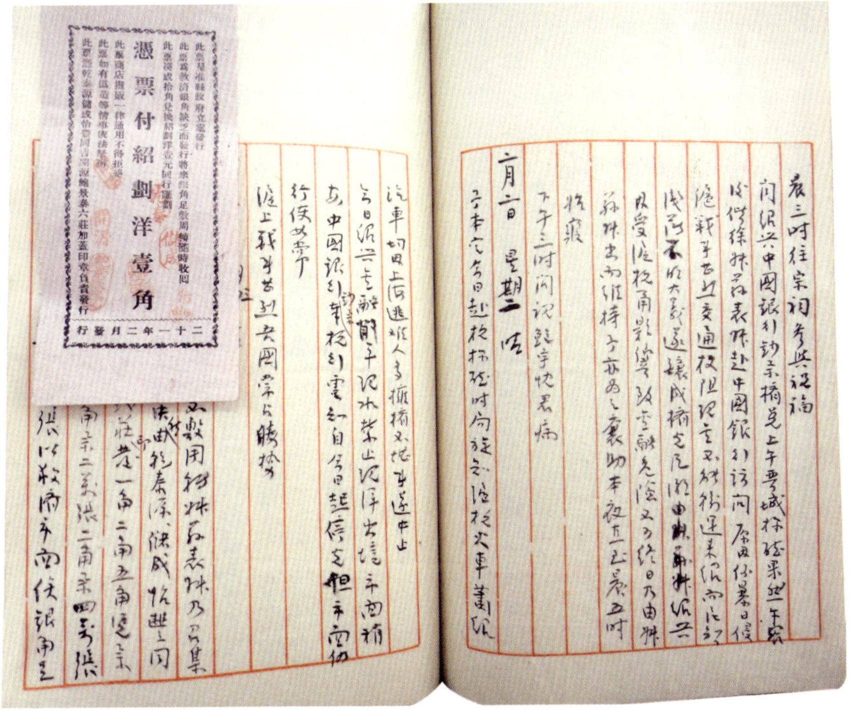

沈锡庆日记之一

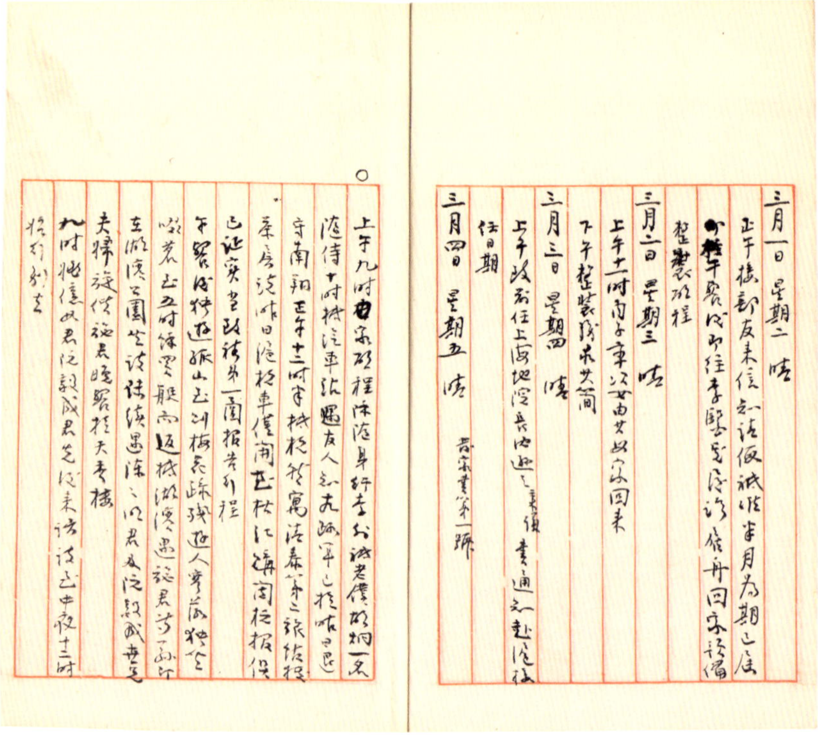
三月一日 星期二 晴
正午接鄧友來信知該假祇准半月為期已届
[illegible]
整裝行程
三月二日 星期三 晴
上午十一時[illegible]回來
下午整裝[illegible]
三月三日 星期四 晴
上午[illegible]上海[illegible]
任日期
三月四日 星期五 晴
[illegible]
上午九時由家啟程[illegible]
[illegible]

沈锡庆日记之二

《中国近现代稀见史料丛刊》总序

在世界所有的文明中，中华文明也许可说是“唯一从古代存留至今的文明”（罗素《中国问题》）。她绵延不绝、永葆生机的秘诀何在？袁行霈先生做过很好的总结：“和平、和谐、包容、开明、革新、开放，就是回顾中华文明史所得到的主要启示。凡是大体上处于这种状况的时候，文明就繁荣发展，而当与之背离的时候，文明就会减慢发展的速度甚至停滞不前。”（《中华文明的历史启示》，《北京大学学报》2007年第1期）

但我们也要清醒看到，数千年的中华文明带给我们的并不全是积极遗产，其长时段积累而成的生活方式与价值观具有强大的稳定性，使她在应对挑战时所做的必要革新与转变，相比他者往往显得迟缓和沉重。即使是面对佛教这种柔性的文化进入，也是历经数百年之久才使之彻底完成中国化，成为中华文明的一部分；更不用说遭逢“数千年来未有之变局”、“数千年未有之强敌”（李鸿章《筹议海防折》），“数千年未有之巨劫奇变”（陈寅恪《王观堂先生挽词序》）的中国近现代。晚清至今虽历一百六十余年，但是，足以应对当今世界全方位挑战的新型中华文明还没能最终形成，变动和融合仍在进行。1998年6月17日，美国三位前总统（布什、卡特、福特）和二十四位前国务卿、前财政部长、前国防部长、前国家安全顾问致信国会称：“中国注定要在21世纪中成为一个伟大的经济和政治强国。”（徐中约著《中国近代史》上册第六版英文版序，香港中文大学2002年版）即便如此，我们也不能盲目乐观，认为中华文明已经转型成功，相反，中华文明今天面对的挑战更为复杂和严峻。新型的中华文明到底会怎样呈现，又怎样具体表现或作用于政治、经济、文化等层面，人们还在不断探索。这个问题，我们这一代恐怕无法给出答案。但我们坚信，在历史上曾经灿烂辉煌的中华文明必将凤凰浴火，涅槃重生。这既是数千年已经存在的中华文明发展史告诉我们的经验事实，也是所有为中国文化所化之人应有的信念和责任。

不过，对于近现代这一涉及当代中国合法性的重要历史阶段，我们了解得还过于粗线条。她所遗存下来的史料范围广阔，内容复杂，且有数量庞大且富有价值的稀见史料未被发掘和利用，这不仅会影响到我们对这段历史的全面了解和规律性认识，也会影响到今天中国新型文明和现代化建设对它的科学借鉴。有一则印度谚语如是说："骑在树枝上锯树枝的时候，千万不要锯自己骑着的那一根。"那么，就让我们用自己的专业知识与能力，为承载和养育我们的中华文明做一点有益的事情——这是我们编纂这套《中国近现代稀见史料丛刊》的初衷。

书名中的"近现代"，主要指 1840—1949 年这一时段，但上限并非以一标志性的事件一刀切割，可以适当向前延展，然与所指较为宽泛的包含整个清朝的"近代中国"、"晚期中华帝国"又有所区分。将近现代连为一体，并有意淡化起始的界限，是想表达一种历史的整体观。我们观看社会发展变革的波澜，当然要回看波澜如何生，风从何处来；也要看波澜如何扩散，或为涟漪，或为浪涛。个人的生活记录，与大历史相比，更多地显现出生活的连续。变局中的个体，经历的可能是渐变。《丛刊》期望通过整合多种稀见史料，以个体陈述的方式，从生活、文化、风习、人情等多个层面，重现具有连续性的近现代中国社会。

书名中的"稀见"，只是相对而言。因为随着时代与科技的进步，越来越多的珍本秘籍经影印或数字化方式处理后，真身虽仍"稀见"，化身却成为"可见"。但是，高昂的定价、难辨的字迹、未经标点的文本，仍使其处于专业研究的小众阅读状态。况且尚有大量未被影印或数字化的文献，或流传较少，或未被整合，也造成阅读和利用的不便。因此，《丛刊》侧重选择未被纳入电子数据库的文献，尤欢迎整理那些辨识困难、断句费力、裒合不易或是其他具有难度和挑战性的文献，也欢迎整理那些确有价值但被人们习见思维与眼光所遮蔽的文献，在我们看来，这些文献都可属于“稀见”。

书名中的“史料”，不局限于严格意义上的历史学范畴，举凡日记、书信、奏牍、笔记、诗文集、诗话、词话乃至序跋汇编等，只要是某方面能够反映时代政治、经济、文化特色以及人物生平、思想、性情的文献，都在考虑之列。我们的目的，是想以切实的工作，促进处于秘藏、边缘、零散等状态的史料转化为新型的文献，通过一辑、二辑、三辑……这样的累积性整理，自然地呈现出一种规模与气象，与其他已经整理出版的文献相互关联，形成一个丰茂的文献群，从而揭示在宏大的中国近现代叙事背后，还有很多未被打量过的局部、日常与细节；在主流周边或更远处，还有富于变化的细小溪流；甚至在主流中，还有漩涡，在边缘，还有静止之水。近现代中国是大变革、大痛苦的时代，身处变局中的个体接物处事的伸屈、所思所想的起落，藉纸墨得以留存，这是一个时代的个人记录。此中有文学、文化、生活；也时有动乱、战争、革命。我们整理史料，是提供一种俯首细看的方式，或者一种贴近近现代社会和文化的文本。当然，对这些个人印记明显的史料，也要客观地看待其价值，需要与其他史料联系和比照阅读，减少因个人视角、立场或叙述体裁带来的偏差。

知识皆有其价值和魅力，知识分子也应具有价值关怀和理想追求。清人舒位诗云“名士十年无赖贼”（《金谷园故址》），我们警惕袖手空谈，傲慢指点江山；鲁迅先生诗云“我以我血荐轩辕”（《自题小像》），我们愿意埋头苦干，逐步趋近理想。我们没有奢望这套《丛刊》产生宏大的效果，只是盼望所做的一切，能融合于前贤时彦所做的贡献之中，共同为中华文明的成功转型，适当“缩短和减轻分娩的痛苦”（马克思《资本论》第一卷第一版序言）。

《丛刊》的编纂，得到了诸多前辈、时贤和出版社的大力扶植。袁行霈先生、傅璇琮先生、王水照先生题辞勖勉，周勋初先生来信鼓励，凤凰出版社姜小青总编辑赋予信任，刘跃进先生还慷慨同意将其列入“中华文学史史料学会”重大规划项目，学界其他友好也多有不同形式的帮助……这些，都增添了我们做好这套《丛刊》的信心。必须一提的是，《丛刊》原拟主编四人（张剑、张晖、徐雁平、彭国忠），每位主编负责一辑，周而复始，滚动发展，原计划由张晖负责第四辑，但他尚未正式投入工作即于2013年3月15日赍志而殁，令人抱恨终天，我们将以兢兢业业的工作表达对他的怀念。

《丛刊》的基本整理方式为简体横排和标点（鼓励必要的校释），以期更广泛地传播知识、更好地服务社会。希望我们的工作，得到更多朋友的理解和支持。

2013年4月15日

目　录

前　言

沈锡庆(1885—1936),字庆生,浙江绍兴人,辛亥革命烈士徐锡麟的表侄,南京国民政府时期任上海地方法院院长,是晚近时期较早系统接受现代司法教育的留学人才,长期从事地方法院的审判实务,是中国近代司法审判学的开创者、实践者之一。

清光绪三十一年(1905)春,21岁的沈锡庆受家族和时代潮流的激励赴日本留学,在早稻田大学法科学习司法。清宣统三年(1911)夏学成回国。回国之初,曾在绍兴临时军政分府民事部谋职,又在杭州浙江法政专门学校担任法科讲师。

民国建立后,沈锡庆先后在浙江、江苏、湖南等省高等审判庭任推事,因办事得力,获司法部一等金质奖章。民国七年(1918)以后,先后在永嘉、武昌、苏州、上海等地担任地方审判厅长,历举改革方案,有所条陈,多经采用,所至皆有政绩。民国十六年(1927)在上海地方审判厅任上遭遇大危难,受人威胁,处境艰难。之后随殷汝熊在浙江、山东高等法院担任书记官。期间丁父忧,三日迭殇两子,大病一场。民国十九年(1930)在国民政府司法行政部院部刑事司科室办事,沉沦下僚,而初心不改。民国二十年(1931)试署江西高等法院庭长,因病请辞,落职回乡。民国二十一年(1932)"一·二八"淞沪抗战爆发,时局动荡,罗文干为司法部长,起用沈锡庆为上海地方法院院长,对他重掌沪院,涤瑕荡垢,寄寓厚望。民国二十二年(1933)兼任上海市地方公务员惩戒委员会委员长,并受聘东吴大学,教授《审判实务》课程。任内,正值内忧外患之际,致力重建司法制度,锐意改革,规范程序,整顿院务,铁面无私,因此开罪不肖,屡受革吏、讼棍、流氓的恶意指控和人身攻击。舆论良莠不分，沈锡庆虽不为所惧，但内心十分苦闷。五十初度，积劳成疾，心力交瘁。糖尿病、肛瘘日益严重，五次手术无效，家中屡遭不测。民国二十四年(1935)落职后，曾一度受聘于浙江实业银行，终因病魔缠身，无法理会。二弟病故，扶疾归里，劳苦感于外，哀痛积于中，次年6月病逝于东浦故里①，终年52岁。

沈锡庆早年东渡日本学习司法，回国后投身法界，一直从事地方法院的审判实务。他既有丰富的地方法院审判经验，又曾在国民政府司法中枢供职，对中国司法进程了如指掌，是民国司法草创、建立时期的探路者和见证人。然而，对于这样一位曾经见证民国法律进程，在沪上司法界颇具声望，有重要贡献的人物，长久以来人们对他认识模糊，学界对他在民国时期上海司法界的革新努力也未予正面关注。

关于沈锡庆的生平，中华人民共和国成立后公诸于众、有案可稽的资料极少。除20世纪90年代出版的《绍兴县志》《绍兴市志》②在"绍兴籍光复会"条下有简单著录外，徐友春主编《民国人物大辞典》(河北人民出版社1991年版)、林吕建主编《浙江民国人物大辞典》(浙江大学出版社2013年版)和浙江档案馆《留日学生同学录》(1904—1945)数据库均未见收录。一方面固然由于民国时期政局动荡，聚讼纷纭，整体研究有断层。另一方面，沈锡庆本人身处乱世，命运多舛，英年早逝，大量日记手稿著述的散失，也给研究带来了困难。

地方志中简单收录的文字，落脚点是辛亥革命时期的会党组织。

---

① 中华民国二十七年绍兴县志委员会刊《绍兴县志资料》第一辑人物列传，1938年10月刊印。杭州古籍书店复印第30册(重订分册)，第216—217页。

② 绍兴县地方志编纂委员会编:《绍兴县志》绍兴籍光复会会员名录有沈锡庆著录，中华书局1999年版，第1218页。《绍兴市志》第二十四卷光复会"会员举录"有沈锡庆生平事迹简介。浙江人民出版社1997年版，第1536页。

如“沈锡庆(1884—1936),字庆生,绍兴东浦人。徐锡麟表侄,曾助徐办热诚学堂,并加入光复会,后留学日本习司法。皖案后,徐锡麟弟徐伟被捕,沈营救甚力。辛亥革命后,曾任永嘉、吴县、上海等地方法院院长及浙江、江苏、湖南等省高等法院审判推事”①。姑且不论生年和履历的错误,就其介绍人物的主要行事经历和评价也是有问题的。其实,沈锡庆一生的最大贡献并不是名字曾经出现在绍兴光复会的名单上,相反,他和鲁迅一样,后来从未提及这段经历。是刻意回避还是本来就是附会?日记本身会解释一切,但有一点是可以肯定的,沈锡庆最大的事业是他毕生从事的审判实务和他对近代司法制度建立的探索和推进,这些可以从尘封已久的《沈锡庆日记》手稿中得到很好的印证。

绍兴图书馆馆藏的九册《沈锡庆日记》(下简称《日记》)手稿,为学界更好地了解沈锡庆其人其事、研究民国时期司法进程等,提供了十分珍贵的第一手资料。

一、《日记》的价值,首先是提供了作者生平事迹最详实的资料,兼具自传和年表色彩。

沈锡庆为人严谨,做事一丝不苟,自17岁开始练习记日记,一直保持了记日记的习惯。记日记所用的簿式多样,先后参差,形式不一。有的写在便式簿册上,有的记在书店印本上。在日本留学时代(21—27岁),用的是日本书店印本。回国后(28—46岁),则改用商务印书馆国民日记印本。可惜的是46岁前的日记(包括早年、留学日本青年时期、回国后辗转从事司法工作直至中年时期)已下落不明。

《日记》手稿本现存九册,是他47岁元旦到51岁岁尾五年间的行年实录,始于民国二十年(1931)南京司法行政部刑事司第三科供

---

① 《绍兴市志》第二十四卷光复会“会员举录”有沈锡庆生平事迹简介。浙江人民出版社1997年版,第1536页。

职时，止于民国二十四年(1935)12 月 22 日落职回乡，为继母封墓结束一切出殡事宜后。稿本用商务印书馆国民日记印本，封面均自题三行字。第一册封面分三行自题“民国二十年一月”、“庆”、“日记”，第二册至第九册封面自题时间分别为“民国二十年七月”、“民国二十一年二月”、“民国二十一年八月”、“民国二十二年三月”、“民国二十二年十月”、“民国二十三年五月”、“民国二十三年十二月”、“民国二十四年六月”外，其他相同。每册大致百页，每页 11 行，页面装帧美观整齐，总体一律。字迹娟秀，以行楷为主，偶尔也有行草。日记采用民国纪年，公历纪日，并标注星期和天气。九册日记详尽记录了其生命最辉煌也是最后五年的点点滴滴，沈锡庆原本希望一二十年后，累积数十册，自期“亦未始一裒然巨观也”。可惜天不假年，身世坎壈，屡遭厄难，疾病缠身，悲愤莫诉。作者写到第九本，已心力交瘁，未满百页便戛然而止，再也没有下文了。

《日记》虽然只存五年，但内容十分丰富，可以覆盖作者一生，兼具年谱价值。作者除了一日一记每天所经历的人事外，还兼记处理这些人事的感受。对发生的事、处理的事务或观察的对象，有个人的感受思考和评价。日记也不限于记录当下发生的事，常常有阶段性的总结和回眸，连类而及，把早年发生的事融合在当下的生活里。因此，经过回忆和整理，最后五年的生活，浓缩的是一生的主要事迹，反映的是他一贯行事的作风。除了个人学习、生活、社交、从业和履职外，还有许多不足为外人道的内心私密活动，也很完整地保存在《日记》之中。

沈锡庆《日记》兼有自传和年表色彩。民国二十年(1931)六月十五日，作者把留学回国二十年间(28—47 岁)的处境列了个十分直观的简表。简表分年份、岁次、予之年岁、所在地、备考(境遇)五个项目，把个人二十年间的行事浓缩在一张表里，一目了然。又如民国二十三年(1934)七月十四日，作者于五十初度之际，有一篇详细的日记，从家庭、自身、职务三方面对自己的五十年人生作一弦一柱的回顾,对于读者了解沈锡庆的生平履历、思想情感和社会关系,是最为直接、详备的第一手资料。

作者在《日记》里把自己的一生大致作了分期,即三个时期。

第一个时期是幼年和青年求学时期(1—27 岁),即清光绪十一年乙酉(1885)到清宣统三年辛亥(1911)。自言“十岁以前智识幼稚,不复记忆”,“十一岁至二十七岁系在求学时期,生活专一,脑筋简单,仅记得大事数端,余亦无可记忆”。

第二个时期是留学归国从事司法实务之初期(28—47 岁),即民国元年壬子(1912)到民国二十年辛未(1931),就是列简表的二十年。民国元年(1912)中国始创法院。沈锡庆作为第一批留学归国的法律实务人士,见证了民国法律的初设和进展,先后在苏州、湖南、温州、吴县、上海、杭州、山东任职,历举改革方案,积极参与民国司法建设。作者走的是一条从借鉴模仿国外成法到探索适合中国国情的司法道路。

第三个时期是实施司法实务的职业鼎盛期(47—52 岁),即民国二十一年壬申(1932)到民国二十四年丙子(1936),作者生命最辉煌也最艰辛的最后五年岁月。1932 年日军大举进攻上海,淞沪抗战爆发,形势严峻。作者受命于危难,担任上海地方法院院长,重掌院务,兼任上海市地方公务员惩戒委员会委员长,依法整顿,涤瑕荡垢。民国二十二年(1933)春,应东吴大学吴经熊院长之聘开始兼任东吴大学《审判实务》等课程授课。民国二十四年(1935)元月,沈锡庆应上海市通志馆函请,梳理上海司法机关成立暨改组之五个时期的沿革材料,为沪上司法志提供了一份完整信实的沿革材料。沈锡庆在上海法院任上整顿人事,进贤劣汰,惨淡经营,渐臻治理规范。正当沈锡庆殚精竭虑不顾险恶势力阻挠,整饬纲纪,力图重振沪上司法秩序之际,攻讦之事死灰复燃。有人借司法行政部部长更换之际,匿名捏词控告以泄私愤。民国二十四年(1935)四月十日沈锡庆接江苏高等法院训令,奉司法行政部第一六四号训令,南京当局免去沈锡庆江苏上海地方法院院长之职。沈锡庆病中落职，不久扶疾归里。《日记》的最后岁月，作者精神上十分痛苦，悲愤莫诉。

笔者在整理沈锡庆《日记》的同时，查阅了民国时期的报刊资料和民国时期绍兴地方文献著录，发现民国二十七年(1938)十月由绍兴乡绅王子馀等刊印的《绍兴县志资料》第一辑“人物列传”附有沈锡庆小传，有的可与《日记》相印证，有的可补日记未及之事宜。兹录于下：

沈锡庆，字庆生，东浦人。清季留学日本，读律于早稻田大学。既卒业，为法科教师于杭绍间。民国纪元后，历任浙江、江苏、湖南等省高等审判庭推事，及永嘉、吴县、上海等处地方法院院长，所至皆有政绩。其在上海也，第一次为十二年二月至十六年三月。北伐军既定上海，锡庆以平日驭下严，有憾之者欲以蜚语中之，胁之至军中。主者察其无他释之，旋得代去。第二次在二十一年一月。清积案，改建看守所，合特区五院组织囚粮委员会，事无弗举，而率属之严，一如前各任时。二十四年去职，二十五年六月病卒于家。锡庆耿介绝俗，意志强固。既深于法家之学，又毕生为法官。其言动一准诸法，虽近精察，然待人未尝不厚。其由吴县调任上海时，前任某亏蚀公款四万金而逸，原籍家产备抵仅值万余金，妻孥离析。锡庆悯之，乃请于司法部停解印纸状纸二五工本银若干年，以弥补之。其狱得缓，然锡庆与某固未相识也。又有录事将司法印纸混匿短报，侵占二千余金，例应缉追，而主其事之书记官长亦难谢责。锡庆虑株累众，乃自承失察，并以己资赔偿之。此二事尤为同辈所称道。锡庆之祖母，先烈徐公锡麟之姑也。故锡庆少从徐公游。丁未安庆之役，徐公既殉国，弟伟系狱中久。及锡庆自东归，百计思出之。与徐公之弟锡麒奔走南北，冀得一当，屡遭挫折，其志不衰。会清亡狱解，锡庆绝不以其事语人。东浦之热诚学校，徐先烈所手创，锡庆实赞助之。民国三年毁于火，锡庆复与同里陈燮枢请于省吏得补助五千金，学舍以成，迄今弦诵不辍。锡庆内行醇备，事亲尽孝。与弟锡裕友爱甚笃，家庭之际，人无闲言。乙亥年弟殁于家。锡庆在沪亦病剧，闻耗遽扶疾归里，为之处理身后事。劳苦感于外，哀痛积于中，支持经岁，逐至不起。云遗著有《民法总则讲义》《审判实务讲义》若干卷采访据行状。①

主编王子馀是绍兴著名乡绅、周恩来的姑父、沈锡庆的同乡老友。1923年任绍兴中国银行行长，沈锡庆《日记》里十几次提及。王子馀1934年从中国银行退休后，主持编修《绍兴县志》，最终完成《绍兴县志资料》第一、二两辑资料。以王子馀对沈锡庆的了解，撰写沈锡庆履历小传应该十分可信，与《日记》相关内容印证，也完全吻合。小传还提供了日记未及的几点信息。一是沈锡庆留学日本，读律于早稻田大学；二是沈锡庆民国二十五年（1936）六月病卒于家；三是透露了沈锡庆因为人厚道，为他人牵累的两件小事；四是除了《日记》提及的《审判实务讲义》外，沈锡庆还有遗著《民法总则讲义》若干卷。

二、《日记》的重要价值还在于记录了民国时期司法机构的行政格局及其变更，司法制度发展的进程。

沈锡庆通过个人行事的详尽实录，特别是结合他所从事的审判实务，使读者窥见了民国司法建立过程中不断探索的历史背景。在法制近代化视域下的民国司法界，沈锡庆是第一批负笈东洋、投身法界、启迪懵懂、推动改革、潜心司法实践的践行者。从他的《日记》里我们能看到民国司法草创变迁、艰难发展的轨迹。法制近代化是近代中国社会宏大变迁的有机组成部分，在中国司法制度改进的潮流中，他与当时在东吴大学担任教授的法学专家如王宠惠、张君劢，吴

① 中华民国二十七年十月绍兴县志委员会刊《绍兴县志资料》第一辑，第30册（重订分册），杭州古籍书店复印，第216—217页。

经熊、何世桢，郑天锡，罗炳吉、林百克等一样，都是民国时期司法领域中有声望的法律专家。[①] 他们大多有西学背景，从学习借鉴西方司法经验起步，探索中国司法道路，培育建立了适合中国国情的司法程序。作者在从事司法审判改革实务的同时，兼任承担培养司法人才的任务，在东吴大学兼课，培养法律人才。他把长期从事审判实务的丰富经验和实践案例，用于法律教学实际，编撰《审判实务讲义》《民法总则讲义》均是具有开拓意义的教材著述。

沈锡庆从 27 岁留学回国开始即走上司法职业之路，也开始了探索中国司法之路的不懈努力。他先后在浙江、江苏、湖南等省高等审判庭任职，在永嘉、武昌、苏州、上海等地担任地方审判厅长，直至被司法部长罗文干寄予厚望，出任上海地方法院院长，他锐意改革的思想终于找到了实践的舞台，理论思考和法制探索也达到了一个新的高度。沈锡庆发表在当时司法领域最权威《法学杂志》上的《论预审制》(3 卷 3 期)、《论四级三审制不适合于吾国》(3 卷 6 期)等论文，就是他长期从事司法审判实务的理论结晶，具有很强的现实针对性和实践指导意义。南京国民政府建立之初，沿袭的是北洋政府所推行的四级三审制，沈锡庆从法律解释之统一性和审判机构体系明晰的角度，主张废除四级三审制而改为三级三审制。[②] 这些发表在民国时期重要法学期刊上的宏文，是重大司法问题的诊治者，被视为民国司法改革的“推手”[③]，推进了适宜于民国国情的三级三审制度的确立。沈锡庆在民国司法制度确立和改革进程中的作用，是非常值得司法史业内人士作进一步研究的。

---

① 盛振为《十九年来之东吴法律教育》，原刊于《法学杂志(上海 1931)》，1934 年第 7 卷第 2 期，第 135—148 页，《苏州大学学报》法学版 2015 年第 3 期。

② 张生、李麒《中国近代司法改革：从四级三审制到三级三审》，《政法论坛》，《中国政法大学学报》2004 年第 5 期。

③ 张仁善《近代法学期刊：司法改革的“推手”》，《政法论坛》2012 年第 1 期。

三、《日记》的重要价值还在于提供了民国时期司法界业内人事信息和各种形式的社会关系。

人的本质是一定社会关系的总和，从《日记》的内容看，沈锡庆的社会关系还是很丰富的。据粗略统计，《日记》中记录交往的人达560多位，有国民政府高层政要官员，有司法业内僚友同事，有亲朋好友乡贤故人，还有佛学医道，车夫仆役，三教九流，形形色色社会各阶层人物，信息量很大。特别值得一提的是，作者除了在司法界有丰富的背景和广泛的交游外，在钱庄银行金融业内也有非常多的人脉，这与民国时期绍兴地方钱庄在沪上重要的影响力相关。上海钱庄的鼻祖为绍兴人。民国之初，上海钱庄九个帮别中，以绍兴和宁波帮势力最大。1932年上海黄浦区的64家钱庄中，绍兴帮就占51.4%，当北方票号盛行时，绍兴帮的力量能阻止北方票号势力越过长江。沈锡庆三表叔徐锡麒（徐锡麟三弟）辛亥革命后任绍兴民团局长、商会会长，是绍兴钱业银行界的领袖，在沪上很有势力。沈锡庆的好友中也不乏银行业内人士，因此，当沈锡庆失意时，一度想进入银行谋职。《日记》记载了1932年日军侵沪、沪上战事激烈时绍兴中国银行的挤兑风潮。作者协助徐锡麒召集银钱业领袖，及时采取措施，削平现水，平息绍兴金融风波，稳定市面。其中涉及的人事，可补地方金融史阙。《日记》里也提到晚近时期浙江的留学风气。沈锡庆的家乡绍兴，清末民初东渡扶桑、远涉重洋的留学者比比皆是。如辛亥革命精英秋瑾、徐锡麟、陶成章等都是早年留学日本并接受民主革命思想的。作者家族中人有许多留学的经历和背景，反映了那个时代绍兴地区重视教育、追求新知、放眼世界的风尚。

沈锡庆《日记》虽然以日常生活为线索，记录的也是个人的喜怒哀乐、人生况味，但作者是一个事业心及责任意识很强的法律从业者，三句不离本行，有很大一部分的内容都是关涉司法业务的，文字的学科背景很强，整理者的本业是中国古代文学，因为一个偶然的机会，得地利之便接触到乡贤的《日记》手稿。在朋友的敦促之下，跨界做稿本文字的整理工作。当我从绍兴图书馆善本书库初次翻阅手稿时，就被沈锡庆娟秀的字迹和富有特色的行文所吸引。作者有比较扎实的国学根基，爱好文学，足迹所到之处对人文渊薮，包括对诗词楹联都十分留意，对乡风民俗更是津津乐道，读来十分亲切。正是因为这样的缘分，才促成了稿本的整理工作。

整理时以原日记的 9 册为章名，另面起。整理过程中发现的一些问题，已在页下注释中提出，明显的错字，在字后用[]更正。明显缺漏字，根据上下文补入，用"【】"表示。书后附年谱简编，为研究者及有兴趣的读者提供参考。

民国二十年一月[1]

庆

日记

绍兴沈锡庆庆生氏日记

民国二十年(1931)[2]一月一日,雨,星期四

予自十七岁练习日记以来,所用簿式不一。有以便式簿册者,有以书店印本者。在日本留学时代,则用日本书店印本。近七八年来,则均用商务印书馆国民日记印本。先后参差,形式不一,殊不足以资整齐而示一律。且印本于定式篇幅亦未甚适用,故自今年元旦起,改用此本,俾使适用。嗣后即以此为准,继续应用,以示一律。苟予寿较长,则一二十年后,积数十册,亦未始一裒然巨观也。

上午九时,朱郁堂先生来贺年,稍坐即去。予亦随往答贺,谈至十时余。予往部参与本部团拜礼。十一时余返寓。下午三时,应司法院王宠惠院长之春茗,至四时顷返寓。

部中放年假五日。自去年十二月三十一日起,政府为废止阴历,鼓励阳历计,极力提倡并举行游行及提灯会等事,故市上甚形热闹。惜天雨路滑,难行也。

---

① 日记共计九册,本册共计 100 页。本册封面题三行字,“民国二十年一月”、“庆”、“日记”,整理时以“民国二十年一月”作为本册篇目,下同。

② 公元纪年为整理者加。

一月二日，星期五，晴

上午八时，率妻女游中山墓、明孝陵。正午，往秦淮河边第一素餐馆午膳。下午游夫子庙，至三时余返寓。下午五时，同司同事陈汉清君来拜年。

一月三日，星期六，阴。下午四时后雨

上午九时，率妻女往前房东宓汝卓君家拜年，稍坐即返。下午，率妻女游鸡鸣寺，至四时冒雨而归。

一月四日，星期，雨

上午九时，答拜陈汉清君。

予今年拟为三弟和生完姻，今特致一书征求同意。

书录如下：

和弟如见，光阴荏苒，又届新年。弟已行年二十，依旧礼应行正冠，依新法已届成年。无论新旧，皆重自立，宜有室家。兄念吾家，祖母年迈，丁口又衰，急拟为弟成婚，承欢祖母。唯以现世潮流，婚姻为个人之自由，不妨自主，故特先征同意。如吾弟拟从旧式，即如兄从前办法。自当由二哥做主，照旧办理。如吾弟拟从新式，即自由结婚。亦当预先说明。听从弟便，如何之处，希即详细考虑，告明二哥。迅速见复，以定方针。事关终身幸福，无庸隐饰。一月四日，兄庆手泐。

一月五日，星期一，雨

部中自今日起开始办公。复核浙江特种犯罪案一件。

何公旦医生所开膏方，已由杭友合好。于今日托曹仲韶君带到，开始冲服。

一月六日，星期二，雨。小寒

无交办事件。

一月七日，星期三，雪

复核湖北徒刑月报一件。

一月八日，星期四，雪

复核上海死刑案一件，江西无期徒刑案一件。

一月九日，星期五，大雪

复核陕西徒刑月报三件。

一月十日，星期六，雪霁

复核浙江无期徒刑案一件。

一月十一日，星期，阴寒

上午访曹仲韶、孙公勛两君。

天气奇寒。据报载，天文台报告温度已降至摄氏零下十三度，为十余年来所未有。

一月十二日，星期一，晴

复核陕西徒刑月报四件，热河死刑案一件。

下午，济南地院长万钟公君来见。

夜膳后约八时顷，内子偕往购物。甫行至焦状元巷口，内子忽然滑跌倒地，磕伤嘴唇，折断门牙一个，急雇车归寓。幸无他伤，数日后可望全愈，尚属不幸中之幸，然已受惊不浅也。

一月十三日，星期二，晴

复核陕西徒刑月报五件、浙江无期徒刑案一件。

下午四时，阮毅成世兄来见。六时，应朱郁堂参事之春宴于鼓楼饭店。

内子因唇伤齿痛，不能起床，饮食亦颇感不便。

一月十四日，星期三，晴

无交办事件。

一月十五日，星期四，晴

复核浙江无期徒刑案一件，徒刑月报一件。

一月十六日，星期五，晴

复核吉林死刑案一件，广东无期徒刑案一件。

一月十七日，星期六，晴

复核察哈尔无期徒刑案一件，河北反革命案一件。

一月十八日，星期，晴

上午，曹仲韶、孙公勖、吴承烈三君先后来访。

下午，访朱郁老闲谈。

和弟回信已于今日接到，语尚得体。兹录如下：

大哥大鉴：前读来函，已悉种切。本拟立答复书，后因天气骤冷，笔墨为之冰冻，未及答复。今日天气稍和，特修复书，以求同意。夫弟之立意以为，凡人能自立，然后可以成室家。今弟虽年登弱冠，而学业未成，一身衣食之所系，皆藉吾兄一人。吾侪家庭毫无遗产，所赖者唯吾兄一人耳。今则弟尚无立业，倘结婚之后，负担若何，势必加于吾兄之负担也。吾兄今又病魔缠身，衰境渐形，为之奈何！吾兄之爱弟可谓至矣！然弟之所以有求于兄者，希望学业之前途有进，学费之补助无亏。倘将来能谋一吃饭之地位，以继吾兄之负担者，此乃弟之大愿也。至于结婚之事，可从缓也。且古训女子二十而嫁，男子三十而娶。将来业成之后，以成室家，未为晚也。吾兄以为若何？倘有不然，希兄斟酌是幸。此请，近安。弟锡和上。一月十五日。

唯予以信末既有希予斟酌之语，为承欢祖母衰老计，决为婚娶，即函裕弟，为之留心预备。

一月十九日，星期一，晴

部中办公时间，自今日起改为：上午九时至十二时，下午二时至六时。

复核苏浙反革命案各一件，陕西徒刑月报一件。

一月二十日，星期二，雨

无交办事件。

一月二十一日，星期三，阴雨。大寒

复核浙江徒刑月报二件。

一月二十二日，星期四，阴

复核江苏徒刑月报三件。

一月二十三日，星期五，晴

复核山东徒刑月报一件。

一月二十四日，星期六，晴

复核浙江反革命案二件，江苏无期徒刑案一件。

今日《中央日报》附张载有游戏数学二则，颇趣，特录如下。

法将一个一位的数字乘“九”，再将得数乘“123456789”，即得九位相同的数字。举式如下：

1×9＝9，　9×123456789＝111111111

2×9＝18，18×123456789＝222222222

3×9＝27，27×123456789＝333333333

4×9＝36，36×123456789＝444444444

5×9＝45，45×123456789＝555555555

6×9＝54，54×123456789＝666666666

7×9＝63，63×123456789＝777777777

8×9＝72，72×123456789＝888888888

9×9＝81，81×123456789＝999999999

又以单位数与9相乘，其积数两位相加亦必为9，其例如下：

2×9＝18　　1＋8＝9

3×9＝27　　2＋7＝9

4×9=36	3+6=9
5×9=45	4+5=9
6×9=54	5+4=9
7×9=63	6+3=9
8×9=72	7+2=9
9×9=81	8+1=9

下午四时，湖北高等法院长张西铭君来访。

一月二十五日，星期，雨

上午九时，答拜张西铭君。

下午三时，金道明君来见。

予观现世，唯两种人能得意。（一）有势力能钻营之人；（二）真有特别才学之人。如仅有普通才学者，则非。有（一）种原因，仍难得意。唯此予一时之观察及感想，究竟正确与否，尚待考证。

一月二十六日，星期一，晴

复核浙江徒刑月报一件。

正午，阮毅成世兄来见。

一月二十七日，星期二，雪

复核浙江无期徒刑案一件。

一月二十八日，星期三，晴

复核陕西徒刑月报一件。

下午七时，朱郁老来访。

一月二十九日，星期四，晴

无交办案件。

下午六时，应万钵公君之晚餐于金陵春菜馆。

一月三十日，星期五，晴

复核江苏、安徽、浙江、河北等省徒刑月报各一件。

一月三十一日，星期六，晴

复核浙江无期徒刑案一件。

朱郁老移寓来此同住。

二月一日，星期，晴。夜十一时十五分大雷雨

下午二时，访郭啸馀君，不遇而返。

上午十时，军法官钱懋哉君、九江地院首检官熊渭渔君先后来访。

二月二日，星期一，阴

复核陕西徒刑月报一件。

二月三日，星期二，阴

复核安徽徒刑月报一件。

二月四日，星期三，雨

复核山东无期徒刑案一件，浙江反革命案两件。

二月五日，星期四，雪。今日立春

无交办事件。

二月六日，星期五，雪霁

复核山东、河北徒刑月报各一件。

二月七日，星期六，晴

复核浙江、江苏两省反革命案四件。

下午四时，山东第六监狱典狱长田修之君立勋来见。

六时，应朱部长之晚宴于本部大礼堂。

二月八日，星期，阴寒

二月九日，星期一，大雪

无交办事件。

上午十一时，阮毅成世兄来见。

二月十日，星期二，阴

无交办事件。

二月十一日，星期三，雪

复核江苏徒刑月报一件，浙江反革命案一件。

二月十二日，星期四，阴

复核江苏反革命案三件。

二月十三日，星期五，大雪

复核浙江反革命案一件。

下午一时，阮毅成夫妇来访。

二月十四日，星期六，大雪，积地逾尺

复核山东无期徒刑案一件，浙江反革命案二件。

二月十五日，星期，雨，夜大雪

下午，偕内子答访阮毅成夫妇。

二月十六日，星期一，大雪。旧除夕

无交办事件。

今年厉行废止旧历，故各机关照常办公。予因寓居局促，且意兴阑珊，无论新年旧年，均与平日无异，毫无举动。唯数日前，由上海邮局寄来善类佛经一大包，不署寄发人姓名。内劝诫杀、吃素之类甚多。适同寓朱郁老，除夕例须吃素。因此，今明两日全寓吃素，但女仆为例外。

二月十七日，星期二，阴。旧历辛未年元旦

无交办公事。唯昨日王司长送交日本美浓部达吉《行政法撮要》一本，嘱研究《诉愿法》中一问题。今日答复如下：

查阅日本美浓部博士[①]《行政法撮要》关于"县政府所为，曾经民政厅核准之处分，其诉愿应由何处管辖"，并无相当之论述。在"诉愿"节内，只有"裁决诉愿之机关"一目。在"行政诉讼"节内，虽列有"行政诉讼之被告"一目，然均与本问题无关。另纸译呈。窃以为解决此问题，应先研究其为处分者系何官署。如系县政府处分，无论其是否曾经民政厅核准，其为处分名义之官

① 该行原文上标有"抄○△"字样。

署，总系县政府。依吾国《诉愿法》第二条第一款之规定，应向民政厅提起诉愿。如系民政厅处分，无论其是否饬县转行，其为处分名义之官署，系属民政厅。应依《诉愿法》第二条第二款之规定，向省政府提起诉愿。是否有当，敬乞钧裁。

附节译。日本美浓部达吉《行政法撮要》上卷，第四四一页。

五、裁决诉愿之机关

对于诉愿得为裁决之机关，可分为左列四种：

（一）直接上级机关。此为《诉愿法》之一般原则。但法令有特别规定者，不在此限。

（二）本机关。本机关得自为裁决者，有下列两种。（一）为处分之官署系最高机关。例如对于中央各部之处分有所不服，即可向原部提起诉愿。因在各部之上，已无上级机关。此系日本官制。故各部部长对于自己行为得裁决其适当与否也。（二）在未向上级机关诉愿以前，先请原处分官署自行裁决。此须限于法令之规定，使原处分官署有自行省察之机会。此种情形，法律上不称之曰“诉愿”，而称之曰“声明”“异议”。然亦不过名称之不同，实际上仍与“诉愿”无异也。

（三）属于地方自治事件。有以地方团体之议决机关，为其裁决诉愿之机关。

（四）特设机关。对于特别事件特设机关，以审理裁决其诉愿。例如关税诉愿审查委员会、高等捕获审检所等是。

附节译。同卷，第四八〇页。

三、行政诉讼之被告。原告提起行政诉讼，其诉状中，应指定为被告之行政官署。凡可为被告者，即为系争目的之处分官署或裁决官署也。

提起诉愿后,经裁决驳回或认为应维持原处分时,则原处分依然存在。如当事人指该裁决与原处分均为违法,提起行政诉讼,则原处分官署与裁决官署应以何为被告,在日本行政裁判法上,尚无明文规定。唯依行政院判例,则两者均不妨认为被告也。

二月十八日,星期三,晴

复核浙江、江苏反革命案各两件。

上午十一时,阮毅成世兄来谈,即在寓便饭,至一时余别去。

二月十九日,星期四,阴,雨水

复核湖北无期徒刑案一件,陕西、黑龙江徒刑月报各一件。

吾国版图在前清时为二十二省。自民国十六年革命以后,增设行省六,为二十八省。特举如下,而内、外蒙古及前、后藏仍不在内。

江苏 浙江 安徽 江西 福建 广东 广西 湖南 湖北 河南 河北 山东 山西 陕西 甘肃 四川 云南 贵州 辽宁 吉林 黑龙江 绥远 热河 察哈尔 新疆 青海 宁夏 西康

二月二十日,星期五,阴

无交办事件。

下午七时,江宁地院首检官陈陶丞君备三来见。

二月二十一日,星期六,阴

复核浙江徒刑月报一件。

下午四时,上海地方法院候补推事黄昌元君来见。

二月二十二日,星期,晴

上午九时,访徐难愚参事,不晤而返。十一时,偕内子往访阮毅成夫妇，并邀往安乐酒店午餐。

内兄陈仲瑜君函询行藏，予答以唯日日思藏耳。

二月二十三日，星期一，晴

无交办事件[①]。

予思日本社会环境，其清明状态实远胜于吾国。试思前在日本留学时代，见吾国留学生，除极少数堕落者外，人多数均以求精深之学术为目的。虽有因经济为难或他种障碍致中途而废者，然其本心希望无不如是。及回国后，见报载留东学生出身之政客或实业家重游日本，一入彼境，即有无限之感触。觉悟忏悔等意见，发表或流露于情词，一若发现天良也者。然及其回国，仍然昏沉不知其所以然者，岂真环境不良之所致耶？噫！

二月二十四日，星期二，晴

复核新疆徒刑月报一件。

二月二十五日，星期三，晴

复核浙江无期徒刑案一件。

接阅裕弟来信[②]，语先严旧徒某君冯竹荪有驱逐未嫁胞姊情事。伊姊乃往吾家，请求救助，闻之深为不平。当函某君竹荪，促其觉悟。录稿如下：

(上略)一别两年，鲜通尺素。迩未识献岁以来，起居何似。弟自去夏调部办事，瞬逾半年。劳碌如恒，乏善堪告。近闻兄与令三姊发生争执，不胜骇诧。令三姊牺牲终身为兄管理家务，任劳任怨数十年，于兹为先严生前所尊重。弟亦深知贵府廿年来情形，若无令三姊主持其间，则内忧外侮交迫，而未恐兄等尚不能有今日之安享。吾兄素性忠厚，并非忘恩背义之人。令三姊孤病堪怜，手足如兄，依法有扶养之义务。且系未经出嫁女子，

①② 该行原文上标有“抄〇△”字样。

照现在法律更有与吾兄平分财产之权。既经亲族协商,立有议单在。令三姊已属万分退让,希即依照议单所开各节,迅行拨付清楚,俾资生活。否则,弟亦将仗义执言,不能为吾兄恕也,如何之处,希即示复为盼。(下略)

二月二十六日,星期四,晴

复核江浙反革命案六件。

下午七时,访沈秋墅君。

二月二十七日,星期五,晴

无交办事件。

午接家信,惊悉徐三表婶叔荪夫人[①],已于二十四日下午四时病故。因即赴部请假,拟乘夜车回绍往吊之。

二月二十八日,星期六,阴。下午雨

晨七时抵沪,即转乘沪杭车,正午十二时半抵杭。午餐后,往访陈仲瑜、杨春奎两兄。匆匆一谈,即雇车出城渡江。车抵候潮门即雨,渡江时雨尤大。至西兴岸不能靠近码头。于是上雨下滑,泥泞难行。经二里余,始抵汽车站,而遍身淋漓矣。江边站车少人多,异常拥挤。历一时余,始来一车,勉强挤上。五时余,抵柯桥,而小舟索价至一元二角于[余],以知人心之日坏也。七时抵家,堂上安健。

三月一日,星期,阴

午前八时[②],雇舟晋城至笔飞衙,吊徐三表婶之丧。知明日首七,遂留寓劝慰之。叔荪表叔哀悼逾恒,此次丧事铺张甚大,闻拟定治丧费为一万元云。

三月二日,星期一,雨

今日为徐三表婶首七之期。阖城政法、军警、绅商各界来吊者,

---

① 即徐锡麟三弟、沈锡庆表三叔徐锡麒的夫人。

② 该行原文上标有"○"符号。

计二百余人。送礼致奠者，八百余份。噫！可语盛矣。

三月三日，星期二，雨

下午三时，雇车回家。

三月四日，星期三，阴

上午十一时，雇车至北海坂，拟搭乘汽车赴杭。讵站中人多车少。有晨七时到站，尚未购到车票者。询知该路汽车大半破坏，不加修理，致不敷用。而站中亦无人负责，听其扰攘。忆从前此路颇有整兴之象，相隔两月，竟腐败至此！往觅站长，而站长不在。站亦无负责员司主持其事。予不得已，往内进总办事处，寻到一人，请其设法调到小包车一辆，始得启行。噫！整理难而破坏易，予于此又得一证也。

下午四时抵杭。先访福表姑母，继视安雅、素娟，旋访杨春奎兄，知已于本日下午四时十五分火车赴沪，遂往陈仲瑜内兄寓所寄宿也。

三月五日，星期四，阴，下午雨

晨起访汤韦存兄，适出不晤。至毛竹衙寓中一看，即乘九时五十分特快车离杭。下午二时许抵沪。赴振华旅馆晤襟弟杨春奎夫妇。时季云、五平两内弟已在该馆，即请季云招和弟来寓一谈。夜膳后，乘十一时夜快车返宁。

三月六日，星期五，阴，惊蛰

晨七时抵宁。搭乘汽车返寓时，紫垣犹未起也。早膳后，因车中一夜未眠，遂宽衣而卧，睡至下午一时始醒。

三月七日，星期六，阴

杨春奎夫妇定今晨乘江顺轮过宁。六时余，即偕紫垣等驱车至下关往晤。讵抵码头后，知该轮改期，遂折回寓中。

八时，赴部销假。复核湖南非常上诉案一件。

三月八日，星期，晴

上午十时，江宁地检官朱逢恩君来访。

下午二时，阮毅成夫妇来访。

三月九日，星期一，阴

无交办事件。

部中换发新证章，予系九十号。

三月十日，星期二，晴

今日为追悼阵亡将士休假一日。

上午十一时，沈秋墅君来访，午餐后别去。

三月十一日，星期三，晴

无交办事件。

上午十时，徐松如君来访。

三月十二日，星期四，晴

今日为孙总理逝世纪念，部中循例放假一日。上午九时，赴本部参与纪念典礼。

下午，率妻女往游玄武公园。兴致不佳，匆匆而返。

三月十三日，星期五，晴

复核山东、浙江无期徒刑案各一件。

三月十四日，星期六，晴

复核山东、浙江、安徽徒刑月报各一件。

三月十五日，星期，晴

部中每逢例假，派二人值日。今日星期为予与李元熙君值日。故晨八时即赴部，至下午六时散值。

三月十六日，星期一，阴

复核浙江、安徽、湖北徒刑月报各一件。

三月十七日，星期二，晴

复核江苏反革命案二件。

三月十八日，星期三，晴

复核浙江、黑龙江徒刑月报二件。

三月十九日，星期四，晴

办理浙江人民陈诉一件。

晚八时,陈哲候参事来访。

三月二十日,星期五,晴

复核江苏、河北反革命案各一件。

三月二十一日,星期六,晴,春分

复核江浙反革命案四件。

三月二十二日,星期,晴

同寓朱郁老知内人不日旋杭,定今午为之饯行。予力行逊谢,并嘱内人先时避去而罢。

午后一时,往中山公园找寻内人等。偕往新光影戏院,看十六集《火烧红莲寺》,至五时余返寓。

三月二十三日,星期一,晴

复核浙江、安徽、陕西徒刑月报各一件。

上午接老友王子馀君快信①,询问法律数点,兹为答复如下。

子馀先生大鉴:快邮敬悉。承询一节,谨为分别说明如下:(一)新颁《民法》亲属继承两编定本,本年五月五日起施行。在施行前之事件,依该两编施行法第一条之规定,当然不能适用。(二)吾国从前之所语分家,实系分析家产。兹依《民法》四、五两编之规定,分家为一事,遗产又为一事,不能相提并论。(三)该两编立法例多采欧美新说。凡已成年人应各自立,不能依赖祖宗家产以资生活。故《民法》第一一二七条、一一二八条只有"由家分离"之规定,并未因而有分析家产之明文。(四)宗祧承继,业经废止。继承遗产不以继承宗祧为前提。无论男女长幼,均有继承遗产之权即祖父母、父母亦有继承遗产之权。唯既曰遗产,即应注重"遗"字,故必须被继承人死亡后,方得开始继承《民法》第一一四七条。如被继承人尚未死亡,即无遗产之可言,自

① 该行原文上标有"抄〇△"字样。

不能先行要求继承。此与吾国历来子孙之应分家财者完全不同。（五）自己财产有完全自由处分之权。无论何人不能干涉。故父母生前对于自己财产即祖遗财产，既依旧法继承而来，亦为自己财产。无论如何处分，或全部，或一部赠与他人，皆非法所禁止，亦不受《民法》继承编之拘束。即将财产完全处分，致无一产之遗，亦非子孙所能先行要求继承禁止赠与。（六）《民法》亲属编，既无分析家产之规定，则父母就自己财产分给他人，在法律上语之"赠与"。妻因赠与所得之财产为特有财产。依《民法》第一〇一三条、一〇一五条、一〇四四条之规定，其所有权完全属之于妻，非夫所能过问。（七）遗产继承人对于被继承人有重大侮辱情事，经被继承人表示其不能继承者，依《民法》第一一四五条之规定，丧失继承权。不得主张继承其应继之分。以上各点，均就新颁之亲属继承两编立论。若在该法未施行以前即本年五月五日以前，父母为子分家完全自由，尚未受该法之拘束。又离婚诉讼，专属于夫之普通审判籍[藉]所在地之第一审法院管辖。法律上语之"专属管辖"。例如夫为绍兴人，家住绍兴，即应由绍兴地方法院管辖，他法院无权受理。亦不因夫在旅居地、寓所地而发生变更。辱承下询，谨此奉复。愚昧之见，是否适当，仍乞尊裁至城北问题，弟因有特殊关系，不愿有所论列，并求鉴谅。专复。祇颂道安。三月二十三日。

三月二十四日，星期二，晴

复核山东、山西无期徒刑案各一件。

三月二十五日，星期三，晴

复核浙江无期徒刑案一件。

三月二十六日，星期四，晴

复核江、浙徒刑月报各一件。

三月二十七日，星期五，晴

复核河南、陕西、湖北徒刑月报各一件。

三月二十八日，星期六，晴

复核安徽、河南徒刑月报各一件。

三月二十九日，星期，晴

上午十时，程次山君来见。

下午一时，雇车率妻女游灵谷寺。归途至明故宫古物保存所一观，见湘潭玉林老人吴缪一联，颇寄感慨，特录如下：

一代明良开国，丰功伟烈，尽付劫灰，惟此轴中画像，碑上血痕，同古物以保存。瞻览摩挲，犹深景仰；

两朝建筑增华，杰阁重楼，可知胜概，只今数堵颓垣，几堆败瓦，留故宫之名号。低徊往复，无限苍凉。

至五时余，兴尽而归。

七时，阮毅成世兄夫妇来访。留其晚餐，至八时余别去。

三月三十日，星期一，晴

复核浙江反革命案二件。

上午九时，旧仆胡炯回来销假。

三月三十一日，星期二，晴

复核江苏反革命案两件，河南无期徒刑二件。

四月一日，星期三，晴

复核陕西、黑龙江徒刑月报各一件。

四月二日，星期四，晴

今日命胡炯送妻女返杭。乘上午九时三十分宁杭通车启行。

上午十时，建德地院后补推事胡际虞君来见。

下午六时，察哈尔高等法院长李祖荪钟翘来访。

复核浙江徒刑月报一件。

四月三日，星期五，晴

复核山西无期徒刑案一件。

晚七时，应阮毅成世兄之晚餐于维新楼。

四月四日，星期六，大风，晴

复核上海无期徒刑案一件。

胡炯于前日送内人回杭后，于今日上午九时返寓，知回去一路平安。

四月五日，星期，晴

晨五时起床。早点毕，偕朱郁老乘车至下关，改乘火车，往游栖霞山。车中邂逅镇江地方法院长黄建候兄用中，五年不见，一旦邂逅，互叙别后情形甚畅。八时抵站，与黄君作别下车。天气清朗，士女往游者甚多。出站行三里至栖霞寺，稍憩，见方丈室外，鹿野堂中，悬有一联，颇清逸。录如下（系何莲觉撰）。

> 浩劫幻沧桑，念我佛慈悲，仅留此林密山深，摄养身心第一；
> 灵区焚玉石，幸众缘恢复，继自今云蒸霞蔚，栖迟世界大千。

旋登千佛岭、纱帽峰、白鹿泉等处。以风过大，足力渐弱，遥望最高峰，觉尚高远。时已近午，遂折回至栖霞寺午餐。餐毕，信步游览，顺道至该处乡村师范学校一观。回至车站，乘三时十二分快车而回。是役也，计步二十里，颇有兴趣，未曾觉倦。

四月六日，星期一，晴。晚七时，大风，至九时始息。清明

复核浙江徒刑月报一件。

傍晚五时余，人颇不适，急归寓。恶寒尤甚，蒙被而卧。

四月七日，星期二，晴

晨起精神清爽。

无交办事件。

偶阅同事案头置有古人书简。略翻阅，内载程正揆与夏振叔书。

中有一段，真是清福，未识予将来亦有此一日否？不禁感慨系之矣，节录如下：

> （上略）每日晨起，洒扫几案，位置花石。客至，或棋或歌。天气和暖，散步寻偿，煮竹笋、野蔬，饱餐累日。（下略）

观此何等清逸，能不令人羡煞！虽然人生有命，吾惟守分而已。

四月八日，星期三，晴

复核山西、浙江无期徒刑案各一件。

四月九日，星期四，晴

复核浙江徒刑月报一件。

上午十时，赖继成君来见。

四月十日，星期五，雨

复核山东徒刑月报一件。

四月十一日，星期六，晴

复核浙江反革命案一件。

四月十二日，星期，晴

下午二时，访孙公勖君。

四月十三日，星期一，晴

复核浙江徒刑月报两件。

四月十四日，星期二，晴

复核山东徒刑月报两件。

四月十五日，星期三，晴

复核安徽、江苏徒刑月报各一件。

四月十六日，星期四，晴

复核山东非常上诉一件。

今日为先父三周年忌辰。因部中不能请假，故不得回家与祭。谨茹素一日，以志记念。

四月十七日，星期五，晴

复核山东无期徒刑案一件。

四月十八日，星期六，晴

报载天文台报告，今日上午七时四分，日初食。七时卅三分，食既。八时四分，复圆。予晨起观望，因云多，毫不能见。

复核山东无期徒刑案、非常上诉案各一件。

晚七时，往访阮毅成世兄，不晤而返。

四月十九日，星期，阴

上午九时，金华地院首席检察官张润甫君坪来访。

十时，最高法院推事孙公勖君璐来访。正午朱郁老邀张、孙两君往大中华楼便酌，并邀予作陪。

四月二十日，星期一，晴

复核山东无期徒刑案一件。

四月二十一日，星期二，雨。谷雨

复核山西徒刑月报二件。

四月二十二日，星期三，晴

仆胡炯忽病，致饭食无人理值。不得已与朱公往菜馆便饭。

复核江苏无期徒刑案一件。

下午七时，为胡炯往同仁堂购药。

四月二十三日，星期四，晴

复核广东徒刑月报一件。

四月二十四日，星期五，晴

复核安徽、江苏徒刑月报二件。

四月二十五日，星期六，晴

复核新疆徒刑月报二件。

四月二十六日，星期，晴。夜雨

上午七时，偕朱郁老访孙公勖兄，后往游清凉山。至山巅，全城尽见，势甚雄壮。忽闻一游客言，中国有长江大河，沿海险要，平原广漠，土地肥沃，矿产富有，货藏于地，遍处黄金，若果亡国，是无地理；然一观人心，腐败怠惰，不知振作，一至于此，中国不亡，是无天理！云云。予闻之，颇深感触。

下午访考试院秘书长陈百年兄大齐，语于昨晚赴沪，不晤而返。陈君为予在东京时之至交。自民五在北京会见后，一别十五年，今日往晤，适又他出，怅然而返。

予本主一夫一妻制度[1]，深恶纳妾。唯自前年两孩夭亡，内子又忧郁多病，力谋为予置妾，图延嗣续。予以子嗣有无，攸关命数。命中有子总会有，命中无子亦枉然。且前年三日间，迭殇两子，足征予之不德。夫复何言！然吾家自葭辉公一脉相传，单丁五代。以祖上阴德论，似不应至予代而绝。如果以予之不德，二弟虽不续娶，尚有三弟在。故予意亟拟为三弟和生完姻，而内子偏急于为予纳妾。去冬秘密托人物色。经予知悉，力加阻止。讵伊此次回绍，又在秘密进行中。日前闻悉，驰函力拒。今午得复，语已遵照作罢矣。

四月二十七日，星期一，阴。夜雨

复核辽宁死刑案一件。

四月二十八日，星期二，晴。晚七时起大雨

上午八时，往拜孙公勖君母寿。

复核天津徒刑月报三件。

四月二十九日，星期三，晴

复核山东无期徒刑案一件。

下午三时，阮笃成世兄来见，为托领律师证书事也。

四月三十日，星期四，雨

复核山西、黑龙江徒刑月报各一件。

五月一日，星期五，晴，寒

复核山西、浙江无期徒刑案各一件。

---

① 该行原文上标有“抄〇”字样。

五月二日，星期六，晴

复核安徽徒刑月报一件。

正午，朱伯强兄来访并暂寓于此(朱郁老长公子)。

下午三时，陈百年君来访，予尚未回寓，不晤。

五月三日，星期，晴

上午七时，访陈百年兄，不晤而返。顺道登北极阁一游。

上午九时，孙公勖兄来谈，至十一时余别去。

下午一时，参观国货陈列馆。归寓，知陈百年兄亦来访，不晤而去。两次彼此相左，亦相见之缘悭也。

五月四日，星期一，雨

复核河北反革命案三件。

五月五日，星期二，雨

今日系国民政府纪念日，部中循例放假一日。

国民会议今日正式开幕。

上午七时半，徐成序表弟由沪来访，为伊家事也。下午陪游中山墓、明陵等处，至午后九时告别回沪。

下午五时，阮毅成世兄来谈。

五月六日，星期三，阴。立夏

复核山西、安徽无期徒刑各一件。

五月七日，星期四，晴

复核浙江反革命案二件。

青岛地检官吴方廉君、福山地院候推李鹏君先后来见。

五月八日，星期五，晴

复核河北反革命案三件。

下午二时，前泰安地院长郭庆三君苍锡来访。当晚七时，请其便饭于绍兴菜馆。

朱郁老今日请假回义乌原籍。

五月九日，星期六，阴

今日无交办事件。

下午七时，应郭庆三君之晚餐于聚庆楼。

五月十日，星期，阴。下午雨

在寓终日阅《生活》周刊。按：此周刊系民国十四年创刊，十六、七年间，老友陈朵如兄语其颇有见地，对于处世立身之道尤能发挥，颇有购阅之价值。劝予一阅，予颔之而屡忘焉。日前，见书店有此寄售，购阅数期。见其批评时事诚有见地，不偏不党，对于处世立身之道，亦切于现世青年。而每期必有欧美、日本等处通信三两篇，尤足以增广智识，洵为现时周刊中不可多得之作。

五月十一日，星期一，雨

复核山东无期徒刑案一件。

五月十二日，星期二，晴

今日无交办事件。

下午七时晚餐后，访前济南地院长万钵公君敷不晤，顺道访阮毅成世兄夫妇，谈至十时余而返。

五月十三日，星期三，晴

复核北平无期徒刑案一件。上海、湖北徒刑月报各一件。

五月十四日，星期四，阴。下午雨

此次国民会议旁听券限制甚严。特别旁听券，须中央委员会二人介绍；普通旁听券，须出席代表五人介绍。承友人邱君设法得到一张，于今日上午七时驱车前往。议场系中央大学新建大礼堂赶筑，借用需费二十余万。规模甚大，能容二千余人。光线声浪均采用极新建筑法式，与剧场无异。上为主席团、秘书、速记等座位，中间全部为代表席，二楼三楼为旁听席。秩序井然，布置庄严。中悬总理遗像，于国徽上面旁悬对联一副："养天地正气，法古今完人。"字为戴季陶君传贤所书。八时半开议，于右任主席，秩序甚好。至十时半，休息卅分钟。十一时继续开议，至十二时半散会。予亦雇车归寓。此次参观会议情形，印象甚好。

复核河南无期徒刑案一件。

五月十五日，星期五，晴。大风

无交办事件。

下午六时，访阮毅成世兄，交付伊弟笃成律师证书也。

五月十六日，星期六，晴

复核新疆徒刑月报一件。

下午五时，游金陵大学园艺场。地面甚大，种类亦多。仅就蔷薇科一类，花正盛开，其大如碗，各色均有，约百数十种，皆见所未见者。

六时余，沈秋墅君来访，谈至十时余别去。

五月十七日，星期，上午阴，下午雨

午前九时，访考试院秘书长陈百年兄。一别十五年，时深驰系。互谈别后情形，甚为欢畅。谈至十一时顷，辞出。自渠到京就职，往来各两次均未晤。到今日始得把晤，诚咫尺天涯也。顺道访国民会议浙江代表王孚川先生，至十二时返寓。国民会议于今日上午八时举行闭会式。

五月十八日，星期一，雨

复核云南死刑案一件。河南、浙江无期徒刑案各一件。

下午一时，王德罄君来访。

五月十九日，星期二，阴

复准吉林死刑案一件。

上午十时，山东第一监狱典狱长刘耀堃君来见。

十一时，陈陶丞兄来访。

下午八时，最高法院推事林文伯兄大文来访。

五月二十日，星期三，晴

无交办事件。

下午八时，答拜林文伯兄。

五月二十一日，星期四，雨

复核广东、黑龙江徒刑月报各两件。

五月二十二日，星期五，晴。小满

复核浙江无期徒刑案两件、山东无期徒刑案一件。

五月二十三日，星期六，阴

复核河北、浙江无期徒刑案各一件。

同事案头置有尺牍读本一册[①]。随手披阅，内有清李宗羲《上严渭春中丞》一书。其性情与予极相类似，欣赏不置，亟录于下，自铭座右而资针砭。

直道不行久矣。况以汲长孺之戆，而与卫、霍周旋，未有能水乳者。若能高卧东山，诚万全策。设或朝命敦迫，旌旄再出，改节易操，在公断不至此。然而知言养气之学，似不妨精益求精也。大抵用人不宜轻信，信之太轻，则人心难测，始信不免终疑矣。遇事不宜骤发，发之太骤，则事机忽变，能发未必能收矣。此二者皆由于性急，性急则不暇审择。故所用者或有负心之人，所办者不无过当之事。宗羲相随数载，受知最深，而知公者亦莫如宗羲。故敢沥胆披肝，尽言无隐。夫以公居心之光明，办事之勤敏，何往不宜，岂犹待区区过虑者。然疾行则喘，过刚则折，理也，亦势也。兹当远别，敬陈一得之愚，伏维留备采择。

五月二十四日，星期，阴

下午二时，阮毅成、林文伯、孙公勖诸君先后来访。三时，阮君别去。予陪同林、孙二君游第一公园，至五时余而返。

五月二十五日，星期一，晴

上午九时，邵治文君自广东高等法院庭长任内请假省亲，来京见

---

① 该行原文上标有“抄〇△”字样。

访。稍谈，陪往夫子庙，参观南京市美术展览会，颇有兴趣。中午，邀其便酌于六华春菜馆。膳毕，同赴伊寓。四时，复偕来予寓夜膳。谈至八时半别去，即乘十一时夜车赴沪云。

五月二十六日，星期二，晴。天气骤热

复核河北徒刑月报两件。

五月二十七日，星期三，晴

复核热河、黑龙江徒刑月报各一件。

下午八时，广西高等法院首席检察官林克俊君来访。

五月二十八日，星期四，晴

朱公郁堂下午四时由金华原籍来寓①。

晚餐后，约八时顷，雇人力车回拜林文伯、林杰夫两君。讵车行至半壁街地方，电灯不明，车夫忽向前扑地。予因突然受震相继前扑，致上唇碎裂，面部手足均受擦伤多处。眼镜遗失，挂表损碎，衣服破坏两重，血流满面。时予已不省人事，仅闻路人责备车夫。予始稍有知觉，奈争撑不起。似由多数人将予扶上车中，仍由原车夫拉回予寓所。由朱公命胡炯急雇马车，驱往鼓楼医院医治。幸逢胡医生手术敏捷，急为洗净缝裹，并打一止痛针。及回寓时，已十一时矣。阮毅成世兄适来视予，然予已疲极矣。最奇者，倾跌时予未知觉，嘴唇裂开，血流满面，予未觉痛。及缝洗医治时，予亦未觉痛。重伤如是，而予始终未觉些微之痛，何耶？

五月二十九日，星期五，晴

由朱郁老代为向部请病假一星期，以资医治。

上午十时，由胡炯雇乘马车，扶往鼓楼医院换药。

王绍尧科长、刘谨庵君，阮毅成、王南言两世兄均先后来视予伤。

五月三十日，星期六，晴

上午八时，陈赞卿先生由沪来访，为其女公子离婚事来此相商，

---

① 该行原文上标有“○”符号。

遂留与同榻，畅谈终日。

十时，仍往医院换药，伤口渐佳，精神亦稍振。

下午四时，阮毅成世兄仍来访问予伤。

五月三十一日，星期，晴

上午八时余，陈赞卿先生告别回沪。

唇伤渐瘥，似无扩大危险。擦伤亦均结痂，精神亦渐佳。唯上齿多数动摇，不能吃饭，仍只饮流质食物，如豆浆、鸡蛋、薄粥等物。

六月一日，星期一，晴

今日公布《约法》，休假一天以资庆祝。

上午十一时，孙公勖闻信来视予伤。

伤部又较好，明日或可拆线。今日亦能起床稍坐。

傍晚阅《新闻报·快活林》有集四书句为手杖之联，颇有意思。爰录如下：

危而不持，颠而不扶，则将焉用彼相也；

用之则行，舍之则藏，唯我与尔有是夫。

六月二日，星期二，晴

午前赴医院换药，医云近日由人力车跌伤者甚多，今日来医者已有三人。此何故耶？予思或系新车夫骤多之故。

六月三日，星期三，晴

沈君秋墅、吴君梦飞、孙君公勖、林君杰夫、曹君仲韶、阮君毅成先后来视予伤。

金华首检官张润甫君由平赴浙，顺道来京相访。

伤渐平复[1]。下午撤去绷布，揽镜自照，见人中显形一横断疤痕。若以相术论，行运至此必断，即寿至五十一岁而止。扣足生辰满

① 该行原文上标有“○”符号。

年总不能过五十二岁。予年来身体虽日形衰弱，然就命理论尚可至六十四岁。今因此一跌，竟减寿一纪，何其酷也！默念生平谨慎一世，无论对己对人，皆不敢丝毫有所苟且，非特不敢做亏损阴骘之事。自以语对于个人私德，亦异常讲究注意。然年来遭遇，即大恶人亦不过如此。天乎！天乎！予究何罪？而必至于此耶！回念此跌，或非偶然，其殆冥冥中自有主宰耶？然予究何罪？而必至于此耶！至此身之不能再行上达，予固早已知之矣。噫！呜呼！

六月四日[①]，星期四，晴

闻司法院王院长宠惠，准于六日下午二时，由沪乘天津丸启程转赴海牙国际法庭就职。院部参司以上均于今日赴沪送行。故同寓朱公亦于今日早车往沪参与送行。

阅沪报，知杭州市政府决议裁撤。予对于市政府之设置，本极反对，以为骈枝机关莫以此右。如较大县分，事务繁多，尽可扩大组织，增加员额，并慎选干练有为之县长。何必另设市政府，徒增开支，以豢养冗员；多设捐税，以增加负担。尝闻杭州自设市政府以来，增设烦苛杂税多至五六十种。徒耗国家经济，增加人民负担。于杭州实际有何益处？今果裁撤，不可语非吾浙之一福音也。

六月五日，星期五，晴

沈君秋墅、林君文伯先后来访问予伤。

六月六日，星期六，晴。下午二时骤雨，旋晴

下午二时，吴君梦飞来视予伤。

唇伤已愈，擦伤亦脱痂。多日不整容，胡须已满面。命理发师修脸，姑留上唇部分，以俟其全愈。

六月七日，星期，晴。芒种

下午外出购物以试步。因多日未出门，举足犹悬虚未实也。

---

① 原文作“十四日”，误。

同事舒艺盦[①]君来视予伤。

晚六时,阮毅成世兄来谈。

朱公于五时顷由沪返。

六月八日,星期一,晴

唇伤已愈,赴部销假。

复核山东无期徒刑案一件。

上午十时,河北高等法院院长胡子贤君祥麟来访。

下午七时,林文伯兄来谈。

六月九日,星期二,晴

复核山东无期徒刑案二件。

下午四时,山东高等首席检察官周庆笙君起凤来访。

六月十日,星期三,晴。入霉

上午八时,回拜周庆笙君。下午八时,林文伯兄来谈。

无交办事件。

六月十一日,星期四,晴

复核山东徒刑月报二件。

正午,公宴周庆笙君于青年会。今日部令,周君已与北平地方法院院长鲁师曾君对调。

下午七时,应朱郁老之宴于蜀峡饭店。

夜九时,陈陶丞君来谈。

六月十二日,星期五,晴

复核江苏反革命案一件。

下午六时,回拜绥远高等法院院长李祖荪君钟翘。

六月十三日,星期六,晴

复核山西无期徒刑案一件。

---

① 原文误作"许艺盦",根据前文改正。

六月十四日，星期，雨

上午九时，孙公勖兄来访。十时，回拜曹仲韶君。十一时，江宁地检官赖赞卿君继成来见。

六月十五日，星期一，晴

复核浙江、江苏、山西徒刑月报各一件。

阅《曾文正公尺牍》，有警语如下：

> 韩文正有言，贤者恒无以自存，不贤者志满气得。盖自古而叹之也。
>
> 沉舟转侧波涛里，败絮周旋荆棘中。此极言其命途惨逆也。

又曾文正自撰湖口水师昭忠祠联：

> 巨石咽江声，长鸣今古英雄恨；
> 崇祠彰战绩，永奠湖湘子弟魂。

予念年间处境列简表如下：

年份	岁次	予之年岁	所在地	备考
民国元年(1912)①	壬子	二八	杭	逆
二年(1913)	癸丑	二九	杭	平
三年(1914)	甲寅	三〇	杭、苏	顺
四年(1915)	乙卯	三一	苏	大胃病
五年(1916)	丙辰	三二	苏	平、逆
六年(1917)	丁巳	三三	湘	顺

① 公元纪年为整理者括注，下同。

续表

年份	岁次	予之年岁	所在地	备考
七年(1918)	戊午	三四	瓯	顺,得子,殇子
八年(1919)	己未	三五	瓯	顺,妻死
九年(1920)	庚申	三六	瓯	顺
十年(1921)	辛酉	三七	瓯、苏	顺,续弦
十一年(1922)	壬戌	三八	苏	顺
十二年(1923)	癸亥	三九	沪	顺
十三年(1924)	甲子	四〇	沪	顺
十四年(1925)	乙丑	四一	沪	得子,顺
十五年(1926)	丙寅	四二	沪	得子,顺
十六年(1927)	丁卯	四三	沪、杭	遇大危难
十七年(1928)	戊辰	四四	杭	丁父艰
十八年(1929)	己巳	四五	杭	殇两子,大病
十九年(1930)	庚午	四六	鲁、宁	逆
二十年(1931)	辛未	四七	宁	

六月十六日,星期二,晴

上午八时,广东高等法院庭长邵治文君濬来访。伊因自杭时故,内人托带夏衣送宁。

下午六时,浙江高等法院院长郑烈荪君文礼来访。因予尚未回,不晤。

七时,宴邵治文君于青年会。

九时,回拜郑烈荪君。

今日《国民政府组织法》公布,司法院及司法行政部均将变更组织。

下午一时，阮毅成世兄来见。

六月十七日，星期三，晴。夜雨

复核新疆、吉林徒刑月报各一件。

下午七时，孙公勖、邵治文、李祖荪三君来谈，至十一时半始散。

六月十八日，星期四，雨

上午九时，邵治文君来访并辞行。下午五时，往伊寓送行。

复核安徽徒刑月报一件。

予因唇伤虽愈而未复原，故上唇之须蓄而未剃。须已较长，同事中有稍知相术者，语不妨留起。闻术者有生老病死苦之语，即遇一、六岁留须者生；遇二、七岁留须者老；遇三、八岁留须者病；遇四、九岁留须者死；遇五、十岁留须者苦。但均以足年计算。予今年虽四十七岁，然生日未过，尚未足四十六岁，留者应以生论。虽予面系田字形，不宜留须，唯上唇人中部分，既经跌伤有疤，似不若留一东洋式须，以资掩护，亦未始不可。予笑颔之而已。唯忆先父于六十三岁时留须，后即一病不起，逾年病故。岂真应病死之验耶？

六月十九日，星期五，雨

复核黑龙江、安徽徒刑月报各一件。

六月二十日，星期六，雨。旧历端午

复核江苏无期徒刑案一件。山东非常上诉案一件。

上午九时，突接检察院高监察委员友棠来信一件。内开敝委员奉令查办上海地方审判庭历任交代一案，有面询之必要。请明日星期上午九时，驾临敝寓一谈，云云。阅后颇深惊异。念予交代沪任早经清楚，何以忽有此事？如果系关于予任之事，亦应以正式公函致予，命予至检察院相谈，方为正办。何以一半公式之私函，定于星期日招往私寓一谈，殊堪诧异。姑俟明日往见之，便见分晓。

下午八时，吴梦飞君偕寿召仲君来访。

六月二十一日，星期，晴

上午八时，回拜同乡寿召仲君。

九时，往见监察委员高友棠[1]君。据说伊系奉令查办郑毓秀、杨肇煐两任之交代，与予任无关。惟因被控原案胪列多款，牵涉多案，头绪纷繁，以予熟悉沪厅情形，邀予偕往上海帮同清查，云云。予以无此责任，且事涉嫌疑，不便帮同清查，婉词谢之。如有涉及本任之事，可随时招往面询，否则未便预闻。谈约两小时而别。

下午分别往沈秋墅君、刘立德君、舒艺盦君、林文伯君等处谢步。因予跌伤后均来访问故也。

四时半归寓，知江宁地检官朱知逊君逢恩来访。

六月二十二日，星期一，晴

复核浙江无期徒刑案一件。河北徒刑月报两件。

上午九时，阮毅成世兄来访。下午七时，林文伯君、孙公勖君来访。

近日[2]，本部为改隶行政院事，议论纷纭，自相惊扰。按此事之酝酿，虽系别有原因，然现制之不善，致招反动，无可讳言。兹先述现制之组织，再述予之意见。查现制司法院，内设参事、秘书两处。参事处设参事六员。秘书处分总务、会计、庶务三科，各设秘书若干人，以秘书长总其成；外设司法行政部、最高法院、行政法院、高等官吏惩戒委员会等四机关，均直隶于司法院。除行政法院、官吏惩戒委员会尚未组织成立外，司法行政部之组织，一如前司法部。唯除下行公文外，多须呈经司法院核转。最高法院之组织，一如前大理院。唯解释法令须经司法院长核定。架床叠屋，公文多一承转之烦。致人言司法行政部系办理司法行政事务，应改属行政院。司法院仅办理最高司法审判事务，应与最高法院合组，一如前之大理院，云云。忆民国十七年，方组织五院制时，予曾语司法院之组织，应仿照高等法院办理。院长、副院长之下分两部分。一部分为审判，设民事、刑事、行政

---

① 原文为“高友唐”，误。据上文，当为监察委员高友棠。

② 该行原文上标“抄△○”字样。

各庭，办理民、刑事及行政诉讼案件（然以狭义之司法言之，行政诉讼亦不妨除外，另设行政法院径隶国府）；一部分为司法行政。设总务、民事、刑事、监狱各司，办理前司法部应办各事宜。另设参事、秘书两处，办理特种事件。对外公文，除审判文件依法应由法官署名外，均以院长名义行之。至官吏惩戒委员会，可直接隶属国府，无庸拦入。如是，则司法事权不致混淆，而名实亦较相符。乃当局诸公别有作用，见不到此，致有今日之反动。虽然现在如果实行改隶，予敢断言，亦不能长，不久必有变动。因此种办法，亦出于一时之变态，不能作为定例故也。

六月二十三日，星期二，晴

复核江苏无期徒刑案一件、浙江徒刑月报一件。

自明日起，请假九日回籍省亲。即于今夜十一时快车启程。

下午七时，应朱小麟科长之宴于聚庆楼。

六月二十四日，星期三，晴

晨七时，车抵沪站，即换乘沪杭早快车赴杭。车中遇老友杜海生君，一路闲谈，不感寂寞，并惊悉老友何炬瞻君于本月七日在沪病故，为之怆然。

午十二时半，车抵城站，即雇车返寓。初，予以三弟和生来信语伊校廿三日考毕，定廿四日早车过杭返绍。故车抵新龙华站时，予赴南站开之三等车往寻，不晤。犹以为迟未启行也。讵予抵寓，而和弟已在。询之，语已于先一日抵此。

六月二十五日，星期四，晴

上午七时，访福姑母不晤。八时，偕和弟渡江返绍。正午抵家，见堂上康健。

六月二十六日，星期五，晴

上午八时，雇舟晋城。先访王子馀君于中国银行，继访姚慧尘君于烟酒税局。旋在局午膳，与王、姚两君畅谈别后情形。至三时余，访徐叔荪表叔。是晚，即留宿焉。

六月二十七日，星期六，晴

上午七时，乘汽车回杭。十时余抵寓。午后，分别访陈仲瑜兄、福表姑母、汤韦存兄。五时，福表姑母来，谈及伊女婚事，语多愤慨。下午七时，汤韦存兄来，谈至十时余，始行别去。

六月二十八日，星期，晴

上午分别往访宋厚斋、陈鹤卿、姚亿如、金直卿、莫寿笙诸君。下午分别往访朱内光、曾伯猷、马赞明、陈初白、汤韦存诸君。

六月二十九日，星期一，晴

上午八时，访何公旦医生，商询平日病状。

九时，汤拥伯、王迪忱两君来访。

下午六时，莫寿笙、金直卿、曾伯猷三君来访并邀饮于西湖楼外楼。是夜星月皎洁，湖山增爽。膳毕，至平湖秋月茗谈，及归已午夜矣。

六月三十日，星期二，晴

上午往访曹吉甫、张圣徵两君。下午访陈仲瑜、汤拥伯、王迪忱诸君。

下午四时，率妻女等携行装往城站，乘五时五十一分夜快车启行赴宁。来站送行者有宋厚斋、陶辑民、陈仲瑜诸君。夜十一时抵沪站，改乘沪宁夜快车。讵车中人满，拥挤不堪。依路章，二等车客如无座位，例得改坐头等。然头等亦已人满，转辗设法，始各一座。而天气甚热，颇感苦闷。

七月一日，星期三，阴。下午有骤雨

晨七时半，车抵宁站，下车后雇汽车返寓。

下午休息。

七月二日，星期四，晴

上午九时，访阮毅成世兄。

本日因假期未满，在寓休息并整理寓事。

今晚饬旧仆胡炯乘夜车赴杭，移送寓中器具，并撤销杭寓诸事。

七月三日，星期五，晴。下午阴

上午七时，赴部销假，并知本部自本月一日起，办公时间改为上午八时至下午一时。

复核河南无期徒刑案一件、河北徒刑月报一件。

上午十时，郑学石君、阮毅成君先后来访。

七月四日，星期六，大狂雨终日，马路几成泽国

无交办事件。

七月五日，星期，大雨

今日为祖母生辰（八十八岁），全寓茹素一日。

七月六日，星期一，雨

无交办事件。

予臀部肛门左边本有一硬块[1]，已三月余矣。平日不痛不痒，起坐如常。近三四日间忽稍觉痛，不良于坐。日前返杭时询问何医，语系淫热内蕴所致。今午大痛，归寓时几不能步行。盖已牵涉前边淋巴线[腺]发肿故也。下午寒热交作，痛不能支，一夜不安。

七月七日，星期二，雨

自今日起，请病假两天。

上午十时，赴鼓楼医院诊治。据语硬块已化脓，非开刀不可，遂即开刀。语两星期可愈，唯须日往换药云。

下午热度仍高，颇昏睡，唯痛已止。

七月八日，星期三，雨

身热未退，上午复诊。以坐车不便，乃住院，系头等病室，三楼十二号。主任医系外科主任郑祖穆君。院中空气清新，管理亦周到，精神为之一爽。下午检验大小便及血液。

七月九日，星期四，雨

体温已降。院中每日晨四时、八时、十二时，下午四时、八时各验

---

① 该行原文上标"○"符号。

体温及脉搏一次。上午七时、十时、十二时，下午三时、五时、八时，各给予流质食物一次（如牛奶、鸡汁、稀饭、豆汁、藕粉等）。上午五时、十时半，下午三时半，服药各一次。医生八时来诊视换药。看护妇等不日前来慰问，并整理病室各物，颇为亲切。亲友探病时间，定为每日上午十时至十一时半，下午三时至五时。

上午十时半，朱郁老来视予疾，并请其自明日起续假十日。

七月十日，星期五，雨

检查血液及大小便后①，发现予有糖尿病。医劝医治并再详检血液一次，以便知悉血液中含糖之分量。并将每日廿四小时之小便积聚一器，俾知其尿量及糖分。

今日由部中转来居逸鸿兄快信一件，语有事面商，须来宁一谈。予即复函，请其来院。胡炯已于今晨由杭返宁。

七月十一日，星期六，雨

医生发现予糖尿病后，食物大加注意。自昨日净饿一天，今日起改为：上午七时牛汤面或细饭，十时鸡汁，十二时鸡汤面。下午三时鸡汁，五时牛汤面，八时牛汁。

七月十二日，星期，晴

详检血液及大小便结果②，知为含糖百分之六，较之民国十八年检查时，已增加百分之二矣。决定自明日起，每日上午七时半、十二时半，下午五时半各注射 Insulin 一次，每次 15 Units 云。

上午十时，居逸鸿兄自上海来，语伊将任中国银行日本神户分行经理，拟邀予任该分行副经理云。予（一）因日本话几已全忘，华侨商情又未熟悉；（二）因祖母年迈，不忍远离以伤其心。虽入中国银行办事，极为予所愿意，然远涉日本，又非所愿。唯渠既远道专诚而来，未便遽拂其意。即经略述不能远游情形，并允于疮口平复后，再行赴沪磋商云。渠亦以医院接见时间已满，匆促别去。

---

①② 该行原文上标“○”符号。

七月十三日，星期一，雨

自今日起注射因素林 Insulin 第一次后①，至十一时顷，手足觉冷，心摇异常，把持不定。即招看护妇，告以现状。渠即按脉后，将预备之糖精 Sahalin 一杯冲服后，精神即回复原状。

昨日居逸鸿兄来时，因医院种种不便，过于简慢，驰书谢之如下。并以病不能兴，不克握管，特嘱甥女娄安雅代缮。

> 逸鸿我兄大鉴：昨承大驾远道贲临，弟以卧病在床，无法招待。又以医院种种限制，不克畅谈。私心抱疚，于此为极。弟辱承推毂深知，煞费苦心，犹复如是谦挹，感愧交并，唯自惭庸愚，有负期望。兼以环境关系，恐尚非图报之时。吾兄放洋在即，弟既因病不克恭送行旌。谨俟贱恙收口赴沪晋谒，张大后再行奉闻。先此道谢，顺请公安。

七月十四日，星期二，晴。初伏

疮口自开刀后，已有七日，经过良好。每日换药，亦不作痛。唯昨日小便亦无糖。

七月十五日，星期三，晴

这三日廿四小时间之尿量，约在二千七八百 CC 左右。唯昨日小便又检有糖分 11%。故自今日起，Insulin 每次增为 20 Units。

七月十六日，星期四，晴

予本拟今日出院，乃内子力劝多住几天，遂中止。

七月十七日，星期五，晴

今日系旧历六月初三，为予第四十七次生辰。每年予必于是日茹素一日，以志母难。今年适在医院，饮食有定，不便茹素。唯寓中大小，仍均茹素一日云。

---

① 该行原文上标“〇”符号。

七月十八日,星期六,阴

予因疮口已好大半,仅待收口,尚须时日,糖尿病又非短时间所能治愈,久住医院,经济太不上算,而起居饮食亦感不便,颇思出院。除注射由内子办理外,仍每日门诊时间前往换药。商诸主任医,亦经许可。遂于本日上午十一时出院。计共住院十日,需费六十余元。

七月十九日,星期,雨

今日精神似不及在医院之佳,谅房间之空气不及医院故也。

七月二十日,星期一,雨

向部续假十日。

上午十时,乘车赴医院换药。

七月二十一日,星期二,雨

上午十时,赴医院换药。

十一时,同事刘瑾庵君来视予疾。

下午六时,阮毅成世兄来访,八时,孙公勖兄来访。

七月二十二日,星期三,阴

上午九时半,沈秋墅、吴梦飞两君来访。

十时,往医院换药,询其何日能收口。据答难定。现浓血虽净,如肌肉生长得快,三两日可已,否则一二月不定。闻之颇为耽心。

七月二十三日,星期四,雨

今日拟隔天往诊,俾便收口,故不赴医院。

正午,朱郁老由司法院归寓,转述王厚斋司长之意,语拟请予出任地方院长,先征同意。予婉谢之。

下午七时,林文伯君来视予疾。

七月二十四日,星期五,大雨终日。中伏

上午十时,赴医院换药。

得内兄某君(陈仲瑜兄)书[①],语接建德县篆后,诸事顺遂,布置

---

① 该行原文上标“抄○△”字样。

就绪。予以病榻无聊,驰书箴之,录稿如下:

仲瑜吾兄大鉴:辱书,知已布置就绪,诸凡顺遂,不胜欣慰。县长为亲民之官。若论治术,莫要于此。非不可为,乃以近数十年来,积习太深,环境太劣。上指为聚敛之门,再视为发财之径,反置正当之治道于不顾。故稍有气节之士,多不愿出此。遂为贪污者丛集之途,非才德高深者莫由自拔。窃以为士人出任宰官,苟能勤求民隐,视民如伤,深研治道,至公无私,谋国大猷,未始不基于此。往古循吏,不乏其人。设或孳孳为利,日效俗吏之所为,纵能弥过于一时,究亏立身之大节。清、慎、勤三字,虽属老生常谈,按诸治道,究有至理。至用人之权,虽未云广,然用贤用私苟能用当其才,虽亲故不得语私。亦可,于举辟掾属时觇之。吾兄学养有素,习染未深。初膺民牧,正宜慎立始基。树为国为民之大计,毋为时人所惑,与俗同流。义利之界,即廉明贪墨所由分,亦即君子小人所由别。弟爱兄以德,爱之深不觉言之切,还希深察而俯纳之。下略。

连日狂雨,今日尤大。马路及低洼处均成泽国。初伏已过,温度仅华氏七十余度。日须穿裘,夜须盖被。夏行春令,灾象已成。

七月二十五日,星期六,阴。下午放晴

阅报知连日狂雨,长江水高于岸,冲入城内,京市已灾。居民房屋冲倒,栖身无所者,到处皆是。沪宁路被水淹没,镇江山洞倒塌,车亦不通。幸今日放晴,或尚易于救济。予亦以各马路水涨没踁,不能赴院换药。

下午六时,沈君秋墅来访问予疾。

七月二十六日,星期,晴

上午,洪赋林、吴梦飞、寿召仲等三君,先后来访问予疾。下午,舒艺盦君来访问予疾。

阅报，知水西门外沙洲圩，昨晨被水冲破。淹没农田十二万余亩，漂去树木八百余具，冲到[倒]棚屋千余户。灾民栖身无所，扶老携幼，哭声震动天地。

七月份，本京雨量为六〇八·六厘米（即二十四英寸）。突破最高记录（近二十八年间，七月份之最高雨量为二四〇·〇厘米，即十英寸），为光绪三十一年后所未有，温度低降亦为空前所仅见。气候反常，收获无望。

七月二十七日，星期一，雨

上午十时，赴医院换药，并询其究于何日能收口。据外科主任郑医生语，疮口尚有硬块未消，照通常情形必须再割。唯因予本有糖尿病，再割后能否收口，亦难断定。故不敢再劝重割，因而何日方能收，无从预言。

民国二十年七月①

庆

日记

绍兴沈锡庆庆生氏日记

民国二十年(1931)七月二十八日,星期二,雨。下午晴

接裕弟来信,知顾春田母舅去冬瞎一目,近日一目又病,恐又将瞎。念母舅自两子先后殇亡,仅剩七岁一孙。舅母又患神经病多年。环睹两孀媳,家境式微。当此米珠薪桂之时,七十老人何能堪此!其病皆由心境而来。唯自母舅颠沛之时,予亦迭遭逆境,自顾不暇,致不能按时接济,抱恨无穷。念吾先妣身辈上亲人只②此母舅、舅母。予既不能设法安慰,其何以对先母于地下。况二老年逾古稀,风烛残年,在世不久,思之怆然。

不知冯季亮世叔已于本月二十三日病故。冯世叔家本清贫,出身钱业,以卅余年之经营,竟一跃而为吾绍金融界之领袖,执金融界之牛耳。积资念余万,亦吾浦之伟人也。一旦溘逝,能无痛惜。渠长子吉荪系吾旧徒兼旧属,四子荃荪为吾襟弟,故特驰书慰唁之。

七月二十九日,星期三,晴

上午十时,赴院换药。据医云,内肉已涨[长]起不少,现只三四分深,不日可望收口云。

---

① 本册共计 98 页,以封面自题"民国二十年七月"作篇名。

② 原文为"袛",应为"袛(只)",据文意改,下同。

七月三十日,星期四,晴。热

上午十时,赴院换药,情形如昨。

下午一时,刘瑾庵君来访。六时,沈秋墅、吴梦飞两君来访。

五时,部中突然送来部令一件,系派予试署江西高等法院庭长。予出其不意,颇不愿就。

七月三十一日,星期五,晴

上午九时,发呈部辞职文及上王司长书各一件。录稿如下:

呈为因病恳请辞职,仰祈

鉴核照准事。本月三十日奉

钧部部令第二五二九号,内开派沈锡庆试署江西高等法院庭长等,因奉此。窃锡庆身体衰弱,时有疾病,不克从公,理合呈请辞职。仰祈

部长鉴核照准,实为德便。谨呈

司法行政部部长

沈[①]

司长钧鉴:窃[②]猥以樗材,辱承栽植,侍教一载,获益良多。并得亲观中枢司法之设施,默察全国法院之状况,增广见闻,尤偿素愿。唯自惭庸愚,有负期望。每悸思不出位之戒,未贡千虑一得之愚,图报无由,用深内疚。近以身体衰弱,时多疾病,非经长期休养,未易恢复健康。正拟呈请辞职,以免公私两误。适奉部令调署江西,尤征司长栽培之厚意,感激莫名。惟多病之身不胜重任,辜负盛情,益增惶悚。除正式呈辞外,谨此奉谢,恭请钧安。

---

① "沈"字后原标二"△"符号。

② "窃"字后原标二"△"符号。

当派胡炯至部，将予书籍什物悉数搬回。

下午四时半，乘车赴沪。十一时半抵沪，寓一品香旅社。

八月一日，星期六，晴

上午九时，访陈朵如兄，商应否就任中行之事，并询内容。据说中行总管理处决派居逸鸿兄出任大阪分行经理，逸鸿不愿赴日，拟邀你（予）自代，云云。并力劝予担任此事。予当请其以电话询问张公权君，指定约会地点及时间。当经指定上午十一时半在中行相见。届时往拜，约谈十分钟，并邀晚餐而别。

正午十二时，陈朵如兄邀酌于外国饭店。

下午三时，郚君志和来访。五时，答拜于新世界饭店。

下午七时，往万国体育会，应张公权君之晚餐。同席者为郚君志和（无锡中国银行行长）、吴君震修（总管理处业务部长）、汪君伦伯（总管理处总务部长）餐毕许久，犹未提及本题。予乃约与密谈，结果方知该行必须请居君久在日本，不愿以外人往代。予乃决绝辞谢而别，便道访陈朵如兄于伊寓。告知接谈情形，迨回寓，已夜半一时余矣。

八月二日，星期，晴

上午六时，徐成序表弟来访，谈至八时半。予雇车至北火车站，换乘九时半特别快车返宁。下午五时抵寓，方知同事王君绍尧、刘君谨庵、沈君秋墅、吴君梦飞均于卅一日傍晚来寓，以私人资格劝留，由内人接见云。

八月三日，星期一，晴

上午九时，汪秀夫君由绍来访。恳为转托孙公勖兄出一介绍信，俾便持见江苏高院林院长云。予允为设法，当于晚间函托之。

八月四日，星期二，晴

上午九时，汪秀夫君来取昨允之信。

十时，往鼓楼医院换药。疮口已大愈，下次可不往诊。

下午致居逸鸿兄快信，告知往见张公权君情形，并说明该行拟留兄在日两年，若不能确定予事，即谈不到，且亦无庸先入总行学习云。

最后表示，予已谢绝也，请其鉴谅云云。

下午五时，邀请沈君秋墅来寓一谈，并说明予科员一职，已因江西高院庭长之发表而消灭。予因只辞庭长而无从提及科员也，故亦不辞科员。

八月五日，星期三，晴

上午九时，赴部往见王司长，说明因病辞职原因。并赴本司各科诸同事为最后之相见，示无形之辞行。

午餐时，与朱郁老谈及拟率眷回里情形。渠力劝暂从缓议，当为设法留部半年，以待时机。予颔之。

八月六日，星期四，晴

今日疮已收口。自上月七日开刀至今，适满一月。医药所费计百余元。

八月七日，星期五，晴

予自十六年春遭难以后，自审处境，环顾世情，万念皆灰。无意进取，故历年来无不辞尊居卑，力主消极，甚至昔年旧友亦不往来。讵知潦倒一生，竟尔穷蹙至此。嗣后拟勉改方针，稍自振作，或不致[至]于穷饿以死也。

八月八日，星期六，晴。立秋

下午四时，往访沈秋墅君并谢步。八时，林文伯兄来访。

八月九日，星期，晴。夜十一时，大雷雨

上午七时，洪赋林君来访。九时，吴梦飞君来访。

十时，往访陈百年兄，不晤而返。

八月十日，星期一，晴

下午二时，李季箴君来访。渠本系江苏高等法院书记官，现调任法部科员，派在监狱司第三科办事，初到差也。

八月十一日，星期二，晴。大风

八月十二日，星期三，晴

下午五时，王绍尧科长来，并送交予辞职部批一件，知已照准。

五时半，阮毅成君夫妇来访。

八月十三日，星期四，晴。末伏止

八月十四日，星期五，晴

上午十二时，刘瑾庵君来访，并留午餐。

用人标准①，予语可分二种。（一）主观的标准。即自身须用何种人才，专就此种人才留心观察之。如能合其条件，即行任用，庶不致用不得当。（二）客观的标准。即取人之所长而用之。用人之长不能先有成见，只能察其长于何事以任使之。若一方欲广揽人才而任用时，仍必就我所需要之标准，是犹方枘而圆凿，未有能济者也。

八月十五，星期六，晴

下午五时，应朱郁老之邀游玄武湖。同游者为洪君赋林、孙君公勖，并在该湖晚餐。至八时余，兴尽而返。

八月十六日，星期，晴

上午九时，吴梦飞君来访。

八月十七日，星期一，晴

上午九时，答拜徐谷灵君于华成饭店，并邀往青年会午餐。

阅《聂氏家言》②，第三辑载有治糖尿症法。语此病非西医所能愈，须服中药香莲丸及多食西瓜可愈。又服五香丸或梨亦可愈。五香丸见《验方新编》，方为五灵脂、香附、黑丑、白丑是也。香莲丸予曾服过，似有效，唯因便秘停服。五香丸尚未试过，西瓜及梨因含糖分，未曾试服。该方既言之成理，容一试也。

会文堂出版之《曾文正公八种》共二十本。病后披阅，以资观摩，已于今日完全阅毕。

下午四时，答拜舒艺盦、吴梦飞两君。

---

①② 该行原文上标“抄〇”字样。

八月十八日,星期二,晴

阅《聂氏家言》选刊[①],《聂云台先生致辞友人书》,知德国于一九一一年间,曾以全国精研《新约》之有名牧师,组为辩论大会。分为两造。一争耶稣为有,一辩耶稣为无。结果辩无者得直,其会记录即为幸德氏之蓝本云云。按日本幸德氏著《基督抹杀论》,语耶稣为子虚,《新约全书》为伪造。博征古籍,引证甚详。语耶稣之事迹、言论,皆抄写古人成事、古哲陈言。一经揭穿,无从隐遁。旋教会中亦著有《辟基督抹杀论》《评基督抹杀论》两书以自辨。而其要害数点,终不能辩护也,云云。予于耶稣、基督两教之书素不经目,今阅兹书,方知耶稣之为后人托词,并无是人也。

又载治盲肠炎方一则,录如下。

> 谭组盦[②]先生尝告予此系聂云台先生自称云,蒋公雨岩[③]之太夫人患盲肠炎。延西医数人,皆言须剖割盲肠,否则两日必死。旋延中医谈君诊治,服理气活血之剂两日,痛止肿消。二年后,瞿太亲母亦患是病。延西医四人,诊愈云非开割不治。合家惶急,商于予。予陡忆谭公之言,嘱其延谈君或夏君诊。第一日服夏荫棠方,次日延得谈君,服药即肿消痛止。予皆乞得其方,录之以备参考。
>
> 夏方:医案。风邪湿热,积滞交阻,气不疏泄。宜宣解达邪,调气疏肝。
>
> 炒香豉三钱。 括蒌皮四钱。 金铃子一钱五分。 黑山栀二钱。

---

① 该行原文上标"抄〇"字样。《聂氏家言》旬刊创办人聂其杰(1880—1953),号云台,曾国藩外孙。曾留学美国,系民国时期沪上著名实业家。

② 即谭延闿。

③ 即蒋作宾。

洗腹皮三钱。　元胡索一钱。　象贝三钱。　赤白苓各三钱。

桔梗络各三钱。　左金丸七分绢包。　丝瓜络二钱。　生苡仁三钱。

谈方：

紫苏二钱。　陈皮二钱。　乌药二钱。　丹皮三钱。　制香附三钱。

半夏一钱。　沉香五分。　生甘草二钱。　大白芍三钱。海南子二钱。

酒炒黄芩二钱。　焦谷、麦。芽各三钱。　连皮生姜一片。药前服香连丸一钱。

又载治乳房结块方。乳房结块俗名乳吹，语哺乳时为小儿所吹也。

医案。乳头属肝，乳房属胃，乳头结块，肿及乳房。气痰凝滞，络道不和，法当内消。

橘叶、络各一钱。　炒青皮一钱。　薄荷六分后下。　象贝母三钱。　炒枳壳[①]一钱。　白蒺藜三钱。　制香附五分。　丝瓜络二钱。　炒赤芍五分。　煅决明五分。　赤茯苓三钱。如肝郁者加香附一钱。　郁金一钱。

附：调膏药之来方。此方系夏荫棠君家传秘方，专治一切肿块。骨节作痛，疝气偏坠，风痰流注，乳吹初起，均极效。唯阳症红肿，脓已成者则不宜。乳癌初起者可贴，已成者不宜贴。

公丁香二两。　细辛二两。　荜拨二两。　蜂房四两。　百草霜二两。

右药共研细末，以好瓶密塞，和入膏药内贴之。其膏药为普通膏药店内所售之清凉膏。每膏药一斤，加此散一两余。膏熔

① 原文为“炒只壳”，应为中药“炒枳壳”，径改。

化后，搅匀摊之。此方已经照配，屡见效验。

又载针插肉内疗治法。用生南瓜子咬碎敷上即出。

下午三时，访沈秋墅、刘立德两同乡，托领薪水。

六时，应司法院参事潘植生恩培君之晚餐于青年会，至九时而散。

八月十九日，星期三，晴

阅《聂氏家言汇选》[①]，载有吾绍田寿荪先生[②]《上曾文正公乞假寻亲章》及批各一件。此为《曾文正公全集》所不载。书录如下，非维发潜德之幽光，亦足征吾绍先正之典型也。

敬章者：窃卑职蓬门下吏，忝窃科名，捧檄已迟，禄不逮父。所可奉侍者，惟有一母，年已七十七岁。咸丰四年，卑职拣发来省，迎眷到苏，菽水承欢，稍申乌哺。九年八月，卑职承乏丹徒，老母侨居吴会。十年四月，因苏州告警，挈眷还乡。其后贼势猖獗，苏、常沦陷，镇郡孤立，江表岌岌可危。老母数从间道寄书，时相慰勉。且手谕戒之曰：汝以书生，幸司民牧，见危授命，义无可辞。倘镇江有事，而汝临难偷生；或镇江无事，而汝托故交卸，皆非吾子也。他日归必屏汝于门下矣。故卑职署丹徒四月，虽公事万分竭蹶，不敢稍萌畏退之心。逆匪迭次围城，卑职随同在事文武，昼夜登陴守御。多则卅日，少则数日。得以志定神闲，置生死于度外者，秉母氏之训也。上年九月，原籍山阴县，被贼窜踞。各乡义民，接战失利。卑职庐舍被焚，老母及兄侄妻子，避居诸暨县辖之包村。卑职今春得信，差人往接，而包村先以被

---

① 该行原文上标"〇"符号。

② 田祚，字元持，号寿荪，浙江山阴(绍兴)人，道光举人，官至江苏镇江府知府。其子田兆林编有《田寿荪行述》一卷，光绪刊本。

围，守候多时，不能前进。七月，闻包村被陷。卑职即欲乞假寻亲，特恐以托故规避可疑，不获俯如所请。且卑职母教綦严。丹徒一任，不许托故交卸。苟谕此言，恐母氏不以己为子。彷徨瞻顾，五内如焚。七月以后，每日呕血升余。九月间复患虐病，至今未痊。节次差人赴包村附近各亲友探问，兄母眷属，均无下落。神魂飞越，心志昏迷，实有不能服官之势。兹蒙恩施优渥，调署泰州。在宪恩，无规避差缺之疑；在老母，无违反教育之戒。卑职得其志矣。夫人臣委贽，义在致身。此语不避患难而言，非语平日可置其亲于不问也。古人有亲陷贼中，终身不仕宦者。卑职亦犹人子也，老母日落桑榆，就使处常安顺，固已忧多喜少。何况干戈满地，消息全无。即或幸处平安，其惊恐忧愁，饥寒交迫，在所不免。衰年处此，自必更颓，势等倒悬，老同朝露。而卑职事上接下，谈笑从容，晏然若无其事。高天厚地，何以自容！人生于亲属交游，遇有急难，犹应竭力赴之。卑职生为人子，当老母颠沛流离之间，既不能获持于其旁，又不能速为救援。徒以出生入死之事，属望于专托之人。是犹父母有病，而欲割他人之股以疗之也。不已傎乎！一生恩勤，顾惟母是依。及老母在患难之中，竟不得卑职丝毫之力，是卑职之有母与否，尚未可知。而自老母思之，已不啻无卑职之一子矣。兴言及此，其思勉就医药，适彼乐郊乎。伏维大人推恩锡类，教孝作忠，吁求格外矜全，给假数月，另行委员署理。俾卑职得以力疾寻亲。倘邀福庇，老母平安脱离贼境，卑职心病既去，所患诸症，自易就痊。容即销假当差，另求驱策。母子有生之日，无非戴德之年。草木有知，敢忘所自，否则亦惟各行其志。候得老母确信，再行束装待罪，听候严参。母子至性，事不容已。临章涕泣，不知所云。

曾文正公批：

章已阅悉。该员协守镇城,孤危穷苦。三载于兹,军民交颂。本部堂早经博采舆论,殊深钦佩。是以函饬江藩,调署泰州,以资佐理而伸公道。兹拟专摺保奏,表扬政绩。为两江官场之吃苦者劝,取巧者愧。而不知其有七十之母,尚陷贼中也。包村陷后,杳无信息。为人子者,何以堪此?然未调署之先,不敢违母命而藉故规避。既调署之后,不肯恋美缺而乞假寻亲。忠孝大节,委曲求全。高义至性,钦仰曷已。应如章给假四月,再行回省销假当差。候饬江藩另委贤员,署理泰州篆务。此缴。又批。章词系该公手稿,抑系何人代拟。即据实章复。李令伯《陈情表》,不能如此沉痛。所述慈训,真天下之贤母。有是母乃有是子。当益加勉为循良清白吏,以成母志可也。

下午二时沈秋墅、刘立德两君来访。

八月二十日,星期四,晴。七夕

下午六时,应沈秋墅、刘立德两君之晚餐于伊寓。

八月二十一日,星期五,晴

八月二十二日,星期六,晴

予自民国元年曾蓄须一次,颇觉不利,旋即剃去。今夏因人中跌伤,不能剃须,遂自然留起。三月以来,亦极不利。故复于今日剃去。术者尝语予,不应留须,其信然耶。

下午二时,林文伯君来访。

八月二十三日,星期,晴

今日饬安雅、素娟仍回行素女子中学继续肄业。命乘夜十一时特快车启行,并令胡炯伴送赴杭。

下午五时,最高法院庭长童萱甫杭时来访。

八月二十四日,星期一,晴

下午五时,答拜童萱甫君。

八月二十五日，星期二，大风，晴

上午九时，访阮毅成世兄。

下午三时，访潘植生参事，林文伯、莫益三、徐谷灵诸君。潘、莫均不晤。

下午五时，莫益三君来拜。

胡炯于今日上午九时，由杭返宁。

八月二十六日，星期三，雨。大风

今年水灾区域占十六省，灾民五千万人，积水月余，迄今未稍退。复遇猛烈飓风，则倒屋破圩，不堪设想。灾区之广而重，为百年来所未有。诚浩劫也。

下午五时，沈秋墅君来访。

八月二十七日，星期四，晴

下午三时，访孙公勖君。

八月二十八日，星期五，晴

上午十一时，阮毅成世兄来谈，至下午三时顷别去。

八月二十九日，星期六，晴

上午十时，徐谷灵君来访。

天气渐凉。定本月卅一率眷回绍。即饬收拾行李，以便启行。

八月三十日，星期，晴

上午九时，吴梦飞君、王南言君先后来访。

下午二时，阮毅成君夫妇、陈哲侯参事先后来访。

六时，应洪赋林君、曹仲韶君、莫益三君、林文伯君、孙公勖君等之公宴，于老万全菜馆。

朱郁老及房东邱景桓、邱润霖兄弟均送路菜及点心。

下午九时，往王厚斋、刘默存两司长处辞行。

八月三十一日，星期一，晴

上午八时，沈秋墅君来寓送行。

九时，率妻女乘车至下关车站。因行李已于六时顷发出，由胡炯料理清楚。唯行李过多,幸赖同乡刘立德君照料,便利不少。十时,通车启行,胡炯则因留侍朱郁老,暂不同行也。当晚十时十五分,车抵杭州城站,就近在沪杭旅馆一宿。唯臭虫太多,殊不能寐。

九月一日,星期二,晴

上午访徐表姑母[1],稍坐,即回旅馆休息。

下午一时,至车站探视和弟。迨车抵站,未见其人,想未来也。

夜膳后,率妻女偕至福姑母家借宿。因旅馆臭虫太多,恐被再扰故也。

九月二日,星期三,晴,夜,大雨

晨六时,回沪杭旅馆料理出发行李。复至南星站,取行李后,渡江乘十时卅分早班轮船回绍。下午四时,晋城抵埠。内弟陈季云、五平兄弟已在局相候,即过船至伊家,因内人自两孩夭殇后,瞒住祖母不能回家。适内兄仲瑜在外,伊屋出租,故暂由内人租住。到后并知和弟已于本日赴沪。

晚膳后,予往笔飞衙徐叔荪表叔家寄宿。

九月三日,星期四,雨

上午七时,雇舟返家。九时抵家,知堂上康健如常。

下午二时,徐仲荪表叔来探视祖母,谈一时余别去。

九月四日,星期五,雨

九月五日,星期六,雨

九月六日,星期,雨

午餐后雇舟晋城,在保佑桥一宿。

九月七日,星期一,晴

上午九时,访姚慧尘兄于烟酒稽征局。十时,访王子馀君于中国银行。十一时,至笔飞衙徐宅,即暂寓于此。下午二时,王子馀君来谈。五时,电招陈荫生内弟来会。

---

① 徐表姑母即徐全姑,徐锡麟长妹,沈锡庆表大姑母。

该地方分院书记官长王介亭君闻悉偕来，谈一时余别去。

下午六时，王叔梅、姚晓尘、姚慧尘、陈牧缘、任葆泉诸君相偕来谈，即在徐宅聚餐。至十一时余，始尽欢而散。

九月八日，星期二，晴

上午九时，往旧山阴县署视察新筑绍兴地方法院。屋宇规模尚可，建筑也颇坚固。检阅图样系属第三次更正，自较第一二次为妥善。四周旧料改造之小屋，亦极敷用。落成后气象当为之一新。面对塔山，后望龙山望海亭，风雨亭居其后方。东西两角，风景颇佳，空气亦好。询诸工匠，再经半月可以完工。顺道往中山公园一游。园系旧绍兴府署改建，殊无一观价值。

十一时，王君叔梅持看守所图样来商。予意监房拟改"王字式"或"工字式"为妥。现图"人字式"似于地增大，不经济，且致将来无扩充余地。按看守所拟建在法院大门内西首，规地约十余亩。此地本系前山阴县旧址，民国初年，曾设立绍兴县级法院一次，二年即被裁撤，嗣后被军队占驻十余年。民国八年间，经寿安兄长浙江高审厅时，曾一度拟收回此地，为改设地方法院之预备，托予设法收回。终以军队驻扎，不得要领。迨民国十七年，军队开拔后，该署或成白地。予在浙江高等法院任内，始竭力与地绅及省府再三筹商。事经半年之久，始得作为绍兴地方法院之址，案乃确定。讵因筹备、建筑、绘图、筹款，公文辗转，又经一年之久，方奉司法部核准。不料指令到杭之日，正殷院长及予交卸之时。后任视为缓图搁置不办，又经一年之久。由地方团体呈催，始于今年夏季投标建筑。该地原址计有地四十余亩，将来亦仅有扩充余地。

十二时，陈君牧缘、任君葆泉及予，均在徐宅午餐。

晚餐后，徐叔苏叔与谈伊家事甚久，至十一时始寝。

九月九日，星期三，晴

上午十一时，王君子馀来谈，午餐后别去。

下午五时，姚君慧尘来谈，晚餐后别去。姚君谈及，今年应预办米五万石备荒。予语绍兴实应收回豫仓,办理积谷。

下午二时,绍兴地方法院书记官长来商看守所图样事。予仍以对王叔梅君之语告之。

九月十日,星期四,晴

上午十时,访姚慧尘君,谈至十一时余别归。

九月十一日,星期五,晴。晨雨

上午八时,雇车回浦。下午二时,访许东山医生,不晤而回。

九月十二日,星期六,晴

下午二时,请许东山医士出诊,语肝脾肾皆有病。

九月十三日,星期,雨

下午五时,陈荫生内弟来谈。

九月十四日,星期一,雨

九月十五日,星期二,晴。晨雨

九月十六日,星期三,阴。晨雨

本定今日赴安昌省视母舅,惟晨起天未放晴,因而中止。

下午二时,请许东山医生复诊。

九月十七日,星期四,晴

下午一时晋城。

九月十八日,星期五,晴

上午九时,访王子馀君。十时至徐宅。下午王子馀、姚慧尘、张天汉、鲍予忱[①]、王叔梅诸君先后来谈。

九月十九日,星期六,阴

上午十时半,乘卓章轮船,往安昌顾母舅处。下午一时,抵安至顾宅。见春田母舅两眼有白星,仅能在屋中扶走。舅母病卧在床,已

① 原作"鲍宇忱",根据上下文应为"鲍予忱",绍兴窦疆村鲍氏家族盐业常务董事。

二十余日。予因三年不见，互谈别后情形，为之怆然。予赠送念元[①]以为医药不时之需。三时半，仍乘轮而返，抵城已六时矣。

九月二十日，星期，雨

予本拟今日赴沪，因晨起大雨，乃中止。

九月二十一日，星期一，晴

上午九时，往五云站，乘九时二十分汽车动身。见五云门至昌安一带城墙大半拆卸。十二时抵杭，改乘下午二时快车赴沪。当晚八时到沪，暂寓三马路新惠中旅舍。

九月二十二日，星期二，晴

昨在火车中阅报，始知日本已于本月十八夜，突以兵力占据辽宁省城。袭击机关，杀伤官民，不计其数。该省重要各地亦先后均被占据。今日阅报，知吉林亦被占据。形势扩大，情状危急。中央政府虽已诉诸国际联盟会，语日本违反非战公约及破坏条约。请国联制止日本暴行，即日撤兵并保留赔偿云云。然弱国外交，结果可想。吾国民气虽极愤激，按诸实际，究有何益？上海商情因之颇形混乱，为从来所未有。

上午九时，访殷叔祥兄。十一时，访陈朵如兄。

下午五时，电招陈季云内弟及和生三弟，来旅舍一谈。

下午八时，徐成序表弟来访。

九月二十三日，星期三，阴。夜雨

上午十时，赴西蒲石路中西疗养院，访陆仲安医生就诊。陆医曾充前清御医，近年来在沪行医，声名甚大。前闻胡适之先生糖尿病系该医治愈，故特就诊。据说予病在心肾两亏，非短时间所能医治。宜常服补心、补肾之药，以免再行消瘦。至糖尿病既有十年之久，非经心肾两脏医愈后，未能就痊，云云。唯细核其方，亦与何医、许医各方无异。

---

① 念，方言。念元即贰拾元。

十一时，访陈赞卿先生。旋知王粟初兄亦在该处，遂留午餐，谈至二时辞出。下午四时，访徐季荪表叔，即在伊寓晚餐。七时余辞出。

下午八时，陈赞卿先生来谈。

九月二十四日，星期四，雨

上午九时，殷叔祥兄来谈。

今日上海市场商情益形混乱。

下午七时，访陈朵如兄于伊寓，谈至午夜始返。

九月二十五日，星期五，雨

下午一时，往浙江实业银行。

下午七时，陈朵如兄邀往法国麦瑞饭店晚餐。餐毕，同返旅舍，谈至午夜一时余别去。

九月二十六日，星期六，晴。旧历中秋

上午九时，特别快车返杭。下午二时抵站，暂寓清华旅馆。稍息即雇车往平湖秋月，把茗独赏。至五时顷，童亦韩先生及徐仲荪①表叔亦相将而来。遂共桌谈天，至十时余散归。顺道访姚生亿如一谈，及回寓已十一时矣。

九月二十七日，星期，晴

上午七时，访福表姑母。八时，访汤韦存兄，因已出门，遂约定下午七时再往。顺道至行素女校，一视娄安雅甥女及长女素娟，乃知伊等昨日亦参加杭市学生队，劝募水灾捐。少坐即出，雇车至满觉衖赏桂。十二时，在水乐洞午餐。迨下午四时，往里湖招贤寺访徐仲荪表叔。七时，访汤韦存兄，谈至十一时余别归。抵寓后，知姚生亿如已来访一次。

九月二十八日，星期一，晴，下午大雨

上午九时，雇车至钱江。过渡后，乘十时半汽车返绍。下午一时

---

① 徐伟(1876—1943)，字仲荪，绍兴东浦人。徐锡麟二弟，沈锡庆表二叔。

抵城。

九月二十九日,星期二,雨

本月廿六日,在平湖秋月遇童亦韩先生,曾赠与《人道大义录》一本。今日无事,翻阅一过,知此书系富阳夏震武先生所著。内分夫妇、父子、君臣六篇。系有关世道之作。

九月三十日,星期三,阴

中午在徐宅午餐。同席者为王君子馀、姚君慧尘。因知王君现又在被人挤轧时,真一叹。

十月一日,星期四,晴

晨接胡炯由南京来信。语朱郁老已于廿七日请假回金华原籍,同寓洪赋林君家眷亦已迁京,将来朱公回来,亦不致无人招呼。故特快信胡炯,饬其速回。

十月二日,星期五,晴

十月三日,星期六,雨

上午九时,雇舟回东浦。

十月四日,星期,阴

十月五日,星期一,晴

下午臀疮复发,且破。故即雇舟晋城。

十月六日,星期二,晴

十月七日,星期三,晴。晚雨

下午二时,往笔飞衙,知叔荪表叔已赴杭寓环湖旅馆。留言,予如进城希即赴杭云。

十月八日,星期四,晴

上午,乘八时半特快车赴杭,十一时抵环湖旅馆。今日渡江遇潮水过早,钱塘江心沙埌突起,约有五里路阔之平地一方。故渡船分两截,先由西兴岸过渡至江心沙地,走五里余有人力车,复过渡至钱江三廊庙码头。予自往来杭绍三十年,此次渡法实系创见。唯潮大时,仍能径渡。

下午，偕叔苏叔及蓉贞表妹季苏叔次女，适许少卿雇汽车同游灵隐。四时归寓。

六时，曹吉甫、张圣徵、姚亿如诸君来此晚餐。

十月九日，星期五，晴

上午九时，偕叔苏叔往访徐四表婶、徐二表姑母。适仲苏表叔亦在福表姑母处。谈至十一时返寓。

下午，致书行素女子中学校长，嘱甥女娄安雅、长女素娟于明日国庆例假来寓一见，当据该校复准。

六时，曹吉甫、张圣徵、姚亿如来此晚餐。

九时顷，偕往马路闲逛。觉两大腿滞重，行走颇不自然。归寓后，见两大腿浮肿异常，揿之无凹。唯予两小腿及脚时患浮肿，每日傍晚必发，已有年余。今忽延及两大腿，为之一惊。即行安睡。

十月十日，星期六，晴。双十节

晨起，腿肿已消，唯晚间仍发。

今日为民国二十年国庆。唯因暴日侵凌之故，故各报多为国庆与国哀之文。环湖前窗，遥临运动场。各机关、各学校之列队参与运动场之庆祝会者，多经此而过，仪容甚盛。且因国难故，各机关及各校均为军事训练，望之尤为整齐严肃。

十时顷，安雅、素娟及徐氏兄弟姊妹等在杭读书，均先后来见，约十余人，午餐后，分别归去。

六时，曹吉甫、姚亿如来此晚餐。

十月十一日，星期，晴

上午分别往访宋延华、金直卿、郑雪江、莫寿笙诸君。下午孙俶仁、孙湘舟、莫寿笙诸君先后来访。

十月十二日，星期一，晴

上午九时，偕叔苏叔答拜孙俶仁兄。中午往天真西菜馆午餐。旋遇旧属鲍遐斋、吴宝泰两君亦来此就餐，予等餐费竟被鲍君付去。鲍现任杭州律师公会会长，本系予旧徒也。

下午六时，曹吉甫、姚亿如来此晚餐。

七时，金直卿君来访，谈至十时余别去。

下午二时，郑雪江君来访，谈至四时余别去。

十月十三日，星期二，晴

上午十时，孙俶仁兄来谈，至下午一时别去。

下午二时，偕叔荪叔往访徐仲荪叔于里湖招贤寺。稍坐，往游三潭印月。

上午八时，就诊于何公旦。据说两腿之肿，系气虚湿滞。

下午四时，陈仲瑜兄来访。渠因参与十二日县长会议来省也。

六时，应金直卿、宋延华、曾伯猷、莫寿笙、童玉阶、萧厚栽、马赞明、徐哲荪、陆宝铎、李吉川等公宴于聚丰园。同席有钟静庄君，钟新奉调任金华地方法院长。餐毕，往钟君处一谈。九时访陈初白君、曾伯猷君。

十月十四日，星期三，晴

上午，拜昨日公宴诸公于高等法院。

下午五时，王守刚、马赞明、陈初白诸君来访。

六时，应杭县地院长袁海峙、首检陈初白两君之宴于协顺兴西菜馆。

下午三时，陈仲瑜兄来访。语伊拟明晨返建德县云。

十月十五日，星期四，晴

下午二时，访袁海峙君。

五时，陆宝铎、李吉川、萧厚栽、童玉阶、袁海峙、宋延华、徐哲荪诸君先后来访。

六时，曹吉甫、张圣徵、汤拥伯三君来此晚餐。

十月十六日，星期五，晴

上午十时，访朱郁堂先生于清泰第二旅馆。

下午二时，偕叔荪叔回绍。

十月十七日，星期六，晴

十月十八日，星期，晴

十月十九日,星期一,晴

十月二十日,星期二,晴

阅报,知美国电学发明家爱迪生 Edison(即奇异牌电器)已于十八日逝世。

十月二十一日,星期三,晴

上午九时,访鲍宇[予]忱君。十时,访姚慧尘君。

下午六时,姚、鲍两君及王叔梅君均在笔飞衙晚餐。餐毕,招单远香医生诊治予病。语系风湿痰互相胶绕,阻遏气机,治宜扶脾为主,佐以滋水柔肝,兼去风湿为治云。

十月二十二日[①],星期四,晴

阅报知最近统计各国军费、教育费之比较,列表如下。

国别	军费	教育费
中国	百分之八七	百分之一·七〇
美国	三三	
日本	二七	八·二三
意大利	二二	六·六六
英国	一四	七·〇〇
法国	一三	五·四九
德国	八	

十月二十三日,星期五,晴

十月二十四日,星期六,晴

陈赞卿君自东浦来。

① 此日期"二十"原作"廿",下同,到二十九日为止。

十月二十五日，星期，晴

上午十二时，沈复声君来访。

十月二十六日，星期一，晴。大风

上午九时，偕陈赞卿君同返东浦。午后二时回城，舟行至上大桥，风大折回。至四时顷，风稍平，再进城。

十月二十七日，星期二，晴

上午十一时，任葆泉、王子馀两君来访。

下午二时，回拜沈复声君，谈至五时余别归。

十月二十八日，星期三，晴

十月二十九日，星期四，晴

下午二时，晤老友黄越川君于笔飞衙徐宅，谈至晚九时始散。

十月卅日，星期五，晴

十月三十一日，星期六，晴

十一月一日，星期，晴

正午十二时，应王叔梅君之午餐于王祥元。同席者为沈君复声，姚君晓尘、慧尘兄弟，陈君牧缘、鲍君宇[予]忱。至二时始散。

十一月二日，星期一，晴

上午九时，访王子馀君于中国银行，并与该行会计主任仲密族叔闲谈许久。

晚间，臀疮殷殷[隐隐]作痛。

十一月三日，星期二，阴。傍晚雨

今日姚君慧尘邀游石屋塔院。晨六时即起，早点后往姚宅。旋何君几仲①、王君叔梅、朱君仲华、沈君复声均陆续至，即相从出城。舟系姚君新制备，极华丽。城中除张天汉君自制一艘外，要以此船为最佳。

十时抵埠。先参观姚君寿域，旋各乘山轿往游塔院。唯予因臀

---

① 何几仲，辛亥革命后中华自由党绍兴分部骨干分子。

疮痛极，不能行坐。不得已中止，回舟独卧。

一时余午膳后，复放舟至禹陵。予仍卧舱中，不能上岸。至六时返城，即雇车回寓。

十一月四日，星期三，晴

臀疮痛更加剧，至傍晚疮破脓[①]流碗许。每隔一小时洗换一次。

十一月五日，星期四，晴

身热已退，痛亦渐瘥，唯脓血[②]仍多，每隔二三小时须洗换一次。不能起床。

上午十二时，徐叔荪表叔来视予疾。

十一月六日，星期五，晴

浓血渐少，痛亦止。

上午九时，姚君慧尘来视予疾。

下午三时，沈君复声来视予疾。

十一月七日，星期六，晴

疮渐平复。

下午三时，王君叔梅来视予疾。

十一月八日，星期，晴

浓血已净，已能起床。

十一月九日，星期一，雨

疮已平复，唯精神仍觉疲倦。此次复发，可语其来也骤，其去也速。且恐从此为终身之累矣。

十一月十日，星期二，雨

十一月十一日，星期三，雨

十一月十二日，星期四，雨

十一月十三日，星期五，雨

上午九时，访姚慧尘兄，知已赴杭。

---

①② “脓”原作“浓”。

十一月十四日，星期六，阴

十一月十五日，星期，阴

十一月十六日，星期一，晴

绍兴地方分院今日举行新署落成典礼。浙江高等法院院长郑烈荪君文礼、首席检察官郑雪江君畋均莅绍。昨日，先由该分院长蒋丙奎柬请与会观礼，并邀午餐。予仅送一“法治初基”匾额而不赴会。晨七时，由该分院书记官长王介亭君道周催请，予辞以疾。

下午六时，应张天汉君晚餐。

接陈仲瑜兄信，知伊在建德县署内，被堂弟礼耕赴乡催收公债，携款潜逃，不知何落。厅印收证，亦被携去。予察度情形，恐已回家。当命内子往曹娥一行，授以方略，一面先行函复。

十一月十七日，星期二，晴

正午，应鲍予忱君之午餐。

下午二时，冯虚舟君来访，不晤而返。

四时，内子回城。建德公债收据已如数设法取到，仅被收去九十元。尚属不幸中之大幸。当电告仲瑜矣。

下午六时，应鲍予忱君之晚餐。

十一月十八日，星期三，阴

前清仓场侍郎俞翊轩先生廉三之次孙俞孚尹君回绍扫墓，寄寓徐叔荪叔家。谈顷，知为吾友汤韦存兄之妹倩。晚间与绍兴县长郑凝畅谈时事。

十一月十九日，星期四，晴

上午十时，访朱仲华君。至适王叔梅君亦在座。至十二顷，偕往徐宅午餐。

下午二时，接杭州行素女子中学长途电话，知甥女娄安雅在校患痘症。因系传染病，不便住校，嘱派人接回。予遂同内子赴杭，六时抵校，知病不甚重，乃挈同往清泰旅馆一宿。福表姑母同往照料。

十一月二十日，星期五，晴

上午九时，率内子及甥女雇车渡江，搭乘汽车至凰仪桥车站下车，改乘小舟回家。内子径回城寓。一路平安，未受狼狈。正午抵家，即请许东山医生诊视。亦语尚非重症，二三剂即可望愈云。

十一月二十一日，星期六，阴。夜雨

十一月二十二日，星期，阴。夜雨

午餐后雇舟晋城。

十一月二十三日，星期一，阴

下午二时，访姚慧尘兄闲谈。

十一月二十四日，星期二，晴

上午十时，访王子馀君不晤。转至徐宅，适王君坐待，谈至下午二时别去。三时，访沈复声君，谈至五时而别。

十一月二十五日，星期三，晴

十一月二十六日，星期四，雨

下午六时，应陈秉钧君之晚餐。

十一月二十七日，星期五，阴

十一月二十八日，星期六，雨

十一月二十九日，星期，晴

十一月三十日，星期一，晴

十二月一日，星期二，晴

上午九时，雇舟返浦。

十二月二日，星期三，阴。下午雨

上午八时，雇舟晋城。因甥女娄安雅假满病愈，拟送其赴杭校销假。抵城后，乘十二时半汽车过钱清，天雨，二时半抵江边。四时抵杭，寓清泰第二旅馆，当饬安雅回校。五时，访徐表姑母。

十二月三日，星期四，雨

上午八时，往何公旦医生处就诊，并请其开一膏方。

九时，访汤韦存兄，倾谈终日，至晚九时返寓。

十二月四日，星期五，阴

上午八时，访张圣徵君。九时后，独游西湖葛岭山庄及孤山等处。下午五时，遇马赞明君于途。晚餐后，重至马寓闲谈，十时而返。

十二月五日，星期六，阴

正午十二时，张圣徵君邀酌于天真西菜馆。餐毕，访曹吉甫君。二时后，独游城隍山。五时回寓。

十二月六日，星期，晴。晚雨

上午九时，长女素娟、甥女娄安雅来寓，率同游山终日。素娟绛苔加甚。近闻何医生云，迩来女生于经期时饮食、运动不知注意，故身体常多疾病，洵哉言也。五时回寓，知陈炳生、福姑母、金直卿、马赞明诸君先后来访。当往福姑母处回拜，并留晚餐。八时，往访张圣徵君，适曹吉甫君亦在座，谈至十时别归。

十二月七日，星期一，阴

上午八时，驱车渡江，换乘汽车返绍。下午三时，至笔飞衙徐宅。

十二月八日，星期二，雨

上午九时，访王子馀君。因臀疮小发，承介绍名外科李晴南医生诊视。下午四时往诊，据说初次开割，部位未正，而收口太急。内肉尚未生固，留有空隙，致藏毒化腐，屡次复发。拟将此次出浓[脓]收口后久贴膏药，使其全愈，不令复发云。

十二月九日，星期三，雨

下午三时，往李医生处复诊。

十二月十日，星期四，阴

上午九时，姚慧尘君来视予疾。

下午三时，沈复声君来视予疾。

十二月十一日，星期五，雨

下午三时，往李医生处复诊。

十二月十二日，星期六，阴寒大风

十二月十三日，星期，晴。寒，冰冻

上午九时，绍兴法院书记官长王介亭君来见。

下午三时，往李医生处复诊。据说此次浓[脓]水已净，可就根本治疗。嘱三日一换膏药。九日后，再往复诊。

下午三时余，陈荫生内弟来谈，晚餐后别去。

十二月十四日，星期一，晴

十二月十五日，星期二，晴

十二月十六日，星期三，阴

上午九时，往笔飞衙徐宅。

十二月十七日，星期四，阴

阅报知国民政府主席蒋中正已通电下野，暂由林森代理主席。

上午九时，访姚慧尘兄不晤。往访沈复声君，稍坐，偕往笔飞衙徐宅，电邀王子馀君相偕午餐。

下午六时，应王叔梅君之晚餐。

十二月十八日，星期五，阴。晚雨

上午接工厂基金委员会公函。通知由该会大会推举予为锡麟小学校董，同时唯该校通知，明日下午一时开第七次常会，云云。予拟不就。

下午四时，访姚慧尘兄。渠亦拟不就。查此次推举校董五人，系沈复声、姚慧尘、杜海生、冯虚舟及予云。

十二月十九日，星期六，雨

上午分函工厂基金委员会及锡麟小学，辞谢校董。录函如下。

一、致工厂基金委员会

径启者顷准

贵会函开。兹由本会委员大会推请担任锡麟小学校董等由并送议决案一份，准此。查锡麟小学为先师纪念事业之一，苟为力所能任，无不勉效驰驱。唯庆年来身体衰弱，时多疾病。此次返里专为养疴。校董职务重要，实非病躯所能胜任。相应检还原件，函请贵会查照，另推贤能以重校务。无任感纫。此致。

一、致锡麟小学校董会

径启者查：庆对于贵校校董一席，昨接工厂基金委员会函，知后业将因病不能担任。缘由专函恳辞，兹奉函嘱出席常会。相应将恳辞情形函请查照。此致。

下午三时，往李医处诊，据语经过良好。

五时回寓，内弟五平由沪校归，季云昨日已归，并知三弟和生亦于昨日归家。因此次京沪各校学潮甚大，故均提前回家也。

十二月二十日，星期，晴

上午九时，三弟和生来城报告在学情形，午餐后别去。

下午二时，往访沈复声兄，并将家谱送阅。不晤，留谱而返。

十二月二十一日，星期一，晴

上午九时，访朱仲华君不晤。

下午二时，访黄越川君，谈至四时余别归。

十二月二十二日，星期二，阴

上午雇舟回家祀祖。因吾家惯例，每遇冬夏至必先一日祭祖也。

十二月二十三日，星期三，阴。冬至

十二月二十四日，星期四，阴

十二月二十五日，星期五，晴

午后雇舟晋城，知胡炯已于昨晚由宁返绍。宁寓已结束清楚。朱郁堂先生亦辞职返金华原籍。赠予照相一帙，留为纪念。时正先生六十花甲也。

十二月二十六日，星期六，雨

十二月二十七日，星期，阴

十二月二十八日，星期一，雨

十二月二十九日，星期二，雪

阅报，知昨日一中全会已举出林森为国民政府主席，孙科为行政院长，张继为立法院长，伍朝枢为司法院长，戴传贤为考试院长，于右任为监察院长。司法部改隶行政院，已修改《国府组织法》。

十二月三十日，星期三，雨

十二月三十一日，星期四，晴

阅报，知罗文干为司法部长，改隶行政院。至司法院长应兼最高法院长，管辖最高法院、行政法院、高等官吏惩戒会等三机关云。

二十一年(1932)一月一日，星期五，晴

今年元旦，以国难故停止庆祝。各机关奉令照常办公，不准休假。绍兴习惯本从阴历，商民方面更无点缀，市上自无新年气象。

绍兴县长郑亮存凝，于今日交卸县篆后差片辞行。午后回省。

下午六时，应农工银行行长姚晓澄君之晚宴。同席者为沈复声、徐叔荪、王叔梅、陈牧缘、陈秉钧、鲍宇[予]忱、姚慧尘、张天汉诸君。至九时余，尽欢而散。

一月二日，星期六，晴

上午九时，新任绍兴县长汤悠斋日新来拜。

正午，徐叔荪表叔宴汤悠斋县长，邀予作陪，并代主席。同席者，即昨晚姚宴诸君也。

正午三时，往李医处复诊。语内肉仍未生满，仍须出毒一次，使其净尽，方可断根云。

一月三日，星期，晴

下午三时，偕徐叔荪表叔回访姚慧尘兄。晚餐后返寓。

一月四日，星期一，晴

本日，因内人失音气喘，为延姚啸馀医生诊治。

阅报，知司法行政部次长已发表，何恩毅世桢。为政务次长，郑茀庭天锡。为常务次长。此次司法部部长、次长均为予熟人。特驰书道贺。

一月五日,星期二,晴

上午八时,赴鲍宅,偕往木栅,为徐叔荪家相坟地。同往者为徐叔荪、姚慧尘、朱仲华、沈复声、鲍宇[予]忱诸君,由鲍君承办。十时解缆,下午一时抵埠。午餐于鲍氏坟庄,至四时,启碇回城,仍在鲍宅晚餐。九时余,尽欢而散。

一月六日,星期三,晴

下午赴徐宅。

一月七日,星期四,阴

一月八日,星期五,晴

一月九日,星期六,晴

一月十日,星期,晴

上午九时,陈赞卿君来访。谈至下午三时别去。

一月十一日,星期一,晴

下午六时,陈荫生内弟来谈。

一月十二日,星期二,晴

下午三时,往李医处复诊,更换膏药。约廿一日后,再往复诊。

一月十三日,星期三,晴

一月十四日,星期四,晴

一月十五日,星期五,晴

一月十六日,星期六,晴

一月十七日,星期,晴

正午十二时,长女素娟、甥女娄安雅在杭州行素女校放寒假,随陈荫生内弟返绍。

午后六时,赴八字桥鲍宅吃喜酒。

一月十八日,星期一,晴

上午九时,赴鲍宅道喜。至晚八时余归。

一月十九日，星期二，阴。下午雨

上午九时，率三女游华严寺。

一月二十日，星期三，雨

上午九时，访黄越川兄不晤。下午二时，越兄来访，谈至八时别去。

一月二十一日，星期四，晴。下午雨

晨起阅上海各报①，均载有予被任上海地方法院院长消息。予事前并无所闻。姑志之，以待证实。

予自两孩夭亡后，恐祖母闻之惊痛，迄今三年尚未章明。因之，内子等亦不能回家，以免泄漏，惟另寓城中。予奔走往来，心身两地，固有不便，而家中人口稀少，亦太寂寞。与其至祖母病重回家时说明，不若乘此健康时先行说明，较少危险。故与裕弟讨论结果，决计先行发表。一面将内子紫垣及两女等，定明日一并归家侍奉。予恐另生不测，今日先行回家，顺道访姚慧尘、王子馀两兄。及抵家，已下午一时矣。

一月二十二日，星期五，阴

昨日裕弟将两孩夭亡事章明，祖母哭泣一夜。今日午前十一时，妻女等抵家，复相向而哭。幸闻予有被任上海地方法院院长消息，始稍抑悲怀，一场危险终算经过。

上午十时，徐藕轩假归来访。

下午，得司法部友人刘谨庵君子昂函，告予有重长[掌]上海地方法院消息，已经部令发表云。

一月二十三日，星期六，阴

正午，奉司法行政部令第七四号，派署上海地方法院院长。并得部友沈秋墅君等报告信、刘谨庵君复函，告主座为事择人，万勿言辞等语。予考虑复考虑，决计暂缓答复。一面先行函招上海地检官汪

---

① 该行原文上标“〇”符号。

生秀夫来绍，面询该院内容，以定去就。因汪生曾经来电道贺故也。又予为家境计，不得不就，唯为人格及名誉计，又不能不慎重。故拟调查后再定，况予衰病浸寻，似不能再胜繁剧，为可虑耳。

上午九时，答拜徐藕轩君。

家中定今晚循例年终谢神。予不与祭者多年也，今年参加亦云巧矣。

一月二十四日，星期，阴

上午九时，陈觉民世兄来见。

正午，往孙家溇徐宅，拜徐梅生舅公忌辰，并伴同福表姑母来家见祖母。谈至二时顷别去。

下午三时，访徐伯循兄。四时，沈仲密族叔来访。

一月二十五日，星期一，阴

正午晋城，寓笔飞衙徐宅。旋沈复声兄来谈，至夜十一时别去。

一月二十六日，星期二，阴

上午九时，姚慧尘、王子馀、沈复声、黄越川诸君先后来谈，午餐后别去。

下午二时，往李晴南医生处复诊，语尚须贴膏药两月，方可断根无患，但可通信换药云。予共选送诊资念元而别。

晚餐同席者为王叔梅、姚慧尘、沈复声、黄越川、冯虚舟诸君。冯君谈及伊堂弟荃荪夫妻事，嘱予同为处理，因荃荪为予襟弟故也，予转邀内弟陈荫生君处理之。

夜八时许，上海地检官汪生秀夫应召而至。从谈两时，详知沪院现状及一切情形。

一月二十七日，星期三，晴

上午九时，汪生复来谈，留其午餐。至二时许别去。予乃决计遵限赴沪就任。即事豫备一切。

任葆泉君来城，同寓徐宅。

下午七时，偕徐叔荪叔、任葆泉君同访姚慧尘君，十时别归。

一月二十八日,星期四,晴

上午雇舟回家。下午接姚生亿如复信,知所邀两人均不愿就。乃发电烟台钟秋人,拟请其暂任沪院书记官长。并以快邮代电,向江苏高等法院呈报起限日期。录稿如下,备查。

江苏高等法院院长林钧鉴:本月有日奉

司法行政部第七四号部令,内开派沈锡庆署江苏上海地方法院院长等。因奉此。窃锡[①]久病初愈,精力未复,拟稍加调理数日,即行遵限,赴苏请训,前往接事。谨先电章。沈[②]叩勘。

旋复缮发谢函多起。

一月二十九日,星期五,晴

闻日本已于昨夜攻击上海闸北,战斗甚力,火车不通。

下午四时,内弟陈荫生君应召而至。伊拟偕往沪院办事,予允之,嘱为预备。

一月三十日,星期六,阴

命三弟和生,甥女娄安雅摘录《司法院解释要旨》。

一月三十一日,星期,雨

阅抗报,知上海战事甚烈。沪报因火车不通,已三日不到。

命三弟、甥女续抄《法令解释要旨》,已补齐也。

司法行政部长罗文干调任外交部长。

二月一日,星期一,阴

晨三时,往宗祠参与祝福。

闻绍兴中国银行钞票挤兑,上午晋城探听,果然。午餐后,偕徐叔荪表叔赴中国银行访问。原因系暴日侵沪,战事甚烈,交通梗阻,

---

① “锡”字后原标一“△”符号。

② “沈”字后原标二“△”符号。

现金不能输运来绍。而民智浅薄，不明大义，遂酿成挤兑风潮。绍兴因受沪杭甬影响，致金融危险不可终日。乃由叔荪叔出面维持，予亦为之襄助。本夜直至晨五时始寝。

下午三时，问视鲍宇[予]忱君病。

二月二日，星期二，晴

予本定今日赴杭，探听时局，旋知沪杭火车、萧绍汽车，均因上海逃难人多，拥挤不堪，事遂中止。

今日绍兴金融削平现水，禁止现洋出境，市面稍安。中国银行钞票奉杭行电，知自今日起停兑，但市面仍行使如常。

沪上战争甚烈，吾国常占胜势。

二月三日，星期三，晴

绍地银角骤缺，市面上不敷周转。叔荪表叔乃召集银钱业领袖开会，议决暂由乾泰源、储成、怡丰、同吉、开源、鲍景泰六大钱庄，印发一角、二角、五角凭票三种，合洋两万元（内一角票二万张，二角票四万张，五角票二万张。共八万张）以救济市面。俟银角足敷周转时，即行如数收回。其票式，经予参酌而定。粘附一纸如上，以志纪念①。

二月四日，星期四，雪

上午九时，探视鲍宇[予]忱君之疾。

下午，金复初君由沪归，报告沪变经过甚详，语有条理。金系叔荪叔旧部，文侦探，人极干练可取。

二月五日，星期五，阴。有风，旧历除夕

上午八时，雇舟回家。

十一时，得城中电话，报告沪战。吾国大胜，日本大败云。

二月六日，星期六，阴寒。旧历元旦

晨起，祀神祭祖。循旧例、遵祖命也。

---

① 该页日记上方粘贴“凭票付绍划洋一角”纸样。

上午十时，赴宗祠与祭。

十一时，拜姑祖之坟。

下午三时，沈仲民、徐藕轩两君来访。

二月七日，星期，雪

上午九时，陈荫生内弟来。十时，陈季云、五平两内弟来。午餐后，予乘季云弟之船晋城。途中雨雪甚大。

上午九时，陈觉民世兄来拜，稍坐即去。

二月八日，星期一，雪

上午十时，偕沈复声兄访王叔梅君。继应姚慧尘君之午宴，同席者为杜秋帆、王叔梅、张天汉、鲍葵忱、沈复声、陈牧缘、姚晓尘诸君。杜君新由上海避难而回，故述闸北战事甚详。商务印书馆此次损失，语在千万元以上云。

二月九日，星期二，雪

上午十时，访问鲍宇[予]忱君之疾。继往保佑桥答拜陈季云、五平两内弟。内人及两女亦先期约定来城，即在陈宅午餐。谈至下午三时顷，辞出。

二月十日，星期三，晴

上午十时，王公亭君来访。十一时，访曹吉甫君不晤。往天生绸庄稍坐。下午三时，访任永勋汉障团长。稍坐转往地方分院，访杨紫石检察官。

二月十一日，星期四，晴

上午九时，率胡炯乘汽车赴杭。车至江边站，见避难来绍在站候车者异常拥挤。车一到站，群拥上车，越窗而入，势甚混乱，妇孺为多，情殊堪怜。渡江后，暂寓清泰第二旅馆。

午餐后，分别往访宋厚斋、陈福姑母、汤韦存兄诸君。即就汤韦存兄家晚餐，九时回寓。姚生福祥来谈，至十一时别去。

二月十二日，星期五，阴。夜雨

上午九时，雇舟往瑚上参观停泊之吾国水上飞机，计有江鹏、江凤、江雁、江鸿等驱逐飞机六架。本有今夜试演之举,因大雨中止。

归途顺访汤拥伯兄及第一监狱长陶生书臣。汤君他出不晤,陶生处约谈一小时别归。

午后三时,汤韦存兄来访,稍坐偕访陈鹤卿兄。谈至五时许别归。七时,访宋延华兄不遇,遂顺道访郑雪江君。谈及罗钧任部长兼任外交部后,仍有令积极整顿司法事宜。部址仍在南京未移,且已有令法官应回避本籍,故吾浙高院两长将首先更调云。谈至九时余别归。

金直卿兄闻丁内艰,驰赴伊寓,知尚在安吉原籍。仅由其长公子出见。予慰唁数语而出。

二月十三日,星期六,雨,雪

予在杭闻上海、南京亦甚吃紧。避难来杭绍者愈多。本拟今日回家,因雨而止。上午九时,陈鹤卿兄来答拜,谈至十一时别去。

午后臀疮复发,入晚寒热大作,遍身鬱痛,硬块骤大如掌,痛不可支,乃早安睡。七时余,姚生复来见,谈至十一时别去。

阅报知沪战已经半月,日夜战斗,未曾稍息。幸吾国连战多日,迭经胜利,日军迭次大败。愈激愈烈,势难罢休。然总观情形,吾国必居胜利,军队奋勇,民气激昂,殊多佳兆。而后方之慰劳补助,亦极踊跃可喜。

二月十四日,星期,晴

昨夜臀疮增剧。晨起命胡炯整装作归计。八时启行渡江后,见江边汽车站避难人候车者,较前日尤为拥挤。立观三十分钟,知今日断非予所能乘车,况又有病在身,更难支持。乃雇人力车转赴西兴,乃车价三倍于平时。抵西兴后,轮舟亦人满为患,无从插足。拟雇小舟,索价奇昂,非常人所能堪。乃姑往来锦标过塘行,稍行休息。至下午一时许,二班轮船将到,遂争先占得一席。三时开驶。因乘客太多,较平日先开半时也。唯予臀疮痛甚,本难安坐,加以奔驰劳顿,抵轮后,寒热时作,数昏睡而不自觉,不思饮食。迨夜十时晋城,遄返笔飞衙徐宅后，急命胡炯往请李晴南医生来诊。讵该医他出，不在家。不得已命胡炯稍行察视，即已破裂，出浓[脓]血两酒盅许，痛始渐瘥。

二月十五日，星期一，晴

上午九时，又出瘀血三盅许。痛始大瘥，神亦稍清，购贴硇砂膏。雇舟归家，复出浓[脓]血许多，硬块渐小，痛亦停止。

下午具呈司法行政部请假。因赴任程限已于昨日届满，既因病不能即日履新，自不得不呈请给假。一面另函部友总一科长潘安素、总一科员沈秋墅等两君接洽。兹将呈稿录下，备查。

呈为因病请假仰祈鉴核示遵事，窃锡[①]自奉部令派署上海地方法院院长，自应遵限赴任。惟以久病初痊，精力未复。近又肛瘫旧疾重发，步履维艰，程限已届，尚难启行。可否俯准给假一月，俾资调理之处，理合具文呈请。仰祈鉴核示遵，实为德便。谨呈司法行政部部长罗、次长郑。

二月十六日，星期二，晴

臀疮渐愈，胃口已开，卧闻沪院转到各处来信，逐渐答复。命和弟、安雅两人分别缮发。

下午，命胡炯晋城赴李医处取药。

二月十七日，星期三，晴

下午，起床检阅各种报纸，知日军无日不败。

二月十八日，星期四，晴

沪战关系，和弟及安雅等不令赴校，以免危险。各为请病假一月。

予对于现在学制及中小学课程均极不满[②]，实觉徒耗青年精力，

---

① “锡”字后原标一“△”符号。

② 该行原文上标“抄○”字样。

有损无益。盖此种学制完全为升学而设。就男生论，若不能入大学，则此种中学绝对可以不进。就女生论，此种功课完全不适实用，甚无语也。予意男子至十五六岁，即可看其能否培植。如果资质聪明，可求专门大学之学。为时势所趋，不能不令入学校，以求循序渐进。若看去无入大学之希望，则高小毕业后，令专读国文、习字，俾得另习他业，无庸再入中学，徒费光阴。至于女生，就吾辈家庭论，仅习"国文、习字、常识、烹饪、裁缝"等五种为已足。且此五种无论新旧家庭，均属必要之学。出嫁后，亦尽有伸展余地。即使将来家境关系，有须就职谋生者，苟书法整齐，国文通顺，亦足以资噉饭。况近来女子职业，仍赖国文书法者，占百分之九十九。而留学欧美得有博士出身之太太们，一经嫁夫生子后，亦日营其奢侈家庭生活，何尝用其所学。故男女平等，须有同等学力等语，实与实际情形相距甚远。兹阅素娟等在校功课，除国文日就退步，毫无长进外，字亦不注意。而对于英文、代数、几何等科学，究有何用？况初中程度不高，更不适于实用。吾辈女儿现无留学外国或入大学之意，而又不拟令服洋行职务，则英文亦即无用。故自今年起，决令长女素娟退学，在家专学上开五种学问，以资应用。一面并令多阅报章杂志，以明时事而增见识。至甥女娄安雅则一心在校，决意不愿变更，予亦听其自然也。

二月十九日，星期五，晴

接司法行政部罗钧任部长文干。来信，内有"沪院不理人口久矣，故特借重长才，以资整顿，涤瑕荡垢，有厚望焉"等语。

二月二十日，星期六，晴。元宵

吾家宗祠于本晚例有庆赏元宵之举，凡有职衔者一律得以参与。予因病不能步履，谢勿往焉。

二月二十一日，星期，雨

下午二时，陈荫生内弟来谈。

予今日训甥女娄安雅曰：男子重品行，女子重德性。若品行不良，德性不佳，虽有学问，人不重视。况读书所以明理，所以致用。若不明理或学非所用，则亦何贵有此学问哉。尔等自住校以来，与家庭情形逐渐隔膜。长此以往，恐有违我培植尔等之初意。深望首重德性，毋染恶习，致被人轻视而使我灰心也。云云。并令记入日记，以示不忘。

二月二十二日，星期一，雨

二月二十三日，星期二，雨

二月二十四日，星期三，雨

上午九时，晋城。下午往李医处请诊臀疮。

下午六时，旧友陶望潮君来访。一别十年，互叙别后情形。唯听其言论，纯系政客生涯，现任国难会议委员云。即在徐宅晚餐，同席者为金汤侯、姚晓尘、王叔梅、陈牧缘、沈复生、陶望潮诸君。

二月二十五日，星期四，阴

得二弟转来杭信，知杭城各中学开学后，学生已到半数以上云。予遂令胡炯回家，商明裕弟，拟令三弟及娄安雅赴校。

下午三时，姚慧尘君来谈。

二月二十六日，星期五，阴

上午，忽得杭州长途电话，语日本飞机今晨飞往笕桥航空学校掷炸弹，计被炸毁我国飞机六架。旋又接续得本县各乡电话，语有日机十五架，飞过马鞍高车头、姚家埭沿海一带，云人民顿起恐慌。

下午三时，偕徐叔荪表叔访问鲍宇[予]忱君之疾。

三时余，胡炯归来，知已将和弟及安雅送入学校，并语今晨因日机掷弹事，杭城颇恐慌云。

二月二十七日，星期六，晴

下午一时，偕徐叔荪叔乘汽车往东关访任葆泉君。车经东湖、皋埠、陶堰、泾口等各站，历三十分钟即到东关站。任君后门即对车站，距离甚近。稍息，步游东关街市一周，较吾浦繁盛多矣。晚宿任宅。

民国二十一年二月[①]

庆

日记

绍兴沈锡庆庆生氏日记

民国二十一年(1932)二月十八日,星期,晴

晨起,知本日为东关市日,阴历单日市。即赶赴市集。徒见各村乡人熙熙攘攘,卖买菜蔬鱼肉而已,他无异状。并顺道往游五昌庙,庙供神五位,语系明末保卫地方有功者,故地方人士供奉之。又经梅姑庙,语系《聊斋志异》中之金姑夫故事云。

午餐后,偕徐叔荪叔、任葆泉君往游百官镇,镇在曹娥江东岸。渡江后,走游街市一周,此镇又较东关为热闹。三时后,西渡至汽车站,雇车径回绍城。

二月二十九日,闰,星期一,晴

上午十一时,往保佑桥拜岳母忌辰,午餐后别出。

三月一日,星期二,晴

正午,接部友来信,知请假只准半月,为期已届。

午餐后,即往李医处复诊。雇舟回家,预备整装启程。

三月二日,星期三,晴

上午十一时,内子率次女由其母家回来。

下午整装,务求其简。

---

① 本册共计 100 页。

三月三日，星期四，晴

上午，致前任上海地院长沈逊之秉谦。书，通知赴沪接任日期。

三月四日，星期五，晴。发家书第一号

上午九时[①]，由家启程，除随身行李外，只老仆胡炯一名随侍。十时，抵汽车站，遇友人，知十九路军已于昨日退守南翔。正午十二时半抵杭，暂寓清泰第二旅馆。据茶房说，昨日沪杭车仅开至松江。购阅杭报，俱已证实。当致裕弟一函，报告行程。

午餐后，独游孤山。至则梅花疏残，游人寥落。独坐啜茗至五时余，买艇而返。抵湖滨，遇施君芍荪，即在湖滨公园坐谈。陆续遇陈之明君及阮毅成世兄夫妇，旋偕施君晚餐于天香楼。

九时，姚亿如君、阮毅成君先后来访。谈至中夜十二时，始行别去。

三月五日，星期六，晴。发家书第二号，夜有雷雨

上午十一时，访张圣徵君于浙江病院。

予本拟今日由拱宸桥乘轮赴苏，当命胡炯先往定舱。讵胡炯回，说该轮开否未定，迭以电话询问，亦不得要领而罢。拟明晨改走嘉兴。

晚八时，访金直卿兄不晤，改访宋延华兄，谈至九时别归。因此两君均新丁内艰，故特往慰唁也。回寓后阅沪报，知苏昆一带形势紧张。予苏州之行拟暂从缓。

三月六日，星期，晴

昨夜半，牙痛甚剧，致难成寐。

晨起，金直卿君来访。旋郑雪江君亦来邀游西湖，雇艇先至西泠印社略坐。正午，至楼外楼午餐。下午，至三潭印月、汪庄两处一游，五时返寓。旋郑君别去，宋君延华继来。晚六时，金、宋两君相邀至大达春晚餐。

---

① 该行原文上标“○”符号。

九时,姚亿如君来谈。

三月七日,星期一,晴。发第三号家信

上午牙痛略瘥。

九时,谢守中世兄来见。少坐,莫寿笙兄来访,谈到十一时别去。

午后雇艇游湖。六时,应莫寿笙君之晚餐于天真西菜社。餐毕,金直卿君、莫寿笙君偕回至寓,谈至十时顷而别。

曾伯猷君于午后七时来访,不晤而去。

三月八日,星期二,晴。发家书第四号

晨起,率胡炯乘七时四十分火车赴嘉兴。由杭返沪之人甚多,车中异常拥挤,车行极慢,停站之时间又多,故抵嘉兴已十一时十五分矣。下车后,探询赴苏小轮,不得要领。不得已,暂寓车站附近之安东旅社旅宿。正在午餐,忽闻日机一架,飞至侦察。仰见甚高,回翔一周而去。

餐毕,雇小艇往游南湖烟雨楼,南湖一名鸳鸯湖。舟子均系年轻女人,且以舟为家者。楼系红羊[①]后又建者,故题咏多同光以后之人颇整洁,在湖中央,四面眺望,殊增雅兴。尤以夏天为佳,故游人亦为夏季为多。内除乾隆御碑亭外,不少名人碑记,对联尤多。惜少佳者。兹录数联如下。

濯足临流,烟雨忽收沧海净;
举头见日,湖山长待翠华来。

善化许瑶光

东海非遥,十丈蓬莱迎晓日;
南湖无恙,一双鸳鸟弄晴波。

星沙吴瑞霖

---

① 当指太平天国。

小别西湖，却来此地看烟雨；
相逢南浦，同上高楼话水云。

郭嵩焘

读竹坨歌，两岸渔庄蟹舍；
忆梅村曲，扁舟柳叶桃花。

许瑶光

出东郭门半里而遥，春水绿波，处处美人画舫；
与南堰镇隔湖相望，夕阳芳草，寻寻高士祠堂。

方锡川

嘉兴经许瑶光点染，并有南湖八景之称。即（一）南湖烟雨；（二）东塔朝暾；（三）茶禅夕照；（四）杉闸风帆；（五）汉塘春桑[1]；（六）禾墩秋稼；（七）韭溪明月；（八）瓶山积雪。其实除南湖外，余无足观。徒系文人作弄点缀而已。

旋往北门外落帆亭一游，茶烟蔓草，零落不堪。此亭本亦为名胜之一，红羊后酒商重建，故在酒业公所之东偏。现酒业公所，常为驻兵之所。该园之荒废，不堪回首，匆匆一走，转棹而归。回寓稍息，复至大街繁盛处一观。路经法院，在门首略行驻视，该院任院长、李首检官虽系熟人，特不往拜，以免应酬。

三月九日，星期三，雨。发家书第五号

晨醒，忽闻有人叫曰：往苏州者有汽船可乘，速起速起！予闻之赶紧起床，讵知并非轮船，乃江北人投机，以快船骗客者。同寓客人皆为之，废然而返。八时顷，先往宁绍公司苏州班轮埠坐待。直至下午一时始行开驶。夜十二时，到苏州阊门外。旅馆皆人满为患，暂寓

① “汉塘春桑”原作“伍唐春桑”，疑误。据南湖碑刻改正。

东吴旅社二十八号为驻足之所。

三月十日，星期四，晴

上午九时[①]，赴江苏高等法院，先拜各熟人。因高院推检书记官中，尚有旧识十余人。次见渠书记官长志琴同忭，闽侯人。再次见林礼源院长彪，循礼数语。往见王思默首席检察官，尚未到院，留片而出。正午，应钱伯杨兄之午餐于铁路饭店。

下午，往吴县地方法院，拜会瞿范九院长鸿畴，武进、蔡民郭首检鼎成，泗阳。少坐辞出，往观前街一游。予离苏五年，至则道路放阔，商店繁盛，气象甚新。步行一周回寓。

苏州离战争前线尚有百余里，唯观察民间情形，颇形恐慌。

上午进城，见沿途搬运箱笼，拟避往他处者陆续于道。

往晤熟人，群以安顿眷属甚忙。因此轮船之拥挤，尤为不堪言状。予思苏州，决无危险。日本孤军深入，为兵家所忌，亦于理无取。然苏人之避徙他处者，据说已十分之七此指中等阶级以上而言。沈仲清兄秉衡。竭力为予设法舱位，奔走半日，终不可得。直至傍晚，由旧仆林秀田设法办妥宁绍公司嘉兴班房舱一间，亦云幸矣。

下午五时，瞿范九院长来答拜。七时，旧属沈秉衡、吴炳会两君先后来见。

三月十一日，星期五，阴。晚六时大雨

午前三时起身，星夜至轮埠。因人太拥挤，轮不靠岸，乃雇驳船渡往。六时，解缆开驶，至午后六时，抵嘉兴。亟雇车往火车站，乘八时车返杭。及抵城站，已十一时矣，仍寓清泰第二旅馆。

三月十二日，星期六，晴。发家信第六号

上午十一时，访阮毅成世兄。下午一时，访汤韦存兄。并知其长公子彦颐世兄，亦拟明晨赴沪，遂相约同行。四时，顺道访福表姑母。

晚餐后，访曾伯猷君，谈至八时半别归。适姚生亿如来谈，至十

---

① 该行原文上标“○”符号。

一时别去。

三月十三日，星期，阴。下午四时后雪。发家信第七号

晨六时兴，雇车至城站，乘七时四十分快车赴沪时，汤彦颐世兄已先到站。人甚拥挤，一路赖其照料。下午一时半抵南站，先偕汤世兄往其寓稍息。再由其自备汽车伴送至陈朵如兄处，予依豫定计画，即拟在此暂寓。适李浩生兄、董启康君均在此闲谈，遂相谈五年不见之别后情形。五时，往访居逸鸿兄，坚留晚餐，谈至八时余别归。

三月十四日，星期一，晴

上午九时[①]，往拜现任上海地方法院院长沈逊之秉谦，约定明日上午九时到院接事。并分拜各庭长、推事、检察官后，复分别与沈逊之兄及刘懋初首席检察官略谈而出。分别往公共租界第二高等分院、第一特区地院、法租界第三高等分院、第二特区地院，拜会院长、首检及推检各官。该四院中，均多旧识。

下午二时，往访殷叔祥君不晤。

三时后，地院中职员陆续来见。至八时，殷叔祥君亦来访，谈至九时半别去。

三月十五日，星期二，晴

上午九时[②]，赴上海地方法院接印视事，循例接见全体职员。至十二时余始毕，均令照常供职。

前院长于本日仅先行移交印信款项[③]，至移交清册尚未造齐，据说容后陆续移送。予亦未带一人，故无所语点收，仍各令照常办事而已。

三月十六日，星期三，晴。发第八号家信

上午八时半，往送前院长沈逊之兄之行。继访刘首席检察官于伊寓，邀同往拜郑弗庭次长，并报告已于昨日接事。

十一时，往拜上海公安局温应星局长。该局司法科长吴芷泉、上

---

①②③　该行原文上标“○”符号。

海县长严慎予皆系熟人也。严君且为邻居。

下午，特区各法院长官亦陆续来拜。

三月十七日，星期四，晴

今日见客较少[①]。下午，与各庭长、推事讨论办案方针。刑事注重恶性罪，因为科刑之标准；民事注重习惯事实，毋徒谈法理。唯以现在战区逃离关系，刑事应速结，民事不妨暂缓。

晚餐后，遇前实业部次长赵晋卿锡恩，且系邻居。偕往伊寓闲谈，至九时余别归。

三月十八日，星期五，晴

上午九时，访旧友张云抟、李梦骀两君。张赴苏州未回。

上午堵叔明、李谦三诸君来访。伊等原系予在沪厅任内时推事，旋调特区，现甫交卸者。

下午二时，第二高等分院长沈季让家彝来拜。

六时，访邻居上海县长严慎予君，谈至七时余别归。八时，邻居赵晋卿君来访，谈至十时别去。

三月十九日，星期六，晴

下午，两特区法官、书记官中有旧识者，均陆续来访。

四时后，往访陈赞卿、王粟初两君，并答拜未见者四五人。

七时，应李浩生兄之晚餐。

三月二十日，星期，晴

上午，答拜殷叔祥、赵伯揆、陈陶丞、刘载之诸君。

下午，偕陈朵如兄父子往游兆丰公园。此园为上海各公园中之最有名者。占地二百七十余亩，半部系西式公园，半部为中式园林，布置极佳。予前次在沪时，该园尚未容吾国人入览。近年始行开放，中等以上男女往游者甚多。至五时返寓。

---

① 该行原文上标“○”符号。

三月二十一日,星期一,晴。发第九、十号家信

上午,陆续见客不绝。

下午五时后,邀陈赞卿君来寓闲谈,至九时别去。

三月二十二日,星期二,阴

上午九时,谒前司法总长张镕西耀曾、董绶经康两君。董总长他出未晤。张总长晤谈别后情形及沪地法院现状。

下午三时,第一特区地方法院长周先觉君来访。

五时,往访旧同学甘润生兄于中央银行监事会。

三月二十三日,星期三,晴

上午,派书记官汪勋点收印币事宜。

下午四时,访李馥荪君于浙江银行。

三月二十四日,星期四,晴

三月二十五日,星期五,晴

下午六时,归途遇周砚香庭长,遂邀至寓中一谈。周现任第一特区庭长,不见已年余也。

三月二十六日,星期六,晴。发第十一号家信

上午,徐仲馀君来见。下午陆鼎铭君来见。

七时,应第二高等分院首席检察官王北暝振南之晚餐于杏花楼。同席者为公安局长温应星君、江苏第二高等分院院长沈季让君家彝、第一特区地方法院院长周先觉君、高分院庭长郁曼陀君华、钱谨安君鸿业、地院庭长周砚香君翰、首检汪通甫君祖泽、公安局司法科长吴芷泉君源,至九时余始散。归寓时,陈彦畴先生已坐待许久矣,谈至十时余别去。

三月二十七日,星期,晴。发第十二号家信

上午九时,李梦驺、王北溟两君来访。十时,偕王北溟君往访周砚香君。

下午一时,访董启康君,董君西医也。请其验血压,计高百五十度,体重壹百二十六磅合九十四斤八两。是血压已高过常度百一十度至百四十度，而体重则较从前大减矣。四时，何德候君来访。何君中医也，予前在上海时，为予诊病甚效。兹请其诊察，语较前亏甚。予出示何公旦医生膏方，伊语予病现宜注重痰湿，该膏方不重在此。俟服完改服丸方，予甚韪之。

下午访钱谨安、郁曼陀两庭长，沈季让、应溥泉两院长，均他出未晤。改往殷叔祥兄闲谈。五时后，访陈元松君[1]，谈至七时而返。

三月二十八日，星期一，晴

下午六时，应公安局温应星局长晚宴于东亚酒楼。本晚温局长系专请本埠五法院院长、首检及庭长也。

七时半，应前司法总长董绥经康、前实业部次长赵晋卿锡恩两君之公宴。同席者除本埠五法院院长外，有前司法总长张镕西耀曾等司法界名流。至十时尽欢而散。

三月二十九日，星期二，晴

今日为黄花岗烈士纪念，循例放假。

上午九时，第一特区地院庭长钱谨安鸿业、第二特区地院院长应溥泉时，先后来访。

十时，出访汤拙存君、殷铸夫君、何德候君。至十二时返寓。

下午五时半，访李浩生兄，不晤而返。

夜九时，偕朵如兄往张夑堂处算命。

三月三十日，星期三，雨。发家信第十三号

本日无客来见，真幸事也。半因为日已久，来客渐少，半亦天雨之故也。

现因国难期内，经费奇绌。财厅通知书已打折扣，而同人生活艰难，又不能不为顾及。予本月份暂定书记官以下，仍照实发，免予折扣。庭长、推检、书记官长均八折。予自支七折，并不支公费，定明日发给。

---

① 陈元松，与下文陈元嵩当为同一人。

三月三十一日，星期四，晴

下午五时，散值回寓，知汤拙存君见访，不晤而去。

四月一日，星期五，晴

上午九时，往第二高等分院及第一特区法院，参与沈院长家彝、周院长先觉宣誓就职典礼。其仪式为（一）监誓员就主席位；（二）宣誓员就位；（三）全场肃立；（四）唱党歌；（五）向国旗党旗及总理遗像行最敬礼；（六）主席恭读总理遗嘱；（七）静默三分钟；（八）宣誓；（九）监誓员训词；（十）党部代表致词；（十一）来宾演说；（十二）宣誓员答词；（十三）礼成，摄影。监誓员部派徐难愚参事声金。莅沪监誓主席。十一时余，礼成而散。

前任各种清册始于今日下午移交。

四月二日，星期六，晴

上午九时，徐难愚参事来拜。下午五时，答拜回寓，知前上海特派交涉员许秋帆沅。来拜。

六时，应梁云山、应溥泉[①]两院长之宴于东亚酒楼。

四月三日，星期，阴雨。夜大雨

上午，分访章仲和、许秋帆、谢叔履、卢濯清诸君。

下午四时，居逸鸿兄来谈，至五时余别去。

七时，假新新酒楼宴徐难愚参[②]，沈季让、梁云山两高分院长，周先觉、应溥泉两地院长，王北溟、赵士北、汪通甫、陈陶丞、刘懋初五首席。至十时尽欢而散。

四月四日，星期一，晴

上午，据报，器具点收清楚，更换庶务。

下午四时，徐成序表弟来访。五时，偕往大生公司访张之光君一谈。

---

① 原文误作“殷溥泉”。

② 原文“参”字后，疑脱一“事”。

七时，应周先觉院长、汪通甫首席之宴于东亚酒楼。

四月五日，星期二，晴。发家信第十四号。清明

上午九时，前司法次长张云抟先生来访，谈一时余始别去。

今日为旧历清明节。朵如家仿沪俗祀祖、祀地主、祀门神。绍俗除拜扫祖坟外，并无在家祭祀之事。兹沪俗除祀祖外，兼祀地主、门神，且均在傍晚，此为予前在上海数年间所不知也。

四月六日，星期三，晴。夜雨

下午一时，往江西路郑灼臣牙医处镶牙。予牙本无病，前在日本留学时，检验身体，医生极赞美予齿之佳，并询予日常保护方法。自十七年元旦食野鸭时，右首上大牙为弹子所损，曾痛一次。今春为多食甘蔗又小痛一次。余仍安好。唯门牙右偏，日形疏阔，相离太多，仿佛如缺一齿。友人多劝予镶配一粒，以补缺陷，故有是举。但需费七元。

四月七日，星期四，阴。晨雨，寒

上午十一时，往第二高分院，向沈季让院【长】报告接收本院经过情形，并请示进行方针。

下午三时，前丹徒地审长仇立甫预来谈。夜七时，赵晋卿次长来谈。

四月八日，星期五，阴寒

上午九时，章仲和君来答拜。

下午七时，陈陶丞君来访。

四月九日，星期六，晴

晨六时，陈朵如兄请假回临浦扫墓。

下午一时，陈季云、五平两内弟来，语昨日始由绍动身来沪入学，唯校中各生到者甚少云，并为予带出衣物。

一时半，往郑灼臣牙医处镶牙。

六时，应第一特区地院庭长、推事之公宴于大雅楼。

四月十日,星期,晴。发家信第十五号

上午九时,往拜王省三、陈叔通、章行严诸君。章曾于民国十四年间任司法总长,故谈前事甚详。至十一时半回寓。

下午一时,陈季云、五平相偕来寓,谈至三时顷,偕往巴黎大戏院看电影。六时回寓,知汤拙存兄来访不晤,即往答拜。谈至九时余辞归。知许秋帆君又来访,不晤而返。

四月十一日,星期一,两

下午五时,答拜前江苏特派交涉员许秋帆君,沅。仍未晤。

四月十二日,星期二,晴

下午五时,往何德候君就诊,开一丸方。

四月十三日,星期三,晴

下午五时,邀季云内弟来寓写信,即宿于此。

七时,徐成序表弟来访。

四月十四日,星期四,晴

四月十五日,星期五,晴

朵如兄率眷回沪。

予自上月十五日就职至今日①,适满一月。就此一月间考察所及,觉院务之败坏若此。由于风纪不修者固半,而办事无能力之人太多,亦为重大原因之一。试就推事部分论,无法官资格者,占三分之一。余亦皆后生新进,毫无经验。即有一二资格较老者,亦属办事无能之沉淀物。致一案到手,应如何审查,如何讯问,如何判断,皆范无头绪,毫无把握。开庭多次,依然不行要领。即便勉强终结,事实仍未明白,裁判安能得当?甚至终结后数月,而判词仍无从做起者。外界责言,多指为法官有意延宕。迨判决后,是非颠倒,皆指为法官受贿。其实太重视法官,而不知法官之实无办案能力也。如此法官,令操人民生命财产之重任,宁非儿戏!而狡黠之吏警,其程度远在法官

① 该行原文上标“抄〇△”字样。

之上。因之营缘操纵，骫法舞弊，借法官名义在外招摇撞骗者，指不胜屈。法官受其愚弄，任其左右，致声名狼藉，犹莫名其妙者，亦数见不鲜也。次言书记官部分。查多数书记官，皆多数初从学校出来之中等人材，因缘攀附得任此职，诉讼程序全不注意，现行法令亦不研究。每日依样葫芦，致权限混淆，手续凌乱。彼等犹不自知其所以然也。有时反受狡猾庭丁之指导。如此岂尚能监督丁役之需索乎？至院长、书记官长辈，对于应有职权完全不理，且又怕开罪于人。除傍[旁]中剥削办公经费外，匿居房内，百事不问。录事之缮写事件，庶务之经理事件，一切听其自然。房屋之损坏，布置之紊乱，犹其余事。致形式精神皆不堪问。以予五年间日夜整理之结晶，又五年而败坏若此！徘徊瞻顾，能不痛心！噫嘻！呜呼！

四月十六日，星期六，晴。发家信第十六号

予此次重长[掌]沪院[1]，在法部固命予彻底整理，而在野司法家及社会上之一部分人，亦盼予重行整顿。驰函勖勉，日必数起。唯自予决定就职后及接事以来，绍沪旧友，有劝予敷衍塞责，假作痴聋，勿再如从前之认真者，亦不在少数。予拜聆之下，考虑复考虑，知诸友所言，皆有鉴于予前次去职时之遇难，以人心不古，实不犯着。关切若此，能无感激。然古人有言，君子爱人以德，小人爱人以姑息。诸友所劝岂爱我以姑息耶？抑环境如斯，真不可为耶？予思之重思之，姑分晰[析]论列如下。

（一）性格使然。予性内动而外静。每于核阅公文之暇，辄喜考核人才，研究事实，巡回视察，不肯稍息。若令闭户画稿，不闻不问，心实难安。此就予性格论，不能姑息者一也。

（二）环境所不不许。自予就职后，各方列举事实，促予整理改革者，日必数起。稍一考查，事皆实在语，亦中肯，安能置诸不理。此就环境论，不能姑息者二也。

---

① 该行原文上标“○△”符号。

（三）职责所在，不容诿卸。予苟畏难害怕，当时即应力辞，不宜到任。既经就职，自应克尽厥职，方为正当。孔子曰：未有己不正而能正人者也。如果敷衍塞责，将何以督率群僚？否则纵能见好于同僚，究难无亏乎职守。而院务之败坏复何有整饬之可言。此就责任论，不能姑息者三也。

（四）人格关系。予无势无力，又恶钻营。自入世以来，非特不肯求人，即人之求予，也无不审慎考量，三辞而后就。以如此迂执之人，处当此奔竞之世，尚复能在司法界常占一席，薄有微名。再相招致，且所任皆紧要，为一般善于营缘之人所运动不得者，无非以予能实事求是，不辞劳怨，负责办事之一点而已。此是予之长处，若并此一点长处，而亦改变之，则予将复有何用？孟子曰："贫贱不能移，富贵不能淫，威武不能屈。"此之语大夫是威武尚不能屈，予岂因前次所遭之暴行而反屈耶？改变节操，攸关人格。予一事不苟已二十年，一旦改变，能无有晚节不终之讥？况一般泄沓之行，本为予所深恶。予岂因一次遭难，而竞效之耶？人生有命，古今同然。予何惧哉！予何惧哉！此就人格论，不能姑息者四也。

综上四点，严加考虑，复按再三，虽直道之不行于世也久矣，然予终不愿与世浮沉，自堕节操。彼劝予姑息之诸友，予只能心领盛情，感其爱我之深而已。采纳则予岂敢。特志之，以备日后之复按。

四月十七日，星期，阴

上午九时，汤拙存兄来谈，至十一时别去。

正午[①]，应许秋帆君之午餐于伊邸。席间颇闻客言：某某现在满州[洲]伪国任何事，某某之亦在满州[洲]伪国任何事。但均为生活问题，并无他意。噫！是何言欤？士穷见节义，世乱识忠诚。如为生活问题，即可置身伪国，觑[觍]颜事仇，则彼盗匪及诈财之人，亦何莫不为生活问题所致，何独认为犯罪耶？予尝语，世人之所语生活问题

① 该行原文上标"抄〇△"字样。

者，实属安富尊荣之想，迨难解决。若人人能作退一步想，则自然解决矣。为生活而事仇，则人格何存？况知识界耶。

下午七时，应徐季苏叔之晚餐于伊寓。

四月十八日，星期一，晴

上午九时，第一特区地院推事沈凤楼炳荣、江公亮[1]两君来见。

四月十九日，星期二，晴

上午十时，汉口地院推事徐可懋君来见。

下午五时，答拜林文伯兄，并晤到彭介臣兄眷属，知伊女现充律师。

四月二十日，星期三，晴

上午十时，往访林柱东哲长，林系现任江苏高等法院推事。此次奉令来沪，明日为予监誓者，故先往拜之，不晤而返。

下午一时，徐仲馀君来访。知沈、梁两院长均因公赴京，须明日下午可返。

四月二十一日，星期五，晴。夜雨。发家信十七号

今日予补行宣誓就职典礼[2]。上午七时即赴院。九时四十分，各机关团体长官或代表均陆续到来，约二十余人。十时举行典礼，仪式如下。

一、监誓员就主席位

二、宣誓员就位

三、全体肃立

四、唱党歌

五、向国旗、党旗及总理遗像行最敬礼

六、主席恭读总理遗嘱

七、静默三分钟

---

① “江”字后面原空两格，疑漏署别号“奇吾”二字。

② 该行原文上标“〇”符号。

八、宣誓
九、监誓员训词
十、党部代表致词
十一、来宾演说
十二、宣誓员答词
十三、礼成
十四、摄影
兹录监誓员[1]、江苏高等法院院长代表林哲长训词如下。

司法独立本先总理揭橥五权宪法之一。值此训政时期，正谋撤废领判权之际，法务改进更属刻不容缓。上海地方法院地当通商巨埠，诉讼繁多，系瞻中外，职责异常重要。沈院长曾历任地方厅长，早著优越之成绩。此次重掌院务，自系部中为地择人、藉资熟手起见。惟司法事项万绪千头，整理刷新非一二言所能详尽。兹择其最宜注意者，约略述之。一曰崇廉洁。贪污为官吏大戒。革命时代重在铲除贪污，而司法官吏尤应廉洁自矢。不惟苞苴请托，须从严拒绝；即寻常酬酢，亦宜格外撙节，养成廉洁之风。二曰尚公正。在昔汉代廷尉称为天下之平，命意甚善。诚以民众生命财产之利害，一经涉讼，即系于法官掌握之中。法官讯判案件全凭公正二字，做去有如秤然，不偏不倚，轻重行宜，斯民无冤狱矣。三曰矢勤慎。司法官吏以办案为唯一之天职。不慎，则案有出入，动贻人民之害；不勤，则案件拖延，徒滋人民之累。故凡怠惰之习，玩忽之举，为法官尤宜绝对屏除。四曰祛弊端。司法机关之吏警丁役，对于传案、值庭、调查、搜索诸事最易发生弊窦。看守所人犯出入以及待遇等事，亦莫不皆然。甚盼为长官者随时严厉督察，务使一切弊端涤除净尽，以减人民之

① 该行原文上标“○”符号。

痛苦。以上数端，虽属常谈，究为司法官吏之圭臬，重在切实奉行。沈院长才具学识均甚优长，定能本先总理大无畏精神，力谋民众之福利。今于举行宣誓就职典礼之日，特撮数语以资策进，本院长有厚望焉。

次来宾中演说者有：上海市党部代表姜怀素君、上海律师公会代表陆鼎揆博士等。词多奖饰，从略。兹录予答词如下。

主席、诸位来宾：今天锡庆循例补行宣誓典礼，承诸位光临，不胜荣幸。并蒙主席谆谆训勉，诸位来宾种种指教，尤为感激。锡庆对于奖饰部分，愧不敢当。训勉部分，自当谨守誓言。就职务范围所及，事事依法办理，即以此“依法办理”四字为一己尽职之标准，亦以此报答诸公。谨此，谢谢！仍希随时指教。

至十一时卅分礼成，摄影而散。

午后六时，假座大东酒楼宴请监誓员林哲长君，并请首席检察官、各庭长、书记官长等作陪。且因各科主任、书记官担任招待，遂一并宴请以谢其劳。至九时余，尽欢而散。

四月二十二日，星期五，阴

下午一时，知高二分院沈院长、高三分院梁院长已由京公毕回沪。驱车往访，谈至四时余辞出。

六时，应上海县长严慎予兄之晚宴。

四月二十三日，星期六，晴

下午三时，本院新任书记官长王介亭道周到院就职。王君本系予之旧属，此次特请调署此职，以资整理而便襄助。

下午五时，访徐成序表弟夫妇。渠夫人就商伊家事甚详，谈至七时余别归。

四月二十四日，星期，阴。发家信第十八号

上午九时，王介亭偕陈荫生两君来访。十一时，赵伯揆兄来访。

下午一时，访李樨身医生，为祖母求药，托诸成序夫人带归。三时，偕朵如兄夫妇往观电影，剧名《落霞孤鹜》[1]。予每观中国电影，终感想到中国人才，无论何方均感缺乏，电影亦然。故中国电影只能表演下等社会情形而已。

四月二十五日，星期一，晴

下午五时，访汤彦颐世兄，谈至六时余而返。知王北溟君曾来寓见访，不晤而去。

四月二十六日，星期二，阴雨。发家信第十九号

四月二十七日，星期三，雨

上午发院令六件，均关于整饬院务者。录稿如下。

一、本院办公期间，每日自上午九时至十二时，下午一时至五时。现查各职员于中午散值后，往往有延至下午二三时始行到院者，殊有未合。嗣后应由各庭长、书记官长认真督率，随时以闻。此令。

一、本院各办公室系办理公务之处，地位重要，凡非本院员吏丁役，均不得出入，以防流弊。嗣后，会客应在会客室，用膳应在膳厅。毋得再引外人擅入，以妨公务。此令。

一、缮发公文，无论呈函、令告，均应一律正楷，不准潦草。行书如有缮写错误，只准添注，涂改盖用监印小章，不得擦补。仰各知照。此令。

一、本院原有图书阅报室，应即恢复。俾各职员得于办公时间以外，披阅书报。嗣后无论何人均应在阅报室阅览，不得携出室外，致妨公众阅览。此令。

---

① 原作“落霞孤雾”，应为“落霞孤鹜”，径改。

一、本院录事在办公时间以内，不得接见宾客，致妨公务，并仰书记官长转饬传达处遵照。此令。

一、查本院公用器具颇多散失零乱，公众卫生亦欠注意。仰书记官长督率庶务，迅行整理。嗣后各职员应体恤公家物力维艰，妥为维护以重公德。比如该丁役有窃取或损坏情事，应严予惩处，并令赔偿。一面随时责令丁役注意清洁，勿再任令污秽，以重卫生。此令。

下午奉到江苏高等法院转奉司法行政部指令第六六四四号，核叙荐任第五级俸（即三百二十元）。

四月二十八日，星期四，阴雨

上午十一时，新任鄞县地方法院推事顾军霞宏标来见。顾曾于民国十一年间，予任吴县地审厅长时充当书记官者也。

下午六时，访姬觉弥君。因昨日曾途于中邂逅故也，适他出，不晤而返。

四月二十九日，星期五，雨。发家信第二十号

今日为日本天长节。驻沪日本总领事照例招待邀请外宾。先期柬请，予以国难当前，中日之感情未复，不往与会。讵该国驻沪文武官吏举行阅兵典礼时，忽有人掷炸弹一枚，各重要人员悉受重伤。闻掷弹者为朝鲜人云。

四月三十日，星期六，晴

下午三时，彭介臣兄来访，谈至四时半别去。

五月一日，星期，晴

上午九时，往访周先觉院长、王北溟首检官，均不晤。

正午，宴李浩生兄子女及朵如兄眷属于陶乐春川菜馆。下午三时，游兆丰花园，至六时而归。知陈叔通先生来访，不晤而去。

五月二日，星期一，晴

本日起，本院寄宿舍员役禁止自行烹膳，以防火灾而资清洁，并不准外人住宿。

下午二时，旧徒陈宗来见。渠现任浙江建德县承审员，意欲求调沪院。予以渠在书记官任内成绩平常，不见。

五月三日，星期二，晴。黄昏大雷雨

上午十时，堵叔明兄来访，并赠予牡丹堂幅一轴，墨梅屏一堂。渠自今春退职后，颇致力于画。予领谢之。

下午三时，李孟博、郑文利两君来访。五时后，往游法国公园，至六时余返寓。接院中电话，知朱郁堂先生来沪。亟驱车往访，谈至十时而返。

五月四日，星期三，雨。发家信廿一号

下午五时，访朱郁堂先生，谈至七时余而返。

五月五日，星期四，雨

本日为革命政府纪念日，循例休假。

上午十一时，朱郁堂先生来访，谈至正午，邀宴于功德林素菜馆。下午三时，单枚叔毓华。君来访，四时后别去。七时，应公安局吴芷泉科长之晚餐于功德林素菜馆。同席者为朱郁堂、沈季让、殷叔祥、王北溟、施芍荪、何幼堪诸君。至九时余，尽欢而散。

上午十一时[1]，得中国银行通知，语奉实业部电，派予为江浙陈丝陈茧委员会委员。并定于今日上午十时开会，讨论进行事宜，函请与会。予以接信已迟，且未识是何原因，故未赴会，俟称明再定。

五月六日，星期五，阴

正午，应施芍荪君之午餐于致美楼。餐毕，往第一特区法院访周院长，不晤而返。

下午五时，访前司法次长石友儒志泉于新新旅社。渠今日由南京来沪，语将往游西湖也。

---

① 该行原文上标“○”符号。

五月七日，星期六，晴

朱郁老已于今晨返杭。

上午七时，徐仲馀君来访。

下午五时，访殷叔祥君，谈至六时余而返。

七时，汤韦存兄来访，谈至十一时别去。

整理江浙陈丝陈茧委员会事[①]，查系江浙丝业连年不振，已达极点。自沪战发生影响尤巨。春茧上市在即，丝商组织收茧者寥寥。江浙两省政府为农民生计起见，特派浙江实业厅长曾养甫、江苏实业厅长何玉书晋京向主管机关接洽。实业部亦派农林司司长谭仲逵、财政部派关务署长张福运会商救济办法。邀集两省银钱业代表、丝厂代蚕业代表开会，讨论救济办法。议决：（一）由江浙两省政府设法筹款救济；（二）停止征收生丝出口税，以资奖励；（三）停止征收丝业公绩基金附捐，以轻负担；（四）组织整理江浙陈丝陈茧委员会；（五）组织江浙厂丝推销委员会；（六）计划将来根本救济生丝办法；（七）计划对于今春收茧办法云云。当由实业部委任许伯明、沈锡庆、蔡无忌、李祖法、秦润卿、冯仲卿、霍宝树、叶琢堂、朱静庵、沈桦臣、钱凤高、盛练心等十三人，为整理江浙陈丝陈茧委员会委员。五日开成立会，推定许伯明、蔡无忌、李祖法、秦润卿、霍宝树、叶琢堂、朱静庵[②]等七人为常务委员。即日开始办公云。

五月八日，星期，阴

下午，偕朵如兄及其子女往兆丰花园游玩。

上午十时，陈秉鋆君来访。

五月九日，星期一，阴

下午五时，答拜李孟博、程文利、单毓华、杨子安诸君，均他出未晤。

---

① 该行原文上标“〇”符号。

② “朱静庵”原文误作“朱静安”，据上文改正。

五月十日,星期二,晴.夜大雨

下午五时,徐成序弟来,语徐三表姑母定今晚乘轮回北京。予遂偕往送行,即在伊处晚餐,至九时余而返。

五月十一日,星期三,雨。发家信廿二号

下午五时,答拜陈秉鋆君,并知陈牧缘君由绍来沪,偕往旅馆访晤。遂同至梅园酒家晚餐。

五月十二日,星期四,雨

下午五时,应陈秉鋆君之晚餐于陶乐春。

五月十三日,星期五,阴

今日颇觉不适。下午三时后,发寒发热,人尤疲倦,想染流行性感冒之故,天时寒冷无常,人易不适。

五月十四日,星期六,阴

下午四时,整理江浙陈丝陈茧委员会,开执行委员会。予前往出席,通过组织大纲及办事细则,又重要议案十余件。至七时半散会。予疲惫已极,寒热大作。归寓即睡,但辗转至夜半十二时,尚未入梦。百感交兴,颇难自已。黄昏时,赵晋卿次长、李浩生经理先后来访,均因病未能接见。

五月十五日,星期,阴

上午九时,陈牧缘君来访,谈至十一时余别去。

下午二时,赵晋卿君来访,谈至三时余别去。

因病终日不出门,在寓休息一日。

五月十六日,星期一,阴雨

下午五时回寓,知监察院参事高养志朔来拜,不晤而去。八时,徐仲馀君来见。

五月十七日,星期二,阴雨

上午八时,访高二分院沈季让院长。九时,拜上海市长吴铁城、秘书长俞鸿钧、参事殷汝耕及其所属各局局长。回院已近正午。

下午五时,回拜高参事养志,亦公出不遇。

六时，应陈秉鋆君之晚餐于梅园。席中遇老友程远帆兄万里。三年不见，今于无意中遇之，甚为欣慰。互谈别后情形甚畅，并知渠现任南京市财政局长兼土地局长云。

五月十八日，星期三，阴。夜大雨

上午八时，访程远帆兄夫妇。十时，高养志参事来访。

正午一时，第二特区首检陈陶丞备三来访。

七时，应工部局会办何德奎君之晚宴于银行公会。同席者有浙江高二分院院长郑孟特君、财政部驻沪物价指数委员会盛灼三君俊、通易信托公司总经理黄旭初君群[1]，尚有数人非予素识。至九时尽欢而散。同时有浙江丝茧公会在一枝香请客，予辞谢未往。

五月十九日，星期四，晴。发家信廿三号

上午九时，访何中流会办德奎于工部局，谈一小时而出。

下午五时，访盛灼三、沈季宣、殷叔祥诸君，均不晤。

下午八时，上海县县长严慎予君来谈。

五月二十日，星期五，雨

下午七时，与高二分院沈季让院长、高三分院梁云山院长、第一特区周先觉院长、第二特区殷[应]溥泉院[2]公宴上海吴铁城市长及其所属各局局长，暨上海市商会各委员于东亚酒楼。至九时余尽欢而散。

五月二十一日，星期六，阴

下午四时，整理丝茧委员会与推销丝茧委员会开研席会议于中国银行五楼。由实业部谭司长主席、浙江建设厅曾养甫厅长亦列席。至八时方散。

---

① “黄旭初”与下文之“黄溯初”当为一人。黄群（1883—1945）原名冲，字旭初，后改字溯初。曾当选首届国会众议员。后弃政从商，任通易信托公司总经理、董事长。

② “院”字后面疑脱一“长”字。

下午八时，应陈朵如兄之晚餐于乐香饭店。

五月二十二日，星期，晴

今日牙痛正剧，昨夜几至不寐。

上午九时，访黄旭初、沈季宣、甘润生诸君。

下午往兆丰公园游览。至五时，觉寒返寓。

五月二十三日，星期一，雨

今日牙痛不能耐，身体亦畏发热。下午一时，往郑灼臣牙医处求诊。语系牙床发炎，涂药可愈。

五月二十四日，星期二，雨

身热畏寒如昨。下午一时，赴何德候医生处求诊，语系风热侵袭，当疏风泄热云，服药后觉稍瘥。下午就医后即回寓休息，不再赴院。

五月二十五日，星期三，晴。发第廿四号家信

今日似较昨日精神稍好。但下午回寓时车中受风，归又发热。而胃终不开，计不吃饭已三日矣。

下午五时，往何医处复诊，仍语风热未尽，邪伏于表，宜疏泄解表云。

五月二十六日，星期四，晴

今日头胀如昨。上午勉强赴院，午后实觉支持不住，回寓休息。仍服前方，不思饮食。

五月二十七日，星期五，雨

晨觉头胀更剧。朵如兄劝往古法按摩治病所龚醒斋医生处诊治。此医业经多数友人介绍，予亦久闻其治法灵效。于午前九时，驱车往诊，果有灵效。手术毕而头痛霍然矣。遂进而请其诊治予根本之病。渠语予病在肝脏，肝已胀大逾常人，故每日肝火甚旺，势如燃烧，致肾水烧干，固肾脏亦病。欲求根本治疗，非先试一星期不能断言。予闻其所谈医理甚精，指论予病亦均中肯，故拟一试。

五月二十八日，星期六，阴

上午七时半，往访黄越川兄于东方饭店。正午邀往麦瑞西饭店午餐。

下午三时，周振钧君来见。周系东浦云集周宝棠兄之子，在日本九州帝国大学毕业，取得工学士后回国，任上海检验局技术官。

下午四时，参与整理江浙丝茧委员会大会。闻主席报告第六次常务会议议决组设调解委员会，调解丝茧业与银钱业双方因押款而发生之纠纷事件。推定予为主席。予当起语（一）设立调解机关非法律授与特权不可，非平常所能随意设立。（二）本会组织大纲并无调解委员会之规定，且曾于第二次大会时有人提议一致打销在案，何以于常务会议中又可增设此。以本会组织大纲论，亦无根据。（三）本会组织大纲本有调解一次为常务会职权之一，而所推定之委员七人中，常务委员居其六，人员多数相同，何必另立此名目。（四）本人以地位关系不能就此调解委员之职。经讨论一时余，完全采纳余之意见，将此会取消，仍由常务委员会调解之。旋议至七时散会。

五月二十九日，星期，晴

上午九时，偕朵如兄往拜无锡中国银行行长邬志和兄于中国旅社。

十时，偕往龚医处按摩。

十一时，黄溯初兄来访，稍坐即邀予至伊寓午餐。参加伊主催之讲演会。

下午三时，往贺周明贤君之婚礼。

下午六时，偕陈朵如兄往应李厘身君之晚餐，至十时始散。

五月三十日，星期一，雨

夜九时，赵晋卿次长邀往卡尔登影戏院观电影。予允之，遂同往焉。戏为《四壮士》，系描写欧战时德国克法国某村之战况，颇极战争之能事。至十一时，戏散而返。

五月三十一日,星期二,阴。下午晴

今日本院检察处焚毁鸦片烟土。自上午九时开始,至下午三时完毕。计自民国二十年一月一日起至六月三十日止,烟案中没收之鸦片烟及器具,共烟土九千余两,器具万余件。司法行政部及江苏高等法院首席检察官及本埠各机关,均派员到场监视,予亦列席参与。

下午七时,应刘懋初首检官之宴于聚丰园。

六月一日,星期三,晴

下午七时,宴司法行政部杨伯琛科长肇炘、陈敬斋科员于大东酒楼。杨、陈两君系为监视烧鸦片烟而来,并邀堵叔明、葛荪徽、汪秀夫等作陪。至九时始散。

六月二日,星期四,雨

上午八时卅分,回拜驻瑞士公使吴凯声君,因渠于昨日下午来拜也。

下午五时回寓,得通易信托公司董事长黄溯初兄群来函。渠拟组织上海大规模之图书馆,邀予作发起人,予允之。

晚九时,黄溯初兄又来谈,至十时别去。

六月三日,星期五,晴。发第廿五号家信

下午二时,访第二特区法院长应溥泉君、首检官陈陶丞君。六时,访王北溟、周砚香两君,并留晚餐,谈至九时顷而别。

六月四日,星期六,晴

下午三时,葛荪徽君来见。

下午四时,整理江浙丝茧委员会第五次大会,因事不出席,先以电话告假。

下午九时,王北溟、钱伯扬两君来访,谈至十一时别去。

六月五日,星期,雨

上午九时,答拜钱伯扬君于源源旅社,不晤而返。

十二时,应陈朵如兄之午餐于乐乡饭店。同席者邬君志和、居君逸鸿。餐毕,予与居君偕送邬君至北车站上车。因邬君于今日遄返无锡中行也。

归寓，知傅贡球君于一时顷来访，不晤而去。

五时，陈蓉伯君父子来访。

六月六日，星期一，晴。发第廿六号家信

上午十二时，江海关监督派秘书唐晦鹏君来商公事。因非本院职权，当面详告之。

下午二时，回拜傅贡球君于第一特区地方法院。

六月七日，星期二，晴

上午八时，往高二分院见沈季让院长，接洽要公。

下午一时，往访游民习勤所所长之吴泽南君棠，不晤而返。吴系前任江苏第二监狱典狱长，及予离沪后，彼亦不久去职。

下午六时，往访沈季让院长于伊寓，谈一时余而返。

下午九时，殷叔祥兄来谈，至十一时余而去。

六月八日，星期三，晴。旧历端午

上午八时半，陈仲瑜兄来谈。至十二时，并邀季云、五平两内弟同往麦瑞西饭店午餐。午后偕游兆丰公园，至五时余而散。

七时，应上海市吴铁城市长之晚宴于杏花楼。吴市长系宴请本埠各法院长官，并由市政府所属各局长及秘书参事作陪。济济一堂，至九时余始散。

六月九日，星期四，晴

上午八时，访应溥泉院长。

下午六时，往中华照相馆照相。

六月十日，星期五，晴

下午四时，开年终会议，循例也。

五时，至永安公司购物，顺便量体重，仅百二十磅，合九十斤。计三月廿六体重尚有一百廿六磅，虽彼时衣服较多，然究不致有六磅之重。予体之日形瘦弱可以想见。

九时，黄溯初兄来谈。

六月十一日，星期六，阴。下午雨

上午九时，江苏高等法院院长林礼源彪偕一书记官朱芷霞增奎来院视察新制。高等法院院长每年应巡视所属各院两次。此其第一次也。略询数点，巡视一周而去。

下午四时，丝茧委员会例会。予因事冗不能出席。

七时。宴朱芷霞君于聚丰园川菜馆。并请韦、童两庭长作陪。

六月十二日，星期，雨

上午十二时，应徐季荪叔之午餐。

下午五时，偕陈朵如兄往观电影。

六月十三日，星期一，雨

六月十四日，星期二，雨

下午九时，赵晋卿次长邀往新光大戏院看电影。

六月十五日，星期三，阴

下午二时，上海县公安科科长姚福生君来见。

六月十六日，星期四，阴雨

念祖母本月廿三日系八十九岁寿辰。予拟回家举行家庆，乃电请苏州高等法院，自十九日起给假六日。讵复电尚未奉到，下午五时，忽接祖母病危速归之电，不胜惶急，遂将院务派刑庭长代行。先于六时五十分车启程，一面嘱书记官长电告高院备案。当夜十一时抵杭暂寓清泰二馆，一夜目不交睫。

六月十七日，星期五，雨

晨四时半起床，即命胡炯往清波中学招和弟偕归。予则径赴江边汽车站相等。六时抵站，待至七时尚未到，予乃先行。九时半抵家，而祖母已于先一日（即十六日下午三时）弃养。抚尸号哭，痛不欲生。忆予于三月四日离家，祖母健在，逾百零三日，竟成永诀。抢地呼天，百身莫赎。询悉祖母病状，语十四日晚餐如常，至夜半忽发热甚高，腹泻不止，旋即不省人事，医药罔效。延至十六日下午三时，竟弃不孝等而长逝也。呜呼，痛哉！和弟迟一时许亦到，二妹亦续至。

下午五时，亲视含殓。丧易宁戚，古有明训，故一切办法均照先父成例办理，不稍铺张，仍由裕弟主持丧务。

六月十八日，星期六，雨

终日帮同裕弟筹备首七事宜。予系承重孙，责任较重。特电请江苏高等法院准予开缺，俾使终制，并制一挽联如下。

六十年前茹苦含辛，上事两代迈姑，下抚七龄弱息，内操井臼，外接亲邻，独力任艰钜，非祖母安能有今日；

四五载来伤心掩泪，始则痛丧先父，继又迭夭曾孙，长虑家贫，复忧世乱，终朝多抑郁，恨小子无术慰重闱。

六月十九日，星期，雨

仍终日筹备首七事宜。予并为裕弟、爱妹各制一联。

弟联如下：

自幼多病，赖祖母护持，相倚为命；
未老先衰，痛孙儿孤苦，今后何依。

妹联如下：

可怜谁恤未亡人，每接慈容，婉转丁宁感厚爱；
太息多逢不幸事，又惊噩耗，凄凉身世泣依刘。

昨电苏州高院，其稿补录如下：

苏州高等法院院长林钧鉴：窃锡[1]非祖母无以有今日，兹以

① “锡”字后原标一“△”符号。

侍奉无状，铣日弃养，抢地呼天，百身莫赎，乞开缺终制。沈[①]稽颡啸。

六月二十日，星期一，阴

今日代内子紫垣制一联挽祖母如下：

于归十载定省常疏，幸去岁归家，尚得亲承色笑；
卧病三天医药罔效，痛今朝弃养，追思倍觉心伤。

六月二十一日，星期二，晴

举行首七，办理事务。亲友已于今日齐集。上午十一时，从外祖韩小帆外公莅临，为先祖慈成主。按绍兴习惯，成主向分两次。(一) 写主；(二) 题主。所语"写主"者，即将木主完全写好，仅将神主之"主"字留一点未写，只[②]写成"神王"，俟题主者将"王"字上加一点。先用硃点，次盖墨点，名曰"题主"。俗称"点主"，仪式较"写主"大为隆重。而"题主"者之资格亦"写主"者为优异。向沿如此，不知所据，而礼亦无可考。窃以为本系一事，因父母大，故成主之日，必请名流鸿题，故典仪隆重。然"题主"者必有名或年老之人临时书题，时间较久，且老年人亲书小楷多有不便，故先行书就，仅临时点一"主"字以成之。迨后以"写主"之人亦应稍行隆重，遂将"写主""题主"变为二事。窃以为当初必系一事，随后就二事者，误也。唯相沿成习，莫加研究。昔先君故世，予曾主是说，只[③]写神主不再题主，此次亦然。又民国无谥法，故仍不立宗谥，仅写式如下，余仍旧。

大总统题褒"节励松筠"给黄绶褒章徐太夫人之神主。

① "沈"字后原标二"△"符号。

②③ "只"原文作"祇"，据文意改。

六月二十二日,星期三,晴

祖母首七如礼尽哀。下午闭灵,上午开吊,循习俗也。

六月二十三日,星期四,晴

今日系旧历五月二十日,本为祖母生辰,原定回家举行家庆,讵知生辰变为忌辰。痛哉!

六月二十四日,星期五,晴。晨雨

命胡炯赴沪料理公私诸事,伊即于早车动身。

六月二十五日,星期六,雨

由沪院转到江苏高等法院指令,仅给假十五日治丧,不准开缺。录令如下。

江苏高等法院指令第九九九三号

啸电悉该院长以祖母弃养请开缺终制等,情自系出于孝行之纯笃,惟院务重要,倚畀方殷,准予给假十五日治丧。假满仍本古人移孝作忠之义,照常任事。所请开缺,应毋庸议。此令。

六月二十六日,星期,雨

夜半一时,为祖母循俗转杀一名回煞。

六月二十七日,星期一,晴

上午十时,二妹回去。

六月二十八日,星期二,晴

六月二十九日,星期三。阴

今日为祖母二七之期,循俗雇道士念受生经。

下午一时,沈仲民君来吊。

六月三十日,星期四,阴

七月一日,星期五,晴

七月二日,星期六,晴

七月三日,星期,晴

七月四日，星期一，晴

上午七时，雇舟晋城，往祖慈首七来吊之各亲友处谢步。六时回家。

七月五日，星期二，晴

七月六日，星期三，晴。晚雨

上午八时，往本村各亲友家谢步。

今日为祖母三七之期，循俗请和尚念佛。

七月七日，星期四，雨。发家信念七号

丧假期满。晨五时启程，雇舟至城，乘七时汽车，抵杭已九时。晋城赴福姑母家报告祖母病故情形，即留午餐。下午三时五十分，乘火车抵沪寓，已九时余矣。

七月八日，星期五，晴

上午六时半，赴院接见各职员，并接洽假期内各种院务。

十时，新任江苏第二监狱典狱长田立勋修之。来拜。

下午一时，新华东社记者来见。

本院自本月起，办公时间改为上午八时至下午一时。唯予因诸务丛积，仍至午后五时散值。

七月九日，星期六，晴

本日为国民政府誓师纪念日，院中循例休假一日。

上午八时，赴院一转，即往漕河泾第二监狱答拜田典狱长。

十时，分别往拜沈季让、梁云山、殷[应]溥泉三院长。除梁外，余均公出不晤。十二时返寓。

下午二时，分别往访徐成序夫人、徐季荪表叔。四时，往整理丝茧委员会参与第九次大会，因人数不足延会。即转访沈仲九君，因渠系初自德国回也。谈至六时余而返。

七月十日，星期，晴。下午五时骤雨

上午六时，徐季荪叔来访。

八时，出访汤拙存、章行严、殷叔祥、顾寿白诸君。至十一时返寓稍息。汪秀夫君来访,谈至十二时别去。

下午,徐成序、赵晋卿两君先后来访。

医语糖尿病系肾脏发炎之故,多吃西瓜能医肾脏炎。故予今夏拟多吃西瓜以试之。予本喜饮水分,现拟午后、晚间各食西瓜半个,自今日始。

七月十一日,星期一,晴

下午四时,郑苇庭次长来沪,现在第二分院叙谈。由沈季让院长以电话通知往晤。至则接洽各种要公,至六时余而返。

七月十二日,星期二,晴

上午十一时,往访上海市公用局局长黄伯樵君。除接洽公事外,闻知黄伯樵君患糖尿病多年,颇研究治疗方法,与谈甚详。

下午四时,参与整理江浙陈丝陈茧[①]委员会第九次大会,至七时方散。

七日十三日,星期三,晴

上午九时,经讷如世兄来见。渠已于今夏在浙江大学经济系毕业,来见求事。渠系故友经寿安兄之次子,其入大学读书,本为予等数友集资而起。现既毕业,自应广为设法。当于下午五时,访陈叔通先生。陈本当时出资之一人,故亦久为设法。

七月十四日,星期四,晴。热,华氏至九十八度

上午八时,访陈叔通先生。下午四时,偕赵伯揆检察官访许修直君。

接陈子英君来信,商借洋五百元。当以入不敷出、心余力绌复之。

下午八时,访徐成序表弟。适他出不晤,与其夫人略谈而返。

下午六时,何德候君来访。

七月十五日,星期五,晴。发家信第二十八号

下午五时,徐成序表弟来商伊辞职事。

---

① "陈茧"原文脱一"陈"字。

七月十六日，星期六，晴

上午九时，无锡县法院书记官长李君来见。

下午五时，访陈子英君，解决款事。

七月十七日，星期，晴

上午九时，汤拙存兄来访。

七月十八日，星期一，晴。夜奇热，初伏

予本拟今日下午请假回家，参与祖母五七。旋因院务较繁，遂行中止。

七月十九日，星期二，晴

下午五时半，参与江浙丝茧委员会第十次会议，至七时始散。

七月二十日，星期三，晴。发廿九号家信

今日为祖母五七之期，予因窃禄沪江，未克回家哭奠，食用潸然。

七月二十一日，星期四，晴

上午八时，访沈季让院长。九时赴院，田修之典狱长已坐待，为接洽借款，谈至十一时始行别去。

下午四时，应王儒堂部长、赵晋卿次长之园游会于西摩路六号之陈园。与会者约百余人，皆沪上各界名流[①]。该会主旨为孔庸之部长赴欧饯行云，至六时尽欢而散。

晚餐后，赵爱生君邀游兆丰花园，至十时而返。

七月二十二日，星期五，晴

昨日奉部令，予改叙荐任第一级俸，即四百元。以沪上生活程度特高，事务殷繁，为奖励贤劳，特予超叙云。自奉令日起支。

七月二十三日，星期六，晴。发卅号家信

上午九时，田修之典狱长来访。

十时，罗钧任文干。部长偕同沈季让院长来院，约谈十五分钟即辞去。

---

① 原文为“各界名”，疑漏“流”字，据文意补。

下午二时，访陈子英君，解决款事。

二时半，至新新旅社谒罗部长，并晤其秘书刘润生君。因拟乘三时十五分通车返京，故略谈数语，即送至车站而别。回寓后，新闻记者纷纷至予寓，探听消息。予均辞以他出，不予接见。

七月二十四日，星期，晴

上午八时，访严孟繁家炽厅长，深谈别后情形，颇多感慨。

九时，访徐成序弟夫妇，拟为饯行。伊等辞未赴席。

下午五时，陪赵爱生君游法国公园，至七时而返。

七月二十五日，星期一，晴

上午九时，田典狱长来访。

下午五时，访樊介堂君夫妇，不晤而返。

七时，赵晋卿次长偕殷[应]溥泉院长来访。

七月二十六日，星期二，晴

奉高院令，知拟派予兼任上海市地方公务员惩戒委员会委员长。因上海系特别市，依法须另行组织故也。

今日整理江浙丝茧委员会，因天热又无要案停开。

七月二十七日，星期三，晴

上午九时，无锡县法院院长杨克谦来见。

下午三时，答拜法医筹备所所长林君几。稍坐，访王北溟、周砚香两君。谈至六时余始返。

七月二十八日，星期四，晴。二伏

上午九时，张云抟君来访。

下午四时，访樊介堂君夫妇。六时，访赵伯揆君。

七月二十九日，星期五，晴

下午二时，汤旭君来见。五时，朱伯强世兄来见。稍谈偕访朱维新君。并请其在功德林晚餐，送往北站上车。

七月三十日，星期六，晴

上午九时，陈季云内弟来访。渠已在大同大学经济学系毕业，拟俟明日行毕业典礼后赴京，往伊兄仲瑜处一行云。

下午二时，视王介亭君之疾。三时，访童小乙君。

五时，率陈朵如兄之子女往兆丰公园乘凉，至七时而返。

七月三十一日，星期，晴

晨四时四十五分，率朵如兄子女往游兆丰公园。晓气清凉，和风拂面。平旦之气令人清醒。至七时余，日已高，人渐多，遂返寓。

九时，王北溟、朱维新两君来访。

正午，邀田修之典狱长、赵晓秋庭长、王孟侯推事、朱漱白检察官在大东酒楼便餐。餐毕，陪同田典狱长往访殷叔祥兄。四时回寓，汪秀夫、赵伯揆两君先后两访。至六时别去。

下午九时，邵治文君来访。

八月一日，星期一，晴。间有阵雨

上午十时，邵治文君来访。渠现任广东高等法院庭长，颇思整理。故向予索取本院各种用纸一份，以便仿办云。予嘱庶务检交之。

下午五时，答访邵君并邀其便餐于知味观。

八月二日，星期二，晴。间有阵雨

上午八时抵院，江苏高等法院检察官沈逊之秉谦、习法行政部科员李季箴兆铭已在院等候。因渠等系奉派来沪办理第二监狱假释事也。

十时，钟秋人君、徐成序君均先后来访。

下午六时，回拜沈、李两君，并邀其便饭于陶乐春川菜馆。

八月三日，星期三，晴。发第卅二号家信

八月四日，星期四，晴

下午九时，为组织上海地方公务员惩戒委员会事，并编制该会预算事宜，访市政府秘书长俞鸿钧君。谈约半时而返。

十一时，安徽高等法院院长陈哲侯福民来访。下午三时，答拜之。

下午四时，徐成序表弟来辞行。渠拟明日挈眷回绍也。

下午七时，应李浩生君之晚餐于银行俱乐部。

八月五日，星期五，晴

下午三时，访工部局会办何德奎君。谈至五时余辞出，访驻英公使馆秘书施孝长赟于振华旅馆。施系绍兴人，此次由英回国，昨于席间始识之。

八月六日，星期六，晴。发家信卅三号

下午三时，施孝长君来访，谈至四时后别去。

陈荫生内弟有病，下午饬胡炯陪往何德候君处就诊。

八月七日，星期，晴

上午八时，于弼、赵汉声君先后来访。

八月八日，星期一，晴。立秋，三伏，七夕

下午三时，访何德奎君。四时访张云抟君。五时访汤拙存君。汤回杭州不晤。

八月九日，星期二，晴。发第卅四号家信

昨日上午①，接司法行政部徐旭瀛参事一函，荐一女书记官。予尚未复信，今日忽又接其快信，取消推荐并索还履历及原函，嘱交本院某（徐仲疏）推事寄还云云。予不胜诧异，及招某徐推事询之，始知渠于荐信发后，忽奉罗部长手谕。语如有本部员司向外省各法院荐人者，应由各法院即刻举发并将原函径行呈阅。如不举发，私自隐秘者，从严惩处云云。故徐参事有追回原信之举。噫！近年来纪纲不振，上无道揆，下无法守，钻营狗苟，相习成风。自罗部长就职后，整饬纪纲，不遗余力，风气已为一转。兹复有此手谕，一改部员推荐之风，良足尚已。

今日丝茧委员会例会暂停。

八月十日，星期三，晴

上午九时，本院检察处焚毁烟土烟具。自民国二十年七月一日

---

① 该行原文上标“抄〇△”字样。

起，至十二月三十一日止，各机关均派代表监视。

十时，沈逊之、李季箴两君来谈。

下午七时，应工部局何德奎会办之晚餐于银行俱乐部。同席者除予与沈季让院长外，俱系银行界中人。至九时尽欢而散。

下午三时，吴泽南君来访。

八月十一日，星期四，晴。下午九时大雷雨

上午七时，钟秋人君来见。

九时，田修之典狱长来谈。

八月十二日，星期五，晴

下午三时，赵卿晋君来访，渠初自青岛归也。

四时，钟君秋人、王君介亭、陈君仰军如约至。遂同往兆丰公园游玩。七时许便餐于冠生园，九时回寓。

八月十三日，星期六，晴。上午九时大雷雨

上午八时，访沈季让院长，公出不晤。

下午一时，应赵晋卿君之午餐于虹桥路自置之松雪花园。有地五亩，筑室三楹，亭池草地，花木扶疏，备极清雅。同席者有薛子良部长笃弼、樊震初次长光、吴凯声公使及新自南洋回国檀香山商会会长杜君等数人。至三时半，尽欢而散。

四时，访前湖北省政府主席张怀九兄。知本。一别八年，倾谈离愫。至六时余始行别归。

八月十四日，星期，晴

上午八时，谒前司法总长薛子良君笃弼。九时，访江苏高等法院首席检察官王思默君。九时半，访樊震初次长，谈至十一时，访前妇孺救济会会长徐乾麟君懋，不晤而返。

下午二时，王思默君来答拜。三时，前沪宁沪杭两路局长李孟博君厘身来访。四时，偕陈朵如兄分别往视钟秋人、陈蓉伯两君之疾。

八月十五日，星期一，晴

上午十时，杜海生君来访。十二时薛子良部长来答拜。

下午四时，钟生秋人来见。

八月十六日，星期二，阴。发家信第卅五号

上午八时，访沈季让院长。

九时，江西第一高分院首检官萧坦初君伟来见。

十时，部委李季箴君、省委沈逊之君来辞行。

下午五时五十分，参与江浙丝茧委员会会议。

八月十七日，星期三，晴。末伏止

下午三时，答拜杜海生君于开明书局。

八月十八日，星期四，晴。晨雨

下午五时，偕陈运臣世兄游兆丰花园，并在德国饭店晚餐。

八月十九日，星期五，晴。下午四时卅分大雷雨

下午二时半，召集民庭庭长、推事讨论应行兴革事宜，议至五时始散。

八月二十日，星期六，晴

上午九时，往真茹法医研究所，参与该所成立典礼及该所林所长幾。宣誓就职典礼。部派沈季让院长监誓。祝毕，由林所长引导参观一周。据说该所建筑费计十七万元，器械费计十三万元，设备较周。然为费与实际情形相核，就予观之，毋乃过大。噫！至十一时始散。

八月二十一日，星期，晴

今日为陈朵如兄草拟保管箱章程，计三十二条。

上午九时，陈五平内弟来访，至下午三时别去。

八月二十二日，星期一，晴

下午二时，阮毅成世兄来见。渠自为荀伯先生嗣子后，母子不和，纠葛日甚。荀伯故后遗产之争执，尤多问题。今日为住屋事，就商于予，意气甚盛，予颇训斥之。

何德候医生丸方一料，今日服完。下午五时，复往诊，请其续开原方尚有效。足肾两部脏，似较前稍愈也。

八月二十三日，星期二，雨。发家信卅六号

下午回寓后，为朵兄保管箱章程附属之书式，计有七件，即晚完成之。

八月二十四日，星期三，雨

上午，张宗华君来见。渠本系青岛地检官，旋调本院推事。以久任检察职务，不愿为推事。自行向部求调。故又调上海地检官。今日来沪就职。

下午接法部总务司公函，有所咨询。适为扩充女所事，亦拟赴省部条陈意见。遂拟明日往苏宁一行。

民国二十一年八月①

庆
日记

绍兴沈锡庆庆生氏日记

民国二十一年，八月二十五日，星期四，晴

晨起，即赴北站，乘七时快车赴苏。九时抵站，在三新旅社稍息，即往江苏高等法院晋见林礼源院长彪，商议扩充看守所问题。讨论一时余，终以经费无着为词。因上海地院看守所，在民国十五年前案件较少，容额二百五十名已足敷用。现在案件日增，日收人犯常在七百名左右，屋少人多，拥挤太甚。非特有碍卫生，实亦有关人道。予自重长斯院后，即拟有扩充详细计划，绘具图说呈院转部核示，需费约三万余元。讵迄今两月未奉指令，故特赴苏面洽。乃林院长语部指原款有账无钱，即使问财厅催拨到院，亦属整理旧监专款，不能为新监所之用。嘱晋京向法部一商。正午，宴予于自然食品公司，由沈芷馨沅、郑尹起篪、胡希禹善偁三庭长，梁志琴书记官长同忭、陈健凌克刚、陈剑秋克钊两主任书记官作陪。至二时余始散。予偕郑尹起君至伊寓闲谈。

五时五十分乘通车赴京，夜十二时到，暂寓鼓楼饭店。讵臭虫甚多，整夜未寐，精神疲甚。

---

① 本册共计 98 页。

八月二十六日，星期五，晴

五时黎明，即雇车至内舅陈仲瑜兄寓中，睡两小时，精神稍振。即往司法行政部，先访诸旧友，约两小时，继见总务司苏子美希洵司长、监狱司王新之司长元增、常务次长石友儒志泉、政务次长郑茀庭天锡，研究扩充本院看守所问题。愈语关系重要，万不容缓。费用当由江苏高院筹措半数，部中补助半数，即由中央地方各半负担以成之。谈至此时，已过午。不及报告他务，兴辞而出。回至仲瑜兄处午餐。

午后稍息，往沈秋墅、吴梦飞、刘瑾庵三君处，闲谈别后情形，并邀往老万全酒馆晚餐。因予去年在宁卧病时，深蒙照料，故特设宴以谢之。晚间仍宿仲瑜处，避臭虫也。

八月二十七日，星期六，晴

上午七时，至涧银巷[①]四十五号罗部长公馆晋谒罗钧任部长文干，因尚未起床，留片而出。复至司法行政部谒郑、石两次长报告院务。旋石次长得沪电，以伊弟石志祥推事（即本院推事）病危，匆促来沪。予仅向郑次长报告一切。

十一时，访江宁地院楼玉书首检官，谈至十二时余而别。

下午三时，偕仲瑜兄往铁道部参观。仲兄现任铁部秘书长，而该部建筑又为南京各部会中首屈一指也。建筑系宫殿，颇极富丽堂皇之致。四时，访最高法院孙公勖推事璐，谈半小时。

夜十时，偕仲瑜兄乘十一时夜快车返沪。

八月二十八日，星期，晴

车行误点，九时始抵站。返寓后，闻石推事已于昨日病故，在万国殡仪馆举丧。即往该馆一唁。

正午，请仲瑜、五平兄弟便餐于五芳斋。

下午三时，复至万国殡仪馆送殓。

六时，邀仲瑜兄往小有天闽菜馆晚餐。十一时，送其上车回京。

---

① 应为“铜银巷”。

八月二十九日，星期一，晴。发家信卅七号

上午八时，刘怀珍女士来见。钟秋人君、经讷如世兄均先后来见。

下午三时，闻石次长拟乘三时十五分通车返京，即驰往北站送行。

四时，访赵晋卿次长，托其转谢樊震初次长及吴凯声公使之邀宴。予因在宁不克奉陪为歉。

八月三十日，星期二，晴。四时后大雨

上午汪生秀夫、赖君继成先后来见。

接通知，语明日下午为石汉儒推事开追悼会，予挽以联如下。

> 同官五月，深佩勤能，方翼辅我以仁，折狱片言便无话；
> 给假三旬，原资休养，何意遽尔作古，凭棺一吊倍怆怀。

八月三十一日，星期三，雨

下午二时，赴石汉儒推事之追悼会，并送殡于湖北会馆。

九月一日，星期四，雨

院中自今日起，办公时间改为：上午九时至十二时，下午一时至五时。

上午九时到院，宋厚斋老伯已在院相候。谈至十时别去。

下午四时，整理江浙丝茧委员会开临时紧急会议。讨论丝商弊，混濛请补助事宜。

九月二日，星期五，雨

下午五时，访阮荀伯夫人于振华旅馆。渠为母子争产事由杭来沪，就商于荀伯生前诸旧友。予于晚餐后，为访陈叔通先生，商议解决办法。谈至九时余而返。

九月三日，星期六，雨。发家信卅八号

下午六时，应赵爱生君之晚餐于陶乐春川菜馆。

九月四日，星期，晴

上午八时，访汤拙存、全克卿、吴芷泉、赵晓秋诸君。

下午三时，访王北溟、朱维新诸君。

七时，宴朵如、醒如、哈如、纯如诸兄弟及其亲戚赵爱生、赵建筠、樊介堂、何德候、陈容伯等于小有天闽菜馆。予自四时后颇感不适，因作主人不能不勉强一行。归已疲极，发热作泻。

九月五日，星期一，晴

晨泻三次，极感疲倦，勉强赴院。民二庭长赵晓秋君为开一方，服后觉泻稍止。

九月六日，星期二，晴

今晨仍泻二次，再服原方一剂，泻止而精神已健。

下午五时半，赴丝茧委员会。因人数不足延会。

九月七日，星期三，晴

故友经寿安家龄之子讷如世兄，自今夏毕业于浙江大学文理学院经济系以后，因急于谋事，予招令暂充本院候补书记官。一面仍为向浙江兴业、浙江实业两银行设法推荐。兹因浙江兴业银行考试有日，行将应试。本日下午五时散值后，渠来请示，予告之曰，予因尔系经济科出身，为用其所学并将来发展计，故竭力向银行方面设法。现在地位其收入或较初入银行为优，然绝无发展余地。因系经济科出身，连法官考试亦不能考，故不能短视目前，自堕志气。如果此次能考取，则将来大可发展。然亦可以堕落或庸落一世。此全在尔自己作主。设如尔进行后，勤慎从公，异常努力，暇仍研求学问，专心向上。为领袖者必能查悉，自有一分能耐，即有一分发展机能者。庸庸碌碌与世浮沉，则亦平稳一世而已。否则好习奢侈，不勤职务，或多嗜好，不习正业，则堕落犯罪，亦易如反掌。此皆在尔，好自为之而已。渠唯唯而去。

九月八日，星期四，晴。下午五时有骤雨

晨七时，访陈叔通先生。因近日为阮荀伯夫人母子争产事，陈君常与予函商。昨晨得函，语毅成世兄准十日上午来沪，请予于十时往谈。昨晚又得函，并附草拟办法，推予保管遗产。予乃不得不先行声明。故晨即驰往告之曰：管理遗产之人（一）须德高望重；（二）须常驻上海；（三）须遗族信仰。予对于第一点，就此次会议被邀诸君中，予最卑幼，人微言轻，何敢承认。对于第二点，予系地位不确定之人。奉令调任，朝不保暮。一经他调，诸多不便。至于第三点，予与荀伯交情虽够[①]得上，但荀伯夫人关系较浅。其信仰叔通先生较信仰予多矣。而且疑予为偏于毅成之人。有此三因，万难承认。若必推予，予唯有退席之一法。好在予本无关重轻也，云云。陈君允会议时再讨论。晚六时回寓，陈君复函，邀明日预议云。

下午二时，吴县地检官吕文钦来见。

九月九日，星期五，晴

上午八时，访吴芷泉君。九时赴院。十时赶往兴业银行预拟荀伯家产事。由陈叔通先生提议，荀伯遗产在荀伯夫人生前，均归荀伯夫人作养赡之费，推人保管，不能动本及处分。荀伯夫人死后，悉归嗣子毅成所有。予等皆赞成之，时预议者为陈君叔通、沈君衡山、陈君元嵩及予四人也。

下午三时，最高法院庭童枕溪杭时来访。四时半答拜之。

五时赴新惠中旅舍。因接电话知徐叔荪表叔、王叔梅、鲍宇[予]忱、沈复声诸君均来沪寓该馆，故亟往晤之。并邀晚餐于陶乐春川菜馆。

九月十日，星期六，晴。发家信卅九号

上午十时，赴兴业银行会议荀伯遗产问题。时荀伯夫人母子已到，会议结果尚佳。中间虽稍有争议。予语凡母子意见相反各点，应

---

① “够”原文作“彀”，据文意改正。

以予辈中间之意见为标准，故均照预议各条通过。其双方所提之修正点，均撤回。予等并推定沈衡山君为管理受托人，办理一切。定明日上午十时，仍在兴业银行点收契据及签字云。时已十二时卅分矣。散会后，即转赴新惠中旅舍，午餐于老半斋。

下午七时，应徐叔苏叔等之晚餐于梅园。

十时回寓，知浙江高等法院推事马赞明义述来访，不晤而去。

九月十一日，星期，雨。晚晴

上午八时，访工部局会办何德奎君，答复渠托予调查各点也。九时，答拜马赞明君于大上海饭店。十时，赴兴业银行会议并签字。十二时半终了。

下午，邀王君叔梅、鲍君宇[予]忱、沈君复声赴国泰影戏院观电影。七时，应其晚餐于麦瑞西菜馆。

九月十二日，星期一，晴。下午有骤雨

上午八时，访赵伯揆君，往视其疾。

下午二时，沈季让院长来访。谈一时余别去。

四时，往谒许静仁总理世英。因伊外孙王善祥奉派本院书记官，函托照顾，故往拜之。

九月十三日，星期二，晴

下午五时半，往整理江浙丝茧委员会开会。至七时散会，往新惠中旅舍徐叔苏叔处闲谈。

九月十四日，星期三，晴

上午八时，访沈季让院长，稍谈即返。

九月十五日，星期四，阴。旧历中秋

上午九时，全克卿君来拜，予因赴院办公未晤。

九月十六日，星期五，微雨

九月十七日，星期六，雨

下午一时，何德奎君来访。

下午三时，上海市公安局派科员周鼎来接洽公务。

下午四时，上海市政府派科长王冰来接洽公务。

六时宴曹明甫、张宗华两检察官于南京饭店，并请本院庭长、推事作陪。

九月十八日，星期，晴

今日在新惠中旅舍徐叔苏叔处闲谈终日。

九月十九日，星期一。晴

下午四时，马赞明君义述。来访，予陪其参观本院一周。

九月二十日，星期二，晴

下午五时，往江浙丝茧委员会开会。

九月二十一日，星期三，晴。发家信四十号。夜雨

九月二十二日，星期四，阴

下午一时，江苏高等法院林礼源院长彪来院视察看守所，至三时别去。五时，赴东亚旅社往见，适林院长他出未遂。晤朱紫霞书记官，谈一时余而出。

上午八时，访沈季让长[①]，协商上海市政府函商筹设戒烟医院事。知已有公函通知，明日上午十时开在沪五法院院长会议云。

下午七时，偕徐叔苏叔、王叔梅君往南京西菜社晚餐。

九月二十三日，星期五，晴

今日为先祖母百日纪念。予因院务繁要，不克请假回家，深为怅惘。

上午八时半，至院处理重要公事后，九时半赴高二分院参与会议。计到高三分院梁云山院长、江苏高院林院长代表朱芷霞君，由沈季让院长主席议决。戒烟医院系为上海市民谋福利，纯属行政性质，应由上海市政府主办，其组织管理、设备经费等事，法院方面可无庸顾问。惟仅就该医院中请划出一部为罪犯戒烟之所，三地院可于烟案罚金中所提二成戒烟经费拨充补助。就该院成立以前已提存之

---

① “沈季让”后疑脱一“院”字。

费，三院合并约有三万左右可拨充补助开办费。已成立后征收之费，按现在情形，三地院合并每月约得二千元（但此数以烟案多少为准，不能确定），可按月解送补助经费。至原函所请行政司法各半负担（开办费法院担任七万五千元，经常费法院担任六万八千元），未能照办，即将此意公推予向市政府交涉。予乃以电话问俞鸿钧秘书长，约定于十一时往晤。适卫生局胡鸿基局长亦在，遂相约晤谈。结果悉容纳予等主张，办法全部接受。予乃向沈、梁两院长报告经过，决定会衔函复，由二高分院主持。及回院时，已下午三时半矣，公文堆积如山。清理毕，回寓休息，精疲力尽，劳惫不堪也。

徐叔荪表叔今日夜车返绍，约二三日后再来。

九月二十四日，星期六，晴

上午九时，沈复声、王叔梅、鲍予忱、陈秉钧诸君来院参观。

下午二时，高二分院书记官长张菊人大椿来见，接洽会衔复市政府公函。为罪犯戒烟事也。

九月二十五日，星期，晴

上午七时，赴院考试录事。八时，派书记官长点名，计报名者一百八十四人，投考者一百六十六人。先试小楷一小时，继试图文一篇，题为《言志》。正午十二时，已陆续缴卷净场矣。

下午四时三十分发榜，及格者十四人。定明日上午九时口试。

投考人中查其履历，大半为工商界失业之人，而中学毕业者亦不在少数。其图文答案中，多流露经济困难情形，足见社会生计之困难日甚一日，安得广厦千万间以庇之哉。从前在上海考录事，难得好字，因书法稍佳者，均往书局写石印。此次竟有佳卷，更足见商界情形之不景气也。唯其中有女生七八人，多以求经济独立，关服务社会为主旨，并不感觉生计之困难者。内有一卷，其国文答案中有“从来吾国女子家庭以外无天地，蚕桑以外无职业。依赖男子，仰望终身。致被男子视为玩物”云云，亦可见一斑矣。女子数人，文理均尚通顺，惜书法不佳，未能录取。

九月二十六日，星期一，晴

上午九时，口试录事。计复出三名，正取五名，备取六名。正取者，定十月一日来院就职；备取者，遇缺挨次传补。十一时发榜。

十一时，最高法院检察官康阜藩文扆来访。

下午五时，访殷叔祥君。谈至六时半辞出。往新惠中旅舍访徐叔苏叔，因伊于今日复由绍来沪也。

九月二十七日，星期二，晴

上午八时，答拜康阜藩君。

下午二时，田典狱长来访。三时，高二分院张菊人书记官长来见。均为接洽公事来也。

本日整理江浙丝茧委员会例会停开。

九月二十八日，星期三，晴

上午七时，居逸鸿兄来访。

下午七时，宴康阜藩君于南京饭店，并邀王北溟、李纯伯、徐仲馀、王介亭诸君作陪，至九时余始散。

九月二十九日，星期四，晴。发家信第四十一号

下午四时，访上海县财政局长王华熙君，接洽经费。

五时，访康阜藩君。

八时，赵铁章世兄来见，并赠予今晚戏券两张。予因不喜观剧转送赵爱生、孔纯如两君。

八时半，甘润生君来访。持一招赘婚约就教，审核内容太不近情，予婉却之，不愿讨论。甘君本为予旧同学，唯今日结谈之下，似于世故人情理解诸端颇少研究，或亦不得意之结果也。渠现任中央银行总管理处文牍，月薪百六十元，按其才学尚属相当，似尚不能语为不得意者。噫！

九月三十日，星期五，晴

下午五时，往新惠中旅舍访徐叔苏叔。晚餐后，偕沈复声兄赴北京大戏院观电影《啼笑因缘》初集，甚佳。

十月一日,星期六,晴

下午一时,福建新闻记者考察团来见。语来沪考察,特来院参观云云。予派书记官长接见并引导参观。讵知渠等系来捐钱,所语考察者,托词也。乃拒绝之而去。

四时,胡觉律师来见。

六时,应同行许君之宴于南京饭店。

十月二日,星期,晴

上午九时,韩景斗推事来见。

十时,往拜张镕西总长耀曾,报告接任后半年间整理情形。十一时,往访殷叔祥兄。

下午二时,偕徐叔苏、沈复声、王叔梅、鲍宇[予]忱、陈牧缘诸君游兆丰花园。七时回寓,知汪秀夫、钟秋人两生均来见,不晤而去。

十月三日,星期一,晴。发家信第四十三号

上午九时,宋厚斋伯来访。

得家书,知贴邻本家八婆婆已于廿九日病故。

十月四日,星期二,晴。发家信第四十四号

下午四时,司法行政部科长余柏后君榖来访。

十月五日,星期三,晴

十月六日,星期四,晴

下午五时,谒前内阁总理许静仁世英。于仁济堂。

七时,应上海市公安局文局长明安之宴于杏花楼。渠因接任伊始,宴请沪上各机关以联欢云。

十月七日,星期五,晴

上午八时,访黄涵之君庆澜,不晤而返。

十月八日,星期六,晴

上午八时,访视赵伯揆君之疾。

下午七时,应徐季苏君之晚餐。

十月九日，星期，晴

上午七时，偕陈朵如、赵爱生、孔纯如、樊介堂夫妇及朵兄子女往游大场宝华寺。此寺于本年沪战时极有灵验。寺址占地百亩，布置宏丽，离沪约三十余里。九时，转往吴淞路，经闸北战场，形迹未泯，房屋为墟。在福玖饭店午餐后，因朵兄长子运成世兄在沪江大学肄业，遂顺道往游。范围亦极大。三时，回寓稍息。四时，往中央旅社道喜。因王介亭兄在该处为侄女结婚也。五时，陪徐叔荪叔游兆丰花园。六时余而返。

十月十日，星期一，晴。发家信四十五号

本年双十节，因在国难期内，奉令停止庆祝，照常办公。

上午十一时，诸暨县法院院长李启华君来见。

下午四时，高二分院郁曼陀庭长华、第一特区地院李纯伯庭长琥、新任察哈尔地方法院院长蒋铁铮、第一特院推事萧鼎芬等来访，并参观本院。至五时余别去。

十月十一日，星期二，晴

下午六时，访视徐叔荪叔之疾。因渠肝胃旧疾复发，予为介绍按摩医生龚醒斋诊视。龚在沪深负时誉，绍人尤为信仰。讵叔荪叔经按摩后，病愈增剧，语为医坏云。

十月十二日，星期三，晴

晨七时，往视叔荪叔之疾。晚七时，又往视一次。决定明晨早车回绍调养云。

下午九时，陈五平内弟由绍来沪，寓振华旅馆。

十月十三日，星期四，晴

上午九时，送徐叔荪叔上车。沈复声兄亦偕行回绍。

十月十四日，星期五，晴

下午七时，应陈朵如兄之晚餐。

十月十五日，星期六，晴

下午七时，应周先觉院长之宴于东亚酒楼。

上午十时，沈季让院长来访。谈至十一时，偕访市政府秘书长俞鸿钧君，接洽罪犯戒烟所事宜。

十月十六日，星期，晴

上午往游法国公园。下午往游兆丰花园。七时，偕陈朵如兄子女便餐于冠生园。

十月十七日，星期一，晴。傍晚雨

上午十时，上海市临时参议会举行成立典礼，柬邀观礼。至十二时散会。

正午，应赵晋卿次长之宴于觉林。同席者为屈文六映光、王一亭震、黄涵之庆澜、朱吟江、陈霭士其采诸君。

十月十八日，星期二，雨

闻沈复声、任葆泉、姚晓尘、王叔梅、鲍宇[予]忱诸君复来，仍寓新惠中旅舍。特于下午六时往访之。

下午五时，江浙丝茧委员会例会，因事未往。

上午九时，访沈季让院长、王北溟首席、周玉圃庭长。

十月十九日，星期三，雨。发家信四十六号

下午七时，宴新任公安局长文鸿恩君于东亚酒楼，并请本阜各法院院长、首席检察官作陪。至九时余始散。

十月二十日，星期四，阴雨

下午一时，陈五平内弟来访。

下午九时，樊介堂兄邀观电影于光陆大戏院。朵兄亦与焉。

十月二十一日，星期五，晴

上午八时，访鲍宇[予]忱、姚晓澄诸君于新惠中旅舍。

十月二十二日，星期六，晴

晨八时，得电话知朱郁堂先生已来沪，寓振华旅馆。即驱车往谒，谈至十时余辞出。下午五时，复往并晚餐于功德林素菜馆。

十月二十三日，星期，晴

上午八时余，陈仲瑜内兄由南京来，稍息即雇车出往拜客。予亦于九时出访黄溯初君，不晤。转往振华旅馆与朱郁老谈司法根本大计，至十一时半辞归。偕仲瑜兄午餐于陶乐春川菜馆，下午，游兆丰公园闲谈，六时，晚餐于五芳斋，七时返寓，谈至十时余，仲瑜兄复乘车返宁。

十月二十四日，星期一，晴

上午九时，任葆泉兄来院参观，谈至十一时别去。

十一时，陈陶丞君来访。

下午七时，陈东声君邀观电影于西海大戏院，同往者为任葆泉、陈牧缘、倪贵生、陈子樵诸君，戏为卓别麟主演之《冒险大王》。

十月二十五日，星期二，晴。发家信四十七号

今日丝茧委员会例会停开。

十月二十六日，星期三，晴

下午七时，访任葆泉君于新惠中旅舍。

十月二十七日，星期四，晴。发家信四十八号

上午十时，姚晓尘君来访。

十月二十八日，星期五，晴

下午五时，赵晋卿君嫁女，在慕尔堂举行婚礼，系基督教式礼堂，遍扎柏树菊花，极隆重庄严之致。来宾约千余人，礼毕，在大东酒楼喜筵，计在五六十席以上，洵盛举焉。

十月二十九日，星期六，阴

下午六时，应陈秉钧、秉文兄弟之宴于怡泰茶号。同席者均绍兴同乡在沪经商者。至九时余始散。

十月三十日，星期，晴

上午九时，访殷叔祥兄，并还旧欠。

十一时，至新惠中旅舍。午餐后偕沈复声、任葆泉诸君游兆丰花园。至五时尽兴而归。

十月三十一日，星期一，晴。发家信四十九号

十一月一日，星期二，晴

今日丝茧委员例会停开。

十一月二日，星期三，晴

正午[①]，应赵晋卿、吴凯声两君之宴于赵氏松雪庐。赵、吴两君因知本市回教寺中有回教徒李芳孝君，现年一百一十岁，耳目未花，健步如常，特行邀宴并邀知友十余人作陪。予见其应对如常，精神矍铄，望之仅如八十许。人询悉系河南郑州人。向奉回教，在东省多年。洪杨前，曾到沪一次，现在沪已住三年。系清道光三年八月初八日寅时生。向往回教寺，生平每日除定时礼拜外，别无所事。有子三人。长子已七十六岁，长孙五十六岁，五代见面。现食量仍佳，牙齿虽全部脱落，然如冬笋肉类仍均能下咽。三十余岁娶亲，四十余岁断弦后，即不复娶。席间为摄一影以志纪念云。

下午六时，得电话知徐叔荪表叔今日又来沪，当即往访。

十一月三日，星期四，晴

下午一时，偕本院书记官长王介亭君往高二分院，参观会计簿籍、第一特院新行落成之院署。三时许辞归。

四时得电话，知罗部长秘书刘润生君应霖来沪，即往新新旅社拜访，谈至六时许辞出。

十一月四日，星期五，晴。发家信五十号

上午八时，访汤拥伯兄于惠中旅馆，不晤。

十一时半，访殷[应]溥泉院长，偕往新新旅社邀刘润生君赴福来饭店午餐。

下午七时，应法医研究所林所长幾。之晚宴于梅园。

---

① 该日页眉有陈仲瑜附记。原文如下："李君余于卅五年春亦曾访晤。适值寺中(凤凰寺)举行礼拜。见其随班叩跪，步履矫健，绝无老态。询以养生之术，答云'寡欲'二字。此二字看视平淡无奇，苟能实行即为延寿要诀。瑜附记。"

十一月五日，星期六，晴。发家信第五十一号

下午二时，应上海内地自来水公司之招待，参观该公司新设备。因该公司改良设备已经三年，将旧日之蒸汽设备尽改为电力最新机械设备，完成先期，柬邀各界参观。由董事长姚慕莲、董事陆伯鸿两君引导一周。摄影茶点而散。

十一月六日，星期，阴

上午九时，访大陆银行储蓄部经理沈季萱君尔昌。不晤。继访前司法行政部总务司长马木轩君寿华，稍谈即出。续访前外交部长王儒堂君，正廷。因赴杭未回。

十一时，殷叔祥兄来访，谈至十二时半别去。予即赴一枝香西菜馆应陈朵如兄之午餐。

下午五时，邀任葆泉、汤拥伯两兄往国泰影戏院观电影，剧名《维也纳之夜》，极佳。

十一月七日，星期一，晴

下午六时，晤陈赞卿君于新惠中旅舍。

十一月八日，星期二，晴

下午四时半，赴丝茧公所开丝茧委员会例会。

十一月九日，星期三，晴

下午三时，新任第一特区地方法院院长郭闵畴君云观来拜，渠拟明日九时接事。郭系浙江玉环县人，曾任大理院推事。此次系由司法行政部参事调任。谈一时余别去。五时，答拜于惠中旅舍。

六时，应赵子寿君之晚餐于杏花楼。

十一月十日，星期四，雨

上午九时，赴第一特区地方法院贺郭院长接任之喜。

下午二时，永嘉地院首检官张淇亭君毓泉来见。下午五时，答拜之。

十一月十一日，星期五，阴。发家信第五十二号

下午六时，宴第一特院卸任周先觉院长及新任郭闵畴院长于东亚酒楼，并请高二分院胡文甫贻穀、郁曼陀华两庭长，卢濯清益美、赵汉声钲镗两推事，张菊人书记官长大椿、第二特院应溥泉院长时，及本院赵、钱两庭长，曹明甫检察官等作陪。至八时尽欢而散。

十一月十二日，星期六，晴

今日为孙中山先生诞辰，例应放假。唯在国难期内，临时奉令不准放假，故仍照常办公。

午后五时，陈赞卿先生来访。

十一月十三日，星期，晴

上午十时，偕朵如兄及其子女，又樊介堂夫妇同游兆丰花园。下午又偕观《啼笑因缘》电影。

十一月十四日，星期一，晴

上午九时，本院焚毁烟土、烟具。

十一月十五日，星期二，阴。寒

下午四时，赴丝茧委员会开会。九时，陈彦畴君来谈。

十一月十六日，星期三，晴

下午四时，沈复声、任葆泉两兄来院，邀请到惠中旅舍徐叔荪叔处一谈。晚餐后回寓，予方睡。至十一时半，忽接叔荪叔电话，嘱往商谈要事。又雇车而往，谈至二时余始睡，遂宿于该馆，但为时过迟，一夜未能合目。

十一月十七日，星期四，晴

晨起床后精神颇倦，八时赴院。少顷，新任首席检察官楼玉书英。来拜，少谈，渠即接事。楼系浙江义乌县人，系由江宁地方法院首席检察官调任来此，亦二十余年之老法官也。

十一月十八日，星期五，晴

下午七时，应梁云山、应溥泉两院长之晚餐于万国酒家。

因国民政府司法顾问宝道（法国人）博士奉令来沪视察特区司法，梁、应两院长设席宴请。同席者为董康、张耀曾两总长，沈家彝、郭云观两院长，王振南、汪祖泽两首检云。

十一月十九日，星期六，雨

上午十时，市政府秘书长俞鸿钧君来访。

下午二时，赴第二特区地方法院，代表司法行政部监视焚毁烟土。至五时始毕。

十一月二十日，星期，晴

上午十时，访王北溟君。十一时，答拜吕渔溪君。正午，宴新首席楼玉书君于小有天闽菜馆，并请本院庭长、检察官作陪。宴毕，偕游兆丰花园。

下午六时，应本院检察官之公宴于东亚酒楼。七时，应张镕西总长之晚宴。同席者即本埠五法院院长及沈衡山、董绶经两君而已。散席后，畅谈司法情形，及十一时，始散返。

十一月二十一日，星期一，晴

上午十一时，高三分院梁云山院长来访，并参观本院设备情形。参观毕，时已正午，即在本院会食室便餐。

下午七时，应同乡吴蓉卿君之晚餐于小有天。

十一月二十二日，星期二，晴

上午十时，王北溟君来访，并参观本院设备情形。午餐后，偕往漕河泾第二监狱及游民习勤所参观。及回院，已五时余矣。

六时，应李馥荪君之宴于范园。

十一月二十三日，星期三，晴

徐叔荪叔等羁沪事毕，今晨全体返绍。予于八时往车站送行。

上午十时，吕渔溪君来见。

下午三时，甘肃烟酒税局长葛畲夫来见。

十一月二十四日，星期四，雨。奇热，寒暑表升至华氏七十度

上午十一时，苏高院检察官沈逊之君来访。

下午六时，应本院赵、钱两庭长之宴于陶乐春川菜馆。

十一月二十五日，星期五，雨

下午六时，应郁曼陀庭长、赵汉声推事两君之宴于士雅楼。

十一月二十六日,星期六,晴

本月三十日,为先祖母安葬之期,曾于日前呈请给假十日治丧,已奉照准。下午五时,邀陈赞卿先生回绍祀土偕行。启程乘六时五十分夜快车,十一时抵杭,寓城站旅馆一宿。

十一月二十七日,星期,晴

晨七时,渡江乘车至凰仪桥,雇小舟回浦,抵家已十一时余矣。出殡事宜俱已齐备,墓穴开封亦甚高燥,闻之甚为欣慰。

十一月二十八日,星期一,晴

家中布置明日开吊事宜,忙碌终日,诸亲友之帮忙者,亦于今日齐集。

十一月二十九日,星期二,晴

晨四时起床,六时后吊客渐集,至十二时止,计亲友来吊者卅余人。下午三时,由绍兴地方分院姜丙奎院长领衔堂祭。是晚陪灵,一宵未睡。

十一月三十日,星期三,晴

晨五时,行发引成服礼如仪。予主祭,兹将发引哀章录下:

维中华民国二十一年十一月三十日,承重孙锡庆等谨以清酌庶羞之奠,泣告于祖母徐太夫人之灵位前。曰:呜呼哀哉!我祖母之弃不孝等而长逝也,已半载于斯矣。维我祖母娴诗文,精书算,持己以严,御下以礼,待人以正,接物以诚。整饬家风,能见其大。事无钜细,悉由亲裁。惟生平苦多乐少,初年十七,来归我先大父聚垣公也。我先高祖妣章氏太君、先曾祖锦堂公、先曾祖妣赵氏太君均健在。一家五口,上慈下孝,其乐融融。唯以吾家四代单传,高曾祖妣望孙綦切。同治四年乙丑,先父如松公生,合家方庆添丁,同堂四世。奈昊天不吊,弥月数日,锦堂公弃养。更遭洪、杨之变,家贫世乱,避难四方。时势稍平,耑回故里。门庭如旧,景物已非。惨淡经营,力图恢复。嗣先祖游幕处州，祖母以老亲在堂，留家侍奉。同治十年辛未，先祖病故于处州府幕，时祖母年仅二十有八，先父仅七岁。噩耗传来，哀毁欲绝。灵榇归里，痛不欲生。安葬方毕，吞金以殉，幸被发觉，遇救得生。旋经亲戚之苦劝，上下之戒备，无隙可乘，不易图尽。转念上有两代远姑，下仅七龄弱息。事畜无人，死心始已。于是上事高堂，下抚子女，内整家务，外接亲邻，一手操持，苦心孤诣。而吾家之得有今日，正赖此一念之转移耳。否则早随先祖于地下，吾家亦不堪设想矣。此为吾祖母所最痛心之一事也。光绪四年戊寅，高祖妣弃养。七年辛巳，娶先妣顾太夫人。八年壬午，长姑母出阁。十三年丁亥，曾祖妣弃养。十四年戊子，二姑母病故。二十四年戊寅，长姑母病故。三十二年丙午，先妣顾太夫人病故。三十四年戊申，娶继母韩太夫人。综此四十年间，丧葬七次，婚嫁三次，养生送死，悉尽其礼。男婚女嫁，无或愆时。家境虽极拮据，措施无一失当。亲族里邻愈称曰能，此祖母尝为不孝等所缕述者也。一语一酸辛，言之犹有余痛。旋以先父成立，家虽清贫，布衣蔬食，尚能温饱。不孝锡裕接管家务，不孝锡和已就外傅。一子三孙，顾而乐之，衰老之身，渐堪安逸。讵至民国十七年间，先父逝世，祖母又感身世之痛。以青年守节，只此一子，仍然不能送终。自恨命苦，悲恸之情，不能自已。此为我祖母所最痛心者又一事也。盖祖母生平对于送终极为重视。既尝以无子送终引为憾事，锡庆近数年来不敢远行者，正以此故。每逢归省，祖母必谆谆询之曰："离家有若干路程，得电后几时可到?"旋又怅然曰："尔总不能送我终，只望赶到入殓耳。"讵不知竟成谶语！呜呼！痛哉！不孝等以祖母现年虽八十有九，而精神矍铄，步履如常耳。虽重听，目犹未花，少年情景，记忆甚强。环顾孙儿女等，畅谈往事，娓娓不倦。不孝私心窃喜，以为九旬正寿，胜算可操。讵不知三十八小时间，竟溘然而长逝也。呜呼！痛哉！忆今春淞沪战起，不孝锡庆方为饥驱得有沪行，祖母闻之，关心沪战甚切。锡庆行后，锡裕等告以沪战已停，终觉疑信参半。深以锡庆为念。讵知锡庆此行竟成永诀。早知如此，虽万乘之卿相，亦不应一日离家而他就也。抱恨终天，曷其有极。呜呼！不孝等行能无似，现无以上慰高堂。当兹发引之时，空献生刍之束。推心泣血，惟有哀号。呜呼！痛哉！伏维尚飨。

上午十时，启灵。十二时，抵张墅尚花溇墓地。下午一时，祀土。二时，告窆入穴。封墓毕，回丧奉主上堂，亲友各散。

十二月一日，星期四，阴。下午微雨

本日赴本村各亲友家及帮忙执事人等处谢孝。

十二月二日，星期五，雨

本日往安昌顾、韩两家谢孝。顾宅舅母患病甚重，恐将不起。

十二月三日，星期六，雨

上午九时，晋城往各亲友家谢孝。晚宿于徐宅。

十二月四日，星期，雨

上午九时，访绍兴地方法院院长姜丙奎君。

下午王子馀、沈复声、黄越川诸君先后来谈。

十二月五日，星期一，雨

上午八时，乘车赴江边，抵杭已十一时矣，寓清泰第二旅馆。午餐毕，访陈鹤卿君不晤，转赴福表姑母处，稍坐，往行素女校检视甥女娄安雅，稍谈，即访汤韦存兄，在伊家晚餐。八时，访金直卿、莫寿笙两君，谈至十时回寓而寝。

十二月六日，星期二，晴

上午十时，访曹吉甫君。下午游灵隐，摄一僧装照相而返。乘六时夜快车返沪，抵寓已夜间十一时矣。

十二月七日，星期三，晴

上午九时，赴院销假。

正午十二时，应居逸鸿君之午餐于乐乡饭店。

下午六时，因何镜湖嫁女，往新旅社道喜。

十二月八日，星期四，晴

下午四时，陈赞卿君来访。

十二月九日，星期五，晴

上午九时，访第一特区地院长郭闵畴君，畅谈处理院务事宜。

十一时，新任第二监狱典狱长田种夫君来拜。

下午六时，应楼玉书君之晚餐于大雅楼。

十二月十日，星期六，阴

下午一时，答拜新任田种夫典狱长荆华，并邀各推事参观第二监狱及游民习勤所，至三时余而返。

下午五时，访田修之君不晤。

十二月十一日，星期，阴

上午九时，访中央委员张怀九兄知本，因客太多，稍坐即别。顺道访汤彦颐世兄，适汤韦存兄亦于昨日来沪，遂在伊寓畅谈并留午餐，谈至下午四时别归。

十二月十二日，星期一，阴

上午九时，吴县地方法院推事罗人骥来见。

十二月十三日，星期二，晴

上午十时，济南地方法院院长卢濯清君益美来见。

下午四时，赴整理丝茧委员会开会。

七时，应赵晋卿君之晚餐，同席者多为实业部司长、技监，至十时顷始散。

十二月十四日，星期三，晴。发第五十三号家信

上午九时，访沈季让院长、王北溟首席。谈至十一时辞出。

十二月十五日，星期四，晴

今日奉司法行政部令，派充本院执达员考试委员长，办理本届考试执达员事宜。

十二月十六日，星期五，晴

上午九时，召集考试执达员委员会议，讨论考试事宜。下午六时，偕楼玉书兄便餐于五芳斋。

十二月十七日，星期六，晴

十二月十八日，星期，晴

今日假大同人学教室考试执达员，晨六时兴，即赴该校。八时，点名计到，投考者百六十六名，分五科目。（一）三民主义题为"问何语民生主义?"（二）国文题为"见利思义论"。（三）诉讼法题为"问何语留置送达?"（四）职务章程题为"问执达员之职务如何?"（五）算术题为"某执达员征收钞送费二百七十五元五角二分。但钞录费多于送达费一倍。问钞送费各有若干?"限本日下午五时完卷。

正午十二时，应王北溟君之午餐于大雅楼。宴毕，仍赴大同大学监试，至五时返寓。

下午六时，汉口地方法院院长钟静庄之翰来访，楼玉书兄之继至，谈至九时顷别去。

十二月十九日，星期一，晴

今日复核执达员试卷，评定分数。至下午四时，核定笔试及格者二十一人，五时揭晓。

下午六时，偕楼玉书首席合宴钟静庄院长于陶乐春，并请梁云山院长、田修之、田种夫两典狱长，李桔云、周玉圃两庭长，林百渊所长、韩竹轩、蔡麟洲两推事作陪。至九时始散。

十二月二十日，星期二，晴

上午口试执达员。下午二时揭晓，共取十六名。

下午六时，宴监试委员、考试委员及事务员等十六人于南京西菜社，以酬其劳，至八时尽欢而散。

九时，赵晋卿君邀观电影，原定至夏令配克戏院。至则始知今晚系演俄剧，并非电影，乃沿静安寺路散步一周而回。

十二月二十一日，星期三，晴。发家信第五十四号

十二月二十二日，星期四，晴。旧历冬至

十二月二十三日，星期五，晴

上午九时，高三分院庭长周玉圃君蕴辉来访。

下午三时，高三分院推事赵振海来见。

十二月二十四日，星期六，雨

下午五时，顺道往棋盘街各书馆闲观，购得俞曲园先生遗著两种，一《春在堂尺牍》，二《楹联录存》，以备消遣。

十二月二十五日，星期，雨

下午二时，访殷叔祥兄，谈至四时余而返。

七时，赵晋卿君邀往青年会晚餐，同席者高铁厂恩洪、黄瑞生汝楫两君而已。

今日接家信，知二舅母已于十七日病故。舅母自两子死后，心境不佳，抱病多年，今果不起，为之怆然。

十二月二十六日，星期一，阴

十二月二十七日，星期二，雨

下午四时半，陈赞卿君来访。五时余，偕访陈省斋君，稍坐即回。

十二月二十八日，星期三，雨

十二月二十九日，星期四，晴

上午九时，陈仲瑜兄由南京来谈，至中午偕往陶乐春午餐。

下午二时，姚亿如君由杭州来，渠已调任本院庭长，今来就职也。

下午七时，宴高铁厂部长、樊震初光。次长、赵晋卿次长、黄瑞生总理及陈仲瑜兄于凯司令西菜馆，至九时余而散，仲瑜兄即乘夜车回京。

十二月三十日，星期五，晴

下午一时，前次考试录取执达员，而未经录取者之中，有书法较佳选择十二名，拟予录事存记，先行函知。今日下午一时传见，届时报到者仅六人，只[1]选三人可用。当命于明年一月四日来院就职。

---

① 原文为“衹”，应为“衹（只）”，据文意改。

十二月三十一日,星期六,阴

下午,本院焚毁本年七月至九月没收鸦片烟土,计烟土二千余斤,烟具三千余件。至四时毕事,由检察处主办。

二十二年(1933)一月一日,星期,晴

今年元旦,因在国难期内,奉命停止庆祝,仅循例休假三天。予即利用此三天休假,归视裕弟之疾。

晨六时,赴北站乘七时开早车,人甚拥挤,因皆乘此假期赴杭游湖也。车中遇陈仲瑜三兄弟,仲瑜仅至杭,季云、五平则均回绍。一时抵杭,渡江乘汽车。萧绍段汽车路正于今日改为商办,初次接办之日。闻此段汽车路自省道局,即公路局经营以来,亏蚀甚多,腐败已极,以六十万元抵押于绍曹段商办。汽车于是由钱塘江东岸至曹娥江西岸二百里之汽车道,归并于一个公司办理。如果竭力整理,营业必蒸蒸日上,可操左券。经理金汤侯君在绍曹段成绩甚好,此次接收定能积极整理,一改从前积习也。

四时抵绍,雇舟回家。见裕弟人甚憔悴,气喘情形,一如先父。谅系肝风之症。唯不愿就医,劝之不听,亦一无可如何之事也,幸胃口尚佳。

一月二日,星期一,晴

上午十时,晋城往徐叔荪表叔处还款,彼此往来款项完全清结。三时回家,因为时局促,未访诸友。

一月三日,星期二,晴。下午三时后雨

中饭后,雇舟至凰仪桥候车回杭。乘六时夜快车回沪,抵沪寓已夜半十二时矣。

一月四日,星期三,雨。发家信第一号

院中开始办公。上午九时,答拜陈汉清君于一品香旅社。下午七时,邀往凯司令西菜馆饭餐,陈系往日部中同事也。

下午四时,得陈仲瑜兄电话,知已返沪。五时后走访之。

一月五日，星期四，晴

旧友孙俶仁兄世伟。来沪，陈朵如兄邀其晚餐，约予作陪。孙前任直隶省长，稍有积蓄，喜收旧书。闻董绶经总长康。有谈刻《太平广记》一部，托予商恳转让，因系明刻，愿出价五百元，予允为设法。

一月六日，星期五，晴

上午十时，送吴芷泉君之殓。

下午五时，访董绶经总长。谈及书事，据说谈刻《太平广记》已转让于人，现只[①]有许刻一部，亦系明板。唯许刻比变刻少见，渠自语生平谈刻已见过五部，许刻仅见过二部。经再三商恳，始允转让，照原价过付仅一百七十元，因收买较早，故价不昂。俶兄得之非常快乐，七时，俶兄邀往华安公司八楼晚餐。

一月七日，星期六，晴

上午十时，陈陶丞君来访。

下午二时，汤彦颐世兄来见。

一月八日，星期，晴

上午九时，钟朗渠君洪声来访。十时，得电话知仲瑜兄又来沪，寓中国饭店，亟往访之，相与盘桓一日而返，渠亦乘夜车返京。

一月九日，星期一，晴。发家信第二号

上午十一时得电话，知司法行政部郑茀庭次长来沪，即偕楼玉书首检官往谒，适他出未晤。下午五时半再往，则本埠诸法院长均在。谈至八时，邀宴于万国酒家，予与沈季让院长作东也。

一月十日，星期二，晴

下午二时，甘肃印花税局长葛豫夫君来见。

一月十一日，星期三，雨。午后大雪

予为本院案件日增，事多员少，拟请增员及添建看守所事赴部面商。先于日前呈请给假照准，乘上午九时半特别快车晋京，过镇江后

---

① 原文为"祗"，应为"祗(只)"，据文意改。

渐大。下午六时抵京，即寓陈仲瑜兄处，仲兄并邀杨春奎兄偕往益州饭店晚餐。

一月十二日，星期四，晴

上午八时，赴部先访刑事司旧同事，继见各司司长。十时，谒石友儒次长，详述一切，谈至十二时半，所请各事均蒙照准。添员一节，准添正缺推事四员，检察官一员，书记官五员。增建看守所一节，准拨现款一万二千元。辞出后，刑事司旧同人邀宴于中华楼，餐毕，复至部院各熟人处拜访。四时，郑茀庭次长招谈，至五时余，因各事均已解决，遂回寓。八时，宋延华、曾伯猷、钱伯扬诸君来访，谈至十时余别去。

一月十三日，星期五，晴

上午八时，郑尹起君来访，九时半辞去。予即雇车搭乘十时特别快车往镇江，向财政厅索取积欠经费。

正午十二时半抵站，即雇车至镇江地方法院。先访黄建侯首检官，稍谈即邀至永安公司午餐。餐毕，偕往财政厅访林选青科长，绍铨。磋商款事。结果允俟明日下午再行往洽。复回至地院，访胡文甫院长贻榖，及该院庭长、推检。内有半数系予旧属。谈至六时，胡院长邀至全盛斋晚餐。同席者为黄建侯、顾军霞两君。餐毕，偕至东南大旅社予寓闲谈，至九时辞去。予亦因劳顿即睡。

一月十四日，星期六，晴

上午九时，谒顾祝同主席。尚未到署，仅见秘书长金葆光[①]君体乾，稍谈即出。继见财政厅长舒石父，以赴沪未晤。秘书俞觉生绍瀛。亦未见着。地院各推检陆续来访，亦因予他出未晤。正午回请胡院长、黄首席及韩浪乘推事作梯于永安公司。餐后，复偕往财政厅林科长处，时领款者已满座。司法界有高一分院韩慕荆院长照、第四

① 原文作“金宝光”，误。据柳亚子《南社社友姓氏录》：金体乾，字葆光，浙江长兴人。

监狱孙典狱长雄、第二监狱曾科长等。予幸领得十月份院所经费，一月计六千五百余元。即兴辞而出，雇车赴站，拟乘五时十五分特别快车返沪。讵抵站车已到，匆促上车，不及询问，即车票亦不及购买，拟在车中补票，方始登车，车已开行。因方向不同，稍觉疑虑，询问他客，知已误乘开宁之车，不得已补票至京，姑就下关金陵旅社一宿。

一月十五日，星期，晴。发家信第三号

上午乘十时特别快车返沪。下午六时半抵寓，一路劳顿，晚餐后即行沐浴安睡。

一月十六日，星期一，雨

上午八时余，赴院接洽各事，照常办公。因阴历年关已届，事实上仍有不能废止者，故预发薪水一月，俾各同事得寄家过年。一面并令民事执行处各推事，对于当事人领款者，随请随发，俾便应用，此亦予向来过节过年时之旧办法也。

一月十七日，星期二，阴

下午四时，赴丝茧委员会，因人数不足延会。

六时，访姚慧尘君于大中华饭店，留用晚餐。谈至十时而返。

一月十八日，星期三，大雪。发第四号家信

上午九时，送姚慧尘君之行于北火车站。十时，访沈季让、郭闵畴两院长。谈至十二时始辞去。

一月十九日，星期四，雪霁

上午九时，故友经寿安之甥何致远君来见。

下午六时，赵晋卿君来谈。

一月二十日，星期五，阴

一月二十一日，星期六，晴。傍晚微雪

下午五时，偕楼玉书首席同赴车站迎接朱郁堂先生，因车误点，至七时余始到。朱系奉令视察华北司法，回京销差后返里度年也。当设宴于冠生园为之洗尘，晚餐毕，送往新世界饭店寓所。

一月二十二日,星期,晴

下午二时,赴新世界饭店朱郁老处闲谈,四时送至车站而返。

六时,李浩生君、郭闵畴君、赵晋卿君先后来访。

一月二十三日,星期一,晴

下午六时,李浩生君携越鸡绍酒来相聚餐,至十时别去。

一月二十四日,星期二,晴

下午六时,答访赵晋卿君。闲谈一时余而返。

一月二十五日,星期三,晴。旧历除夕

院中系遵奉阳历,故在旧历除夕元旦仍照常办公,不受变更。唯民间商界仍一致依照旧历,故朵如兄寓中豫备甚忙。予详审情形,已与吾绍习惯不同。因其夫人系临浦人,前此夫人系上海人,女仆系苏州人,厨役系扬州人,故其过年习惯系串合临浦、上海、苏州、扬州而成。

晚餐后,偕赵爱生君及朵兄两子往南京路一游,十时安睡。唯因寓中仆役办理过年,谢天也,接灶也,异常忙繁,而邻居之爆竹亦不绝,致难熟睡。

一月二十六日,星期四,晴。下午阴,傍晚雪,旧历元旦

上午九时,照常赴院办公,投递诉状者亦有五六张。沿路商店除饮食店仍开市营业外,先施公司亦照常营业。

朵兄于今晨遄返故里,同寓诸人均出外游玩。予公毕回寓,晚餐后意兴阑珊。平日凡遇稍清静时,辄多感触,一逢佳节,感触更深,乃朗诵《春在堂尺牍》以自遣。

新年景象到处显露,商界固然,民间亦然。怪者报馆指导民众,提倡民智,转移风气,乃于阳历新正停刊后,每遇旧历新年亦必一致停刊,岂不可异。如语印刷工人不允工作,则报馆之日日指摘人,不能指挥督率者,何竟亦自犯之耶?无怪军阀官僚之不能监督部属也,此其一。又学校逢阴历年终岁首,必一致放假,美其曰寒假。此种掩耳盗铃之举,岂提倡新智识之学校当局所应出?此教育当局、青年学子何头脑亦如是之冬烘也，此其二。

一月二十七日，星期五，晴。寒。予书室中温度已降至卅五度

正午十二时，上海市商会等十八团体公宴段公芝泉祺瑞。与宴者一百余人，济济一堂，予亦躬与其盛。至二时余始散。

予近见亲友家子弟佳者甚少，其家庭教育不良欤？抑生性不佳耶？吾国家教自古甚严，试观古人家训、家规，无不谨严端肃。其殆近人之不知家教耶？故吾语家中能出一贤子孙，实关气运，非偶然也。

一月二十八日，星期六，晴

东吴大学法律学院院长吴德生君经熊，派其教授孙晓楼君来请予兼任教授《审判实务学》，每周一小时，为该大学五年级法学生主讲。予以（一）学术荒疏，新智欠缺；（二）公务繁忙，力难兼任婉谢之。坚不获许，不得已，始允之。

上午九时，江苏第四监狱新典狱长朱材因君刚来见。

十一时，张云抟君一鹏来访。

下午三时，江苏第二监狱典狱长田种夫君访，并接洽要公。

一月二十九日，星期，晴

上午十时，楼玉书君、殷叔祥先后来访。

正午十二时，应郭闵畴院长之春宴于菜根香，与宴者均系本埠五法院之法官。

下午二时后，分别往拜许世英、章宗祥、董康、张耀曾、薛笃弼诸总长，并与章、张两总长长谈。

一月三十日，星期一，晴。发第六号家信

今年拟挈眷来沪，已看定法租界辣斐德路万福坊十一号三层一幢房屋。命胡炯往经租处订定，计月租五十两，押租五十两，开门费十两，电灯预费二十元，巡捕费二元，以银合□[1]共付洋壹百七十六

---

① 此处字迹难辨，存疑。

元，自二月一日起租。

闻徐表姑母福姑母来沪，下午六时，往访于愚园路徐宅，稍谈即返。

一月三十一日，星期二，晴

二月一日，星期三，晴

上午十一时，前上海地方检察长谭洊盦辛震来访。

下午二时，王北溟首检官来访。

下午三时，召集全院庭长推事开法规讨论会，至五时始散。

七时，应薛子良部长笃弼之晚餐于伊邸，同席者为张耀曾总长、章士钊总长，沈季让、梁云山、郭闵畴、应溥泉四院长，曹寿麟参事等数人而已。

二月二日，星期四，晴

予于十数年前见各亲友家子弟[1]，凡七八岁者无不聪明伶俐，私心窃喜，以为民国大有可望。今日之总角子弟，即将来之国家人才也。讵近年来，见七八岁之孩童仍属聪明，唯昔日所见之孩童今已成年，不特聪明大不如前，反多愚笨败坏。有一无成就者，有已经偾事或失足者，亦有人事不知一味戏嬉者。大失从前之期望。此何故耶？殆家庭及社会教育相互不良，环境之恶劣有以造成之。是则将来之视今，亦犹今之视昔也。深堪浩叹。

二月三日，星期五，晴。发家信第七号

今日接三弟和生语本学期考试落第，仍未毕业[2]。校长、教员均劝其不必再行入校，伊亦不愿再行读书，拟另寻职业云云。予以三弟平日不肯用功，临考又安能及格。入初中五年，换校三次（初入杭州清波中学，继转入上海大同大学中学部，旋又回至清波），仍未毕业，因而不学，夫复何言。因作书责之如下：

---

①② 该行原文上标"○"符号。

和弟如见:接来书知又落第。按弟自民国十七年秋入初中肄业至今四年有半,初中仍未毕业,且语再留一级仍难毕业。直不知人世间有羞耻事,尚有何面目见人。又语英算根本太差,试问在校所为何事?所求何学?以三年毕业之初中,至四年半犹未毕业,究因何故?以致太差,稍有人心,宁不羞死?直至校长、教员均劝止再行入校,则在校之成绩可知。学成就业,理所当然,才学资格为执业之要件。乃一初中尚未能毕业之人,竟大言不惭,妄思就事。试问以何种资格求事?何等才学办事?头脑不清,人事不知,一致于此!无怪年年落第,终无毕业之一日也。初中毕业本不足引以为能,大学毕业尚不能认为真有学问。有真学问者,固无庸拘之于文凭。试问弟能当此否?乃竟语教育破产,文凭不足道。此种伤[丧]心病狂之言,轻易出口,吾家不幸,出此不肖子孙,尚复何言!外人以兄之面子随口敷衍,弟尚人事不知,不解其意。清波为弟留一席,此何席耶?留级学生之一席地也。岂将请一不第学生来教及第学生耶?昏聩糊涂言之,实堪痛恨!兄自惭德薄,精力日衰,本不愿再行责善,益增怨怼。唯转念一思,坐视不良子弟,终觉愧对祖宗。我尽我心,故又不能不言也。兹与弟约,应即入校继续读书,如再不努力奋勉,仍然留级,可无庸再见予面。苏秦刺股,来日尚长。稍有天良,其速反省!下略。

予本知三弟质钝,入校五年一无进境,徒染习气。去年仍回清波,以该校程度较低,总可毕业。即拟于初中毕业后另找职业,不必再入高中,已向友人托荐矣。讵不知初中仍未毕业,一无资格可言。现在谋事难如登天,大学毕业者,东西洋留学生毕业回国者,均找不到职业,何况一初中未曾毕业之人!今若此,夫复何言!噫!

二月四日,星期六,晴

自本日始,每逢星期六下午七时至九时,命本院三庭长轮流训练书记官。

二月五日，星期，阴雨

今日命胡炯回绍接眷。

上午九时，访楼玉书君。下午七时，应董企康君之晚餐于新雅[亚]酒楼。

二月六日，星期一，晴

上午十时，江苏高等法院派金鼎书记官来院调查司法状况，予领视一周。

下午三时，陈省斋君来访。

八时，应公安局文鸿思局长之宴于杏花楼，席极丰盛。闻每席计六十元，共四席。酒又五六种，连车饭非四五百元不办。噫！奢极矣。同席所请系法租界各领事、市政府各局长、五法院长官及法租界各重要士绅，共四十余人，至十一时始散。

二月七日，星期二，阴雨

上午十时，郭闵畴院长带同书记官姜震瀛来院参观，予引道说明，至十二时始行别去。郭院长自就任第一特区地方法院后，锐意整顿，且时就商于予，予亦竭诚告语，互相切磋，彼此意见甚相融洽。伊本系学者头脑，前在司法部参事任内，深有研究。此次参观，颇感满意。

二月八日，星期三，雨

上午十时，上海县财政局长王华照君来访。

下午七时，应江苏第二监狱田种夫典狱长之宴于聚丰园，至九时而散。

二月九日，星期四，上午雨雪，下午阴。发家信八号

上午十时，司法行政部派科员楼曜东章日来院调查会计。

下午七时，内人率次女织仙由家来沪，胡炯往接。即往辣斐德路万福坊十一号新寓。

二月十日，星期五，雪。发家信九号

二月十一日，星期六，晴

下午三时，康次由君焕栋来访。五时，答拜楼曜东君[1]。六时，陈五平内弟由南京来，拟返绍接眷，本晚留宿予寓。

七时，访赵晋卿君。

二月十二日，星期，晴

上午八时，樊介堂夫妇来访，旋陈朵如、赵爱生、孔纯如诸君亦陆续而至。谈至十二时，邀宴于凯司令西菜馆。

下午四时，访郭闵畴院长于伊寓。

二月十三日，星期一，晴

上午九时起，本院焚毁烟土、烟具，至正午十二时毕。

下午四时半，赴丝茧委员会开会。

今日接东吴大学来信，知予所任之《审判实务学》已编定每星期五时二十分至六时十分。

二月十四日，星期二，晴。发家信十号

今日东吴大学开教务会议，予以事冗未往。

下午七时，郭闵畴院长来商整理院务事宜。

二月十五日，星期三，雨

前闻自动电话必须五码方能装置，即其号码必须万位。予前赴杭州、镇江等处，见杭州自动电话只四码即千位，镇江自动电话只两码，即百位，可见科学之日进无已也。

二月十六日，星期四，雨

上午十一时，童筱乙君来访。十一时半，山东高等法院庭长黎受嵩冕。君来访。

二月十七日，星期五，晴

晨起，闻沈季让夫人病故，即偕楼玉书、周玉圃两君往唁。

下午六时，答拜黎受嵩君。七时，应庞树蓉推事之晚餐于陶乐

---

① “楼曜东”原文作“娄曜东”，据前文改。

春。餐毕，赵晓秋、姚亿如、钟秋人、王介亭诸君偕来予寓，谈至九时余别去。

二月十八日，星期六，晴。发家信十一号

上午九时，送三弟和生往浙江实业银行虹口分行进去习业，会该分行长魏少庵君，托其教训。

下午五时，赴东呈大学法律学院教授《审判实务学》。六时半回寓，陈五平夫妇在寓闲谈。

二月十九日，星期，晴

上午八时，往访朱郁堂先生于新世界饭店。九时，楼玉书首席来访。

下午一时，往中国殡仪馆送沈季让夫人之殓。

六时，宴朱郁堂先生于豫丰泰绍酒店。

二月二十日，星期一，晴

上午九时，司法行政部监狱司长王新之君元增来院视察看守所，予陪往视察，并定此次增建看守所地址及计画。正午，邀往新雅[亚]酒楼午餐。餐毕，陪往漕河泾视察江苏第二监狱，并商量扩充办法。至五时方得回院。

二月二十一日，星期二，晴

下午七时，编《审判实务》讲义，至十一时始寝。予任东吴大学教课，初以事冗无暇预编讲义，由该校教务处为指定学生两人笔记。唯一次授讲后，觉有许多书式须随时编入，非笔记所能尽述，故不得已复为预编讲义，以为学者听讲之便。

二月二十二日，星期三，晴

下午二时，安徽高等法院院长陈哲侯君福民来访，谈至四时余别去。

六时，分别往访陈哲侯院、苏子美司长。七时，应林百渊所长之晚餐于南京西菜社。

九时，访陈朵如兄。稍坐，至赵晋卿君处闲谈，至十一时余始行返寓。

二月二十三日，星期四，雨

上午九时，为江苏第二监狱枪械事往访第一特院，郭闵畴院长代为接洽。讵抵院始知沈季让夫人于今日出殡，郭往送殡，乃临时加入路祭，并随送至北车站而返，抵院则已下午一时余矣。

下午二时，沈复声、鲍予忱、鲍选臣三君来访，谈至四时别去，七时往访不遇。

三弟和生入浙江实业银行习业，已承仲瑜兄允为保证，签就保证书寄来，故于九时送交朵如兄矣。

二月二十四日，星期五，晴

上午十一时，司法行政部派技士周元甫君曾祚来院计画建筑看守所事宜，至正午十二时，邀往冠生园午餐。因本院看守所尚仍民国十一二年之旧，彼时刑事案件月收不过二百件，故看守所容额设二百名足以敷用。现在刑事案件每月增至七八百案，故收所人犯亦月必增至七八百名。以额定二百名之押所，骤增至七八百名之多，拥挤太甚，殊非人道所宜。予自去年就职以来，即亟亟焉主张增加押舍，经营一年，仍未就绪。予之本意拟将后进平屋打造改建三楼，此一策也。将大门推向南边二丈，改建三楼一座，此亦一策也。将现在第一进之二楼，与第二策拟建之处合建一扁方形之三楼一座，此又一策也。究拟采用何策，已由周技士绘具图说，听候部中决定。下午七时答拜，他出未晤。

下午三时，田种夫典狱长来访，予将该监守卫枪械事及承印本院用纸簿籍事详予接洽。

二月二十五日，星期六，阴。晚雨，夜雪

下午五时，往东吴大学授课。七时，答访鲍予忱、沈复声、鲍选臣诸君，谈至十时归寓。

二月二十六日，星期，雨

上午八时，陈仲瑜兄由南京来访。

九时，王北溟君来访。

十时，偕仲瑜兄及妻女往访陈五平内弟，谈至正午，聚餐于新雅[亚]酒楼。餐毕，往观芝加哥博览会中国出品展览会于中央研究院，地小物少，除磁器外，不值一观。布置亦欠整齐，招待列不周到，可叹也，五时归寓。

五时半，上海县县长严慎予君来访。

下午八时，陈朵如兄来谈，托修书于姚慧尘君，商量伊家典当事也。

陈仲瑜兄弟于十一时顷别去。

二月二十七日，星期一，雨

下午六时，宴第一二两特区地院郭闽畴、应溥泉两院长及五院书记官长于陶乐春，至九时余而散。席间讨论办事一致方法，遇有各团体分呈请求事件，宜先由书记官长以电话接洽，务使对外一致，以求贯彻。

二月二十八日，星期二，雨。发家信十二号

上午十一时，沈复声君来访，即留院午膳，谈至一时余别去。

下午六时，访樊介堂兄，为托探听复兄代询之事。继访朵如兄不晤，复访何镜湖医生，为裕弟开一祛风平肝豁痰之方，付邮寄去。

民国二十二年三月[1]

庆

日记

——绍兴沈锡庆庆生氏日记

民国二十二年(1933)三月一日,星期三,晴

下午一时,开第二次法规讨论会。予因三时拟赴中央造币厂参与开幕典礼,故开会后排列讨论问题,指定民一庭赵庭长主席讨论民事刑庭,钱庭长主席讨论刑事。予即于二时余退席,偕同陈朵如兄赴中央造币厂时已三点十五分。知开幕典礼因今晨奉财政部电,以国难当前暂缓举行,仅招待各界参观该厂铸币情形,由招待员引导,先至化验室参观。继入镕炼间,见以银块入锅镕解后浇成银条,入轧片机轧成薄片,再入切片机切成圆形置烘炉烘热,复入磨洁器磨光后始入卷边机确实卷边,再上模形机,两面印成,遂为银圆。再入较正器较正,分量为二六.六九一公分。如有过轻过重者,则剔除镕化另铸。成色八八〇纯银,重二三.四九三四四八公分。正面为总理遗像,上缀"中华民国二十一年"八字,反面为三沙鸟一帆船,两侧缀"壹圆"二字。参观毕,即归寓。闻该厂开铸后,每日能出新币叁拾万圆,宁杭各造币厂均将废止。

下午七时,访鲍予忱、沈复声两君,谈至十时而返。

---

① 本册共计 100 页。

三月二日，星期四，晴

予语任用私人之人，不必俟其任长官而后知。即无用人之权时，如其所推荐所介绍者均属私人，则一旦有权即维私人是用。否则所荐皆贤，所介尽是有才之人，则其将来用人亦必以才为准。以此鉴人，万无一失。然试观现世之人，其能用维其才，而无私人夹杂其间者，真不可多得。予尝语人曰，论事重理解而不重情感，用人重人材而不重感情。亦有感而言也。

三月三日，星期五，晴

上午十一时，监察委员李梦庚君来院查案，予给阅卷宗并陪往看守所讯问被告，至十二时余别去。所查系检察官被控事，无甚理由也。

下午七时，访陈朵如兄，接洽伊家常事。因接姚慧尘复信，胡隐樵君方面已允加至四万八千也。

三月四日，星期六，雨

下午五时，往东吴大学授课。

七时，应钟秋人之晚餐于陶乐春。

三月五日，星期，晴。发家信第十三号

上午十时，三弟和生来询，悉渠在浙江实业银行已定为练习生，月薪八元云。

三月六日，星期一，晴

晨起，见屋上积雪甚厚，知昨夜又雨雪也。

上午十时，无锡县法院院长杨克谦来见。

阅报知热河已失守。

三月七日，星期二，雨雪

上午十一时，法医研究所林百渊所长几来访。正午，楼玉书首席邀往午餐，予作陪焉。餐毕，偕访苏子美司长于上海痔疮医院。

三月八日，星期三，阴

今日畏寒，似受感冒。上午九时，往访郭闵畴院长，知该院自十日起，拟发行日刊，专载每日应行公布文件。

正午，应孙俶仁兄世伟之午餐于一枝香菜馆。唯因畏寒不适，故难下咽。

三月九日，星期四，雨

昨夜热度较高，至华氏一百〇二度，似入昏睡状态。晨间发见喉间白点，急请董振民医生诊视，不能断定。继又发左喉亦有白点较大，复请李墀身医生诊视，详细诊察，知为非白喉。系扁桃线发炎。注射 Oninadin 可愈。

今日卧床不起。院中例行文件请民一庭长代行代阅，重要事件由书记官长持来面决。

三月十日，星期五，雨

今日热度较底，喉间白点亦未扩大，似有轻减之势。午后仍请李医复诊并注射。

三月十一日，星期六，晴

今日热已退净，白点亦较小，胃亦略开。唯仍疲惫，故仍卧床不起。上午十一时，朱郁堂君来视予疾。

三月十二日，星期，晴

今日已起床。

上午九时，沈复声兄来访。十时余，院中同事亦陆续来省视予疾。计陈荫生、钟秋人、陈仰军、经讷如、于良辅、张宗华、胡德莹、杨前昌、赵晓秋、庞镜新等十人。

下午二时，陈朵如兄率子女来访。

三月十三日，星期一，晴

予病已愈，赴院视事。

得陈仲瑜内兄来信，嘱劝伊弟五平刻苦练习，勿贪安逸，乃约伊于本晚六时来寓，详为指导。并剀切告其处世立身之道，勤求学术之方，勿染世俗青年之通病，上海奢侈玩逸之恶习。至八时余别去。

三月十四日，星期二，晴

上午十一时，监察院委员高友唐君来院查案。

下午一时，徐叔荪表叔来访。六时答拜于邵万生南货号。此店系伊于新近接盘，独家营业，即留晚餐。

三月十五日，星期三，晴

上午九时，访李幼泉司长泰三于沧州饭店。至则已于先一日晚车返京矣，不晤而返。

下午六时，偕徐叔荪叔应徐季荪叔之晚餐。同时吴铁城市长、王儒堂部长亦邀宴于青年会，予谢而不往。

三月十六日，星期四，晴

上午八时，送徐叔荪叔之行于北车站。

三月十七日，星期五，晴

上午十时，江宁地检处派检察官金鹤翔，来查郑、杨任内会计情形。派书记官长详细查卷告知。

十一时，部派李兆铭君、苏高院派陈光剑君来院接洽二监购地事宜。午餐后，偕往漕河泾二监开会，讨论购地，至五时余始散。

三月十八日，星期六，晴

下午二时，赴第二特区地方法院监誓焚土，奉部派也。至五时始毕，即往东吴大学授课。六时半回寓，知汤韦存兄见访，不遇而返。晚餐后往谈，至十时余而返。

三月十九日，星期，晴

上午九时，谒郑茀庭次长于大东旅社。时沈季让院长已先在，旋梁云山、应溥泉两院长亦陆续来谈，至十一时辞出。往访沈复声于惠中旅舍，不晤。访李季箴于振华旅馆，略谈而出。访李墀身兄，不晤而归。

下午七时，与沈、梁、应三院长公宴郑次长于新半斋，至十时始尽欢而散。

三月二十日，星期一，晴。渐暖，温度六十余度至七十度

下午一时，单枚叔君来访。

三月二十一日，星期二，晴

下午一时，复赴漕河泾给发地价并添划南面四亩余。至六时始回。

三月二十二日，星期三，雨

三月二十三日，星期四，雨。发家信十四号

下午一时，复赴漕河泾续发地价。至六时，购地委员会务完全告竣，宣告闭会。予遂邀宴各委员于豫丰泰菜馆，至九时始散。

莫寿笙兄由杭来沪，就第一特区地院推事之职来院拜会，予因赴漕河泾未晤。晚餐后，答拜于振华旅馆。

三月二十四日，星期五，雨

下午八时，陈朵如兄来谈，并为伊家常事致函姚慧尘君。

三月二十五日，星期六，雨

下午五时，往东吴大学授课。

七时，莫寿笙君来谈，至九时别去。闻朵如夫人已于昨晚来沪，即偕内子往访。

三月十六日，星期，雨

上午九时，访郭闵畴院长。十时，访杨子安君不晤。访汤拙存君，谈至十二时而返。

下午八时，陈朵如夫妇、樊介堂夫妇相偕来访，谈至十时别去。

三月二十七日，星期一，晴

下午四时，往高三分院查案。

七时，访陈陶丞、莫寿笙两君。八时，访殷叔祥兄。

三月二十八日，星期二，晴

上午九时，续往高三分院查案。

下午二时，第二特区举行罪犯戒烟所成立典礼，予前往参与观礼，并参观该所内容，至四时回院。

三月二十九日，星期三，晴

今日系革命先烈纪念日，循例放假。下午率妻女游兆丰花园，至五时余始归。

三月三十日，星期四，晴

下午三时，高委员友棠来院查案。四时，司法行政部总务司苏子美司长希洵。来访。谈至六时，邀其晚餐于东兴楼，并请楼玉书首检官作陪。餐毕，访绥远高等法院院长李祖荪君钟翘于上海旅馆，不晤而返。

三月三十一日，星期五，晴

上午十一时，李祖荪君来院参观。正午楼玉书君邀往名园午餐，予往作陪。

下午二时，赴浙江实业银行访陈朵如兄。

四月一日，星期六，晴

下午一时，开第三次法规讨论会。

四时，高三分院周玉圃庭长韫辉来访。

六时，应黎受嵩君之晚餐于大雅楼。

四月二日，星期，晴。下午雨

上午九时，韩群斗君、汤拙存君、楼玉书君先后来访，至十二时始散。

下午，率妻女偕朵如兄子女同游兆丰花园，至三时因雨而返。

四月三日，星期一，雨。发家信十四号

下午七时，赵汉声君钲镗来见。

四月四日，星期二，晴

下午二时，陈赞卿君来谈。

四月五日，星期三，晴。清明

下午二时，访严慎予县长于北桥上海县新署。上海县署自民国三年间沈韫石宝昌。长[掌]上海县时，建筑于蓬莱路。迨十六年，上海设立特别市后，上海县之范围甚狭。今年正月，北桥新署落成，遂迁往焉，距旧治约远五十里。严县长奉调任无锡县长，今日交卸，继任者为曹鹭于君振飞云。

下午八时，楼玉书兄来访。

四月六日，星期四，晴

下午楼玉书君嫁女，一时许，前往道喜。

下午三时，访居逸鸿君于中国银行。

下午六时，往杭州饭庄，应楼玉书君之喜筵。

七时，答访陈赞卿君，谈至九时许而返。

今日起财政部通令废两改元。吾国币制向极紊乱，而尤以银两并用为尤甚。银两中又分规元、关平、库平、漕平等种种不同。银元中亦有英洋、龙洋、袁头、孙头及分省等种种名目。予去年寄寓陈朵如兄家，尝于闲谈中提及吾国币制如此紊乱，提倡废两改元，亦将十余载，终未见诸实行。现在财权尽在财政部长宋子文之手，而李馥荪兄又为宋部长所信用。此种福国利民之政策，曷勿急促其成。朵如亦颇以为然，且语现在洋厘低落，市价已至每元六钱八分余，诚为千载难逢之机会，遂与馥荪商议，草一说帖，尽述废两改元之利。宋子文果然其说，各方接洽竟半年之功，乃于今年三月十日，经中央政治会议，通令以七一五折合银币一元。嗣后，公私税收及一切卖买交易一律用银币收付。行之半月，外商银行及钱庄阳奉阴违，流弊百出。乃复于四月五日通令废止银两。自四月六日起，不得再用银两，否则法律上不生效力。于是废两改元之举，至此乃告成功也。

四月七日，星期五，雨

四月八日，星期六，雨

下午五时，赴东吴大学授课。六时半，访姚慧尘君于大中华旅社。七时半，应东吴大学五年级生之宴会于大中华酒楼，与宴者教职员约二十人，学生约八十人，由王生其培主席。教职员中演说者约十余人，复有唱歌、唱戏、文虎等余兴。至十一时，始尽欢而散，予因此颇有感焉。东吴大学法律学院在上海各大学中，其教课及管理较为严肃认真，各生亦较为优秀。五年级生计八十一人，今夏可以毕业。此次宴会之原因，即行将毕业而与教职员作一番之恳亲者。唯聆主席之演说主旨，颇以毕业后之无事可为为虑。予昔年在东京留学时，觉同学中至将毕业时，群思继续求学，并无有谋事之想。及因家境或环境关系，不能更求高深之学，而出于回国或就事之一途者，无不自向叹息。吾校如是，各校亦无不如是。日人如是，吾辈留学生亦无不如是。间有少数人拟回国做官，皆无不为人卑[鄙]视。乃吾国学生则大不然，在初进法校之时，已有做官之意。及毕业之期将近，即群思豫谋，一经毕业已无再行读书之意，皆亟亟于钻营谋事。此殆吾国环境之不良欤？否则何全国之一致耶？予思大学毕业只能语学有门径而已，继续研究为术正多。现皆中途自划，此吾国学术之所以不振也。噫！且即以就事论，法律知识本系为人之常识，人人应具，并不限于做官。吾国社会事业虽不发达，然苟能实地研究，亦随处可以服务。此其一。毕业后，家中富有者，可往东西洋留学数年，以增学识而广见闻。此亦一道也。有志司法者，先往法院充任书记官一二年，俾知实务。然后再考司法官，入训练班学习两年，出任法官，循序渐进。此又一道也。有志行政者，宜先任科员、办事员等小职，以练习公文，徐图发展者，勿志[趾]高气扬，径图高位。此又一法也。总之，苟有实学真品，不患无事。孔子曰：不患人不知，患所以知，诚有味乎其言之也。

四月九日，星期，阴

上午九时，访问王北溟君之疾。继往玉佛寺吊沈季让夫人之丧。十时，邀陈朵如兄，同访姚慧尘君，并邀陈赞卿君往南京饭店午餐。餐毕，偕游兆丰花园，至六时余始散。

下午七时，分别访楼玉书君、莫寿笙君，至九时回寓。奔波一日，颇感疲惫。

四月十日，星期一，阴

正午十二时，陈朵如兄请姚慧尘君午餐于乐乡饭店，邀予作陪。餐毕，送姚慧兄至新宁绍轮，伊于今日转甬回绍兴也。

四月十一日,星期二,晴

下午三时,司法行政部总一科员沈秋墅君崇信来访,谈至六时,后邀其晚餐于豫丰泰酒菜馆,并邀特区分监长孙雄作陪。

上午九时,田典狱长种夫来访。语该监新购之地,被市工务局开掘,河道稍有侵入,当往该局与沈局长怡。交涉。允派员前往勘明后,再行作复。

下午四时,新任上海县长曹振飞君来访。

四月十二日,星期三,晴。发家信十五号

下午二时,司法行政部技正贝季眉寿同来访,会商建筑看守所事宜。四时,往拉都坊参与二监建筑委员会成立会。因奉部令,派予及江苏高院陈士钊、高三分院梁院长、贝技正、楼首席等六人组织二监建筑委员会,办理该监增建事宜。至七时始行散会。应楼首席之晚餐于东兴楼。与席者为贝技正、陈剑秋诸君。

长女素娟今日来沪,及予回寓,伊已到也。

四月十三日,星期四,晴

上午十一时,访贝技正于惠中旅舍,商谈看守所图样。

正午,应谢福慈典狱长之午宴于大雅楼。

下午八时,访陈朵如兄。

四月十四日,星期五,晴。发家信十六号

下午六时,应陈容公君之晚餐于东兴楼。七时,应何景宪君之晚餐于大雅楼。

四月十五日,星期六,雨

下午五时,赴东吴大学授课。

四月十六日,星期,雨。发家信十七号

在寓终日,愁闷无聊。

四月十七日,星期一,阴

四月十八日,星期二,雨

四月十九日,星期三,雨

四月二十日,星期四,雨

下午四时,应赴王正廷部长、赵锡恩次长之茶话会于海军联欢社。此会系欢迎孔庸之部长由美回国,与会者中外来宾百余人,至五时余摄影而散。

四月二十一日,星期五,阴

四月二十二日,星期六,晴

上午八时半,陈仲瑜兄由南京来。

下午五时,往东吴大学授课。课毕返寓,陈五平内弟夫妇亦在,来访伊兄仲瑜也。谈至十二时,均留宿于此。

四月二十三日,星期,晴

晨五时起床,率两女赴法国公园游玩。时游人极少,空气清新。至七时回寓早餐。

七时半,于良辅君来见。

八时,偕仲瑜兄弟及妻女等参观铁道部筹设之展览会。出品寥寥,名不符实,且极不相称,甚无语也。

十时返寓,陈荫生及三弟已在寓。相偕同赴兆丰公园,作终日之游,自备干粮携往野餐,男女大小共计□人。至五时兴尽而返,五平夫妇遂亦别去。

晚餐后八时,访朱凤尉君商谈公务员惩戒委员会事。

陈仲瑜兄于十时后辞别,乘车返京。

四月二十四日,星期一,雨

四月二十五日,星期二,雨

上午十一时,张云抟君来访。

下午四时,二监建筑委员会开会,审查营造厂投标事宜。

四月二十六日,星期三,晴

下午七时,访陈朵如兄夫妇,予率妻女同往焉。

下午三时,社会局调解主任王冰君来见。

四月二十七日,星期四,晴

四月二十八日，星期五，晴

下午二时，往第一特区地方法院监视焚毁烟土，奉部令焉。至五时始行毕事。

四月二十九日，星期六，晴

下午二时，往拉都路参与第二监狱开标事宜。

五时，往东吴大学授课。

四月三十日，星期，晴

上午八时，吊黄涵之老太太之丧。九时，往访高友唐、郑茀庭、贝季眉、陈剑秋、沈复声、鲍宇[予]忱诸君，除沈、鲍外均未遇。十二时，邀沈、鲍两君往豫丰泰绍酒馆午餐。

下午八时，陈赞卿君来谈，至十时始行别去。

五月一日，星期一，晴

上午七时，访高友唐、高铁厂两君。

十时，潘嗣江、陈歧山、贝季眉、沈锡麟诸君先后来访。潘、沈均来求事，予婉拒之。

下午五时，答拜潘嗣江君。潘系予幼时中校同学，不见已十余年，现在绍兴执行律师职务。

五月二日，星期二，晴

上午八时，访陈剑秋君，商本院概算事宜。九时半，偕往第二特区监狱，会订建筑监房合同，至正午始散。与梁云山院长面请贝季眉技正及各委员于大雅楼，二时余，餐毕回院。高等法院林哲长庭长、湛桂芬检察官已坐候，谈至四时余别去。一日公文积搁甚多，披阅至七时余。偕楼首席回拜林、湛两君于新世界饭店。

五月三日，星期三，晴

下午三时，徐成序表弟来访。

五月四日，星期四，晴。黄昏雨

下午二时，陈赞卿君来谈。

七时，访陈朵如君。

五月五日，星期五，晴

今日系革命政府成立纪念，院中循例放假一天。但予因事忙，上午仍到院办公。

下午一时，率妻女游虹口公园，三时返寓。

四时，沈复声、鲍宇[予]忱两君来访，五时余辞去，乘通车返杭。

五时，莫寿笙君来访，偕往法国公园闲谈，至七时余别去。

五月六日，星期六，晴。立夏

下午五时，往东吴大学授课，六时半回寓。七时，赴院为书记官训练班训话。八时回寓，知汤韦存兄来访，即行答拜，谈至十一时始返。

五月七日，星期，晴

上午八时，邀陈朵如兄偕访汤韦存兄，不晤而返。

下午率妻女游兆丰公园，至五时顺道访樊介堂君，晤其夫人，稍谈而返。

五月八日，星期一，晴

下午，得电话知徐叔荪表叔来沪，寓南京饭店。散值后走访之。

五月九日，星期二，晴

下午五时，答拜江苏硝磺局长陈歧山君。

七时，应徐叔荪叔之晚餐于南京西菜社。

五月十日，星期三，晴

下午六时，应徐叔荪叔之晚餐于南京西菜社。

八时，访陈朵如兄，闲谈至十时而返。

五月十一日，星期四，晴

五月十二日，星期五，晴

五月十三日，星期六，晴

下午五时，赴东吴大学授课。

七时，陈赞卿君来谈。

五月十四日，星期，晴。下午七时大雷雨

上午九时，偕内子紫垣乘沪宁路特别快车赴无锡游览。下午一时抵无锡，先至新世界饭店，安顿衣物，即雇车游梅园。予不到梅园又十年矣，景物或已一变。梅大成林，结实累累。在林下游息片时，登高一览。惜是日天气骤热，举步为劳，未能尽兴。四时，转至惠山泉畔品茗，觉亭榭倾败，久不整理，池井边污秽不堪，不胜叹息。稍坐即转至城内公园，景物清幽，花草树木，布置极佳。游人众多，坐处或为之满。至六时余，闻雷声而散。

五月十五日，星期一，晴。下午七时大雷雨

晨兴，就附近之处闲游一周。乘十一时车赴苏州，内子则径返上海矣。十二时半，下车后先至三新旅馆，安顿衣物，雇车往高等法院见林院长。面奉要公并访各关系科，接洽公事，至四时余辞出。访吴县地方法院向哲濬院长、徐松如首席，五时回旅馆。

五月十六日，星期二，晴。下午八时大雷雨

乘九时半特别快车赴镇江。二时余抵站，先至东南旅社，安顿衣物后，即雇车访镇江地方法院胡文敷院长、黄建候首席，接洽请领经费事宜。始知黄首席已向江苏财政厅代为领得半月，遂不果往。七时，胡、黄两君宴予于永安酒楼，九时返寓。

五月十七日，星期三，晴。下午十时大雷雨

乘九时余车赴京，十二时抵下关。下车后先访陈季云夫妇，稍坐。雇车晋城访陈仲瑜兄，即下榻伊寓。二时，往司法部晋谒石友儒次长，面奉要公，谈至四时余始出。转谒郑茀庭次长，谈至六时余始出。

七时，杨春奎夫妇宴予于励志社。

五月十八日，星期四，晴

上午八时半，往司法部各司科接洽公事。坐未定，石次长复召往一谈，至十时始出。十二时，监狱司王新之司长邀往中华楼午餐。下午，仍在部各司科拜访旧友，至五时始出。

七时，最高法院检察官莫盖三君宗友邀往青年会晚餐。餐毕，偕访最高法院推事宋、钱、曾、孙诸君，谈至十时而返。

五月十九日，星期五，雨

上午本拟游玄武湖，应樱桃正盛也。讵天不作美，大雨倾盆，且无晴意，遂乘十时车即行返沪。车中遇最高法院检察官朱韵生君树声，一路杂谈，颇不寂寞。朱君前在天津高检官任内，予曾一晤。时在民国十年，予因不就东三省特区地审厅长，朱君往接予缺。一别十余年，今于车中邂逅遇之，殊为幸事。五时余，车抵上海，予邀往梁园晚餐，并招楼玉书、赵晓秋两君作陪。

五月二十日，星期六，晴

九时，往院照常办公。

下午二时，分别往访沈季让、郭闵畴、应溥泉三院长接洽公事。五时，往东吴大学授课。

五月二十一日，星期，晴

正午十二时，应周玉圃、楼玉书、赵晓秋三君之宴于聚丰园。同席者有朱韵生检察官、孔希白院长昭焱、蔡瀛洲推事、赵子守书记官长等。餐毕偕游兆丰公园，至五时始散。

五月二十二日，星期一，晴

五月二十三日，星期二，晴

江苏高等法院庭长林哲长、推事方闻斯、书记官钱泽民、李望等，为就审李国杰渎职罪上诉案，已于昨晚到院。今晨九时，先后来拜，寓本院寄宿舍。

下午一时，偕贝季眉技正、楼玉书首席赴漕河泾会议建筑二监工程。至五时始返。

六时，济南地院首席检察官周显岐文滨来访。予邀往豫丰泰绍酒馆晚餐，并请汪秀夫、钟秋人、王介亭三君作陪。

五月二十四日，星期三，晴

上午十一时，第一特区郭闵畴院长来访。下午七时，第二特区应溥泉院长来访，为会商废止民事调解法事宜。

五月二十五日，星期四，晴

下午七时，约郭闵畴、应溥泉两院长在寓便饭，会商废止民事调解法办法。通过会呈司法行政部呈稿，至十时余始散。

五月二十六日，星期五，晴

今日奉江苏高等法院转到司法院第八十四号令，派予兼上海市地方公务员惩戒委员会委员长。本院庭长赵曙岚、姚福祥、钱承钧，推事庞树蓉、罗人骥，市政府科长朱凤蔚、社会局秘书李遂初、公安局秘书孙朴、科长潘歌雅等九人兼委员。拟与市政府协商后，即日组织成立。

上午十时，徐藕仙兄来院，拟明日就职。伊病后大瘦，相见或不相识。旋因江苏高等法院书记官陈剑秋来见，即别去。

下午二时，司法行政部刑四科刘子昂君来访。六时，邀其往一枝香菜馆晚餐。

五月二十七日，星期六，晴

上午十时，往上海市政府见吴铁城市长、俞鸿钧秘书长，接洽组织上海市地方公务员惩戒委员会事。商定六月一日正式成立。

正午十二时，赴银行公会，参与江浙丝茧委员会紧急会议。至三时始散。

五时，往东吴大学授课。归寓时，适五平夫妇在寓。晚餐后，偕往中央大戏院观电影。

五月二十八日，星期，晴。端午

上午十时，偕内子往小东门购物。

下午三时，率妻女往棋盘街各书店闲观。

五月二十九日，星期一，晴

下午二时，开组织上海市地方公务员惩戒委员会预备会。出席者朱凤蔚、潘歌雅、赵曙岚、钱承钧、庞树蓉、罗人骥诸君。至三时乃散。并派定王道周兼事务主任，殷文蓬、周明贤、熊念彭、范声扬兼事务员。

五月三十日，星期一，晴

下午五时，偕书记官长往北京路采办惩戒会器具。因市面不振，异常便宜。

八时，访陈朵如兄。

五月三十一日，星期三，晴

上午，江苏第二监狱第三科长曾□[1]来见。

十时，葛荪徽君来见。

下午三时，李遂初君来见，予适外出未遇。

六月一日，星期四，晴

上午十时，开上海市地方公务员惩戒委员会成立大会。委员全体出席，并接开第一次会议。通过办事细则，摄影茶点。十二时散会。

下午二时，开第五次法规讨论会。

四时，接见远东、华东各通信社新闻记者。

七时，宴各委员于大雅楼。

六月二日，星期五，晴

下午八时，陈朵如夫妇来谈，至十一时始辞去。

六月三日，星期六，晴

上午七时，访陈叔通君。为阮荀伯家遗产事也。

下午五时，往东吴大学授课。

下午七时，宴江苏高院庭长林哲长，推事方闻斯，检察官湛桂芬，书记官钱泽民、李望等于大雅楼。

六月四日，星期，雨

晨起，偕同内子乘七时卅五分沪杭早车启程回籍，料理先祖母周年纪念。曾于事前请假九日，业蒙照准。车经梵王渡，邂逅徐三表姑

---

① 原文“曾”字下留一空格。

母上车，赴杭一路闲谈，颇不寂寞。下午一时，抵南星桥，渡江改雇汽车至凰仪桥站时，家中已派舟来接矣。抵家后，见裕弟病已全愈，人稍壮满，爱妹亦于先一日抵家。

六月五日，星期一，阴雨

今日为先祖母逝世周年纪念。家中念普佛一堂，史素庭姑夫亦参与祭拜。

六月六日，星期二，阴雨

上午十一时，往孙家溇拜徐梅生舅公之忌辰。

六月七日，星期三，晴

上午，偕内子往拜先祖母及先父母之墓。

下午，偕弟及妻往游大庆寺。

六月八日，星期四，晴

上午，偕内子往下皋拜岳父母之墓。

下午晋城，寓徐叔荪叔家。姚慧尘、沈复声、鲍裕[予]忱诸君先后来会。

六月九日，星期五，阴雨

上午九时，访黄越川、沈雨亭诸君。

十时，王子裕、姚慧尘、黄越川、鲍裕[予]忱诸君先后来谈。

六月十日，星期六，晴

上午九时，答拜姚慧尘君，并吊伊妾之丧。

下午二时，爱妹及内子晋城购物，遂乘便船而归。

六月十一日，星期，晴

明日为先祖母九十阴寿，帮同家中筹备一切。

晚间放瑜伽焰口一堂，以暖寿。按阅焰口本经知属密宗，故多咒诀。至夜十一时始散。

六月十二日，星期一，晴

今日仍延大庆寺僧念普佛一堂，以示庆祝。史素庭姑夫来家祭拜。

六月十三日，星期二，晴

晨六时，率内子离家赴凰仪桥乘车，讵姚慧尘兄已预嘱该站备车相送，不肯收费。七时抵江边，八时抵杭，暂寓沪杭旅馆。安顿行李，先至清和坊购物，继访徐二表姑母，并往视娄安雅甥女于行素中学。即就二表姑母家午餐，餐毕，往游灵隐。至六时乘车返沪寓，时已夜间十一时余矣。

六月十四日，星期三，晴

上午八时，赴院销假。诸务蝟集，异常忙碌。

下午二时，为看守所工程开标。高等法院派书记官陈光钊参与，并请楼首席检察官监视。开标后计有六标，以张根记营造厂得标，计标价四万四千八百五十一元，作成纪录散会。

六月十五日，星期四，晴

下午三时，张根记营造厂主张根发来商合同条款。

六月十六日，星期五，晴

下午二时，访社会局李遂初秘书、王先青主任，洽商三友实业社劳资纠纷事件。

六月十七日，星期六，晴

上午十时，与张根记营造厂签订包工合同。

下午五时，参与东吴大学学年考试。予所授之《审判实务》题为"试详述民事调解之办法及其利弊"。本级系大学四年级，与考者计七十五人。自五时二十分起至八时二十分止。

六月十八日，星期，阴

在寓阅卷，终日不出门。

上午十时，黄昌元、谢锡礽两君来见。

六月十九日，星期一，雨

下午一时，江苏第二监狱建筑委员会开例会，予因无暇未与会。

三时，高二分院书记官长张菊人君来见。

六月二十日，星期二，雨

六月二十一日，星期三，雨

东吴大学《审判实务》试卷已全部阅竣。计甲等（八十六分以上）十名，乙等（八十分以上）二十名，丙等（七十分以上）卅九名，不及格六名。

下午二时，张云抟君来访。

六月二十二日，星期四，雨

下午四时，赴丝茧委员会开会。东吴大学教授会议，因时间冲突不往。

六月二十三日，星期五，晴

上午九时，社会局调解主任王冰君来访。

下午五时，赴丝茧公所，开丝茧公债保管基金委员会、推销委员会、整理委员会开联席会议。议毕晚餐，餐毕回寓，已九时余矣。

六月二十四日，星期六，晴

下午一时，开年终会议。

六月二十五日，星期，晴

上午，分别访应溥泉、陈朵如、赵爱生诸君。王北溟、莫寿笙、应溥泉亦先后来访。

下午二时，往访杨子安君。

四时，汤彦颐、陈五平夫妇亦先后来访。

下午七时，宴陈五平夫妇于青年会九楼。

六月二十六日，星期一，晴

六月二十七日，星期二，晴

六月二十八日，星期三，晴

六月二十九日，星期四，雨

上午十时，王北溟首检官偕新任司法行政部参事杨鹏君来院参观。予导视一周。时已正午，乃与楼玉书首席邀往西门冠生园午餐。并请本院庭长、推检作陪。

下午七时，访王北溟、周砚香、朱维新三君闲谈。

六月三十日,星期五,雨

上午九时,往第一特区,访书记官长赵子守君。

七月一日,星期六,雨

院中自今日起,办公时间改为上午七时至十二时。

下午二时,开院务会议,至四时半始散。

七月二日,星期,晴

上午九时,至院视察看守所工程。

下午一时,偕陈朵如兄同游兆丰花园、汇山公园。六时返寓,坐未定,骤闻枪声两响,正拟探问间,而胡炯已登楼报告。知系探捕捕盗。继又枪声卅余响,经半小时始散。探知系本街五五九号为一绑匪藏匿之所,为探捕查觉前来围捕,捉获男女绑匪十一人,救出肉票一人而去。

七时,应毛潄泉君之晚餐于印度加厘饭店,同席者有黄越川君。

七月三日,星期一,晴

下午六时,访黄越川君。本拟邀其晚餐,因伊患病中止。

七月四日,星期二,晴

下午二时,社会局调解股主任王冰君来见。三时,返寓适顺表姑母偕陈德业弟来访。至四时别去。

胡炯因父病请假回瓯。

七月五日,星期三,晴。上午雨

正午十二时,应赵晋卿君之宴于松雪庐。

下午四时,汤彦颐世兄来见。

七月六日,星期四,晴

下午二时,访朱伯强世兄,未晤而返。

七月七日,星期五,晴

上午十一时,朱伯强世兄来见。

七月八日,星期六,晴

下午二时,开财政委员会,报告本院廿一年度会计上收支情形。

下午四时，徐福表姑母来访，谈至七时，邀往冠生园晚餐。餐毕，送至伊寓，稍坐而返。

七月九日，星期，晴。今日已热，华氏表室中已至九十度

下午四时，偕内人访徐二、三两表姑母及徐季荪表叔，稍坐即返。

七月十日，星期一，晴

本日下午三时，丝茧委员会开联席会议。予因事冗未往。

七月十一日，星期二，晴

七月十二日，星期三，晴

下午二时，地方公务员惩戒委员会开第二次委员会，至三时散会。

七月十三日，星期四，晴

下午二时，赴漕河泾开建筑委员会，至五时始散。

七时，赴功德林应王北溟君之晚餐。

七月十四日，星期五，晴。午有骤雨

上午八时，回拜孙典狱长于第二特区。

九时，访王厚斋君淮琛。稍坐，转赴南京饭店接见季眉技正，至院视察看守所工程。至十二时始去。

沈仲清君由苏来见，为伊子职业事就商于予。予为介绍至浙江银行投考助理员。

七月十五日，星期六，晴

下午七时，访陈朵如兄闲谈，至十时返寓。

七月十六日，星期，晴

上午九时，杨子安姻叔来访。

十时，往杭州饭庄道黄昌元推事结婚之喜。

七月十七日，星期一，晴

下午二时，参与上海监所囚粮委员会第一次会议。江苏第二监狱典狱长、分监长，第二特区典狱长及三地院看守所长为当然委员。三高院监狱科主任书记官及三地院院长、首席为参加委员。会议至四时散会。

七月十八日，星期二，晴

七月十九日，星期三，晴

下午四时，游兆丰花园。七时，偕妻女应徐季荪叔之晚餐。同席者为伊两妹及杨子安君。

七月二十日，星期四，晴

上午九时，无锡县县长严慎予兄来访。旋偕访第一特区地院郭院长，予为介绍接洽要公。十时送至大东旅社而别。

七月二十一日，星期五，晴

七月二十二日，星期六，晴

上午九时，访孙俶仁兄于大中华旅社。

下午八时，赵汉声君来见。

七月二十三日，星期，晴。午后有阵雨，飓风甚大

上午八时，刘谨安君来访。

正午，应陈朵如兄之晚餐于东兴楼。同席者为孙俶仁、陈彦畴、陆吟父、李浩生、徐季荪、丁桂诚、孔纯如诸君。

次女织仙晨起发热，午后更高，至百〇四度。

七月二十四日，星期一，晴。下午有阵雨

今日为予生辰（旧历六月初三日）。茹素一天，以志母难。仍赴院照常办公。

织仙经何德候医生诊视，语系湿温。

七月二十五日，星期二，晴

下午七时，宴察哈尔高等法院王厚斋院长淮琛于觉林，并请工部局何德奎会办，第一二特院郭闵畴、应溥泉两院，王北溟、汪通甫、楼玉书三首席，赵汉声推事、萧晋瀛检察官等作陪。王厚斋君系前司法行政部刑事司长，予在法部时，正王任司长时。渠信佛茹素，故宴于觉林蔬食处。至九时余始散。

七月二十六日，星期三，晴。晨八时以前雨

正午，应赵晋卿次长之宴于松雪庐。同席者为刘湛思博士、薛笃弼部长、周贻春博士、张寿镛、樊光两次长及立法院委员罗运炎君、沪江大学教务长樊正康君等。至四时尽欢而散。

下午七时，应赵汉声君之晚餐于功德林蔬菜馆。赵系请王厚斋君，邀沈季让院长，李栋、郁华两庭长，王北溟、汪通甫两首席及予等作陪而已。

七月二十七日，星期四，晴

次女织仙之病今日已稍全，身热亦退。

七月二十八日，星期五，晴

七月二十九日，星期六，晴

下午七时，应樊介堂君之晚餐于一枝香。餐毕往陈朵如兄处闲谈，至十时返寓。

七月三十日，星期，晴

下午六时，率妻女等往兆丰花园纳凉。

七月三十一日，星期一，晴

八月一日，星期二，晴

八月二日，星期三，晴

八月三日，星期四，晴

八月四日，星期五，晴

八月五日，星期六，晴

午餐后，闻朱郁堂先生来沪，寓振华旅馆。即驰往会晤。旋王北溟、朱维新、朱伯强诸君亦陆续来。因旅馆甚热，偕往兆丰花园纳凉。谈至七时顷，王北溟君邀宴朱郁老于功德林。九时始散。

八月六日，星期，晴

予因臀疮复发，天气又热，上午不出门。下午七时宴朱郁老于八仙桥青年会。并请王北溟、朱维新、楼玉书、祝明康、朱伯强诸君作陪。

八月七日，星期一，晴。午后有阵雨

下午三时，朱郁老偕其长女公子荷英女士来寓相见。因伊女于本年下学期将在同德医校肄业，嘱内人照拂。

七时，应第一特院汪通甫首席之晚餐于觉林。

八月八日，星期二，晴。立秋

上午七时，访殷叔祥君。

东吴法律学院拟下学期邀任《审判实务》，每周两小时。致送聘书前来，予已允之，签定应聘书寄去。

八月九日，星期三，晴

八月十日，星期四，晴

上午十一时，江宁地院首检察官孙绍康来见。

予自上午十时身觉发热，颇不适，故于正午散值时即归寓。

八月十一日，星期五，晴

晨起，热仍未退，但仍力疾赴院。十二时归寓。

八月十二日，星期六，晴

晨醒，人极不适，热度已至百〇一度，不能起床。院务请赵庭长暂代。十时，延何镜湖医生来诊，语系湿温，服药后热未稍退。至下午三时后，增至百〇四度，遍身酸痛，将睡时有昏话。七时，再请何医诊视。

八月十三日，星期，晴

晨热稍退。九时后复热，仍延何医诊视。

院中诸同事来问疾者，除书记官长外，均不接见。

下午，陈五平夫妇来问疾。

八月十四日，星期一，晴

热仍未退，仍延何医诊视。

八月十五日，星期二，晴

予病未愈，而予妻又传染，来势较予为猛，急延何医诊视。上午八时催到，语系湿温并带肝厥。旧仆胡炯适请假回瓯，予夫妻既病，只剩两女，上下内外不得不由长女素娟维护主持。寓中男女仆又均不得力，遂电促胡炯速回。

八月十六日,星期三,晴

予体温稍退,但九时后仍热,仍服何医之药。

八月十七日,星期四,晴

晨,身热退净。九时后复热,终日在百度之间,仍由何医诊治。妻病亦稍瘥。胡炯已到。

八月十八日,星期五,晴

病状与昨日相同,但胃口稍动。饮薄粥二次,北面一次。

八月十九日,星期六,晴

予病状与昨日同,仍服何医之药。

妻已身热退净,能勉强起床。下午,陈五平夫妇来问疾。

八月二十日,星期,晴

上午,陈朵如夫妇偕樊介堂夫人来探问予疾。

八月二十一日,星期一,晴

予卧床多日,院中例行公事虽嘱赵庭长暂代,然重要公文仍日由书记官长送寓披问,或请示办理。兹赵庭长于昨午遽丁外艰,故予不能不力疾赴院视事,并顺道慰唁之。

予病卧多日,起床后四肢无力,身热未净,扶杖而行,颇难支持。九时赴院,十二时即归寓。

八月二十二日,星期二,晴

晨起,体温已不高,但至九时后,仍在九十九度与百度之间,唯胃口已开。上午八时赴院,十二时归寓。下午赴何医处就诊,语系虚热且为痰湿所困云。

八月二十三日,星期三,晴

病状仍与昨同,亦仍力疾赴院。

下午七时,陈赞卿君来访。

八月二十四日,星期四,晴

病状仍与昨同,仍赴院。

八月二十五日，星期五，晴

身热仍不退净，但精神已稍好。

上午十一时，陆伯鸿君来访。下午仍请何医诊视。

八月二十六日，星期六，晴

身热仍不退净，但胃口已开。

八月二十七日，星期，晴

予住万福坊十一号寓屋瞬将七月。内人语，予等入寓此屋后疾病不断，每月医药费终在五十元以上，而各人轮流生病，实归咎于此屋之不佳，亟欲迁居，予对于风鉴本不甚信。此屋四周多树木，风景维佳，而租价须七十元，实嫌太贵，非穷法官所宜，苟有便宜房屋，亦愿迁居。下午随率妻女偕往觅屋，寻得西爱咸斯路慎成里七十一号一宅，亦系三楼一幢。中国石库门式，房间相同，但无浴室。租价仅五十元，连巡捕捐、自来水等，月可便宜二十余元。遂租定焉，准于月底迁移。

八月二十八日，星期一，晴

身热仍未净，而精神较好。

命胡炯办理订租新寓、退租旧寓等手续。

八月二十九日，星期二，晴

八月三十日，星期三，晴。下午五时，应吴市长茶话会

八月三十一日，星期四，晴

晨五时，起床准备移寓。六时余，开始搬动。至九时，迁入慎成里新寓后，即赴院办公。

上午十时，因粮委员会开临时会，予因病后精力未复，不往。

九月一日，星期五，晴

今日起，院中办公时间改自上午九时至十二时，下午一时至五时。下午一时，开本院法规讨论会，至三时散会。

下午四时，往丝茧委员会开会。散会后，顺道往访陈五平夫妇，不晤而返。

九月二日，星期六，雨。飓风

下午五时返寓，五平夫妇已在寓。语五平将往粤汉路练习，其夫人拟五日返绍。予乃邀饯于陶乐春川菜馆。

夜间八时，暴雨飓风甚大。

九月三日，星期，雨

上午九时，王北溟、莫寿笙两君来访。

十时，陈朵如夫人率子女及樊介堂夫妇来访。谈至十二时，陈朵如兄邀予等往乐乡饭店午餐。于是，予率妻女及朵如夫人并其子女暨樊君夫妇共十一人，一同赴宴。宴毕，偕往朵如家闲谈，至五时余返寓。

下午陈陶丞、朱凤蔚、楼玉书诸君先后来访。

九月四日，星期一，晴

下午三时，张怀九兄知本。在一品香旅社娶媳，因往道贺。

九月五日，星期二，晴

下午一时，江苏高院林礼源院长来院视察。予详述一切，至四时余而去。

下午四时半，朱伯强世兄来访。

九月六日，星期三，晴

九月七日，星期四，晴

正午十二时，应市党部之宴于上海联欢社。此宴为欢迎中国青年航空家孙桐岗君，请本埠各机关、各法团领袖作陪。至三时尽欢而散。

下午二时，漕河泾监狱建筑委员会开会，予因事未往。

九月八日，星期五，晴

下午二时，访郭闵畴院长，接洽公务。

五时，访汤彦颐世兄。

接家信，知甥女娄安雅患病甚重，势将不起，深为焦急。念安雅求学心切，用功过度，予屡劝之不听。今夏毕业，虽列第一，然已成病。回家后日重一日，现势甚危，可忧也。

九月九日，星期六，晴

下午二时，奉部令往上海第二特区地方法院监视焚土，至五时始毕。返寓后，陈五平内弟来访。

晚七时，朱维新君率朱郁老长女荷英小姐来见。荷英小姐现年十九岁，今夏在金华高中毕业后，考入东南医学院肄业。郁老嘱其来见内人，俾便照料招[照]也。

九月十日，星期，晴

上午八时，访罗人骥推事。答拜陈陶丞、莫寿笙两君。

九时，偕内人答访朱荷英小姐、樊介堂夫妇。至十一时余返寓。

下午五时，访陈朵如君。

九月十一日，星期一，晴

下午二时，华东社新闻记者吴研人来见。予与谈本院案件增加原因。（一）人口增加；（二）生计艰难；（三）律师太多及改建看守所情形。

九月十二日，星期二，晴

上午八时赴院。予自病后精力未复，抵院时，为少走几步起见，改侧门出入。讵今日到侧门时，门前停有人力车一辆，因命拖开。汽车稍停，突有一暴徒持一铅桶，满贮粪秽，由车窗抛入，致满身满车污秽。当由胡炯及车夫奋勇追赶，经里许，由过路包车夫高志芳追获，名徐根林，交岗警带去，此事显系已革职发吏毛叔匡所指使。命人往寓取换衣服，内人闻讯，驰至慰视。

下午二时，邀集首席检察官楼英、值日检察官李芬、书记官长王道周、检察处主任书张萃、会计主任书记官施兆鹏、赃物库书记官灵华及予共七人，监视焚毁依法没收之伪造、变造钞票及已废弃之赃物。

今日追获暴徒之高志芳，自警局讯问后即随胡炯来院求见，予即命书记官长面予嘉奖并给赏洋叁拾元。讵该车夫(渠系公安局侦缉员沈锦初之包车夫）不要赏金，坚求位置，欲望甚大，不得已姑听之去。

下午三时，复来求见。予乃面予嘉奖，并告以法院人员除丁役则尔不愿为外，其余均严于资格，无从位置。尔既系公安局人员车夫，予当函请公安局文局长量予位置，并坚令将赏金收去，渠始唯唯具领而去。予即函致文鸿恩局长一书如下：

> 对庭局长惠鉴：弟今晨八时赴院，车抵南车站路，敝院东侧门，曾突遇暴徒拦车侮辱。幸有贵局侦缉员沈锦初君之包车夫高志芳奋勇追获，情殊可嘉。查高志芳年卅一岁，江苏高邮县人，略识文字，每晚在夜校读书，有志上进。可否在贵局所属各区所量补一警士，则感荷鸿施。不仅身受者已也。专上敬请公安。

今日出事后，书记官长王道周，会计科施兆鹏、范声扬、陈德兴，执行处钟超，民庭汪士成、汪润、韩作梯诸君，俱驰来问讯，情殊可感。旧仆胡炯尤为奋勇，洵忠仆也。渠随予十六年，凡予有事，无不赤心忠勇，为任何人所不及。予感之，深感之，然亦因此益增世道人心之叹焉。

九月十三日，星期三，阴雨

上午十时，楼首席来告，语昨日暴徒之事，已面托公安局严究主使，一面已由局多派密探在院前院后严密注意防范。予感谢之，并告以予自省察万事尽职做去，横逆之来，在所不计。民十六之难，尚不追究，何况此区区抛粪小事耶。告以并无严究之意，此主使人显为革吏毛叔匡。予知之审矣，更何庸究诘也。

晚七时，王北溟君来寓慰问。

予昨晚七时往访沈季让院长，报告昨晨暴徒抛粪之事。伊笑语，此乃认真办事之成绩。予（沈自称）亦有此资格，不久遇此，亦未可知。

九月十四日，星期四，晴

下午五时，赵晋卿君为其长公子铁章世兄在慕尔堂举行结婚典礼，予往贺之。文局长复信道歉，对于高志芳事语自当照办。

九月十五日，星期五，晴

下午六时，偕妻女往先施公司购物。六时半，应陈容百君之晚餐于印度饭店。在座有张琴荪君，初自绍来也。餐毕，偕陈朵如兄至伊寓闲谈，适钟生秋人亦在伊寓。至九时许，钟生同车来予寓，告予曰："吾师办事认真，宵小恨怨，屡次受辱，曷勿迁地为良。"予喟然曰："直道而行焉，往而不三黜，枉道而行，何必去父母之邦。"予生平痛恶钻营，向无求调之事。能干则干，不能干辞职可也。调何如乎。尔试观全国地方法院，孰能整理完善。人才缺乏，经费困难，苟换一处，无一不要彻底整理改革。一经整理，亦即同样招怨。况地处偏僻，收入拮据，其整理恐尤难于沪院也。若置之不理，沪院亦可相安无事。但试思予之性格，能尔否乎？昔曾文正有言："安能尽如人意，但求无愧我心。"文正公尚如是，何况区区。至受人侮辱，被人冤枉，自古已然。不但今日，试一观吾国历史，君子之被辱于小人，忠臣之枉死于奸佞，一部《廿四史》指不胜屈。即以近事论，司法总长之遭打，受辱于小人者，更不知凡几。予坦然也。钟生唯唯而退。

九月十六日，星期六，晴

上午八时，访张琴荪君于一品香旅社。

九月十七日，星期，阴

上午八时，率妻女携干粮，邀朵兄偕游兆丰花园终日。至下午二时许，天雨，乃趋[驱]车至朵如兄寓，谈至五时乃返。知莫寿笙君已于今日上午十时来寓慰问。

五时，本院检察官欧汤澍、谢濂、萧晋瀛等邀宴于致美楼。予以身体不适谢之。

夜九时，殷叔祥兄来寓慰问，谈至十一时别去。

九月十八日，星期一，雨

上午，因精神不适未赴院，下午始往。

下午四时，新任第一特区地方法院首席检察官向明思哲濬来拜。

九月十九日，星期二，雨。大风

上午九时，拟回拜向明思首席。车行至西藏路，因东面马路潮水登岸，积水至一二尺不等，被阻不能前进而回。

九月二十日，星期三，雨

九月二十一日，星期四，阴

上午八时，陈仲瑜兄由京来，拟赴杭养病。

下午五时至七时，赴东吴大学讲授《审判实务》。

七时，应沈季让院长之晚宴于小有天闽菜馆。

九月二十二日，星期五，晴

上午九时，答拜向明思首席，并与郭闵畴院长商谈院务。

下午六时，宴陈仲瑜、陈五平兄弟于梁园。

九月二十三日，星期六，雨

上午七时，陈仲瑜赴杭养病。

上午九时，因楼玉书首席女公子病故，予赴伊寓往慰之。

下午四时，赴孔庸之总裁祥熙之园游会，六时而散。

九月二十四日，星期，阴

上午十一时，何德奎君来访。伊初自四川旅行回来，故赠予银耳一盒。

下午，五平内弟邀往卡尔登观电影。五平因寄宿公寓臭虫太多，故自今日移居予寓。

五时余返寓，知汤彦颐世兄来访未遇。

九月二十五日，星期一，雨

上午往院，知司法行政部常务次长石友儒志泉。已来沪，即偕楼首席往谒于新新旅社。因已他出，不晤而返。

下午四时，来院视察。予陪至各法庭、各办公室及看守所等处巡视一周。至六时半,始行别去。

下午七时,应梁、应、赵、陈四君之公宴于聚丰园。

九月二十六日,星期二,雨

上午八时,赴新新旅馆谒石次长,拟陪往漕河泾视察第二监狱,旋以客多,渠拟缓往,遂兴辞而返。

正午,偕楼玉书、向明思两首席公宴石次长于古益轩,并请沈季让、梁云山、郭闵畴、应溥泉四院长,李继云、郁曼陀两庭长作陪。

下午七时,偕楼玉书兄宴向明思首席于大雅楼。并邀郭闵畴、应溥泉两院长,王北溟、赵士北、陈陶丞三首席,周玉圃、郭德新两庭长作陪。

十一时,往北火车站送石次长之行。渠乘夜车回京也。

九月二十七日,星期三,阴雨

下午七时,朱凤蔚君来访。

九月二十八日,星期四,晴

下午五时至七时,赴东吴大学授课。六时,孙拥谋典狱长雄在大雅楼请客,予以时间冲突函谢之。

九月二十九日,星期五,晴

九月三十日,星期六,晴

上午九时,访朵兄于浙江实业银行。

下午七时,汤韦存偕其世兄彦颐来谈,至十一时始去。

九时,殷叔祥兄来访。

十月一日,星期,阴

上午九时,答拜何德奎君。十一时,答拜汤韦存兄未晤。回寓后知莫寿笙兄来访,不晤而返。

下午一时,偕内人访陈朵如兄夫妇。遂同往市中心区市政府新署一游。规模庄严,范围广大,计占地百亩,需建筑七十万元云,闻定双十节举行落成典礼。

归途朵如夫人拟往沪江大学视子侄,乃相率至该校一游。及返寓已五时余矣。

六时，应东吴大学之秋宴于一品香。宾主百余人，济济一堂，语多诙谐。餐毕，复奏西乐及唱京剧以助余兴。至十一时，尽欢而散。

十月二日，星期一，雨

下午七时，赴银行公会，参与东吴大学教务会议，计到校长杨永清、法学院院长吴经熊、教务长盛振为、副教务长孙晓楼及教授二十余人。餐毕开会，经三四小时之久而议犹未了。予聆所提各案，均属学生之要求，而问题极小且有不成为问题者。如学生因毕业考试有一二门不及格要求毕业者，亦有因学年考试不及格而要求进级者，亦有因贫而要求免费者，诸如此类。予乃起而言曰："予与东吴关系较浅，且系第一次列席教务会议，固不能熟悉情形。然聆今日所议各案，似均系寻常极细致之事。想从前各届会议，亦必有同此情形者，必非本届独有。鄙意学校办事甚以学则为根据。如学则中有规定，凡遇学生提出要求，即据学则径予答复可也。如学则中无此规定，似应将历届所发生各点，汇列办法编入学则，以便根据办理。免得耗费如此光阴，会议琐事。且教务会议所应行提议，似应规定范围，如何事情应提出，教务会议明定职权，以明界限云云。佥以为是，遂决议于校务会议时，提出修改校章云。"迨散会，已十二时矣。

十月三日，星期二，阴

十月四日，星期三，雨。旧历中秋

十月五日，星期四，雨

下午五时至七时，赴东吴大学授课。

十月六日，星期五，雨

上午八时，楼玉书君夫妇来访。因渠拟迁居，来视予屋，遂伴往本里及敦和里视察数宅。

十月七日，星期六，雨

下午四时，周玉圃君蕴辉来辞行。渠现任江苏高三分院庭长，已调任最高法院推事。

五时，访徐叔苏表叔于南京饭店，即留晚餐。

十月八日，星期，阴

上午九时，偕内人答拜楼玉书君夫妇。

十时，访徐叔苏叔。十一时，偕往愚园路，应徐季苏叔之午餐。三时，访王北溟君，谈至六时，应罗人骥、庞树蓉两推事之晚餐于聚丰园。

下午十时，薛子良部长笃弼来访。

十月九日，星期一，晴

下午一时，访新任上海县长潘忠甲君。

七时，应徐季苏叔之晚餐于伊宅。

十月十日，星期二，晴

今日国庆，循例放假。

上午九时，偕王北溟、楼玉书两首席往市中心区参与上海市政府新屋落成典礼。典函堂皇，颇极一时之盛。中外来宾参加典礼达万余人。屋系宫殿式，造价计八十余万元云。至十二时，予先行欲归，途中王北溟兄语予曰：昨晚王厚斋君在寓请客，候予不至，始知请帖寄错云云。故予于午餐后往谢之。

下午二时，率妻女、胡炯等往北车站，乘三时十五分通车赴杭，为先母顾太夫人七旬冥寿，拟往云楼修建水陆以慰之。先期电话江苏高院给假十一日，自明日起假。下午七时半，车抵城站，暂寓清华旅馆。

十月十一日，星期三，晴

晨起，即命胡炯回绍接弟妹等来杭，以便同往云楼。

八时，偕妻女往葛岭访陈仲瑜兄夫妇。稍憩偕游石屋洞、水乐洞、烟霞洞等处，并在烟霞洞午餐。该洞住持僧复三精于素菜，颇有声名。惜现已不行自制，雇厨提调而已。午后三时，下山舍车坐舟，往游三潭印月、西泠桥及葛荫山庄等处。五时，仲兄夫妇别去。予等归寓，亦万家灯火矣。

十月十二日,星期四,晴

上午,往田宝永牙医处镶牙。予齿本无病,自十九年间南京一跌,致上牙全部动摇向外,门牙傍[旁]有缝甚稀,如缺一齿。及去年镶一牙,现已甚宽。顺便往该医处镶补,需费十五元云。

上午十时,裕弟、爱妹、定甥均由绍来。甥女安雅亦驰至,旋陈仲瑜夫妇亦来访。正午,偕往功德林素餐。

午后,弟妹妻女等往游灵隐。予因镶牙未往。

午后四时,予顺道往姚铭山课命馆算命。对于已往之事大小均验,惜对于将来之事不肯明言耳。

十月十三日,星期五,晴

上午八时,率全眷雇车往云栖寺。十时抵寺,即由知客僧聚林师、宝康师招待入内,暂往寿惠堂。稍行休息,即行出游。寺甚大,新建房屋甚多,皆极精致并有抽水马桶及浴室,几与上海之屋宇无异。予三年不游该寺,至则又大改观也。

十月十四日,星期六,晴

本日外垣起经。

下午偕妹及妻登五云山,山巅是真保寺,供奉财神。寺亦尚大,且新建一殿,极壮观,供奉伏虎禅师。稍坐品茗即返,上下历时四小时。

予自十八年间大病后,不能多走。今由云栖至五云山巅有路十里,历级二千五百余,回未尚不觉倦,颇自喜也。

十月十五日,星期,晴

该寺有《云栖法汇》一书,计三十五本,分三函,板本极好。内载莲师大师一身之著述及云栖掌故。兹收目录节钞如下:

《云栖法汇》目录

第一函:释经　十一本

戒疏发隐　戒疏事义闻辩　弥陀疏钞　疏钞事义闻辩附四

十八问答　净土疑辩。　遗教节要

第二函：辑古　十一本

诸经日诵　具戒便蒙　沙弥要略　尼戒录要　禅关策进　僧训日记　锱门崇行录　华严感应略记　往生集附劝修净土三章。　皇明名僧辑略　武林西湖感应事略　自知录　水陆仪文　施食仪轨　诵戒文　放生仪

第三函：手著　十三本

楞严摸象记附诸经。　西方愿文略释　戒杀放生文　竹窗随笔　竹窗二章　竹窗三章　正讹集　直道录　山房杂录　云栖共住规约录　嘱语　云栖记事　孝义无碑庵录　大师塔铭

予翻阅竟日，故未出游。按云栖为明莲池大师修行之所，清康熙、乾隆巡幸数次。相传莲池大师曾得一古印，文曰"秉教加持之印"。又明董其昌曾为荐导，其父白斋居士、母沈氏亲书《金刚经》全部，有乾隆御笔题词。文曰"香光真迹"，予均于今日向寺僧索取，拜见之。

晚七时，常住僧源智师来谈。

十月十六日，星期一，晴

晨三时起，赴内坛观经，至六时止。七时，复往观经，至九时止。

今日臀部旧疮疤作痛，似有复发之势。谅以连日素菜，多系香菇、麻姑等发食。而前往五云山一行，兴亦不无影响也。

十月十七日，星期二，晴

晨四时起，赴内坛观经，至六时止。八时，复往观经，至十时止。

下午臀疮大发，步履维艰。

今日为先妣逝世第二十七周年，即为此次水陆正日。祭拜后，感痛骤集，不禁涕泗之滂沱也。

下午，病不能兴，移宿楼下。

下午一时，陈仲瑜夫妇来寺参与，即寓于此。予语之曰：唯母之

爱予为真爱，其余均系相等之爱，须有相当代价，非真爱也。

十月十八日，星期三，晴

今日病，热度甚高，不能兴。昏睡终日，致不能赴内坛看经，令妻代看。

十月十九日，星期四，晴

今日臀疮已破，出脓甚多，身热渐退，精神稍佳。内坛阅经，仍令妻代。

十月二十日，星期五，晴

今日为水陆圆满之日，予自昨日出脓后，今日已能起床，仍参与，行礼如仪。

夜间与寺僧结账，计正杂诸项及酬谢各师、赏给茶厨房等，共需洋八百陆拾余元。此役也，连同沪绍往来川资，计费洋千元之谱。念吾母辛苦一生，及予出山而不及见。予追痛之余，特从俗修建水陆一堂，以资报答。是否有效，无从征信，亦聊以自安其心而已。该寺自明日起，拟建第三届万年水陆。裕弟及内子紫垣拟均为先妻陈氏德芳附建一份，出费六十元，予允之。

民国二十二年十月[1]
庆
日记

绍兴沈锡庆庆生氏日记

民国二十二年(1933)十月二十一日,星期六,晴

晨兴,早餐毕即雇轿下山,至梵村改乘汽车回杭,仍寓清华旅馆,眷属等仍乘黄包车返杭,知客僧聚林师送予至旅馆而别。予今日精神较好,抵寓后,即出外,整容后,稍事休息。

下午一时,率妻女赴城站乘一时五十五分快车回沪。弟妹等拟在清华一宿,明晨由胡炯伴送返绍。

下午七时抵沪,雇车回寓。仲瑜兄夫妇亦偕寓予处。

十月二十二日,星期,晴

上午十一时,访楼玉书首检官不晤。十二时来访,谈至一时余始去。

上午九时,书记官长王介亭兄来寓,报告予假内一切情况。

十月二十三日,星期一,晴

上午九时,赴院销假。

下午四时,法医研究所所长林百渊儿在青年会结婚。予往观礼,礼毕而返。

---

① 本册共计 98 页。

十月二十四日,星期二,晴

新任候补检察官赵传家、推事孙继康先后来见。

下午二时,囚粮委员会开会,予因事不往。

十月二十五日,星期三,晴

予臀疮虽瘥而湿热上攻,致股部以下酸楚不能举步。糖尿病亦较剧,赴院颇觉勉强,然以事冗,又不能不力疾从公也。

十月二十六日,星期四,晴

今日更不能步履,不能赴院。重要公文命送寓阅,例行公事请赵庭长暂代。

午后五时,东吴大学教课亦因病请假。

十月二十七日,星期五,晴

腰酸略愈,力疾赴院办公。

下午六时,新任上海县潘忠甲县长在杏花楼宴客。予因病不能久坐,亲往略谈,婉辞而出。赴何德候医生处复诊。

十月二十八日,星期六,晴

腰酸仍如昨日无异。

十月二十九日,星期,雨

在寓休养,终日不出门。幸无客来,得稍安静。

十月三十日,星期一,晴

五平内弟回绍十日,昨夜出来,今日赴京,将往粤汉路株衡段练习也。

十月三十一日,星期二,晴。下午五时后雨

上午九时,兰溪县法院候补推事赵顺卿君来见。

十时,江苏高等法院派书记官王彭钧来院验收看守所新屋,

十一月一日,星期三,雨

上午八时,江苏高院林院长来院,即趋[驱]车赴院晤谈半小时。送至南火车站登车而别。

十时,郭闵畴院长来访,约谈一小时而别。

下午五时，答拜王伯衡彭钧，不晤而返。

十一月二日，星期四，晴

下午五时至七时，往东吴大学授课。

十一月三日，星期五，晴

下午七时，访陈朵如兄闲谈。

十一月四日，星期六，阴

十一月五日，星期，雨

上午九时，访罗伯农推事之病。

十时，谒董绥经总长。因渠拟应日本帝国大学之聘，往东京讲《中国古代法律》，谈一时余而别。

下午七时，应林百渊所长之晚宴于南京饭店。

十一月六日，星期一，晴

十一月七日，星期二，晴

下午七时，与沈季让、梁云山、郭闵畴、应溥泉四院长公饯董绥经总长康。于大东酒楼，并请张镕西耀曾、赵晋卿锡思、吴德生经熊、陈霆锐、沈衡山钧儒诸君作陪。至十时，尽欢而散。

上午十一时，陶冶公来访。

十一月八日，星期三，晴

上午九时，答拜陶冶公于一品香旅社，并送董绥老之行。渠于今日乘上海丸启程赴日也。

下午七时，往陈朵如兄处闲谈。

十一月九日，星期四，晴

上午九时，访孙儆仁兄世伟。于大中华旅社。

正午十二时，应徐季荪表叔之午餐于乐神饭店。

下午二时，陈众孚兄允来访。

五时至七时，往东吴大学授课。

十一月十日，星期五，晴

上午十时，刘立德君来访。

下午三时，赴大陆商场参与上海市社会局第四次菊花展览会。佳种颇多。

五时半，邀孙俶仁兄往大光明影戏院观电影，系一伦理剧，表演慈母之爱子，入情入理，与吾国家庭情形并无二致。予尝语，天下唯母之爱子为最纯挚而不求代价，孙君亦深为感动。

十一月十一日，星期六，晴

下午三时，参与第一特区地方法院首席检察官向明思君哲濬补行宣誓就职典礼。

六时，宴新任上海县潘更生县长忠甲于聚丰园川菜馆。并邀江苏第二监狱田种夫典狱长、第二特区监狱孙仲谋典狱长、法医研究所林百渊所长及本院孙雪书、罗伯农、庞镜秋三推事作陪。至九时余尽欢而散。

九时半，殷叔祥君来谈，至午夜十二时始行别去。

十一月十二日，星期，晴

上午九时，赴市中心区市政府新厦，参与孙总理铜像揭幕典礼，并参与检阅童子军。至十二时返寓，知莫寿笙兄已于上午来访，不晤而去。当于下午三时许答拜。谈至四时余而返。

六时，应朱凤蔚君之晚餐于伊寓。同席者除上海县潘县长外，均系着地方公务员惩戒委员会委员。至九时余尽欢而散。

十一月十三日，星期一，晴

上午七时，接院中电话，语候补推事徐藕仙君喻洁已于今晨六时在院病故，亟驱车往视，见其次子乃敏世兄及其堂弟徐九经君均在。渠本患胃病甚剧，已成不治之症。九月初来院销假，予为之一惊。力劝其休养为上，乃因家境拮据不得不力疾从公，办事四十余天，以力不能支复又请假。予又力劝其回家，渠终不愿，讵至昨夜病忽骤变，竟于今晨逝世。予以事冗，不能常常往视，今闻溘逝，良用歉然。遂派书记官长及庶务等，命先将尸体送往永锡堂停灵，一面电知在绍家属来沪，以便盛殓。

上午九时，江苏高院派王伯衡书记官来院验收看守所新屋。予陪同验收，至十一时始毕。

十一时半，江苏高院派调查员朱□□君来院查案。

下午二时，往永锡堂，与徐君家属商洽藕仙兄后事。

五时，访应溥泉院长接洽公务。

十一月十四日，星期二，晴

上午八时，往永锡堂料理藕仙兄殓事。渠长子乃敬、长媳、长孙等已于昨夜赶到。其次子乃敏、堂叔笃夫、堂弟九经本在沪经商，相与商定。至十一时半殓毕，予始回院。

下午三时，秋壬林君来访。

六时，访陈赞卿君，与谈藕仙兄逝世事。

七时，应何德奎君之晚餐于银行公会俱乐部。

十一月十五日，星期三，晴

上午，派书记官长往北桥上海县公署领经费。

十一月十六日，星期四，晴

下午五时至七时，往东吴大学授课。

十一月十七日，星期五，晴

上午十时，金孟元世兄来见，面呈伊父直卿兄手书，借洋八十元以作零用。予诘其故，且语学膳书籍之费，应于开学时缴纳，在此中途何需如此巨款？伊语颇支吾，予亦不再究诘，既有直卿手书，即如数付之。予历观有钱子弟，多习奢侈，不专学艺，因此一无所成，已成一般通例。噫！可叹也。

下午六时，访陈秉文君。

十一月十八日，星期六，晴

上午十时，赴市政府访俞鸿钧秘书长，商量请拨市中心区地亩，为建筑本院之用。谈一时余辞出。返寓，祭先父忌辰。

下午一时，堵叔明兄来访。二时，应溥泉院长来访。

昔徐梅生舅公有言：凡属女人，无一明理，诚哉斯言也。谅以其量猛，其心执，其见私，因此不明事理，不识世情。虽受教育亦与不受教育等，其殆天性使然耶，抑生理关系有以致此耶？历观察中外古今，无不皆然，否则亦属例外。

十一月十九日，星期，晴

上午九时，答拜秋壬林、堵叔明、刘载之诸君。

下午，访向明思、郭闵畴、陈朵如诸君。

六时，应楼玉书、陈陶丞两君之公宴于致美楼。同席者为金仲荪、张衡甫、何德奎、盛灼三、金子敦、传贡球诸君。至九时始散。席间盛谈交通便利之弊害，大不如闭塞时代之安宁。予忆初回国时，偶函地方父老，谈及交通不应便利，深为惊异。此种顽固不通之谈，极不愿闻。至今廿余年，就见闻所及，因交通便利之故，利未见而害颇著。凡在四五十岁以上之人，几无不异口同声，不得不叹美畴昔父老之有经验，非吾辈后生之所知也。兹将交通便利之弊害约举如下：（一）交通便利，风俗不淳，外来之奢侈风气日增一日。（二）生活程度增高，本地物产渐向外运，以求供之故，价必日增。外来物产渐多，价亦较大，皆以消耗之类为多。（三）盗若匪之行踪较便，抢劫绑票之案日多。（四）来往便利个人之行动甚易，因而旅费等之支出亦较往昔倍蓰。凡此种种，皆为青年时代所不易察觉。徒见表面之便利而已，此政治之所以重经验也。

十一月二十日，星期一，晴

上午九时，金仲荪君来访。

下午二时，秋壬林君来访。七时，往陈朵如兄处闲谈。因伊家眷回籍，寓中只一人故也。旋李浩生君亦来谈，至十时始返。

十一月二十一日，星期二，晴

下午五时至七时，往东吴大学补课。

十一月二十二日，星期三，晴

下午七时，往陈朵如兄处闲谈。

十一月二十三日，星期四，晴

上午九时，访金仲荪君。

下午五时至七时，往东吴大学授课。课毕，应张镕西君之晚宴于伊寓。

十一月二十四日，星期五，阴

十一月二十五日，星期六，晴

正午十二时，应陈朵如兄之午餐于陶乐春川菜馆。

下午六时，赴慕尔堂参与赵晋卿君次公子耀章世兄结婚典礼。

七时，汤韦存兄来访。至十一时辞出。

十一月二十六日，星期，晴。晨微雨

晨五时半起床，因先数日与陈朵如、李浩生预约，拟于今日往游乍浦、澉浦。讵知天气微雨，欲行又止，互以电话商洽，至七时半决计出发。天亦放晴，至闵行渡江后，沿海而行至澉浦，计程一百卅公里。在澉浦与乍浦之间，有一秦山海水浴场，正在组织，予等即在该处出所携干粮午餐焉。风景颇佳，沿途风景并无如所传之佳，而车经公路亦不如所传之坏甚矣。所闻之不如所见也，唯终日兴趣颇佳，及回寓已六时半矣。

七时，应盛灼三君之晚餐于伊寓。

十一月二十七日，星期一，晴

下午二时，司法行政部监狱司王新之司长元增来院视察看守所新屋。

十一月二十八日，星期二，晴

下午四时，前公共租界会审官关纲之炯来访。

七时，往陈朵如兄处闲谈。

十一月二十九日，星期三，晴

上午九时，得郭闵畴院长电话，知罗钧任部长已于今晨来沪，拟由本埠五院长设宴公请，嘱上午十一时三刻，前赴伊寓沧洲饭店会齐云，予即邀同楼首席于十一时半偕往沧洲饭店。讵罗部长公出未回，仅由秘书王兰锦君出而招待。梁、应两院长已先到，沈、郭两院长亦陆续而来。候至一时余，罗始回寓，偕往冠珍广菜馆午餐，至四时始分别回院。夜十时余，往北火车站送行，因罗部长即乘十一时夜车回京也。

十一月三十日，星期四，晴

上午九时，访郭闵畴院长，共谈院务并商讨法律也。

十时，葛豫夫君来见。

下午五时至七时，往东吴大学授课。

八时，李浩生、陈朵如两兄来谈，至十一时始行别去。

十一月一日，星期五，晴

上午十时，张云抟次长来访。

下午一时，开法规讨论会，至四时始散。

十二月二日，星期六，晴

下午七时，访王北溟君。谈至九时乃返。

各国在华有无领事裁判权者，分别开列于下。

(甲)有领事裁判权各国分别如下：

一、旧约尚未满期者。英吉利、美利坚、法兰西、巴西。

二、旧约满期，新约未订，事实上暂照原状办理者。日本、瑞典、秘鲁。

三、已订新约，允俟华府会议签字各国停止享受时实行放弃者。义大利、西班牙、葡萄牙、丹麦、那威。

四、已订新约，允俟有领判权国半数以上放弃时，实行放弃者。比利时。

五、撤销领判权，协定虽已签字但未经批准者。和兰。

六、俟各国放弃后亦放弃者。瑞士。

(附注)(一)享有领判权各国，多以其领事署兼理司法。惟英美两国在沪特设法院，专理司法。但本院遇有嘱托协助事件，仍以各该国驻沪总领事署为转达机关。(二)管辖在华外国人实施条例十二条,系规定撤销各国领判权善后办法。该条例虽已公布,但旋经明令暂缓施行。

(乙)无领事裁判权各国分别如下:

一、业经撤销或放弃者。德意志,奥大利,匈牙利,苏俄,墨西哥。

二、自始无领判权者。智利,玻利维亚,波斯,芬兰,波兰,希腊,捷克。

三、虽已通使设领尚未订约者。古巴,巴拿马,尼加拉瓜,土耳其。

(附注)(一)此外,诸无约国其无领判权,更属当然。其在华侨民,虽有时嘱托有领判权国之领事代为照料,然遇有诉讼,仍应完全受我国法权管辖。至无国籍人民之应受我国法权管辖,更不待言。(二)在无领判权国人民之受我国法权管辖,原与华人无异。惟若触犯特别刑事法令,仍由普通法院审理。应行收禁者,须送入新式监所。若在上海公共租界,则送入厦门路监狱。

上列各点,系本年四月间由上海第一特区地方法院郭云观院长调查,爰为酌录如右。

十二月三日,星期,晴

上午九时,答拜李浩生君不晤,转访陈朵如兄。挈其两女至寓,游玩一天。

十二月四日,星期一,晴

上午九时,高铁厂君来访。十一时,谭剑安君来访。

十二月五日,星期二,晴

下午五时至七时,往东吴大学补课。

十二月六日，星期三，雨

予在司法界二十年来①，向办审判方面事务，故对于监所方面实少接近。自十六年后，监所划归法院主管，此次重长[掌]沪院，乃不得不监督看守所事宜，始与监所人员渐相接近。一年以来，深觉办理监所者积习太深，大有不易整理之势。虽不敢语从前办理监所人员尽是贪污，刻扣囚粮，侵蚀作业，为其本务。而清廉自好，体恤狱囚者，予尚无所见也。就予现在考察所及，觉看守所长之普通收入，有下列数种：(一) 尅扣囚粮，即以少报多。例如上午出所，亦以一日计算。犯人自送伙食，仍列报销等是。如系包厨，则除自己伙食例不出钱外，尚有额定馈赠。(二) 身分较好之被告格外优待，例有酬谢。(三) 所中贩卖食物，按股分红。此仅就予所发觉者，而论此外，则尚非所知也。故所长收入不在薪水，而在外快。噫！

十二月七日，星期四，雨

近数年来，尝闻新青年之反对家族主义不遗余力，而对于大家庭为尤甚。其主张以人应自立，不能依赖家族以生活。故稍能自立之人，辄欲与家庭脱离，挈妻他往。然予观其生育子女后，其爱护子女亦无微不至，与旧家族之主张家族子女者，并无二致。其照拂妻党也，亦同。予于是知彼辈之主张，何曾彻底，而知家族主义之方兴未艾，不易变更也。惟彼新青年之因于一时感情冲动而不自知耳。一笑。

下午五时至七时，往东吴大学授课。

十二月八日，星期五，雨

十二月九日，星期六，雨

下午六时，莫寿笙君来访。

十二月十日，星期，阴

上午八时，于良辅君来见。下午三时，谢守中世兄率新妇来见。

---

① 该行原文上标“抄〇”字样。

渠于前数日请假赴京结婚，今日返沪也。

予因汽车损坏正在修理，故在寓编讲义，终日未出。

十二月十一日，星期一，晴

上午八时抵院，即接朱郁堂先生长女朱荷英小姐由东南医校来长途电话，语有要事相商，嘱往真茹一行。问其原因，坚不肯说，颇为惊异。恐有事，故即邀楼玉书兄偕行。及抵校，知有被男同学欺侮情事，并查知该校风纪不良。朱小姐意志坚强，不愿同流合污，遂有与男生冲突之事。乃三面会商，结果暂行请假一周，挈同来寓休息，再商办法。当由予与楼君往见教务长李祖蔚君，请假出校。下午当将经过详情函告郁老。下午八时复电，邀伊叔朱维新君来寓，商量一切。

十二月十二日，星期二，晴

知朵如夫人业已回沪，偕内人晚餐后往访。谈至九时而返。

十二月十三日，星期三，晴

正午十二时，应李浩生君之午餐于小有天闽菜馆。

下午三时，新任江苏第二监狱典狱长任峰来拜。五时散值后，答拜于孟渊旅社。

十二月十四日，星期四，阴

下午五时至七时，往东吴大学授课。

返寓后，得朱郁堂先生回信，语不日来沪面晤。甚矣儿女之累也，噫！

十二月十五日，星期五，雨

上午十时，郑文利君来访。

十二月十六日，星期六，晴

上午，接朱维新君电话，知朱郁堂先生将于正午抵沪。予即邀伊女朱荷英小姐，于十二时半往北火车站迎接。一时十分，杭州来早快车进站，郁老莅至。同赴振华旅馆稍息。予即先行返院，五时散值后复往。谈至十一时始返。

十二月十七日，星期，晴

今日朱荷英小姐已决计返校销假，九时即行。

十时，答拜前交通总长高铁厂君恩洪未晤，顺道至陈朵兄处。稍谈即往访朱郁老。谈至正午，邀往觉林午餐。并请朱维新、楼玉书两君作陪。餐毕，郁老拟参观本院新看守所房屋，遂相偕来院参观院所一周，复偕往振华旅馆。下午六时，楼玉书君请郁老至咖厘饭店晚餐，邀予及朱维新、陈陶丞诸君作陪。至九时始散。

十二月十八日，星期一，晴

下午六时，王北溟、周砚香、陈陶丞、罗伯农诸君公宴朱郁老于东兴楼。邀予作陪，九时始散。

十二月十九日，星期二，晴

下午五时至七时，往东吴大学补课。

八时，往访朱郁老。知已于今日下午回杭。

十二月二十日，星期三，晴

上午十二时，陈朵如兄电邀午餐，予以午饭已吃了一半，辞未前往。

十二月二十一日，星期四，晴

上午十时，吴泽南君来访。

下午五时至七时，往东吴大学授课。

十二月二十二日，星期五，晴。冬至

下午三时，第一特区地方法院看守所长蒋君来辞行。渠语已奉令调任镇江地院看守所长云。

十二月二十三日，星期六，晴

十二月二十四日，星期，晴

下午，偕妻女游先施、永安等三公司及国货商场，参观耶苏诞节点缀之盛。

十二月二十五日，星期一，晴

十二月二十六日，星期二，晴

十二月二十七日，星期三，晴

上午十时，市政府秘书长俞鸿钧君来访。十一时旧徒徐式昌、旧属吴华灿先后来访。

十二月二十八日，星期四，晴

下午五时至七时，往东吴大学授课。

十二月二十九日，星期五，晴

十二月三十日，星期六，晴

今日因结束一年间院务，且明日星期连新年三日例假，计有四日休息。羁押人犯中有已宣判罚金者，务使今日尽量办竣。故特延长一小时，至六时始行散值。

十二月三十一日，星期，晴

上午九时，汤韦存兄来访。十时答拜，谈至下午二时始别。

下午二时，访沈季让院长不晤。

七时余，楼玉书兄来谈。语罗总部长将于新年来院视察。江北各县已视察一过矣，云云。

二十三年(1934)一月一日，星期一，晴

上午十时，率妻女游上海城隍庙。下午转往兆丰公园。

三时，往大光明戏院看电影，剧名《得心应手》。五时返寓，知已有不少友人前来拜年，均已挡驾矣。

一月二日，星期二，晴

上午九时，赴院一行。下午答拜数家均不晤。二时，接陈朵如兄电话，邀游兆丰公园。李浩生亦同行，三人在园谈至五时，返诸天宗坊。复谈至七时余，至荷兰村吃荷兰式大菜。另一风味，仿佛如欧洲小菜馆中也。至十时余始返。

上午得电话，语和弟有病。午后命胡炯往视，知系出痘，当命雇车接回寓中，并请何德候医生诊视。

一月三日，星期三，晴

上午十一时，财政部驻沪调查物产指数委员会主任委员盛灼三俊。来访。谈至十二时别去。

下午六时，应中央委员薛子良君笃弼之晚宴于伊邸。同席者为监察院长于右任、司法院副院长覃理明振、前司法总长张镕西耀曾、章行严士钊两君，及沈季让、梁云山、应溥泉三院长。至九时尽欢而散。

一月四日，星期四，晴

上午八时，赴院办公。九时，沈季让院长率傅贡球琳、赵子守两君代表司法部长来院视察。予道至各庭科处所详细视察，至下午五时余始毕。

下午五时半至七时，往东吴授课。

一月五日，星期五，晴

上午十一时，陆伯鸿君来访。

一月六日，星期六，晴

上午十一时，张毅民君宗庚来见。

正午，应陈朵如兄之午餐于陶乐春。

一月七日，星期，阴

上午十时，答拜盛灼三君俊。不晤，转访郭闵畴院长。谈至十一时，访向明思首席，不晤而返。

一月八日，星期一，阴寒

下午二时，召集本院财政委员会报告半年来收支状况，并请审查账目。

一月九日，星期二，雨

下午七时，应赵士北首席之晚宴于味雅酒楼。

一月十日，星期三，雨

本院刑庭长钱和甫承钧奉部令调任无锡县法院首席检察官。继任者系刘甲一君恩荣，奉天铁岭县人，第三届司法讲习所毕业，历任东北最高法院检察官，吉林、福建高等法院庭长云。

一月十一日，星期四，晴

下午五时至七时，赴东吴大学授课。本学期为最后一次，下星期四即举行学期考试云。

一月十二日，星期五，晴

下午四时，田神夫君来辞行。语交代已清，将赴皖履新，特来辞行云。

一月十三日，星期六，晴

下午六时，散值回寓，见陈仲瑜兄由京来，即寓予处。不见三月，畅谈一切，至午夜方睡。

一月十四日，星期，阴

上午九时，谒章仲和先生，谈至十一时始别。

正午十二时，偕楼玉书君公宴新任典狱长任峰、新任刘甲一庭长，并为钱承钧庭长饯行。即邀本院庭长、推事作陪，至三时尽欢而散。回寓后，汤彦颐世兄来见，谈至四时余别去。五时，邀仲瑜兄及妻女往光华大戏院观电影。晚间又谈至十二时始寝。

一月十五日，星期一，雨

连夜迟睡，神颇不适。

仲瑜兄今晨乘七时早车回京。

一月十六日，星期二，阴

下午五时，得电话知徐叔荪表叔来沪，现在愚园路季荪叔处晚餐，即驱车往候，八时余返寓。

一月十七日，星期三，阴

上午九时，得电话知司法行政部郑茀庭次长来沪，寓国民饭店。即偕楼玉书首席往谒，稍谈即返。

下午七时，本埠五院院长、首席公宴郑次长于新雅[亚]酒楼。十时宴毕，郑次长即乘夜快车返京。

一月十八日，星期四，雪

下午五时至八时，赴东吴大学监视《审判实务》考试。题系假拟事实,命作一正式判决。与考者全级二十二人。

一月十九日,星期五,晴

下午五时,接叔荪叔偕往愚园路,应季荪叔家晚餐。至九时余,转至陈朵如兄处,稍谈即返。

一月二十日,星期六,晴

下午五时,接叔荪叔偕往徐季荪叔家晚餐。叔荪叔定明晨回绍云。

一月二十一日,星期,晴

上午十一时,居逸鸿兄来谈。下午二时,莫寿笙兄来谈。

内子怀孕已余两月。昨夜腹泻多次,今日疲极,势将小产。翌延产科钟淑贞女医及妇科何镜湖医生先后诊视,施以急救之方术。

下午三时,访王北溟、朱维新两君不晤,转赴陈朵如兄处,谈至四时而返。

一月二十二日,星期一,晴

内子疲惫虽甚,然一经钟医检查尚未小产,仍服何医平肝理气之药。钟医下午四时复诊,何医六时复诊云。

一月二十三日,星期二,阴

内子病状下午略瘥。

一月二十四日,星期三,晴

下午三时,秋壬林君来访。

下午五时,汤彦颐世兄来访。

一月二十五日,星期四,晴

一月二十六日,星期五,晴

正午十二时,应孙俶仁兄之午餐于一枝香菜馆。

下午七时,宴孙俶仁兄于陶乐春川菜馆。邀陈朵如、居逸鸿、李浩生、李孟博诸君作陪。

一月二十七日,星期六,晴

下午六时,应陈朵如兄之晚餐于小有天闽菜馆,系宴孙俶仁兄,邀予作陪，菜甚丰盛。席间忽得电话，语郑荀庭次长来沪。梁云山院长在美心酒家宴请，邀予作陪。驱车往晤，谈至十一时而散。

一月二十八日，星期，晴

上午九时，钟秋人推事来见。

十时，往谒郑荀庭次长于新亚酒楼。面奉要公，谈至十二时半，赴李孟博之午餐于其新屋。亦系宴俶仁兄，邀予作陪也。渠新屋始于两月前落成，占地一亩余，共费四万元云。

一月二十九日，星期一，晴

正午十二时，应居逸鸿君之午餐于新雅[亚]酒楼。

下午七时，应李浩生君之晚餐于南京饭店。连日酒食，胃颇不适。此次酬应，轮流请客，全为宴请孙俶仁兄之故，各人每餐所费均在二三十元之谱。予思来一阔友，则每人轮请，唯恐不及，而所费均不资。若以此资救济穷友，或来一穷友登门借贷，则各人之应付态度又何如。

一月三十日，星期二，晴

下午五时，散值后访汤彦颐世兄。因世兄常为人利用来托案件，特往说明诉讼事件不能请托之理由。

下午七时，访陈赞卿君闲谈，至九时余始归。

一月三十一日，星期三，晴

本院民一庭长赵晓秋曙岚调任福建思明地方法院院长。今晚六时，假座梁园为之饯行。

下午一时，分发学习，推事陈樟生、灵青甫、王善祥三君，予详予训话。

二月一日，星期四，晴。夜雨

上午九时，谒董绥经总长康。闻渠已由日本讲学归也，公出不晤，即往湖社吊王省三君之丧。

下午一时，召集第十一次法规讨论会。至五时余始散。

二月二日，星期五，晴

上海因有租界关系[①]，故外国人对于租界内土地取得永租权者，由上海道出给官契，名曰“道契”。一面由该管领署注册，旋因中国官厅不知主权，人民亦唯利是图，即租界以外之土地，亦有真给洋商呈请出给道契者。于是有洋商道契与华商道契之分。近因诉讼争执事件常有，向土地局调查此项。最近据土地局函称“查以前道契原有洋商、华商之别，华商道契业经本局布告，限期一律调换土地证，其洋商道契系洋商在本市区内租用土地之契据。论理本国人民不应有管业此项租地之权利。如果华人向洋商购得此项地亩，应声请领事署将该号道契注销，函请本局勘丈换给土地证，以资管业。因华人不应执管道契或权柄单也。再‘道契’二字系属旧时之名称，本局自接收会文局继续办理洋商租地案件后，业经改称‘永租契’矣”云云。是道契根本上已有变更，但不知此项废止布告究于何日实施？所称限期换证其期限若何？实行后事实上有无窒碍？业派民二庭庭长姚福祥、执行处主任推事庞树蓉等两员，驰赴土地局会同研究。俾使作为审判基础，以挽主权而示一致。

二月三日，星期六，晴

上午十时，访第一特区郭院长，会商道契问题。

正午回寓，设祭遥拜先妣七十冥寿。本日家中为先妣阴寿忌辰，念普佛一堂。予因不能回家与祭，故在寓设祭遥拜。

下午七时，访陈朵如兄闲谈。

二月四日，星期，晴

上午十时，访董绶经康、张镕西耀曾两总长，均不晤。

十一时，得电话知高院林院长来看守所视察。因未知寓所，无从趋谒。

---

① 该行原文上标“○△”符号。

二月五日，星期一，晴

上午八时，孙晓楼君来访。托寻《监狱学》教员，予以无从代荐答之。

下午二时，访沈季让、郭闵畴两院长接洽公务。

二月六日，星期二，晴

下午一时，偕楼玉书首席往第二特区监狱参观。该监系于民国二十年九月由法租界领事署收回，现容囚犯一千余名，限于地域，工场简陋，人亦拥挤。参观各科，亦无甚长处。典狱长孙雄引导指观一周而出。继访第二特区地方院长应溥泉君，参观该院看守所。室小人多，势极拥挤简陋，一无足观。至三时余回院。

下午七时，访陈朵如兄。旋李浩生兄亦来谈，稍坐相偕往盆汤街购橘子。因每逢阴历年底，该处为一橘子市场，接连数十摊一字排列，甚大观也，价亦便宜。

二月七日，星期三，晴

下午一时，偕楼首席访高二分院王北溟首席。参观该院分监看守所。该院监狱本为西牢，迄今尚在工部局之手，未经收回。该分监系专收女犯，因西监无女监也。看守所亦系女犯，其男犯均在各巡捕房。每日由巡捕送案法院，不设男看守所也。此外，尚有民事管收所一处，亦均简陋，无足观也。

二月八日，星期四，晴

下午二时，董绶经总长康来访。语其在日本所讲《中国古代刑法》现已付印，约二百余页，俟出版当赠予阅览云。

二月九日，星期五，晴

晨起阅报，知旧友李萝驺祖虞。已被任命为福建省政府委员兼民政厅长。当赴伊寓道贺。渠向予求荐人才，予无以应。

下午七时，访殷叔祥兄，稍谈偕访陈朵如兄，为其介绍。

二月十日，星期六，晴

下午本院焚毁烟土，先期函知各机关派员监视，至四时方毕。

下午七时，应高三分院郭庭长德彰之晚宴于大雅楼。

二月十一日，星期，晴

昨夜腹泻四五次，人颇疲倦。

上午九时，罗伯农推事来见。

十时，陈秉文君来寓，为人请托案件，予严词拒绝。历举法理事理，以晓谕之，使知法院办案绝对不能请托。

下午二时半，率两女往金城观电影。剧名《人生》，系联华公司出品，其思想结构自较明星公司为佳。

二月十二日，星期一，晴

下午八时，往陈朵如兄处闲谈。

腹泻仍未愈。

二月十三日，星期二，阴。晨雨，旧历除夕

院中仍照常办公。予在外二十余年，即挈眷同居，向不礼神祭祖，以予本有家，家中按时办理。予旅居外省，似无举行之必要。今年内子以祖母及父俱已逝世，家中为兄弟行，主张在外亦应举办。予从之，故亦于十日酹神祝福。今晚祭祖分岁，明晨请神，一如家中办理。

分岁后，时已十点钟。率两女驱车至南京路、法大马路、霞飞路、静安寺路游行一周，似不及去年之热闹。

二月十四日，星期三，晴。历载今晨日全蚀[食]，但不觉得。旧历元旦

上午七时，起床祀神祭祖后，八时仍赴院办公。次女织仙亦照常赴校上课。

下午六时，汤彦颐世兄来访。七时，率两女访陈朵如兄，至九时许回寓。今日虽系旧历元旦，收受诉状亦有十余张之多。

二月十五日，星期四，晴

本学期仍应东吴大学之聘教授《审判实务》，每周两小时，已于今日签字应聘书寄去。

晚餐后，率两女观电影，系明星公司出品《盐潮》，中国电影颇有进步。

二月十六日，星期五，晴

阅东吴大学法律杂志，内颇主张法律教育应注重社会状况及法律道德。而于民刑法诉、讼法外，并应注重刑事心理学、刑事人类学、法制史、审判方法等科目，语颇中肯。

二月十七日，星期六，雨

下午三时，第一特区地院郭闵畴院长派该院民庭长李纯伯君琥来商道契问题。予以土地局既未实行其主张，吾辈在旁从何办起，只好仍旧办理。唯特院如果根本改革，则本院亦必照办云云。谈经一时余，始行别去。

二月十八日，星期，晴

上午八时，访汤彦颐世兄。八时半，访汤拙存兄。半年不晤，谈吐生风。至十一时，因有他客始行辞出。往拜赵晋卿君，不晤而返。

十一时半，陈朵如兄夫妇、樊介堂兄夫妇、赵建鋆兄及钟秋人夫妇相继来拜。至十二时半，始行陆续辞去。

下午二时，王北溟兄来谈。

四时，往访居逸鸿兄。谈至五时余而返。

二月十九日，星期一，阴。下午五时雨

二月二十日，星期二，晴

上午十时，访第一特区郭闵畴院长、向明思首席。

下午七时，访应溥泉院长。

二月二十一日，星期三，晴

下午四时，汤彦颐世兄来访。

二月二十二日，星期四，晴

上午九时，安徽高等法院院长陈哲侯君福民来访。谈至十一时半始行别去。

正午十二时，应丁桂诚君之午餐于乐乡饭店。

下午五时，往东吴大学授课。

七时，应第二监狱任典狱长之晚餐于陶乐春川菜馆。同席者为陈哲侯院长、梁云山院长、应溥泉院长，赵伯揆、孙仲雄诸君。餐毕，赵伯揆君偕同至寓一谈。

十时，赴金利[礼]源码头“江顺轮”送孙俶仁兄之行。因俶兄有武汉之行也。

二月二十三日，星期五，雨

上午九时，答拜陈哲侯君。十时，辞出赴院。

下午八时，殷叔祥兄来谈，至十时别去。

二月二十四日，星期六，雨

下午三时，访沈季让院长。

下午六时，应郑茀庭次长之召赴新亚酒店接洽要公。至八时辞出。回寓知赵晋卿次长来访，不晤而去。

二月二十五日，星期，阴

上午九时，访杨子安、徐季荪两姻长。答拜樊介堂、赵建鋆两君。及回寓已十二时矣。

下午八时，应溥泉君为伊子维德订婚，在百乐门饭店宴客。同席者为薛笃弼、王荫泰两部长，郑茀庭、赵晋卿两次长，沈季让、梁云山两院长。女家系王乙亭君，至十余尽欢而散。百乐门饭店为上海最新最奢侈之一时髦跳舞厅，内容布置备极奢华。今晚一席非百余元不办。噫！富家一席酒，贫户半年粮，洵不诬也。

二月二十六日，星期一，晴

下午八时，访陈朵如兄。

二月二十七日，星期二，晴

上午十一时，宋厚斋世伯来访。一年不见，益形丰厚，年已七十，耳目仍聪明如常。语此次来沪，系送长次两孙入学也。邀往午餐，不允所请。稍谈即别去，当日返杭云。

二月二十八日，星期三，晴

三月一日，星期四，晴

正午十一时，孙仲雄君来访。

下午一时至三时，召集第十二次法规讨论会。

五时至七时，赴东吴大学授课。

三月二日，星期五，晴

上午十一时，偕楼首席吊公安局长文对庭鸿恩之老太太詹太夫人之丧。

阅学习推事王善祥呈核之日记[①]，内有一则颇有疑于“失出”“失入”之意义。予告之曰“失出”“失入”根据清律（唐律、明律亦然）。按清律之罪系属列举，且可比附其刑，又为唯一之刑。故拟律时，有应重而比附轻律者语之“失出”；有可以从轻，而比附重律者语之“失入”。与现刑法之罪系概括的规定，而刑度又宽。予审判官以裁量之权者显有不同。故对于现刑法实无“失出”“失入”之可言。其有判案情罪不符者，语之“拟律错误”，科刑轻重不称者，语之“量刑不当”云云。

立法院将《刑法修正案》遍求各法院意见[②]，予见其“渎职罪”章删去“行贿罪”。窃以为近世之贿赂行为，出于受贿者之要求究尚少见，而为行贿者之诱惑实居多数。尝见理曲者、或犯罪者本人、或亲友，四面请托，百方钻营，行求贿赂，冀得胜诉，或脱卸其罪者，不知凡几，严词拒绝，犹或恨为性情古怪，不肯通融。设遇意志薄弱、经济艰窘者，偶为所动，则斯罪之成，胥为行贿者之诱惑所致。且往往有本人并未知悉，而为中间人所利用撞骗。在行贿者出钱属实，而得钱者仍为中间撞骗之人。迨至水落石出，痛苦已深。如果行贿者不予科罪，则事前多方诱惑、百计营求。成则默不作声，败则自行检举。狡黠者亦何乐而不行贿哉。徒长挟嫌攻讦之风，难收禁止贿赂之效。

---

①② 该行原文上标“抄△○”符号。

办事危险莫过于此，故依现在之社会情形论，行贿罪不宜删去。如无行贿之人，虽欲受贿，亦不可得。予受同科，自有至理在也。

三月三日，星期六，晴

下午三时，最高法院推事孙企斋君祖贤来访。下午六时，邀往印度饭店晚餐，并请莫寿笙、钟秋人两君作陪。餐毕，往访赵晋卿、陈朵如两君。谈至十一时余而返。

三月四日，星期，晴

上午九时，访前司法总长王孟群荫泰、江苏高等法院首席检察官胡文甫贻縠，均未遇。返寓后，得姚慧尘君电话，知其于昨晚来沪。亟往晤之，谈至十一时半而返。

三月五日，星期一，晴

昨晚阅报，载有罗部长乘大来公司格兰脱总统号于今晨八时抵沪消息一则。乃于晨七时赴海关码头迎接，沈、梁、郭、殷四院长，向明思首席亦陆续而来。俟八时半驳轮抵埠，并无罗部长其人，知为新闻所误也，乃散。

下午二时，林礼源院长彪来院视察，五时始去。六时往谒，不晤而返。

三月六日，星期二，晴

下午三时，前绍兴地方分院院长郑式康啸泉兄来访。六时，邀往豫丰泰酒馆晚餐，并约姚生亿如、汪生秀夫、钟生秋人及王介亭君作陪，至八时余而散。餐毕，来寓闲谈。

三月七日，星期三，晴

《刑法修正案》对于赌博罪以公众场所及公众得以出入场所为限[①]，予不以为是，签注意见如下。

查赌博之害，大则倾家荡产，小则废时误事，几于人人皆知。

---

① 该行原文上标“抄○△”符号。

凡人必有嗜好，嗜好良则有益于世道身心，嗜好恶适足以伤风败俗。转旋枢纽，责在政府。盖吾国学术之不发达，技艺之无进步，未始非赌博太盛之所致。而知识阶级之喜玩麻雀，尤为厉阶。尝见执业之暇聚戏麻雀。夜半更深，酣战不息。次日精神自感疲惫，复何有研究精深学艺之暇晷哉。至富室士女，乐此不疲，几同常业。正事废驰，家规凌乱，上行下效，影响家族教育，贻害无穷。下也者更足为淫盗之媒，深堪浩叹。刑律刑法定有专条，虽不能罪及上等阶级，而中下社会犹知顾忌，不敢公行。若只限于公众场所或公众得出入之场所，则全部放纵，影响于世道人心社会风化。为害之烈，不知伊于胡底。而花会轮盘，尤能以更秘密之方法掩蔽耳目。故就刑事政策立论，凡官吏及高等职业之人犯赌博罪者，应加重治罪，以挽颓风而正末俗。否则，亦勿以知识阶级之喜玩麻雀而废止现行之赌博罪也。

三月八日，星期四，晴

上午十时，监察院专员刘百泉君来见。语有人向监察院告诉，奉令来沪调查，现已到沪五日，调查结果知贵院长声誉甚好，且甚为佩服。现在能有如此公正法官，不辞劳怨，真正难得。今日一谈，觉满面正气，院中办事很有精神，尤为钦敬。今日本可不来，唯为有两点不能不亲自一看。（一）拟观察礼堂；（二）拟观察看守所新屋等语。予即亲行陪往，渠甚满意。予请视察全院，渠谦谢而去，仅留一控稿，请予以书面答复，以便报告云。予并语之曰：予很欢迎有人来查，庶予之为人如何，得以使人知悉。予之办事成绩，因此亦得以表扬。否则，人亦不识予为何等人也。

查阅控稿，全系无中生有、任意捏造，且无常识，不值一笑，且予亦深知来源。因予办事认真，注重风纪，固为一般招摇撞骗、昔靠法院吃饭者所不便，而被黜革之下级职员、丁役尤为愤恨。故屡思中伤以遂其欲，近年来匿名揭帖亦屡次发见，今日之事不过其中之一点而已。闻该团体系下列三种人所组成。(一)院前之讼棍流氓;(二)开除之下级职员;(三)现任之吏警。唯予既在职一日必尽职办事,一日不肯稍予含浑。昔林文忠公有言:"苟利国家生死以,不因福避趋之。"予亦以此自勉。

下午五时至七时,往东吴大学授课。

三月九日,星期五,晴

下午五时,访刘百泉专员于远东饭店。即将昨日请予以书页答复之件当面交付。兹录稿如下。

兹将被诉各点答复如左。

一、反动性成。(甲)查[①]前在上海地方审判厅长任内,于民国十六年三月二十一日下午四时,忽有便衣队百余人,执持旗械,突然来厅。蜂涌入内,以搜索军火为名,即将厅内各办公室任意捣毁,到处翻检,并将看守所羁押人犯全数放走。历二小时余,始呼啸而去。翌日上午八时,前上海地方检察厅司法警察多人,复执持手枪涌入寄宿舍,将[②]两手反绑牵至门外,当众诬陷为反对革命,卷款图逃,宣告即刻枪毙。旋其中有人主张送总司令部。迨抵总司令部后,经该总司令多方劝慰,派员护送回厅。彼时,上海地方无主,交通断绝,正在混乱之时。至三月二十四日,即将印信、银钱、文卷等项造册,移交前厅长郑毓秀接收。曾将经过情形呈报前江苏高等审判厅。有案所语独张五色旗及贿款千元,不知何所据而云然。(乙)民国十八年,前浙江高等法院殷院长汝熊,调任山东高等法院院长,[③]随同殷院长赴鲁担任书

① "查"字后原有二"△"符号。
② "将"字后原有二"△"符号。
③ 此处原有二"△"符号。

记官长职务。至十九年五月,殷院长交卸院篆,[1]亦随之离鲁。原控语与军阀暗通消息,钻洞逃亡各节,更属无中生有。(丙)本院纪念周每次在第一法庭举行,从未间断。有各职员之签名簿可稽。第一法庭所悬总理遗像及党国旗亦依然存在,业经贵委员当场查见,所指各节显系故架大题,任意诬蔑,冀图耸听。(丁)卷查民国十七年九月十二日,上海特别市第一区党务指导委员会致函本院,商借余屋一二间,作为第三十二区分部开会及收藏文卷之用。经本院于九月二十四日函复,允将本院在西梅雪路所租宿舍拨归区分部应用,有附卷之往来函件可稽[2]。是该区分部本未设在院内,且系杨前院长肇熲任内之事,与[3]何涉?(戊)查[4]于二十一年三月十五来沪就职时,本院女职员计有推事李朝柱、候补推事章粹吾、书记官吴漱筠、陈佩珍、程敏娟、笪崇权、王杭玑,录事陈月轩等八员。嗣李朝柱奉司法行政部令调充镇江地方法院学习,推事章粹吾以资格不合奉令免职,吴漱筠、陈佩珍先后呈请辞职,程敏娟奉调吴县地方法院书记官,笪崇权亦奉部令免职,王杭玑、陈月轩现仍在院供职。至奉令他调,或资格不合由部免职,或能力不足自请辞职,在男职员亦所在多有,何独对于女职员而指为排斥。况现尚有女职员两人在院办事也。

二、任用私人。查本院庭长姚福祥原任浙江杭县地方法院推事,于民国二十一年十二月始奉部令派署今职。推事钟超原任山东福山地方法院推事,于二十一年八月奉部令调任来沪。至王道周系由浙江绍兴地方分院书记官长,于二十一年五月奉

---

① 此处原有二"△"符号。

② "稽"原文作"嵇",误。

③ "与"字后原有二"△"符号。

④ "查"字后原有二"△"符号。

部令调任本院书记官长。该三员在司法机关服务十余年，均有相当资格且均系成绩卓著之员，与[1]并无姻亲关系，并抄录各该员等履历三份，送请察核。至书记官以上之任免，均奉部令办理，在[2]有权录用之录事、执达员两项，均由考试合格按名递补，有卷可查。

三、贿赂公行。（甲）查浙江实业银行、中国银行、上海恒赉钱庄等先后向永豫和记纺织公司诉请偿还债务，早经本院分别判决确定。查阅卷内，永豫公司之经理虽有吕戴之即吕公望其人，然[3]与吕公望本非素稔，从未谋面。且起诉之初，该公司业经倒闭。该三案均系吕公望败诉，吕公望何必向[4]行贿。（乙）查上海市第七区棉织业产业公会与三友实业社，因解雇纠葛一案，本院依照上海市劳资仲裁委员会之决定，迭次嘱托上海第一特区地方法院协助执行。旋经两造在外自行和解，成立具状，声请销案。兹抄录各该案之判决及和解契约各一份，送请查核。

四、侵占国库。（甲）查[5]自民国十二年二月十二日就职上海地方审判厅长至十六年三月交卸所有任内存放中、交两行之公款，其利息均按期收入利息簿内。交卸时，连同其他款项移交前厅长郑毓秀接收。此次奉令来沪，所有存款利息仍一一收入利息簿内，照章须呈奉司法行政部核准以后方可动用。均有历年账簿及按月册报案卷可资稽核。除去年呈解一万六千元外，现又积存三千八百四十元七角三分四厘，有账可查。（乙）查上年改建看守所计三层楼房一座，除办公室五间，接见室二间，过

① "与"字后原有二"△"符号。
② "在"字后原有二"△"符号。
③ "然"字后原有二"△"符号。
④ "向"字后原有二"△"符号。
⑤ "查"字后原有二"△"符号。

道二间外，计有押舍七十九间，又看守宿舍九间，计需建筑费四万九千三百三十四元四角。设备费六百二十六元二角二分，合计洋四万九千九百六十元二角二分，由司法行政部核准。就司法收入项下筹拨的款发交下院，并编具临时概算送由主计处初审，转送中央政治会议通过，完工以后由[①]呈请江苏高等法院派员验收，转呈司法行政部备案。凡此经过情形，均有案卷可稽。该所建筑是否坚固，有无钢骨水泥，不特有房屋可据，且已为贵委员所亲见。（丙）本院自民国十六年至二十二年六月为止，没收各案赃证物品，自楼首席就职后彻底清理，依法处分。嘱托唯一拍卖行派员鉴定价位后，于二十二年五月六月当众公开竞卖。计先后卖得价金四千余元，亦有账簿及卷可嵇[稽]，并呈报司法行政部有案。

五、违法殃民。上年九月十二日上午八时零五分，[②]赴院办公时，车行至本院东侧门，曾突有人将粪一铁桶由车窗抛入，致车内套垫及[③]衣帽等物污秽不堪。当将该暴徒追获由岗警带去，名曰徐林根。旋由上海市公安局解送本院检察官起诉，判处有期徒刑五月。虽明知系开除人员所挟恨指使，因[④]向不与小人计较，故亦不加追究。而该宵小犹以徐林根之妻徐刘氏名义，以[⑤]及本院书记官长王道周教唆刑讯伤害等词，向本院检察官告诉。经检察官谢濂侦查，结果予以不起诉处分。兹抄录判决及不起诉处分书，送请察核。

---

① “由”字后原有二“△”符号。

② 此处原有二“△”符号。

③ “及”字后原有二“△”符号。

④ “因”字后原有二“△”符号。

⑤ “以”字后原有二“△”符号。

> 总之，[1]重长[掌]沪院，当院务败坏之余，欲求整饬，自未免开罪小人，而注重风纪，尤为宵小所不便。挟嫌诬蔑专函[2]去职而后快，早在意料之中。奉查前因相应按条答复如右。

下午七时，访赵晋卿君不晤。据其门房说，语已赴杭任浙江烟酒局长云。

三月十日，星期六，雨

上午十时，访沈季让、郭闵畴两院长。谈至十二时，即在王北溟首席处午餐。

下午七时，汤韦存兄来谈，并邀陈朵如兄来寓晤谈，至夜半十二时始散。

三月十一日，星期，雨

上午八时，内兄陈仲瑜夫妇、内弟陈季云、妻妹陈阆真等，由宁来访。谈至正午，邀往印度饭店午餐。餐毕，偕往天蟾舞台观京剧，至七时返寓。晚餐后九时，复偕仲瑜、季云往新光电影院观电影，至十一时半始行返寓。

三月十二日，星期一，雨

上午八时半，赴院举行纪念周。因今日系孙总理逝世纪念日，院中循例放假。

下午，偕仲瑜等赴棋盘街各书局闲观购物。谈至下午十时，仲瑜等相率乘夜车回宁。

三月十三日，星期二，晴

下午六时，族兄沈香舟来见。语系失业来沪谋事，求予设法。渠本系酒店伙友，予无相当机位，且与酒业中人素不认识，无法可想，婉谢之，并留晚餐。餐毕，稍给川资嘱其回去。

---

① 此处原有二“△”符号。

② “函”字后原有二“△”符号。

下午九时，陈朵如兄来谈，约半小时而去。

三月十四日，星期三，晴

三月十五日，星期四，晴

下午五时至七时，往东吴大学授课。

三月十六日，星期五，晴

自监察院派刘百泉来沪调查后，各报纷纷登载，均与事实不符，深恐淆惑视听，为若辈所利用。遂致书各报编辑部，声明如下。

径启者①：重长[掌]沪院又经两载，整理院务自未免开罪小人，而注重风纪尤为一部分人所不便。故外闻讼棍流氓及开除之下级职员，惯恨切骨，日事设法冀图打倒。恐吓也，抛粪也，匿名揭贴也，登报侮辱也，任意捏造、无中生有，已半载于兹矣。至本院看守所一节，因②就职之初，见二百五十名之押舍而收容至七八百名之多，夜无卧处，秽气薰蒸，实非人道所宜。不忍坐视，故呈请法部派司长、技士来沪亲为设计，拨款改建。开标承揽均奉法部核准，且已派员验收，完竣有案。图卷、房屋具在，不难复按复估。在若辈以为官厅建筑必有弊窦，以此攻击必能耸动视听，以遂其侮辱之私，拍卖赃物亦有簿册可稽③，生平律己甚严，丝毫不肯苟且。此事既由监察院派员调查，自应静候办理。贵报所登各节均与事实不符，请嗣后关于此项访稿，希稍予审慎，勿为利用，至纫公谊。此致

报编部　公鉴。

沈④谨启

①③ 此处原有一“△”符号。

② “因”字后原有一“△”符号。

④ “沈”字后原有二“△”符号。

三月十七日，星期六，晴

奉司法行政部令，派赴第二特区地方法院监视焚土。下午二时前往，至四时余焚毕返院。

三月十八日，星期，晴

上午九时，陈牧缘君来访。

九时半，出访汤彦颐世兄。往视其疾，并赠《东吴法律杂志》教育专号一册，因内有杨兆龙君论现在法律教育之弱点及补救方法一篇。所论各点，予以为不但法学教育如此，恐一般教育无不皆然，此文深切时弊。汤世兄方为教育界后起之秀，故以此赠之。

十时，转访吴德生兄经熊。不晤，折至天乐坛访赵晋卿君。谈至十一时辞归。

下午二时，参与姚子让先生文枬。追悼会。姚先生为上海县耆宿，道德文章，众所钦仰。予前任上海地审长时，姚先生适主办上海县清丈事务，予为不动产登记事常与磋商请教。兹竟溘逝，深叹老成凋谢，颇为腕[惋]惜，故今日特参与追悼之。卒年七十七岁，至四时散会后，往谦吉旅馆答拜陈牧缘君，不晤而返。

三月十九日，星期一，晴

郭闵畴院长语予曰，现当小人道长，君子道消之世，吾辈更应扶持正义，务使君子道长，则小人自然道消矣。否则君子愈加退避，小人益肆无忌惮，则君子之道愈消，小人之道愈长也。噫！此真慨乎。其言之也，惟予觉现在之世，正因君子之道无人提倡主持，故世风日下，至有今日，将来更不知伊于胡底。试观咸同之间，世道浸微不让，今日何以曾、左诸公转移风气，有如此之速耶。安得不语之曰：责在政府。

处现今之世，自以和平为上。即家人、父子、夫妇之间亦不能疾言厉色，否则即不愿意，与外人亦无所区别。

三月二十日，星期二，雨

今日左目发红，觉稍痛。

世事泄沓成风，而犹侈言认真办事。每易一长官，亦必宣言整理，而对于真正实行整理者，仍指为太凶太刻甚。外有整理之名，内仍因循如故者，方合心理，其殆如叶公之好龙也。噫！

三月二十一日，星期三，晴

下午二时，吕渔溪礌来见。吕系予在永嘉地审厅内推事，嗣往哈尔滨，由推事改任律师，颇有资蓄。今日来见，亦盛言道德不置，但未识其言行合一否。下午五时，答拜，稍坐即返。

三月二十二日，星期四，晴

下午五时至七时，往东吴大学授课。

三月二十三日，星期五，雨

三月二十四日，星期六，晴

三月二十五日，星期，晴

上午十时，钟生秋人来见。

下午，率两女游兆丰花园，遇王北溟、周砚香、朱维新诸君于园中，杂谈至四时余而返。

三月二十六日，星期一，雨

上午九时，江苏高等法院派吕检察官来院查案。

下午七时，赴东吴大学俱乐部参与本学期第一次校务会议。提案不多，十时即散。

三月二十七日，星期二，雨

上午十二时，应陈彦畴君之午餐于小有天闽菜馆。同席者有李馀九、张笃生两君，皆系多年不晤之老友。李君几别二十年，须发尽白。张君亦颁白，但精神均佳。互谈别后情形甚快。

晚间偶阅《欧阳文忠公集》，见内载“南京留守谢表”中有数语与予近来情况正同，特录如下，以志感慨。

毁誉交兴，两尝过实。宠荣逾分，动辄招尤。念报效之未申[1]，敢不竭忠而尽瘁；因风波之可畏，则思远去以深藏。……学偷安而杜口，负素志以愧心。……苟循俗吏之所为，虽能免过；非有古人之大节，未足报君。

“未足报君”四字拟改为“何以立身”。“深藏”下拟添入“仍勇往而直前，恐再接而再厉”两句，则此文全为我言也。

三月二十八日，星期三，雨

下午七时，访张笃生君不晤，转至陈朵如兄处闲谈，至十时返寓。

三月二十九日，星期四，晴

本日为黄花岗烈士纪念。本院循例休假一日。

郭、应两院长电话通知，语罗部长今日乘飞机来沪。俟有确息，拟相偕往接。迨至下午四时，始得准息，语五时半可到。乃偕楼玉书首席同往龙华飞机场迎候，至则沈、梁、郭、应四院，王、赵、陈三首席已早到。至五时卅分，中国航空公司飞机果到，但罗部长未来，乃散。

七时，应王北溟君之晚餐于凯司令西菜馆。

三月三十日，星期五，阴寒

三月三十一日，星期六，晴

上午十一时，应李浩生君之午餐于美心酒家。

四月一日，星期，晴

上午九时，汤拙存兄来访，谈至十时半别去。

十一时，郭闵畴院长来访。

十二时，应溥泉院长来访。

下午一时，偕楼玉书首席游兆丰花园。至六时，邀王北溟首席同赴豫丰泰酒馆晚餐。餐毕，复偕往王北溟君家闲谈。至十时始散。

夜半，接应、郭两院长电话，知罗部长已于傍晚六时乘飞机抵沪，

---

① “申”原作“伸”，据欧阳修文改。

唯明晨早车返京云。

四月二日，星期一，阴寒

晨六时起床。七时，即偕楼玉书首席往北站时，沈季让院长已先到。王北溟、陈陶丞两首席，梁云山、应溥泉两院长亦陆续来。旋罗部长已到，郭闵畴院长、赵士北、向明思两首席亦相继而来。至八时车开，予等亦散。

四月三日，星期二，晴

和弟及次女织仙今日乘早车返绍，参与扫墓。

下午四时，任典狱长叔泰峰来访。

四月四日，星期三，雨

四月五日，星期四，雨

下午八时，率妻女往观电影，剧名《空谷兰》，情节曲折似较《姊妹花》为胜。

四月六日，星期五，晴

下午二时，王延松君来见。

四月七日，星期六，晴

上午九时，江苏高等法院推事黄亮来院查案。

正午十二时，应工部局会办何德奎君之午宴于银行俱乐部。同席者为广西教育厅长雷沛鸿、商务印书馆总经理王云五、银行公会总董徐寄庼、中央银行副经理周守良，及沈季让、郭闵畴、应溥泉三院长。至二时余，尽欢而散。

四月八日，星期，晴

上午九时，率妻女游城隍庙，至十一时半始返。

下午二时，参与伍朝枢博士追悼会。

和弟、织仙今日夜车返沪。

四月九日，星期一，雨

下午得电话，知徐叔荪表叔来沪，即于五时后往访之。

四月十日，星期二，雨

上午九时，偕内子往访徐福姑母于愚园路。少坐，往视杨子安姻丈之病。

四月十一日，星期三，雨

下午三时，公安局司法科长王君来拜。

四月十二日，星期四，雨

下午五时至七时，往东吴大学授课。

九时，访徐叔荪叔于南京饭店，渠拟明日返绍也。

四月十三日，星期五，晴

下午七时，访陈朵如兄。晤旧友陈震三兄于伊寓，震兄系东京旧友，不晤已五六年矣。谈至十时而返。

四月十四日，星期六，晴

四月十五日，星期，晴

上午十一时，胡文甫首席贻穀来访。

下午一时，偕楼玉书首席、李纯伯庭长琥、庞镜新庭长树蓉等游兆丰公园。至五时始散。

闻上海第二特区地方法院院长应溥泉时与吴县地方法院院长王思默对调，亟往慰之。据应院长说，部令已于昨日下午到高三分院云。

四月十六日，星期一，晴

上午九时，最高法院检察官莫益三兄宗友来访。下午五时，答拜之。

四月十七日，星期二，晴

四月十八日，星期三，晴

司法行政部政务次长郑茀庭天锡丁内艰，于今晨早车抵沪，赴粤奔丧。予与楼首席及本埠各法院院长、首席，于午前七时赴北站相接，十二时送至新关码头而别。

四月十九日，星期四，阴。晚雨

下午五时至七时，往东吴大学授课。返寓时，见内子姨母王陶氏在寓，晚餐后别去，伊夫君王友三云。

四月二十日，星期五，晴

四月二十一日，星期六，晴

下午七时，访陈朵如兄闲谈。

四月二十二日，星期，雨

上午九时，偕楼首席吊公安局文局长老太太之丧于玉佛寺。

四月二十三日，星期一，雨

下午七时，应向明思首席之晚宴于味雅酒楼，同席者即本埠五院院长、首席。

四月二十四日，星期二，阴

下午七时，应徐季荪叔之晚餐于伊宅。

四月二十五日，星期三，晴

下午二时，司法行政部刑事司第四科长徐文荪敷昌来访。予请其参观本院所一切情形，谈至六时，邀往咖喱饭店晚餐。

下午七时，沈季让、郭闵畴两院长，王北溟、向明思两首席公饯应溥泉院长于大雅楼，邀予作陪。予始于七时半驰往奉陪焉。餐毕，复偕楼玉书、王北溟、向明思三首席答拜徐文荪科长于大上海旅社。谈至十时而返。

四月二十六日，星期四，雨

下午五时至七时，往东吴大学授课。

四月二十七日，星期五，雨

上午十时，旧徒孙生永江斯久来见。

下午四时，上海第二特区地方法院应溥泉时院长来辞行。

下午七时，梁云山院长为应院长饯行于大雅楼，同席者仍为各法院院长及首席，予亦与焉。

四月二十八日，星期六，雨

下午二时，王北溟君来访。

下午七时，偕楼玉书首席公饯应溥泉院于古益轩，亦请各院院长、首席作陪。

四月二十九日，星期，阴

上午七时，汤韦存兄来谈。至十一时，同赴伊长公子彦颐世兄寓中午餐。

下午游兆丰公园，至六时返寓。

四月三十日，星期一，晴

下午六时，访陈赞卿[1]君不晤。

七时，应应溥泉院长之晚宴于大雅楼，同席者除新任第二特区地方法院长王思默君外，仍为各院院长、首席。

五月一日，星期二，晴

上午六时，送应溥泉院长之行。

下午一时，开法规讨论会。至三时余始散。

五月二日，星期三，晴

下午得电话，知朱郁堂先生来沪，当于散值后偕楼玉书兄往访。七时，邀往豫丰泰晚餐，王北溟、朱维新两君陪席。谈至十时而返。

五月三日，星期四，雨

上午十时，中央公务员惩戒委员会委员王启黄君开强。来访。王君不晤已十余年矣，兹忽来访，畅谈甚欢。

十一时，司法院副院长覃理明君振来院参观。渠将有欧美之行，故来院一视察也，至十二时余而去。

五时至七时，往东吴大学授课。

八时，访朱郁老不晤，转往陈朵如兄处闲谈。至十时而返。

五月四日，星期五，阴

上午九时，访朱郁老谈。十一时，往谒前司法总长朱百渊君深[2]，因渠系来沪调查电气事业也。

---

① 原误作“钦”，根据前文改正。

② 朱百渊，疑误。朱深，字博渊，应为朱博渊。

五月五日，星期六，晴

今日为非常总统就职纪念日，院中循例放假一日。

午后稍有不适，发热恶寒。入晚早睡。

五月六日，星期，阴

上午十时，访朱郁老，稍谈，邀往觉林午餐。午后偕游兆丰花园，朱君维新亦与焉。

五月七日，星期一，晴

下午四时，最高法院检察官莫益三宗友、江宁地院检察官孙伟相偕来访。六时，偕楼首席邀往大雅楼晚餐。

五月八日，星期二，阴

予近三四日来，每日午后觉冷，旋发热。次晨乃退，显系感受风寒，有似疟疾，但日服“金鸡纳霜”仍未见效。

朱郁老于今日下午返杭。

五月九日，星期三，雨

今日畏寒畏风如故，但体温已不见高。

五月十日，星期四，晴

上午十时，江宁地院首检官孙绍康来访。

下午五时至七时，往东吴大学授课。

民国二十三年五月[1]

庆

日记

绍兴沈锡庆庆生氏日记

民国二十三年(1934)五月十一日,星期五,晴

上午十一时,新任上海第二特区地方法院院长王思默,偕书记官长励平来访。王系绍兴县人,由吴县地方法院调任来此,在司法界资验甚浅,虽曾任江苏高院首席检察官有年,颇鲜成绩。今日晤谈之下,语多外行,显非励精图治之人,励书记官长亦属外行,谈至十二时,已届午餐时间,遂留此便饭。下午一时别去。

五月十二日,星期六,晴

上午九时,回拜王思默院长、励书记官长。

十一时,第一特区地方法院郭闵畴院长来访,商谈外人越界筑路事件。凡与民刑案件管辖有关者,互定一标准办法,即在市政府未经交涉收回以前,因协定关系,暂以该马路上发生之事,归第一特院管辖。在马路以外两旁屋内或地上之事,均归上海地方法院管辖云,并将该院测绘地图及调查门牌号数界限相示。予请其将图暂留,以便仿制而备查考。

下午三时,秋生壬林来见。渠语公安局有一科员缺额,拟见该局第三科黄科长华,请予介绍。即作一书以介之。

---

① 本册共计98页。

连日伤风鼻塞如故，颇觉难受。下午七时，往何德候医生处，请其诊视，开一疏散风邪之剂。

五月十三日，星期，晴

上午七时，于弼来见。

昨晚服药后仍未见效，精神疲倦，热度又高，在寓终日，不出一步。故下午七时，东吴廿三年级生在新新酒楼之晚宴，亦不往与会。

五月十四日，星期一，晴

五月十五日，星期二，晴

下午七时，与楼玉书兄公请王思默院长于大雅楼，并请上海市公安局第三科黄华科长，上海县公安局徐局长，王北溟、向明思两首席，郭闵畴院长、罗伯农高检官、励平书记官长等作陪。至九时始散。

五月十六日，星期三，晴

下午一时，江苏高院首检官胡文敷偕主任书记官余柱澜两君来院视察。予道观本院及看守所视察一周，并出表式数种嘱为填报。至五时许始毕。

七时，偕楼首席请其往八仙桥青年会晚餐。

予连日不适，今日下午陪视太劳精神，疲极。

五月十七日，星期四，雨

下午二时，访胡首席、余主任，交付各表。

东吴功课，因病请假。

七时，陈仲瑜、章梅生、陈五平夫人及其子女均由绍来，因五平夫人率子女赴湖南衡阳，由其兄章梅生伴送至汉。五平即在汉口相接云。仲瑜因公赴杭，在车中相遇故也。是晚均宿予寓。

五月十八日，星期五，晴

下午七时，应郭闵畴院长之晚宴于大雅楼。

十时，陈仲瑜兄乘夜车返京。

五月十九日，星期六，晴

上午九时，陪陈五平夫人往上海银行租保险箱。

下午四时半,莫益三兄来访。

五月二十日,星期,晴

上午八时,汤拙存兄来谈,至十一时别去。

十一时半,莫益三兄来访,稍坐即去。

下午三时,往陈朵如兄处闲谈。

五月二十一日,星期一,晴

五平夫人等于今晚乘江安轮赴汉口,妻女等皆赴轮往送,予以病怕风不往。

五月二十二日,星期二,晴

予于昨午就中医秦伯禾诊治,药方与何德候相同,但稍加重。昨今连服两剂,而发热愈高,人尤疲惫,乃停服。

五月二十三日,星期三,晴

今日病愈加剧,畏寒怕风,乃在寓休息,未赴院办公。寒热仍时起时伏无常。

五月二十四日,星期四,晴

上午赴院办公,下午回寓休息。今日寒热如常,唯胃纳略佳。

五时至七时,东吴校课,因病请假。

七时,王北溟君在东亚酒楼请客,亦因病未往。

五月二十五日,星期五,晴

今日精神略佳,胃亦开,唯咳嗽、鼻塞、发热如故。

上午九时,访朱凤蔚科长,接洽惩戒会事。

五月二十六日,星期六,晴

晨起阅报,知赵晋卿君夫人作古,即趋[驱]车往唁之,并送一花圈。

下午四时,参与上海市政府吴市长之茶话会于市中心区。到各机关团体中外来宾千余人,颇极一时之盛,至六时余始散。及返寓,体热又高至百度也。

五月二十七日，星期，晴

上午十一时，访孙仲瑛璞秘书接洽公务。

下午，罗伯农检察官来访，未晤。

五月二十八日，星期一，晴

章梅生君今日返沪，语五平眷属已于廿五日上午九时抵汉。五平已在埠相接云。

下午，陈文轩夫妇来访，语将于明晨返绍。晚膳后，偕紫垣答拜于振华旅馆。

五月二十九日，星期二，晴

予今日身体较好，热亦不发。

下午七时，访陈朵如兄。

五月三十日，星期三，晴

五月三十一日，星期四，晴

下午五时至七时，往东吴大学授课。知本学期授课时间只有两星期，六月十六日开始学年考试。《审判实务》定六月二十一日考试，而讲义尚有四分之一未完，应赶紧编辑，俾得发全。

六月一日，星期五，晴

下午一时，召集第十四次法规讨论会，至三时散会。

晚餐后编《审判实务》讲义，至十二时始寝。

六月二日，星期六，晴

闻沈季让院长将于明日启行赴京，随罗总长往湖南考查司法。予于下午二时往访之，谈一时余而出。

晚餐后，赶编讲义，至十二时始寝。

六月三日，星期，晴

今日赶编讲义，至下午四时全部脱稿。

五时，率妻女往大陆商场观抬阁会。

八时，罗伯农君来谈，至十时余始别。

六月四日，星期一，晴

六月五日,星期二,晴

六月六日,星期三,晴

六月七日,星期四,晴

下午四时,姚慧尘兄来访。

五时至七时,往东吴大学授课。

七时半,答拜姚慧尘兄,并邀往印度饭店晚餐,谈至十时而别。

上午九时,吊赵晋卿夫人之丧。

六月八日,星期五,晴

下午七时,访陈朵如兄闲谈。

六月九日,星期六,晴

下午二时,本院焚土。司法部派向明思首席监视,本埠各机关亦均派代表莅视,至四时告毕。

六月十日,星期,晴

晨五时起床,盥漱毕,往南阳桥花市观花。随购数种,交院种植。

下午二时,陈赞卿君来谈,至五时余别去。

六月十一日,星期一,晴

下午一时,访郭闵畴院长、王北溟首席接洽公务。

六月十二日,星期二,晴

上午十时,江苏高等法院派书记官陈剑秋光钊来院验收接见室。

六月十三日,星期三,晴

六月十四日,星期四,晴

上午九时,无锡中国银行行长邬志和兄学韶来访。谈至十二时,邀往豫丰泰菜馆午餐。

下午五时至七时,往东吴大学授课。

六月十五日,星期五,晴

下午五时,知永嘉地方法院院长杨允升兄树猷来沪,即往趋访。因予与杨君系前在永嘉时同寅,相处甚得。今已多年不晤,此次渠因赴杭述职过沪,行将返瓯,急往一晤,并邀往青年会晚餐。餐毕,偕来予寓叙谈，至九时后别去。

六月十六日，星期六，晴。端阳

上午九时，邀杨允升院长至本院参观。即在院中午餐。

下午二时，陪游兆丰花园。至七时余，偕回寓中晚餐。

九时，陪往金城大戏院电影。十一时半散出，送至海晏轮船。渠即回温州云。

六月十七日，星期，晴

上午七时，汤韦存兄来谈，至十一时半别去。

下午，率妻女游兆丰花园，至七时余始归。

六月十八日，星期一，晴

上午九时半，赴浙江实业银行为陈仲瑜兄汇款。

下午八时，访莫寿笙兄，托还《审判实务》讲义。因渠病未全，少坐即出。转至朵如兄处闲谈，至十时返寓。

六月十九日，星期二，雨

下午六时，楼玉书君来谈。

六月二十日，星期三，晴

上午九时，访郭闵畴院长接洽公务。

六月二十一日，星期四，晴

下午五时至八时，赴东吴大学考试《审判实务》，计四题。

一、某甲家于某夜全家被人惨杀，犯人为谁尚未明了。检察官据报后应如何着手侦查？试述其进行方法。

二、被害人对于何种案件得以提起自诉？试列举之。

三、检察官对于所在不明之被告提起公诉，应如何办理？

四、民事诉讼将附带刑事诉讼者为何种请求？并详言其理。

与考者系大学五年级生二十人。兹录其姓名如下。

冯宝武　李诏杰　何克俊　徐艺荫女。　张为资
王式成　吴秀生　方思抚　洪绍曾　刘廷辉
张之龙　曹永熹　李传濂　顾叔威　黄季玉
陈蜀寿　王振亚　杨耀章　金图南　林肖兰女。

试毕，即在校晚餐。

六月二十二日，星期五，晴。夏至

昨日试卷今日阅竣，评定分数，送还学校。计最优等五人，优等六人，中等九人，全体及格。

六月二十三日，星期六，晴

今日复孙俶仁兄一书。孙自民国十六年交卸直隶省长后，蛰居六年，近忽思动，应湖北省政府主席张岳军群。之邀，出任法规讨论会主任委员。就任三月，郁郁无聊，致予一语体信，隐约含蓄，似有所指，予故复之如下。

> 俶仁吾兄大签：顷辱赐书，循诵之余，莫名惊异。就形式言，备极摩登，力趋时髦。兄固不失为俊杰，虽语句生硬，字体拘束，标点错误。然与顽固之弟较，已不可同日语矣。就内容言，似有无穷感慨隐跃纸上。此固为弟不胜同情者。然此种情形，由来已久，不自今始。弟环境较劣，感触尤多。固已司空见惯。吾兄在山年深，重复出山，见闻自异。静极思动，厌故喜新，本属人情之常。苟动能中节，温故知新，其见解自不同凡俗。学有根底，不惮异端；舵能转风，不畏狂浪。宗旨一定，行将指挥如意，何致与世浮沉。世态人情，似不能动摇我心也。弟才浅庸愚，罔知世务，奔走衣食不敢违心。得过且过，未遑回顾。公余多暇，时赐箴规，尊复，敬请道安。

下午七时，率妻女访陈朵如兄夫妇闲谈，至十时余而返。

六月二十四日，星期，晴

上午九时，访莫益三君，未晤而返。

今日为先祖母逝世两周年忌辰，在寓祭祀并祀夏至。

下午，率两女往中华书局购书。

六月二十五日，星期一，晴

今日天气骤热，室内温度高至华氏九十度。

六月二十六日，星期二，晴

六月二十七日，星期三，晴

天气愈闷热，室内高至华氏九十四度。

下午七时，访陈朵如兄闲谈。

六月二十八日，星期四，晴

六月二十九日，星期五，晴

上午九时，参与第二特区地方法院王思默院长补行宣誓典礼。

下午三时，高二分院推事赵汉声君钲镗来见。

六月三十日，星期六，晴

下午六时，参观陶冷月镛书画展览会。琳琅满目，美不胜收，惜定价太昂，无力购买为可惜耳。

七时，应东吴大学之晚餐于青年会。

七月一日，星期，晴

上午八时，访郁曼陀庭长华，托绘山水。

今日为先祖母生忌，正午祭祀。

七月二日，星期一，晴

今日起，院中办公时间改为上午七时至十二时，故予于今晨六时即赴院。

七月三日，星期二，晴

下午七时，访陈朵如兄闲谈，至十时而返。

七月四日，星期三，晴

上午十一时，司法行政部刑二科长钟爱棠君来访。

十一时半，赴美国总领事署参与美国国庆典礼。

十二时，应美国总会之午宴。下午五时，答拜钟科长。

七月五日，星期四，晴

上午十时，钟科长来访，少坐即去。

七月六日，星期五，晴

七月七日，星期六，晴

上午七时，莫益三君来访。

下午三时，回寓接裕弟来信，语甥女安雅病重，绍医均语不治，予甚惊诧。因明日星期，后日系纪念日，接连休假二日，遂乘六时五十分夜快车回家一视，并顺便商议和弟婚事。夜半十二时抵杭，寓新泰旅馆一宿。

七月八日，星期，晴

晨五时兴，即雇车渡江，改乘汽车至凰仪桥下车，乘驳船九时抵家。见安雅精神尚好，行动如常人，虽瘦极，似非不治。与弟妹讨论终日，结果挈沪医治。至和弟婚事，毋请听和弟自主。

七月九日，星期一，晴。下午二时杭州有雷雨，但雨甚微少

晨五时，挈安雅雇舟至凰仪桥雇小包车至江边。由凰仪桥至江边历时仅四十分钟，不受暑热。七时抵杭州，仍在新泰旅馆辟一室休息。

九时，访金直卿兄不晤。下午三时，渠来答访，谈至五时而去。予等亦即离馆，赴城站乘五时五十五分特别快车离杭，十时三十五分抵沪。胡炯已偕次女织仙来站相接，遂返寓。是行也，因中间休息时多，安雅亦不觉劳顿。

七月十日，星期二，晴

下午八时，命内子伴同安雅就诊何德候医生。据说病非不治，拟先为退热抑汗，再为调经，约一二月可愈云。

予则于八时赴陈朵如兄处闲谈，至十时余始返。

七月十一日,星期三,晴

七月十二日,星期四,晴

下午三时,开本院第五次临时委员会。出席者为楼首席,庞树蓉、刘恩荣、姚福祥三庭长,并命王书记官长列席,会计主任书记官施兆鹏记录。予主席报告二十二年度会计收支情形,并请审查账目,均无异议。至四时顷散会。

七时,应第二特区地院王院长思默之晚宴于聚丰园。

七月十三日,星期五,晴

下午一时,最高法院检察官莫益三宗友、江宁地院检察官张志汉维东来访。谈至四时余别去。

七时,宴陈震三兄维遵。于来喜饭店,并邀陈朵如、赵爱生、孔纯如三君作陪。至十时余始散。

七月十四日,星期六,晴。旧历六月初三日

上午十一时半,赴法总领事署参与法国国庆典礼。至十二时,回寓祭祖。

今日为予五十生辰,依往年例,茹素一日以志母难。仍照常赴院办公,不为人知。惟回忆此五十年间,除十岁以前智识幼稚,不复记忆外,自十一岁至二十七岁系在求学时期,生活专一,脑筋简单,仅记得大事数端,余亦无可记忆。自二十八岁至现在,对于立身之道,处世之方,仰事俯畜,世故人情,艰苦备尝,饱经忧患,似尚不无经历,感慨之可言。值此五十初度,自不可以无记。

一、就家庭方面

予于二十七岁(即清宣统二年夏)暑假毕业回国,先母早已见背。回忆二十一岁春动身赴日时,吾母倚闾相送情景历历在目。乃学成回国,我最亲爱之母亲已去世六年矣。此种损失,抱恨终天。瞻拜继母,觉称呼犹是,而音容已非。叩首起立,几不成声。此为予生平最痛心之一事也。次年冬,为清宣统三年十一月二十七日,亦即民国元年一月十五日,娶先室陈氏德芳女士,性情和婉,唱随自得。至民国八年八月间去世。结褵八载，仅遗一女素娟。此为予伤心之又一事也。长妹杏生遣嫁三年，遽尔物化，所遗一女安雅，现又多病。次妹爱生遣为继室，又三年而妹夫云亡，生人死柩，复由予设法接回。虽遗腹得男，究一恨事。此为予不幸之又一事也。吾家世代清贫，赖祖母之维持，得有今日，维因年届耄耋，不主家政已有多年。然自民廿一年弃养以来，家庭顿失重心，颇呈全家涣散之象。此为予不快之又一事也。

二、就自身方面

予性迂拙，不合时宜。予质戆［戇］，且动与世忤。唯律己甚严，不肯丝毫苟且。取予出处，无不审慎再三。凡世俗浮靡声色之行，狗苟钻营之习，皆深恶而痛极。故与人亦落落寡交。至予体素健，虽于三十一岁时患伤寒重症数月，然不久即医治全愈，回复健康，十余年来尚鲜疾病。讵于民国十八年间，陡患白喉，因注射血清过量，致心肾脾三脏受病。从此连年多病，日臻衰弱，尚能存活几年，恐已居绝少之数也。

三、就职务方面

予自民元五月一日就任法曹以来[1]，瞬经念余年，就中可分为三时期观察。（一）自民元至民六为第一时期。此时期初任法曹，而吾国亦始创法院，一切法令章规均无成例可据。予唯竭力购阅日本成书以资模仿。数年后，司法状况虽为国人所不满，力加攻击。然此时，予并未知现行法律多与国俗民情不合，亦不知法院办案每与真实案情不符。犹大言曰：人民应以法律为准绳，不能以法律趋合民情。致有法律、事实两派之分。殊不知法官之判案，犹如医者之治病；法官之适用法律，犹如医者之用药。医者不知病症，何以处方？法官不明事实，从何拟判？真所语皮之不存，毛将焉附。然当时全不知此，狂言謷说，自以为是。回忆前情，殊堪悯矣。（二）自民七至民十六

[1] 该行原文上标“抄△○”字样。

为第二时期。此时期因历年来之经过，颇知现行制度及法规，实有不能适用之处。一国有一国之国俗民情，实非削足就履所能济事。于是就研究所得，历举改革方案。间与当局或专家相讨论，亦莫不认为切要，表示同情。有所条陈，多经采用。如刑事废止豫审，民事注重私解，及变更民刑诉讼法之重要规定等。俾得切于实用，培养人才，切实监督等方法以收实效。虽未能尽如予所主张，然以偶论所及，采酌施行，已非少数。（三）自民十二至现在为第三时期。此时期因政变以后，原有人才多数改业，新出人才究鲜培养。又以环境关系，司法情形竟至一落千丈，退化之说，无可讳言。虽有一二有识者，冀图挽救，亦属无从为力。予在此数年间所努力者，亦仅仅为恢复旧观之举而已。欲图改进，不知须待何时。回顾前情，不胜感慨系之矣。

总上各点，环境如此，心境可知。苍苍者天，悠悠岁月，浮生若梦，夫复何言。姑忆斯言，以作吾五十初度之纪念。

七月十五日，星期，晴

上午九时，答拜张维东检察官，不晤而返。

上午十时，旧属赵汉声钲镗来谈，至十二时别去。

下午六时，内人忽上吐下泻，势若中暑，且因怀孕未便令服痧症之药。至夜十一时尤剧，类似霍乱，当请何德候医生诊治。至夜二时余，始行安睡。

七月十六日，星期一，晴

晨兴，内人吐泻虽止，体温尚高。故予于九时始行赴院，十一时半即返寓。讵午餐甫毕，适接院中电话，语高院林院长来所视察，又驱车至院，把晤数语即去。渠此次专为视察监所来也。

七月十七日，星期二，晴

七月十八日，星期三，晴。下午有骤雨

七月十九日，星期四，晴。上午有阵雨

下午七时，往陈朵如兄处闲谈。

七月二十日，星期五，阴

下午三时，率甥女安雅及两女游兆丰花园。

七时，应徐季苏叔之晚餐于乐乡饭店。同席者为李垕身、墀身兄弟，丁桂诚、陈朵如、宋沪生、陆吟父诸君。餐毕，邀往大光明影戏院观电影，至十一时余散归。

七月二十一日，星期六，雨

上午九时，吴县地院庭长盛世珍君来见。予引导参观院所一周而去。

十一时，上海电气公司总经理陆伯鸿来访。

下午八时，应吴经熊、何德奎两君之公宴于华懋饭店，渠等系为工部局总董费信惇博士饯行。陪客除有工部局董事六英人、二日人（即船津、前驻沪总领事）外，又华董虞信卿、王晚籁、袁履登、贝淞荪、江一平、陆伯鸿，又市商会主席俞佐庭，及司法界郭闵畴、王思默两院长，王北溟、向明思两首席，共主客廿一人。至十时尽欢而散。

七月二十二日，星期，雨

上午八时，率甥女安雅往内科名医王仲奇君诊病。候至十一时始行轮到，语诊属肠劳[痨]，但累及胞脉，牵涉心脾，未易治疗云。

七月二十三日，星期一，阴晴不定

下午二时返寓，语安雅腹胀增剧，当由内人陪往钟淑贞女医生处检验。语子宫无病，病在肠痨及肺部云。

七月二十四日，星期二，晴

上午十一时，日本大审院检事柴硕文、驻沪领事缬弥三、佐伯敬嗣、南乡武定等，由驻沪领事馆之介绍来院参观。至一时余别去。

下午七时，往陈朵如兄闲谈。

七月二十五日，星期三，晴

正午十二时半，邀陈朵如兄往请西医董振民启康来寓，详细检查安雅之病。据说是否肠病，须验大小便后可定，但肺部、腹部均有病云。

七月二十六日，星期四，晴

吾绍婚俗[1]，凡订婚时，男女两家必互换礼帖一对，名曰“红绿帖”。由家长具名，内容仅写“忝姻年家，眷弟某某顿首拜”等字样。如双方出名之家长辈分相等，则互写“眷弟”。如辈分不同，则较长之一方写“眷侍生”，较幼之一方写“眷晚生”。全行字数应成双，如只单数，则于“拜”字上加一“诚”字（诚拜）以足之。此行字写在第二页之左下边。然予颇不解其意义。就此帖之性质论，实系婚帖，证明订婚业经成立。然并不表明为何人与何人订婚，且男女家之同一式样，似仅系前清拜谒之帖式。而具名之称呼，就字义上论，称“眷弟”者，似若老亲关系，称“年家”者，似系双方尚有年谊，称“忝姻”者，似系老亲结亲，又忝居一层新亲也。然各家写法千篇一律，似否不求甚解而依样葫芦，抑别有解释故耶。予查阅《辞源》，亦是将错就错（语忝姻者，忝为主婚之人。年家、眷弟者，新结婚人之称呼也），照俗文敷衍，未能使予折服。予思此种写法，必最初写此之人有同年关系而老亲结亲者。嗣后因其顺利，不辩所以而互行抄袭，日久竟成为惯例。盖吾绍俗风，类此者甚多，亦无人为彻底之研究也。又男家加一求帖，内写“敬求台允”，女家加一允帖，内写“敬遵台命”，其具名仍与上同，亦有略去“忝姻”二字者，意义含糊不明，不知所指，然彼此信用甚坚，均无异义。予甚佩古人之一言为定也。

今晚六时三十五分月蚀，至八时四十五分复圆。

七时，往陈朵如兄家闲谈。旋偕往泰康公司饮冰。

七月二十七日，星期五，晴

七月二十八日，星期六，晴。下午有阵雨

据董振民医生电话，语安雅大小便已检验完毕，并非肠痨，系肺痨，但尚能治。当命内人陪往用药。计打针两种，丸药三种（一种治肺，一种治子宫，余药一种通大便）。

---

① 该行原文上标“抄〇”符号。

七月二十九日，星期，晴。下午有阵雨

上午九时，罗伯农君来见。

九时，陪安雅赴董医处打针。

下午七时，邀陈朵如兄及樊介堂夫人往咖喱饭店晚餐。九时回寓，知殷叔祥兄来访，不晤而返。

七月三十日，星期一，晴

下午二时，山东第四监狱典狱长王克让君来拜。

三时，沈嵩高君来。

四时，答访殷叔祥君。

七月三十一日，星期二，晴

八月一日，星期三，晴

八月二日，星期四，晴

下午七时，访陈朵如兄。

八月三日，星期五，晴

下午四时，访赵晋卿君，因病未晤。由其次子耀章世兄出见。

八月四日，星期六，晴

八月五日，星期，晴

上午九时，陪安雅往董医处诊病，语病已转机云。

下午二时，访赵晋卿君。旋樊震初次长、高铁厂部长、黄瑞生君先后莅至。谈至四时，偕游兆丰花园。至六时半，予别归，应陈朵如兄之晚餐于伊寓。因陈容伯兄之次子□□世兄定本月二十一日赴美国留学，朵兄为其饯行，并邀陈彦畴、李浩生及予为之作陪。至九时余始散。□□世兄系在交通大学建筑工程科毕业，此次赴美拟入密歇根大学建筑科肆业云。

吾国现行学制[①]，予极不赞成。且以学非所用，大学毕业竟无人欢迎，尤为世所非难。然就其本身论，大学毕业亦非易事。（一）资

---

① 该行原文上标“抄〇”符号。

质问题。资质愚鲁,学无长进,屡次留级,何能毕业?(二)身体问题。天资聪明而身体太弱,屡次生病,不克支持,何能毕业?(三)家境问题。家无资财,不能培植,一也。亦有家本小康,一旦发生变故,致中途辍学者,亦所在多有,二也。亦有全仗父兄之努力,而得安心求学之人,突因父兄病故或营业失败,家产中落致不能继续求学者,三也。(四)环境问题。天资本尚聪明,身体亦甚强壮。唯以社会不良,交友不慎,致沾染嗜好而中途堕落者,终于不能毕业。以上四者,如有其一,即不能毕业。可见大学毕业实非易事。然如学不能应用,何此不特政府之责,亦社会之病也。如主持教育者,再不改进,窃恐长此以往,更无宁日。

八月六日,星期一,晴

下午四时,高铁厂君探询本院风纪。因昨日渠颇谈及,有人在外,藉名招谣诈欺取财情事,予以上海社会实太复杂,流氓太多,日以诈财为生者,不知几许。本院日以整饬风纪为务,其如耳目难周,防不胜防何。一叹。

八月七日,星期二,晴

八月八日,星期三,雨。大风

下午四时,访高铁厂君查案。

八月九日,星期四,晴

下午四时,王北溟君来谈。

八月十日,星期五,晴

八月十一日,星期六,晴

下午二时,董小乙君来访。

八月十二日,星期,晴

上午九时,访陈朵如兄闲谈。十一时半返寓,十二时得电话,语郑弗庭次长来沪,嘱往晤谈,乃驱车往晤。至则沈、梁、郭、王四院长,向明思首席已在座。乃相偕至东亚酒楼午餐,接洽各项要公。至二时半散归。

八月十三日，星期一，晴

下午七时，应赵晋卿之晚餐于银行公会。同席者为屈文六、高铁厂、樊震初、黄瑞生、喻长、吴凯声诸君。至十时余始散。

八月十四日，星期二，晴

上午十时，顾馨一君代表上海慈善团来见，为拟请废止本院东侧门，俾该团得建市房。予历述本院基地经过情形，力拒之。下午二时半，访中央银行周守良君。

八月十五日，星期三，晴

今日续接东吴大学法律学院寄来聘书，请任下学期《诉讼实习》教课，每周二小时。予在该校本任《审判实务》，今未征同意，遽改学科，殊太轻视。且予在该校兼课一年有半，因学生之程度较好，虽有兴趣，而默察学校当局之设施行为，诸多未满，故屡有辞去之意。兹既不得同意而变更课目，乃决意不就，故即以无暇兼课等词坚决谢绝，并将聘书等件寄还。

八月十六日，星期四，晴。七夕

下午率两女至国货公司购物。

予自民国二十二年春季兼任东吴大学教课以来[①]，至上学期止，适为三学期。就视察所及，觉近来之办教育与前迥异。予因脱离教育界已逾廿年，由昔视今，感触尤多，兹就教职员与学生两面论之：

甲、教职员方面。东吴大学法律学院在上海各大学中比较认真，取材亦较为严格。然予观所聘教员，真才实学亦不多觏。且以该校历史关系，自以西洋留学生居多数，按诸中国法律及法院实务多不明瞭。职员部分办事实情如何，予尚无从知悉。唯就校长、教务长等观之，似专以迎合学生心理，巩固地位为标准。对外发言力称严整，按诸实际，名浮于实，殊不尽然。风纪上固不见如何整饬，设施上亦未能完全。自欺欺人，盘踞把持而已。

---

① 该行原文上标“抄〇△”符号。

乙、学生方面。东吴学生外表内容均较其他大学学生为整饬，且以夜校，故不乏已有相当职业之人，而尤以英文程度为佳。然奢侈之风甚盛，女生尤甚，西装者居十之七。仅就舶来之自来水笔论，已人各一枝。只此两端，其推销外货数已可惊。以如此英年聪明之学子，而绝少良好之教师予以深切之指导。非特人格方面尢以表率，即学术方面亦殊鲜正确之进益也。误人子弟，深堪扼腕。

八月十七日，星期五，晴。出伏

下午四时，往虹口即北四川路内山书店看日本书籍，觉新出法律书籍甚少。忆予在日留学时，学者著作日新月异，大部出版，继长增高。现查从前各书固多绝版，而新出者亦甚寥寥。其法律学术之衰落欤？抑别有原因耶？顺道游观日本商店，门市寥落，殊不景气。经过日商之百货店，亦正以大廉价相号召。予环行一周，除店伙外，竟无一买主。真冷淡也。

八月十八日，星期六，晴

八月十九日，星期，晴

上午八时半，孙晓楼君来见。

十时，往陈朵如兄家，为三弟和生与孔纯如君之次女公子绥尔小姐订婚。初朵如夫人与内子谈及渠有一外甥女儿，针黹颇佳，托为作伐，其实亦闲谈中之偶语，非有意也。乃内人详询情形，归语于予，拟为和弟作媒，予意娶妻必娶穷于我者，须嫁后不致困难。况和弟一无可取，蠢如鹿豕，如果孔宅愿意，未始非一美事。乃于次日再往，向朵如夫妇明言予之方针，并与纯如提出条件，如果意见相合，可以进行。条件维何，即：(一) 先请纯如往看新郎，如果合意，则(二) 拟以极简单的办法举行订婚结婚，并声明予家甚贫，除有茅屋数间，足蔽风雨，薄田数亩，以免饥饿外，余无长物。予虽宦游念[廿]载，依然两袖清风，万勿误认。故订婚时，只依法订一婚约，所有习惯上财礼、饰物等一切名目物品，一概不用，予家亦不要嫁资。订婚后，即在陶乐春菜馆，邀亲友聚餐一次，以一席为限。结婚时，即在上海借一旅馆举行婚礼，除证婚人、介绍人、男女傧相外，不请一客，不收一礼，行祀后，当晚办喜酒一次而散。新夫妇在予寓暂住，满月后，由新郎领回东浦吾家居住。如此办法如果同意，则当（三）各回家详细报告，征求同意。如均赞成，则（四）由予及纯如、朵如三方偕往课命馆合婚。择日后，正式举行订婚仪式。如此经过三个月之久，双方家中及询诸和弟本人，俱极愿意，并已互换照相，和弟亦均满意，唯女家要求衣料。予允折壹百二十元，请其自做。全由朵如从中接洽，俱无异议。已择于明春阳历二月二十四日，即阴历正月二十一日结婚。故即于今日在朵如家订婚。除新郎、新娘外，由予及孔纯如君主婚，并名义上请钟秋人、樊介堂两君为介绍人，互盖印章后，即往陶乐春川菜馆午餐。并请陈朵如、陈吟如、赵霭荪、赵建鋆、吴子能、孔绶衡、陈运臣、陈钜臣等会食，至二时余尽欢而散。

下午四时，访赵晋卿君，适樊震初次长亦在座，遂闲谈至六时而返。

八月二十日，星期一，晴

前司法院长王亮畴博士宠惠。将于今日抵沪。本埠各法院院长、首席拟登轮往接，渠系由香港乘格兰脱总统号来沪也，三时，聚集于沈季让院长寓中，四时出发，雇小轮至吴淞口迎候。少顷，轮已进口泊定，予等登轮，唯往接者人极众多，各雇小轮前往，王乃随意步入朱履龢[①]、魏道明两部长之轮，因该轮较大，予等亦乘该轮而返。八时，魏道明在世界学社为王洗尘，邀予等作陪，乃相偕而往，至十一时始散。

八月二十一日，星期二，晴

上午八时，分别往访王厚斋司长、淮琛。徐旭瀛院长维震，谈至十一时余而返。

---

① “龢”原文为“和”，误，应为“朱履龢”。

下午三时，往谒朱笑山[①]部长履龢、林礼源院长彪，均不晤。

下午八时，本埠五法院长官，及江苏高院林礼源院长、胡文敷首席，吴地院长应溥泉，公宴王亮畴博士于东亚酒楼。至十时余始返。

八月二十二日，星期三，晴

上午八时，偕楼玉书首席谒王博士于新亚酒店，不晤而返。

今日报载，昨日行政院会议议决：江苏高院长林彪与最高法院检察官朱树声对调。朱系湖北人，字韵笙，在东省任法官多年。予曾认识。

下午三时，访朱院长之新书记官长蔡麟洲兆瀛。蔡现任第一特院候补推事。谈约一小时而出。转访莫益三君于振华旅馆，谈至七时，偕往德国饭店晚餐。

八月二十三日，星期四，晴

上午十时，江苏财政厅委员刘师汤来见。

下午四时，徐旭瀛君来拜，因他出不晤。

八月二十四日，星期五，晴

上午八时，乘特快车赴苏。十时抵站，换乘人力车赴高院晋谒林院长，慰其调任。十一时，转访胡文敷首席，稍谈，适吴地法院首席徐秋如兄亦来。胡首席邀往青年会午餐，并邀罗伯农君作陪。餐毕，与罗君偕往吴地院长应溥泉君寓闲谈。至三时，雇车赴站，乘四时二十七分快车返沪，抵寓已七时余矣。

八月二十五日，星期六，晴

下午四时，第二特区法院推事赞明君义述来见。谈一时余别去。下午七时，访陈朵如兄。

八月二十六日，星期，晴。奇热

上午九时，答拜马赞明君。

十一时，前司法行政部长朱笑山君履龢来谢步。

---

① “朱笑山”原文为“朱啸山”，误，应为“朱笑山”。

下午三时，江宁地方法院长汪兆彭君来访，谈至六时邀往梁园晚餐。并请楼玉书首席、六甲一庭长、马赞明推事作陪，至九时而散。

八月二十七日，星期一，晴

今日为先师孔子圣诞。自今年始奉令纪念，休假一日。

八月二十八日，星期二，晴

下午三时，访赵晋卿君。谈至五时顷，樊震初君亦来。偕访黄瑞生君。至七时余，同往三马路清一色菜馆晚餐，赵君作东焉。九时餐毕，访陈朵如君。因董振民医生为甥女安雅诊病，医药费开至三百余元，为数过巨。拟请朵兄商减之。

八月二十九日，星期三，阴

正午为先妻忌辰，并作七月半祭祀。中午回寓祭拜之。

下午六时，族祖履贞公公之幼子介三叔来访光史。渠系日本帝大农科毕业，迄未见过。今日来访，语民国十七年回国后，任浙江农校教员，现在上海任派克牛乳公司经理云。

八月三十日，星期四，阴

下午二时，莫益三兄来访，谈至四时余别去。

下午七时，访陈朵如兄，托向董医商减医药费。

八月三十一日，星期五，雨

暑假半日办公至今日为止，自明日起，仍恢复全日办公，自上午九时至十二时，下午一时至五时。

九月一日，星期六，晴

下午一时，开第十五次法规讨论会，至三时散。

下午六时，汤彦颐世兄来见。

九月二日，星期，晴

上午十时，访德医杜克明世兄，商讨甥女娄安雅之病。

正午，应钟生秋人之午宴于伊寓，同座者皆陈朵如兄弟、子侄。宴毕，朵如兄参观院所，至三时余，偕游文庙公园及动物园，回寓时已五时余矣。

九月三日，星期一，晴

下午二时，郭生调梅来见，求事也。

三时，陪甥女安雅往杜医克明处诊病。

六时，宴蔡麟洲、余逊斋敏时两君于聚丰园，并请莫益三、王北溟、周砚香、赵子守、王介亭诸君作陪。

九月四日，星期二，晴。闷热。下午五时雨

织仙昨夜发痧甚剧，今日为请病假一天。

吾国旧说多年久藏之陈芥菜露能医肺痈甚效，但未识能医普通肺病否。闻杭州有藏八十余年之芥菜露者，已驰函探询，俾便为安雅医治。

九月五日，星期三，阴

下午八时，访杜克明医生。为访问安雅之病症。

九月六日，星期四，晴

上午十时，已故内舅陈子辉之子定民内侄来见。语系北平中法大学文科毕业，拟本月八日，放洋赴法国里昂大学肄业，过沪之便，特来晋谒。予本不识其人，接谈之下，人极聪明干练，措词亦有条理，现年二十五岁，可造材焉。

下午七时，往陈朵如兄处闲谈。

九月七日，星期五，晴

下午七时，为陈定民姻侄饯行于乐乡饭店，并请根仁内兄、荫生内弟作陪。餐毕，偕来予寓闲谈，至十时余别去。

九月八日，星期六，晴

定民姻侄于今日乘法国邮船 Asamis 号赴法国，予于四时赴该轮往送。五时启驶，该轮计重一万四千吨，似较提督总统号为尤大。

九月九日，星期，晴

上午十时，回拜沈介三君未晤。

十二时，应陈爱士、姚亿如两君子女之订婚喜筵，姚女许予陈子也。

三时，访赵晋卿君闲谈。旋至渠之虹桥路花园散步，樊震初君亦与焉，至六时半始散。

九月十日，星期一，晴

甥女娄安雅来沪两月，中西医诊治无效，致予焦急万状。旋思伊去年之病，系杭医钱正卿治愈。而何公旦在杭亦颇有名，予曩岁寓杭，全家均就诊于何，甚效，亦为妇科虚损之一名医也。故决计命赴杭就诊，于今晨九时十五分快车由内人紫垣陪往，暂寓旅舍。

下午一时，本院焚土。部派陈备三首席来院监视，各机关代表亦均如期莅视，至三时半告竣。

五时，参与比利士公使之茶会于驻沪比利士总领署。此会因比利士招聘专使强森君过沪回国，为招待沪人士联欢也。七时始散，到中外来宾六百余人。

九月十一日，星期二，阴。晚雨

上午九时，访沈季让院长，渠因明日拟往鄂省视察司法也。十时，往王北溟首席处一谈。

下午六时，汤韦存兄来访，谈至十时余别去。

九月十二日，星期三，雨

今日接紫垣由杭来信，语钱医正卿已去诊视，据说尚非不治之症，能从容医治两月，必可复原云。

九月十三日，星期四，雨

上午十一时，访陈朵如兄，托代付董振民医生医药费。

下午接上海慈善团来函，对于本院东侧门出路尚有反复。特于五时后，专访该团董事顾馨一君接洽之。六时返寓，知苏州高院新任书记官长蔡麟洲君已来辞行，不晤而去。当于晚餐后往访之，不晤而归。

九月十四日，星期五，雨

上午十一时顾馨一君来访，报告慈善团为本院东侧门外挡墙事，已接洽妥帖。

下午三时，蒋生九如士熊。来见。

下午七时，访徐伯循兄于一品香旅社。渠系来沪娶媳也，伊子德光现任苏俄赤塔副领事，此次请假回国结婚云。谈至九时归寓，始知钟淑贞医生来访，不晤而去。

九月十五日，星期六，雨

正午十二时，应李浩生兄之午餐于陶乐春。

下午五时，派陈荫生弟回浦接二妹赴杭，料理安雅之病。

下午六时，钟淑贞医生来访。

九月十六日，星期，雨

晨起颇感疲倦，心绪不悦，故上午不出门。下午二时，邀陈赞卿君同往一品香徐伯循兄处道喜，参观伊子结婚典礼，迨七时，喜筵散席始归。忆卅余年，伯循娶妻，予往帮忙，参与四天，事犹在目。今又观伊子结婚，忆前思后，不禁感慨系之矣。且父子婚礼新旧全不相同，俭奢亦复大异。传云三十年为一世，犹今思昔，故我依然。自视犹如孩提，不自知老，稍一转念，又不禁悲从中来也。

九月十七日，星期一，雨

织仙病愈，晨偕往赴校销假。

下午五时，江宁地方法院院长汪翰青兆彭来访。

九月十八日，星期二，晴

上午九时，答拜汪翰青院长于一品香旅社。

下午七时，访莫益三兄于振华旅馆，不晤而返。

九月十九日，星期三，雨

上午十一时，广西省政府委员苏子美希洵介绍咨议龙兆佛来院参观管卷归档办法。予尽量告知并引导参观一周，渠甚满意，谈至下午二时告谢而去。

下午六时，赴华安大厦八楼参与汪翰青院长之长公子一鹤世兄结婚典礼。仪式甚简，贺礼不收。仅先期由双方家长以普通请帖合简，请知好亲戚数十人。届时由新郎新娘、主婚人、介绍人、证婚人各盖印章后，证婚人及介绍人略致颂词。新郎新娘谢证婚人、介绍人及来宾，各三鞠躬而已。旋即聚西餐。餐至八时而散。

九月二十日，星期四，晴

乘上午八时特快车赴苏，晋谒新任江苏高院长朱韵笙楼树声，渠系昨日接任。十时抵苏，雇车到院，约谈半小时。因来客太多，况初行视事，诸未接洽，故仅作酬酢语而出。拟俟稍行就绪，再行往见。继往民刑各庭及新书记官长处应酬一周，就刑二庭胡希禹庭长处午膳。膳毕，赴胡文敷首检官稍谈。一时余，至观前一游，并在吴苑品茗消遣休息。至三时余出城，乘四时二十分快车返沪。

九月二十一日，星期五，晴

晨晤陈荫生，知伊于昨夜返院。二妹已偕定甥于昨午抵杭，并租寓银枪班巷为定甥入学作久寓之计。于是安雅亦得长在杭州医治，甚为欣慰。唯渠病状如何，究甚担忧，故乘下午七时快车赴杭以视之。夜半十二时抵杭，即在新泰旅馆一宿。询诸茶房，知紫垣等已于今日上午迁入银枪班巷十八号新寓矣。

九月二十二日，星期六，晴

上午六时兴[醒]，早点毕，即往银枪班巷视妹及甥。至则安雅神色果较在沪为佳，身不热，腹不胀，胃甚开，较有力，心为一放。少坐，即偕内子往游灵隐。正午在杏花村午餐，餐毕，至孤山放鹤亭饮茗。至四时余，雇小艇泛湖，五时余返寓。

九月二十三日，星期，晴。中秋

晨六时起，觉天气凉爽，甚佳。昨夜由沪来杭之游客甚多，旅馆为之一满。予思今日适值中秋，今晚趁兴游湖赏月，亦一乐事，遂决意迟返一日，快信素娟接洽。八时余，二妹偕内子来谈，与二妹接洽后，因事先行回寓。正拟出游，因与内子意见不合，语多冲突，甚觉扫兴，遂决意离杭。乘二时快车返沪，七时半抵寓，两女正在供月也。

九月二十四日，星期一，晴

予昨日不欢而返，今日脑胀神疲，意甚不怿。孔子曰：性相近，习相远。予甚怀疑。就予之经验观,为人只有生性遗传之关系犹巨。生性刚硬,欲求温柔,实非人力所能;生性懦弱,欲求刚强,亦然。颜云:江山好改,本心难移。良有以也。内人紫垣秉性较硬,自信深而疑心重。十余年来,与予意见不甚相合,因之时露勃溪。即小小之事,有时亦不无冲突,此即生性使然也。噫!

昔徐梅生舅公有言,凡属女人皆鲜明理。此言也,虽不无过甚其词,然按诸实际,似不无相当理由。诚以女人身体较弱,就生理上言,于性情不无影响,而器小量窄,易为感情冲动。一语之褒,即被人利用;一语之责,即涕泣随之。自民国十六年以来,盛唱男女并等。于是各机关、团体、公司等,均采用女职员。数年以后,此风渐衰。尝闻人言,男职员办错一事,经主管人员责备后,无不立刻改正,或另行办理。女职员则不然,凡遇错误,一经责备,必退而哭泣,不能复办。此其一。女职员以身体较弱,及生理关系,非特不能任重要职务,且每月请假日数,亦必较男职员为多。此其二。女职员每喜修饰,不但服装艳丽,且多涂脂抹粉。一机关、一公司中,人数众多,安能尽数规矩,全部整饬?偶有一二不良男职员,则风化之事出焉。故有女职员之处,管理上亦较为难。此其三。因此种种,女职员遂有花瓶之目,故近年来,向主用女职员之公司、团体,已有出无进,逐渐减少矣。予以为主持家务,养育儿女亦为职务之一。男外女内,各司其事,界限分明。近来异说朋兴,女人必与男人争同一之职业,而置家务于不顾。将来势必至影响于国家秩序,人种问题,良可慨焉。女人出外就业,儿女悉付诸女仆,家庭教育均发生不良影响,惜苦于人不自知也。

九月二十五日,星期二,雨

上午十时,接见意大利国驻沪总领事奈落尼 Comandante Luigi Neyrone 为该国水兵在沪被人伤害致死事有所陈述。予告以本院系司法机关,有人犯罪证据确凿,自当依法办理。渠认为满意而去。

十一时,最高法院推事孙公勖璐来访。

十一时半,赴明湖春菜馆拜顾寿白君之母寿。

十二时，应楼玉书兄之午餐于大雅楼。

昔人有言，法家严而寡恩，又曰廉吏多刻。予思吾国为人，向主宽仁，经传所主，皆曰仁义。法家主依法办理，事有准绳，不容宽假，与仁者之言殊异，此所语严而寡恩也。廉吏必才具精明且能以身作则，见人有过必行纠正，所语嫉恶如仇，此“刻”字之义，流露于不知不觉间也。予在司法界二十余年，每见精明干练之法官，多无子息。而糊涂寡断、遇事模糊之法官，皆子孙繁盛，几于不爽毫厘。其殆刻与不刻之结果耶？可深长思也。

九月二十六日，星期三，晴

下午七时，赴朵兄处闲谈，至十时始归。

九月二十七日，星期四，雨

上午十时，庄一桂君来见，渠因任安徽寿州地方分院长被裁过沪返绍也。

得紫垣由杭来信，语定于本月廿九日返沪云。

九月二十八日，星期五，晴。闷热，华氏八十度

上午十时，访特区地院郭闵畴院长，商谈涉外诉讼事件。

九月二十九日，星期六，晴

下午二时，高二分院推事赵汉声钲镗因公来见，谈至四时余别去。

下午七时，率次女织仙赴北车站接内子紫垣回沪，因胡炯有病不能往接故也。

九月三十日，星期，晴。奇热，华氏九十度以上

今日为长女素娟二十岁生辰（旧历八月廿二日），中午率妻女往德国饭店西餐一次，餐毕，游兆丰花园以乐之。

十月一日，星期一，阴。下午雨

上午八时半，镇江地方法院钟静庄院长之翰来访，谈至十二时别去。

下午七时，公宴钟静庄院长于聚丰园。

十月二日，星期二，雨

十月三日，星期三，雨

下午二时，赵汉声君来见。四时，司法行政部参事杨叔翔君来访。杨君系视察川、滇、黔、桂四省司法状况而回，据说西南四省司法以广西为较佳云。下午八时，偕楼玉书首席往新亚酒店答拜，未晤而返。

五时，沈衡山君来访，稍谈即去。

司法年度现行《法院编制法》第四十六条明定为：每年自一月一日起至十二月底止为一年度。乃于十九年八月，前任沈秉谦忽以行政年度因与会计年度相同，呈请将司法年度亦改为每年七月一日至次年六月三十日止。司法院不察，遽予照准。通令更改，不特有命令变更法律之嫌，且施行以来，诸多窒碍。（一）割裂年份，违反统计真义。（二）以次年上半年之收案强列上年年份，当事人易生误会。检卷编档亦易混乱。（三）日本司法年度亦并未随会计年度变更。因此种种，已于今日呈请高院转呈法部，自廿四年起，除会计部分外，仍照《法院编制法》第四十六条办理。

十月四日，星期四，雨

阅报知昨日中央政治会议议决，司法行政部应即改隶司法院，同时将《国府组织法》关于“司法院”一条改为：司法院设司法行政部、最高法院、行政法院、中央公务员惩戒委员会云云。现任司法行政部长罗文干亦呈请辞职。

按法部改隶问题去年中政会议已成悬案。现五中全会不日开幕，何以迫不及待突有改隶之决议，其中必有原因。姑志之，以待其后。

下午七时，偕内人访朵兄夫妇。

十月五日，星期五，晴

高二分院推事赵钲镗君来访，谈及罗部长辞职问题。该院及第一特院同人颇为震惊，人心深感不安。予觉近人得失之心太重，用之则行，舍之则藏。古有明训，何患得患失为也。虽然常人多而非常人少，凡只知私利之人，安足以语此。

十月六日，星期六，晴

今日为吾母逝世忌辰。十一时回家祭祀，回想前情，伤感无似为之，不欢者终日。

夜十二时，陈仲瑜兄由京来，伊有半年不来沪，谈至一时余始寝。予黄昏时稍觉发热，如此醒后一谈，热似退净，但臀疮又有重发之势。将做周年纪念矣。

十月七日，星期，晴

今日精神不振，寒热交作，卧床与仲瑜兄杂谈终日。伊于晚车赴杭。

十月八日，星期一，晴

予因病不能赴院，请民一庭庞庭长树蓉暂行代阅代行。下午一时，庞庭长来寓视疾，并接洽要公。

晚六时，谢锡礽世兄来见，因病挡驾。

十月九日，星期二，晴

下午六时，臀疮已破，出浓[脓]甚多，热乃渐退。

仲瑜兄于夜十一时由杭回沪，仍寓予处。

十月十日，星期三，晴

上午钟秋人、陈仰军、刘甲一、庞镜清、徐道乾、经讷如诸君先后来访。下午，楼玉书兄来谈。

陈仲瑜兄夜车返京。

十月十一日，星期四，晴

予热退净，胃亦已开，精神较爽，但不能起坐耳。

十月十二日，星期五，晴

今日体热又高，昏睡终日，不思饮食。

十月十三日，星期六，晴

上午，书记官长来寓接洽要公。姚生亿如、汪生秀夫来访。

今日精神稍佳，热退胃动。夜七时，楼玉书兄来访。

十月十四日，星期，晴

今日精神较佳，间能起坐。拟明日赴院销假。

十月十五日，星期一，雨

晨起头部发晕，仍难销假。胃又觉钝。

第一特区地方法院首席检察官向明思兄哲濬今日下午四时在湖社续弦，予因病未能往贺。

十月十六日，星期二，雨

今日精神稍振，赴院办公。散值返寓，亦未觉倦。

下午二时，汪生汝松来见，并求事。予见其年少英俊（廿五岁），毕业成绩为八十五分。人甚聪明，中英文均佳，命来院暂代英文翻译官，以试之。

十月十七日，星期三，晴

十月十八日，星期四，晴

上午十时，访沈季让院长。

阅报，司法行政部部长暂由司法院居觉生院长正兼任。政务次长已任命谢冠生，但常务次长尚未发表，闻仍由石次长继续担任云。

十月十九日，星期五，晴

下午七时，应樊震初之晚宴于道路协会。

十月二十日，星期六，晴

十月二十一日，星期，晴

上午八时，汤拙存兄来谈，至九时余别去。

下午二时，朱荷英小姐来访，谈至四时半别去。

十月二十二日，星期一，晴

下午二时，宋汉章君来访。

十月二十三日，星期二，晴

阅报，知司法行政部居兼部长及谢次长已于今日就职。常务次长因石友儒君决不肯留，遂以司法院潘恩培参事调充，同时就职云。

十月二十四日，星期三，晴

晚八时，朱维新君来谈，至九时余别去。

十月二十五日，星期四，晴

下午七时，访陈朵如兄闲谈。

十月二十六日，星期五，晴

丧礼三年之丧，实只二十七月。自周年为小祥，两周年为大祥，再加三月禫服，共二十七月为止。予服祖母之丧已二十七月，遂于今日除服。

十月二十七日，星期六，晴

下午六时，访赵晋卿君。七时，李浩生兄娶次媳在陶乐春办喜酒，予往贺之。至十时席散而返。

十月二十八日，星期，晴

上午九时，访中央委员张怀九兄知本。谈至十时许，访向思明兄。因渠于本月十五日结婚时，予适病不能往贺，故今日往访，并见其新夫人。适林百渊兄亦在，稍谈并偕往林寓一谈。十一时，谒张镕西总长耀曾，谈至十二时而返。

下午一时，楼玉书兄来谈。二时半，鄞县地方法院检察官翁振书来见。

下午三时半，赴南京饭店为本院推事汪泽晨君润证婚。汪因断弦，今日与平湖屈寿征女士结婚。先二日邀予为之证婚，予允之。礼毕，往大东旅社贺殷[应]溥泉院长娶媳之喜。殷[应]世兄维德今年毕业于东吴大学，亦予之学生也。

下午七时，访胡文甫首席，谈至九时而返。

十月二十九日，星期一，晴

下午二时，朱生文明来见。

下午七时，访殷叔祥兄。

十月三十日，星期二，晴。晚雨

上午，得特区法院电话，知郑苇庭次长自交卸法部后，定今日早车来沪返粤。约往车站迎候，旋于下午二时半赴北车站相接，本埠五院院长、首席均往焉。下车后，偕往新亚酒店稍息。六时，公宴于东亚酒楼。八时半席散，送登新关码头大来公司小大轮，搭乘杰勿逊总统号返粤。及返寓已十时余矣。

十月三十一日，星期三，晴。晚雨

十一月一日，星期四，雨

下午一时，开第十七次法规讨论会，至四时始散。

今日本拟命素娟回绍。（一）省二弟；（二）参与先父七十冥寿之祭。因雨延期。

十一月二日，星期五，晴

十一月三日，星期六，晴

下午六时，应范声扬君之喜筵。

晚十时，楼首席来访，语奉司法行政部部长电召晋京。

十一月四日，星期，晴

上午六时，赴花市购菊花数种。

七时，长女素娟回绍。

八时半，楼玉书兄来访。语晋京谒见部长，知系拟调升最高法院推事，渠已同意云。予因念上海地院检察部分自玉书兄来任首席后，对于检察官办案部分颇形整饬，一旦升调，深资感触。且不知来者何人，与院方极有影响。整理难，破坏易，关系甚多。予深望继任之得人也。

十时，王北溟兄来谈。至十一时半，与楼首席相偕别去。

下午一时，访汤拙存兄不晤。三时，访楼首席。渠接家电，父病危，当晚返杭。

下午七时，访陈朵如兄，谈至十时而返。

十一月五日，星期一，雨

上午九时，往中国殡仪馆吊前司法总长章仲和宗祥之父珏笙寿翁之丧。

十时抵院，福建思明地方法院院长赵晓秋曙岚来访。谈至午后二时别去。下午七时，公宴于聚丰园。

十一月六日，星期二，晴

午饭颇不适，饭后觉发冷，手足尤感冷。满拟归寝，唯因沈后裕约三时来会，不得不候。讵至五时，渠竟不来，亦未回复。人而无信，难与言交也。

返寓后，知体温已高至华氏百〇三度，盖被三条，至九时始行热转。终夜辗转，困疲殊甚。

十一月七日，星期三，晴

今日为旧历十月初一日，即先父七十冥寿。家中礼念普佛，故寓中亦以素斋祭祀。

予体温热度终日未退净，胃亦不开。仅正午起床祭拜，余仍卧床不起，亦不能赴院。下午三时、九时发冷两次。予思既系发冷，乃服金鸡纳霜以治之。

十一月八日，星期四，晴

今日精神较爽，热至十时已退净，唯胃仍不动。

下午二时，因奉司法行政部令派赴第二特区法院监视焚土，不得已，力疾前往办理。至三时半焚毕返寓。

今日午后未发冷，热度亦不高，胃稍知饿，饮薄粥一碗。

晚八时，陈朵如夫妇来访，谈至十时半别去。

十一月九日，星期五，晴

上午九时，赴院披阅要公，至十二时返寓。

今日胃稍开，精神稍振，但仍无力。

十一月十日，星期六，晴

今日照常赴院。

十一月十一日，星期，阴

上午十一时，郭闵畴院长来访，谈至十二时别去。即往义国总会参与该国国庆。

下午又寒热交作。

十一月十二日，星期一，雨

上午十时，臭寿笙、王北溟两君来访，谈至午后一时半别去。

下午二时，往何德候医生处请其诊视。晚间体温又高。

十二月十三日，星期二，晴

今日仍力疾赴院。下午四时，沈叔瑜来访。

下午七时半，素娟由杭回。

十二月十四日，星期三，晴

下午六时，访王粟初兄于明善书局。八时，往陈朵如兄处，约何德候复诊。谈至十时而返。

十一月十五日，星期四，晴

下午七时，宴楼玉书、钟爱棠尚斌新、旧两首席于聚丰园，并请特区两地院院长、首席等作陪。同时赵晋卿亦在古益轩请客，笺请与宴，予以自作主人而谢之。

十一月十六日，星期五，晴

上午十时，新任首席检察官钟爱棠尚斌接事，钟系安徽巢县人，曾任江苏高检官多年。民国五年间，予任苏高审厅刑庭长时，曾与同事，人极忠厚，此次由司法行政部刑事司第二科长转任而来。

晨七时，往北站迎接前司法行政部常务次长石友儒君志泉。同来者有该部民事司长洪赋林文澜、翻译官杨奋武。先至新亚旅社休息，正午，本埠各法院长官及庭长公宴于大雅楼。渠等奉派往日本调查司法，定今晚乘轮东渡。宴毕，洪司长拟来院参观，予乃陪同视察一周，至三时半别去。

下午七时，赵晋卿、王儒堂、樊震初诸君发起，公祝前交通总长高定庵恩洪六十大寿于杏花楼。予亦被邀，加入为主人。济济一堂，予至八时半先行离席，转赴新亚旅社送石次长之行。十时，复折至楼玉书兄处，送往北站，因伊于今夜赴京，明日往就最高法院推事之职。及车开回寓已十二时矣。

十一月十七日，星期六，雨

检察处新主任书记官杨曾祜来见。

十一月十八日，星期，雨

下午一时，访陈朵如兄，旋偕访李浩生君于愚园别墅。四时返寓，知陶冶公来沪见访，即趋[驱]车至新惠中旅舍相晤。谈至六时许，邀往功德林晚餐，餐毕回寓。

十一月十九日，星期一，晴

昨夜腹泻四五次，至今晚仍未止，想系昨晚素餐吃坏也。

下午六时，陶冶公来访，留用晚餐，谈至八时别去。

十一月二十日，星期二，晴

闻司法院副院长覃理明振。由欧洲考察司法，定今晨乘胡佛总统号抵沪，先期由本埠五法院约往迎候。八时，抵海关码头，闻已于今晨三时抵埠。返寓，遂相偕折至伊寓，不晤而返。

十一月二十一日，星期三，晴

下午四时，最高法院检察官莫益三君宗友来访。语郑晓云检察长烈亦同来，现寓扬子饭店。五时后驱车往谒，公出不晤。柬请明日午餐，语明晨赴杭，心领敬谢。

七时，本埠五法院院长、首席公宴覃副院长于东亚酒楼。至九时尽欢而散。

十一月二十二日，星期四，晴

下午五时，散值返寓，居逸鸿兄已在寓相候，谈至七时许别去。

十一月二十三日，星期五，晴

下午七时，应本院各检察官之公宴于大西洋菜馆。

十一月二十四日，星期六，阴

下午七时，汤韦存兄来访，谈至十时余别去。

十一月二十五日，星期，阴

上午九时，答拜汤韦存兄。稍坐，偕访陈朵如兄。谈至十二时，应汤彦颐世兄之午餐于伊寓。二时回寓，知上午十时，居逸鸿夫妇来访。

下午二时半，闻楼玉书君已丁外艰，昨晚回沪，当趋[驱]车驰唁。

三时，访赵晋卿君。七时，应其晚餐于古益轩。

十一月二十六日，星期一，雨

下午七时，偕内人往唁楼玉书夫妇，并送丧礼。

予自发疟疾后，至今身体不甚舒适，有时仍觉也有寒热，胃亦不开，故自今日起，仍继续服药。

十一月二十七日，星期二，阴

十一月二十八日，星期三，晴

下午七时，应林百渊所长之晚餐于梁园，至九时始散。

十一月二十九日，星期四，晴

上午十一时，浙江东阳县法院院长洪子畴锡范来见，谈至午餐后一时别去。

下午四时，王思默院长、陈陶丞首席来访。

七时，应王北溟首席之晚餐于聚丰园。

十一月三十日，星期五，阴

上午十时，谒前司法总长江翌云庸于新亚旅社。

下午六时，应张镕西总长之晚宴。张系宴请江翌云总长，同席者为董绶经总长、张季龙庭长，李伯升、沈衡山及本埠五院长也。

民国二十三年十二月[1]
庆
日记

绍兴沈锡庆庆生氏日记

民国二十三年(1934)十二月一日,星期六,晴

下午一时,开第十八次法规讨论会,至三时余散会。

四时,义乌傅亦僧君来访,邀予明日为伊侄傅晋福证婚,予允之。

七时,应郭闵畴、向明思两君之晚宴于大雅楼。

同时,前江苏建设厅长董修甲宴于道路协会,予谢之。

十二月二日,星期,晴

上午八时,陈仲瑜内兄由南京来,寓于予处。

九时,偕内人答拜居逸鸿夫妇,谈至十一时始别。

十一时半,访楼玉书君,知已定于明晚挈眷赴京履新。

得电话,知三弟和生在行患病,当派车接回,询系疟疾。

下午四时,往大中华旅社为傅晋福君证婚,女家系立法院委员楼桐荪君之长女美生女士。至九时余,席散始回。

十二月三日,星期一,晴

上午十二时,本埠五法院院长公宴江翌云总长庸于东亚酒楼,并请董绥经、张镕西两总长作陪。至二时余始尽欢而散。

---

① 本册共计 100 页。

十二月四日，星期二，晴

上午九时，往漕河泾第二监狱访任叔泰典狱长接洽公事，陈仲瑜兄偕往参观。至十二时，即就该镇新设立之冠生园农场午餐。地颇广阔，布置甚佳，附设饮食部营业尚佳。予与仲瑜兄点食漕河鸡、漕河鱼两味，亦甚适口。一时余始返。

下午六时，应王思默、陈陶丞两君之晚宴于梁园。

十二月五日，星期三，晴

上午九时，答拜傅亦僧君。

下午一时，福建思明地方法院院长赵晓秋君曙岚来访，谈至三时别去。

下午四时，司法部监狱司科长朱小麟君履诚来访。

六时，答拜赵晓秋、朱小麟两君，均不晤。

七时，应傅亦僧、楼桐荪两君之晚宴于杭州饭庄，谢证婚也。

陈仲瑜兄于昨日夜车返京。

十二月六日，星期四，晴

十二月七日，星期五，晴

上午十时，第二特区看守所长高建飞君来见。语江宁地院汪翰青院长托其转述，江苏四地院、彼三院长均已往谒新任居兼部长，唯予尚未往谒，嘱速晋京一行云，云事承关切，极为可感。唯予意，地院直辖于高院，正当公事均应由高院核转，无晋谒部长之必要。现在钻营风盛，颇多逾分，要求直接干谒已成风气。予向不以为然，故此次部次长更动，他人皆往，予独不然。殊不知又以此而被人目为奇异。如王思默院长、石志泉次长曾劝予宜赴京一行。今汪翰青兄又专诚托人转达，意殊可感。然鄙性拘执，不合时宜，仍期期以为不可也。

十一时，高三分院推事孙云苐君来访。

下午四时，江苏高院检察官朱英夫镌来访。

下午六时，访王北溟、朱维新两君。八时，往陈朵如兄处闲谈。

十二月八日，星期六，晴

上午十一时，访郭闵畴院长商谈公务。

下午四时，赵晓秋君来谈。

今日全市各校男女学生沿途募集旱灾捐，予捐洋乙元以应之。

十二月九日，星期，晴

上午九时，答拜孙云茀君、李纯伯君，各略谈而别。

今日系旧历十一月初三，为先祖聚垣公生忌。正午祭祀，本拟邀王粟初君来寓午餐，渠因吃素，谢而不来。

寓中菊花已残，命送院落地栽种，以备明年之植。晚餐后，往购荷兰水仙，多种以植之。

十二月十日，星期一，晴。晨大雾，五步以外不见人

上午八时，赴院遇大雾，四面离车数尺即如烟海，车行极缓。

上午十时，监察院参事张有伦君来见。

今日高院朱院长有来院视察之说，俟至日中仍未见到，想系传言之误也。

十二月十一日，星期二，晴

上午十一时，郭闵畴院长来访。

十二月十二日，星期三，晴

十二月十三日，星期四，晴

上午八时到院，闻朱韵笙院长已来沪，寓新亚酒楼，即偕钟首席驱车往迎。九时抵院，接见本院庭长、推事、书记官，分别加以训话。午餐后，视察本院各庭科簿册、卷宗及办事情形，考核甚详。最后赴看守所视察，直至六时始行毕事。考询各点均中肯窍。

七时，本院推检以上各官假座南京饭店设宴欢迎，共四十余人，由予主席。酒半，予起立致欢迎词。略语："今天朱院长第一次来本院视察，俾同人得以亲承训诲，不胜荣幸。故假南京饭店，略具薄酒，承院长惠然肯来，同人应先奉敬一杯，以表欢迎之意（敬毕）。朱院长今天在本院各部分视察，虽为时甚短，然院长以二十余年之经验，对于任何部分均能洞见痂结。窃思下级法院办事之良否，全赖上级长官之指导。本院经院长视察以后，有如何不妥之处，应行整理。各点请院长详加指正，俾为改良标准。此锡[1]代表本院同人应行请求者也。院长就任以后，对于本省各地方法院均经视察，以本院为最后。窃思各地方法院虽均在法院编制法之下，然以环境及事务之关系，各院情形均不相同。而一院亦均有各自之长处。本院同人株守一隅，见闻甚隘，深愿院长列示各院之长处，俾本院同人足资模范。此锡[2]代表本院同人应行请求者二也。"继由朱院长起言，语多奖许，末劝同人积极努力，以资勉励。其词甚长，不能具录。最后由予致答词。略语："今天承院长谆谆教诲，并以极委婉之词勉本院同人应求有功，勿以无过为已是。此即劝本院同人积极努力之意。本院同人自应格外努力，以仰副院长期勉之意，应再奉敬一杯，以谢院长，并祝健康。"至九时余，尽欢而散。

十二月十四日，星期五，晴

上午八时，赴新亚酒楼。九时，偕朱院长拜访高二分院沈季让院长。十一时，拜访高三分院梁云山院长。正午十一时，沈季让院长假座来喜饭店宴请朱院长，邀予作陪。同席系郁曼陀、李纪云两庭长[3]，王北溟、向明思两首席，周砚香推事等八人。一时半散席后，偕赴漕河泾第二监狱视察，至六时始毕。七时，梁院长宴请朱院长于聚丰园。同席者除予外，均系高三分院庭长、推事，至九时始散。

下午得电话，知朱郁堂先生来沪，寓新世界饭店。予于晚餐后驱车往谒，谈至十二时始行返寓。

十二月十五日，星期六，晴

上午八时，往新亚酒店，偕朱院长乘九时沪杭快车赴松江视察。

---

①② "锡"字后原有一"△"符号。

③ 此处"郁曼陀、李纪云两庭长"，上文有"李继云、郁曼陀两庭长"，未知孰是。

十时余，抵松江车站，雇人力车赴松江县法院。由该院院长王晓堂思贤。导往，先往看守所视察。午餐后，视察该院各部及旧监，至五时始毕。查该院院址系前华亭县署地，址极大而房屋甚旧。案件甚少，月收民刑事平均不过三四十件。但长官多不办事，询问各点，均茫然不知所答。仅由主办人员答复，亦不得要领。簿册不全，无从查核。六时，乘车返沪。七时半，复偕朱院长应郭德彰、钱鸿业两庭长之宴于大观楼，九时余散席。十一时送朱院长于大通轮船，盖渠往南通县法院视察也。

十二月十六日，星期，晴

上午九时，赴院整理两日积搁事件。十一时，往新世界饭店访朱郁老，稍坐，王思默、陈备三两君亦至。十二时，偕往豫丰泰菜馆午餐，王思默君作东也。

午后，访陈朵如、沈季让两君，均不晤。

十二月十七日，星期一，阴雨

下午六时，应祝右轩明康之晚餐于伊寓。餐毕，伴送朱郁老回旅馆，谈至十一时而返。

十二月十八日，星期二，阴雨

下午五时，莫益三君来访。稍坐，偕访朱郁老，不晤而返。

十二月十九日，星期三，雨

下午五时，最高法院检察官莫益三、孙希衍两君来访。旋偕往新世界饭店，邀朱郁老晚餐于小有天闽菜馆。餐毕，访陈朵如兄。

阅晚报，知今日中央政治会议已准居兼部长辞职，任王用宾为司法行政部长。

十二月二十日，星期四，晴

上午九时，陆伯鸿君来见。

下午三时，江苏高院刑庭长胡善称，推事张泽浦、斯文，及书记官丁、沈两君来见。因借本院法庭审理李国杰渎职一案来也，即寄寓本院宿舍。

下午七时，应周砚香君之晚餐于功德林，陪朱郁老也。散席后，往王北溟君处闲谈。

十二月二十一日，星期五，晴

上午十一时，沈逊之君来见。

下午四时，卫生局第一科长沈诰君来见，商议筹设罪犯戒烟事宜。

五时，沈季让院长来谈，至六时始去。

十二月二十二日，星期六，雨。冬至

下午七时，访祝佑轩君，为仲瑜田事也。

九时，访朱郁老，尚未返寓，候至十时许，沈季让院长亦至。稍顷，郁老回，谈至十一时余而归。

十二月二十三日，星期，阴

上午九时半，朱郁老来访，谈至十时余别去。

正午十二时，应钟爱棠首席之午宴于聚丰园。宴毕，送朱郁老之行于北站。

六时，偕本院庞、刘、姚三庭长，汪秀夫、钟秋人两推事，公宴高院胡希禹庭长，张泽浦、斯文两推事于大雅楼。

十二月二十四日，星期一，阴

上午十时，胡希禹庭长来辞行回苏。

下午三时，往大中华旅馆向王淮琛司长道嫁女之喜。

下午六时，访王粟初兄闲谈。

八时，赵晋卿君赠予圣诞蛋糕，予即转赠于汤彦颐世兄。

十二月二十五日，星期二，雨

上午十时，孙厘才先生智敏来访，阔别多年，相见甚喜。

正午七时，访陈朵如兄闲谈。

十二月二十六日，星期三，雨

上午九时答拜孙厘才兄，不晤而返。

十二月二十七日，星期四，雨

阅报，知新任司法行政部政务次长洪陆东、常务次长谢健已发表，且已于昨日就职。

十二月二十八日，星期五，雨

十二月二十九日，星期六，阴

老友陈百年兄大齐。新任考选委员会委员长，陈系予在东京时旧友，甚为莫逆。予于宣统二年毕业回国，伊亦于民国二年毕业于帝大哲学科后回国，在杭州任教课，旋往北京大学任教授十余年。民国十九年间，改任考试院秘书长，去年任考选委员会副委员长。前数日，因委员长王用宾调任司法行政部长，遂以陈君升任委员长。予自伊回国后，因彼此职务不同，踪迹较疏。计仅民二年在杭时会见数次。民五往北京会晤数次，民二十年在南京会晤一次。兹特修书道贺如下渠字涤生，回国后忽改为百年。

百年吾兄大鉴：金陵一晤，瞬已四年。彼此神交，常疏通候。顷阅报载，欣悉荣膺特任主司考选。以吾兄之道德文章，宜为国家所倚重。选贤兴能，甄拔真才，吏治前途，斯为根本。翘企勋猷，莫名忭贺。弟浪迹沪滨，又将三载。重为冯妇，可笑可怜。当受命于沪战剧烈之时，任事于院务败坏之后，荡垢涤瑕，整饬纪纲，开罪小人，自所不免。处斯环境，感触较多。念职责之匪轻，敢不竭忠而尽瘁。因风波之可畏，辄思远去以深藏。吾兄幼年知己，夙荷关垂。近虽阔别多时，谅知我之深无异畴昔，还乞不遗在远。时锡箴规，俾资韦佩，专函敬贺任禧，并祝岁釐。

十二月三十日，星期，雨

予因感环境不良，办事困难，处世尤多感触，在寓闷闷不乐者终日。近数月来，终日不出门，在寓安眠一日者，为数绝少。

十二月三十一日,星期一,阴

今日各报盛载予已辞职,显希有人造谣冀图利用,一叹。

前司法行政部常务次长石友儒志泉、民事司长洪赋林文澜,自日本调查司法回国,定今日下午三时抵沪,旋因天气不佳,迟两小时抵埠。予往虹口码头近候,各法院院长、首席亦往迎。五时抵埠,六时余登岸。先至新亚酒楼稍息,即公宴于大雅楼。石次长于席间略说日本司法状况:(一)少年裁判所、少年监等设备优良,成绩甚佳。(二)民事调解异常收效。东京调解成立者居十分之七,其他各处竟有多数成立。(三)关于婚姻及家庭事件,专设家事裁判所以处理之。(四)关于思想犯罪,另设专系以处理之,收效甚速。(五)但施行陪审制后,非常失败。依法在东京刑事地方裁判所应行陪审者年有三千件,而实行陪审仅数十件,余均为被告声请拒绝。(六)书记课及执达吏成绩优良,但均非吾国所能仿效。至九时散席后,访徐叔荪表叔于南京饭店。十时余,送石次长之行于北火车站,因渠等即于本夜回京也。

二十四年(1935)一月一日,星期二,晴

上午七时,陈仲瑜、五平兄弟由京来。

九时,往董绶经、张耀曾两总长及沈季让院长、胡文虎首席、赵晋卿次长处拜年。十时返寓,院中各同事陆续来拜。

下午二时,往徐叔荪叔处闲谈,渠邀予及仲瑜晚餐,至九时回寓。

一月二日,星期三,阴

上午九时,罗伯农君来访。十时,偕内人同访居逸鸿兄夫妇。正午十二时,何德奎君在东亚酒楼请客,予辞而未往。

下午,院中同人陆续来访。三时,陈朵如、李浩生两兄来谈。

一月三日,星期四,阴

上午,陪陈仲瑜兄购物,渠于夜车回京。

下午,偕徐叔荪、季荪两表叔游兆丰花园。七时,应季荪叔之晚餐于乐乡饭店。

一月四日，星期五，阴

本日院中照常开始办公。

下午四时，高三分院庭长郭德彰君在新亚酒楼结婚，予往道贺。

五时，往南京饭店访徐叔荪叔，至九时始归。

一月五日，星期六，雨

下午六时，访徐叔荪叔闲谈。

一月六日，星期，阴

上午九时，祝郁轩明康来访。

十时，访徐叔荪叔。正午偕叔荪、季荪两表叔及叔荪叔次子影成表弟学禹午餐于冠生园。餐毕，偕往市中心区季荪叔新购置之园地游玩。三时余，复由鼎成弟邀往上海电话局参观，渠任该局局长已有年余也。

下午七时，应赵士北首席之喜宴于味雅酒楼。

一月七日，星期一，阴。下午雨

上午九时，偕钟首席往市政府参加新任公安局长文朝籍宣誓典礼，及回院已十一时矣。

下午六时，赴南京饭店徐叔荪叔处晚餐。

一月八日，星期二，雨

下午六时，往南京饭店应徐叔荪叔之晚餐。伊拟于明晨返绍也。

一月九日，星期三，阴

一月十日，星期四，阴

下午十二时半，开本院财政委员会，报告二十三年度上半年（即二十三年七月至十二月）收支情形，并审查账略。

一月十一日，星期五，雨

下午四时，乘车赴苏，拟向高院长接洽公务。六时抵苏，寓三新旅馆一宿。

一月十二日，星期六，雨

上午九时，赴高院先见苏书记官长一谈。继访胡文甫首席。十时余，朱院长到院。谈至一时顷，接洽完毕，回旅馆午餐。餐毕，往留园一游，乘四时廿七分快车返沪。及抵寓已七时余矣。

一月十三日，星期，雨

上午八时，于弼来见。

下午，率妻女游兆丰公园。至四时余，往陈朵如兄处闲谈，六时返寓。

一月十四日，星期一，雨

下午六时，得电话知王北溟首席已调任芜湖地方法院院长。即驱车往慰之，谈至九时余而返。

一月十五日，星期二，晴

上午十时，参与钟爱棠首席宣誓典礼。

王北溟、向明思两首席来院详细参观本院各部办事情形，以备赴芜时有所仿效。自上午到院，直至下午六时，始行毕事。

一月十六日，星期三，晴。骤寒

予令本院看守所①，自本年起厉行指纹办法以查累犯。兹将办理情形录下。

一、种类。该所办理指纹根据斐列滨、阿根廷警长、奥大利人佛斯谛克氏之分类法分为四种。即（一）有形（即弧线）；（二）内箕形（即内图角线）；（三）外箕形（即外图角线）；（四）斗形（即图线）。

二、记号。右手大拇指为纲（以此分柜），左手大拇指为目（以此分行）再以“甲”代表弓形，“乙”代表内箕形，“丙”代表外箕形，“丁”代表斗形。

二、三、四、五各指为类，以“1”代表弓形，以“2”代表内箕形，“3”代表外箕形，“4”代表斗形，左右手均同。

三、储藏。制指纹柜四只，每只四行，每行十七层（一层至十六层为应列号码，第十七层为残废）。

---

① 该行原文上标“抄△○”字样符号。

四柜分甲乙丙丁，每柜亦分甲乙丙丁四行。如右手大指为斗形，则储丁柜。其左手大指为弓形，则储于丁柜之甲行。其他四指如均系弓形，则置于甲行之第一屉内，余类推。

四、排列号数

1111—1144

1211—1244

1311—1344

1411—1444

2111—2144

2211—2244

2311—2344

2411—2444

3111—3144

3211—3244

3311—3344

3411—3444

4111—4144

4211—4244

4311—4344

4411—4444

一月十七日，星期四，晴

下午三时，何德候君在太和园娶媳，予往道贺。

一月十八日，星期五，晴

一月十九日，星期六，晴

上午九时，王晓岑君思贤来访。渠因调任南通县法院院长，现正交卸松江县法院，来院告辞也，语不日往南通接事云。

下午四时，王粟初兄来访。

七时，饯王北溟首席于德国饭店，并邀其同寓周砚香、祝郁轩、朱维新三君作陪，至九时返寓。

一月二十日，星期，晴

上午十时，法医研究所所长林百渊几来访。

下午，偕陈朵如兄游兆丰公园，至六时返寓。

一月二十一日，星期一，晴

夜膳后偶读《论语》以自遣。至卷四“自行束脩以上，吾未尝无诲焉”。“束脩”二字，朱注作薪水贽金解。语古者必执贽以为礼，束脩其至薄者。予意“束脩”二字，应作束身修行解。岂孔子孳孳为利者？凡人求学必贽而后见耶？如人能束身修行以来见，自无不诲之理。

一月二十二日，星期二，晴

下午三时，新任高二分院首席检察官郑钺来拜。

一月二十三日，星期三，晴

上午十时，新任松江县法院院长杨伯肯立堂来拜。

十一时，答拜高二分院郑首席。

一月二十四日，星期四，晴

今日系阴历十二月二十日，为先妣生忌，正午返寓祭祀。

夜半年终祀神祝年福，循旧例也。事毕，就寝已二时矣。

一月二十五日，星期五，晴

奉部令，自二月份起，民事案款凡交存百元以上经过一月者，以整月整百计算，给年息二厘，零日零数不给息，仿中央银行计息办法办理。

一月二十六日，星期六，晴

下午散值回寓，陈五平内弟在焉，渠语已调至京沪路办事云。

晚餐后，至朵兄处闲谈，至九时后回寓。

下午五时半，汤彦颐世兄来访，并奉伊父韦存兄命，赠予冬笋酱鸭，予收而谢之。

一月二十七日，星期，晴

上午十时，至院视察一周。

下午二时，至棋盘街各书店观旧书。

七时，王北溟君由京回来，谈至十时别去。

一月二十八日，星期一，晴

闻前司法部次长郑苇庭君来沪，寓新亚酒店。下午三时趋［驱］车往访，不晤而返。

一月二十九日，星期二，晴

下午，松江县法院书记官长文慕錢彭祖来院参观，予派王书记官长招待。七时，宴该院院长王晓岑思贤及文君于聚丰园，请王介亭、施南九两君作陪。因王院长及文书记官长均调任南通县法院，今晚前往履新，故为之饯行也。餐毕，至陈朵如兄处闲谈。

一月三十日，星期三，晴

一月三十一日，星期四，晴

下午七时，应沈季让、郭闵畴两院长之宴于大雅楼，系请郑首席，邀本埠各法院院长、首席作陪也。九时始散。

二月一日，星期五，晴

下午一时，开第十九次法规讨论会，至三时半始散。

二月二日，星期六，雨

上海市通志馆来函[①]，征求本院沿革组织及各种规章统计，以为编纂通志及年鉴之材料。予检卷编本院沿革如下，以复之。

> 本院于民国十六年十一月一日，由上海地方审判厅、检察厅改组成立，名曰江苏上海地方法院。惟上海之司法机关，自清宣统三年九月十九日光复后，始设立司法署。同年十月，于南市、浦东、东沟、曹家渡各设立裁判分所，十一月，又设立三林塘裁判

① 该行原文上标“抄△○”字样符号。

分所。民国元年一月,设立闵行裁判分所。三月,设立闸北裁判分所。均隶属于司法署。此为上海司法机关成立之第一时期。

民国改元后,上海司法署于一月九日改组为上海地方审判厅。设在上海县署内,并附设第一初级审判厅,仍节制各裁判分所。至十月一日,将南市裁判分所改组为第二初级审判厅,闸北裁判分所改组为第三初级审判厅,浦东、东沟两裁判分所合并改组为第四初级审判厅,闵行裁判分所改组为第五初级审判厅,复于引翔港成立第六初级审判分厅,三林塘裁判分所改组为第七初级审判分厅,曹家渡裁判分所改组为第八初级审判分厅。各级审判厅暨审判分厅均配置检察厅、检察分厅。此为上海司法机关改组之第二时期。

民国二年二月,将附设于地方审判厅内之第一初级审判厅暨第七初级审判分厅,并入第二初级审判厅内,改称为第一初级审判厅。又将第六、第八初级审判分厅,并入第三初级审判厅,改称为第二初级审判厅。又将第四、第五初级审判厅,改称为第三、第四初级审判厅。各初级审判厅均配置初级检察厅。此为上海司法机关改组之第三时期。

民国二年十一月间,裁撤第三初级审判厅,归并于第一初级审判厅。裁撤第四初级审判厅,归并于第二初级审判厅。至三年五月,第一、第二两初级审判厅奉令裁撤,归并于上海地方审判厅。此为上海司法机关改组之第四时期。

民国三年六月间,以初级审判厅裁撤后,闸北一带距离本厅较远,且中隔租界,人民诉讼不便。由本厅分驻一庭于闸北,即称上海地方审判厅分庭。至四年十月,另在本厅内组织简易庭,将分庭裁撤。此为上海司法机关改组之第五时期。

民国五年,上海县旧署标卖另建。遂于南车站路购地二十亩,自建公署。至六年七月完工迁移,直至民国十六年十一月一日。将前上海地方审判厅暨检察厅改组为上海地方法院。仍配置检察官，依法独立行使其职务。迄今无异。此上海司法机关成立暨改组之经过情形也。

二月三日，星期，晴。旧历大除夕

今日系旧历大除夕。适逢星期，故在寓仍为过年之种种豫备，傍晚祭祖、分岁。内弟陈荫生、陈五平两君亦来寓度岁，至十时余别去。

二月四日，星期一，晴。乙亥年元旦

晨六时起床，七时祀神，八时赴院照常办公。织仙亦照常赴校上课。

十时，钟首席来谈，并语现又有人向部控予，部中密令其查办。其实仍是去春向监察院检予之旧调也。料为仍是彼辈流氓讼棍之所为，因部长换人，又想一试。盖予在此一日，彼辈终不得畅所欲为，故不能不想种种之方法以驱予为惟一目的也。

旧历新年，例须作吉祥语为一年吉利之预兆。然予也外祸迭至，内顾增忧，环境如斯，复何有吉利之可言。况岁末年初，拂逆之事迭见，尚欲求今年之吉利，亦太愚也。噫！命矣夫。但予总拟力图奋斗，环境虽劣，人事不敢不尽。故今晨祷告神祇，谨以"公忠办事，正直为人"八字以自勉自励。不敢忽。

二月五日，星期二，晴。立春

上午九时，访王北溟君。十一时，陈朵如、李浩生两兄来院稍坐，偕往漕河泾参观冠生园农场之梅花展览会。梅花平平无奇，唯金鱼颇多佳种，且有生平未曾见过者。即在该园饮食部午餐，迨回院已三时矣。

二月六日，星期三，雨雪

上午十时，监察院参事张有伦君来院查案。

十一时，陈赞卿君介绍孟斯黼君杰来见。渠东浦人，始在大夏大学法律系毕业，少年英俊，可造之才。

下午三时，徐成序表弟来见。

下午六时，送王北溟君之行。七时，往朵如兄处闲谈。

二月七日，星期四，阴

上午十时，汪溟南君来见。

下午六时，邀徐成序表弟来寓晚餐。

二月八日，星期五，雨

阴历新年迄今只有五日，而拂逆之事纷至沓来，无日无之。谚云：岁尾年头要吉祥，否则一年不利。予因去年过年种种不祥，岂真有朕兆欤？果尔，则今年将不知伊于胡底？来日方长，可怕也。噫！

下午一时，访陈陶丞君。七时，陈陶丞君来寓答拜。

二月九日，星期六，雨

下午七时，至陈朵如兄处闲谈。十时，返寓正拟安睡，内子肝疾大发，上吐下泻，辍夜不眠。

二月十日，星期，雨

上午十时，访樊介堂君夫妇。旋偕往陈朵如兄处，谈至正午，即留午餐。下午，知姚慧尘兄来沪，寓大中华旅馆，遂往访焉，谈至五时而返。

内子肝疾稍瘥，唯因吐泻过多，神疲力倦耳。

二月十一日，星期一，晴

下午五时，访姚慧尘君。七时，宴郑英伯首席于聚丰园，并邀本埠各法院院长、首席作陪，至九时始散。

二月十二日，星期二，晴

上午十一时，谭洊盦辛震来访。渠现奉部令署理湖南常德地方法院庭长，不日前往就任，故来一谈。

下午二时，郑英伯首席来访。

二月十三日，星期三，晴

二月十四日，星期四，晴

下午一时〇六分特快车赴苏高院面奉要公。三时抵院，九时四十六分仍乘车返沪，抵寓已十二时矣。

二月十五日，星期五，晴

上午十时，苏高院吴昱恒推事来院查案。

下午四时，访刘澜生科长于新新旅社，不晤而返。

二月十六日，星期六，晴

上午九时，访孙俶仁兄于大中华旅社。

二月十七日，星期，晴

上午九时，韩景斗推事来访。十时，偕内人同访陈朵如夫妇，接洽和弟结婚事宜。

十二时，应陈朵如兄之午宴于小有天菜馆。餐毕，偕俶仁兄访陈彦畴君。三时返寓，适朱荷英小姐及莫寿笙君来访。

七时，饯孙俶仁君于一枝香西菜社，并邀李浩生、李孟博两君作陪。

二月十八日，星期一，晴

下午，本院焚土。

三时，中央公务员惩戒委员会委员王升强君来访。

七时，应梁院长之晚餐于大雅楼，同席者仍为本埠五法院院长、首席。至九时余始散。

二月十九日，星期二，晴

下午七时，汤韦存兄来谈。至十时始辞去。

二月二十日，星期三，雨

下午七时，钟秋人夫妇来访。稍坐，陈朵如夫妇、樊介堂夫人亦来。因今日上午孔宅铺陈已经送来，为和弟婚事安床之期，故约来一观也。谈至十一时顷，分别辞去。

二月二十一日，星期四，雨

二月二十二日，星期五，晴

下午三时，第二监狱任叔泰典狱长来访。

二月二十三日，星期六，晴

二月二十四日[1],星期,晴

今日为三弟和生完姻,照预定计划办理。假上海新旅社礼堂行礼,请王介亭、钟秋人、陈荫生三君办理庶务,陈朵如君证婚,陈运臣君为男傧相,殷文运君司仪。午餐后,全寓眷属齐赴新旅社。四时,行结婚礼。五时,行家族相见礼,姻亲相见礼。六时宴会,九时回寓。祭祖后,新郎新娘偕入洞房。十一时,偕来亲友辞去,始得休息。兹将举行各礼仪式录下。

(甲)结婚典礼

一、来宾入席(男左女右)

二、主婚人入席(男宅沈锡庆主婚,新郎之长兄;女宅孔庆贻主婚,新娘之父亲)

三、介绍人入席(男方钟秋人,女方樊介堂)

四、证婚人入席(陈朵如)

五、男傧相引新郎入席(陈运臣)(东首面北立)

六、女傧相引新娘入席(赵珍)(西首面北立)

七、证婚人朗读证书

八、新郎用印

九、新娘用印

十、介绍人用印

十一、主婚人用印

十二、证婚人用印

十三、行交拜礼。新郎新娘相向立,一鞠躬,再鞠躬,三鞠躬。

十四、证婚人致训词

十五、新郎新娘谢证婚人,一鞠躬,再鞠躬,三鞠躬。

十六、新郎新娘谢介绍人,一鞠躬,再鞠躬,三鞠躬。

十七、新郎新娘谢来宾,一鞠躬,再鞠躬,三鞠躬。

---

① 该行原文上标"抄〇"字样符号。

十八、礼成。新郎新娘携手入洞房。

(乙)家族相见礼。均三鞠躬。

(一) 兄嫂(分站两旁东西立,新郎新娘面北立)

(二) 两侄女(新郎新娘面南立,侄女面北立,均三鞠躬)

(丙)姻亲相见礼。均三鞠躬。

(一) 岳父母(面南坐)

(二) 诸姻长(面南立)

(三) 诸姻兄弟姊妹(男左女右,东西立)

(四) 诸幼辈(面北立)

予对于此次礼节,事前再三研究,可得而言者,有下列诸点。(一) 沪上婚礼中西庞杂,奢侈殊甚,一日之费用有至数千元者,予殊不取。礼奢宁俭,古有明训。况吾家世代清贫,故于做媒时,再三声明,举为前提,非力从节俭不可。(二) 上海中上阶级新郎新娘俱服外国礼服,予窃以语不然。婚姻大典应用中国礼服,依现制新郎蓝袍黑褂,新娘大红旗袍均用国产丝织品。(三) 近年来结婚时,多有交换戒指者。予以语此亦外国办法,于吾国无据,仍摈而不用。(四) 一般结婚俗,以为并辈只一鞠躬。予以为吾国礼制,婚姻大典应三鞠躬。不因辈份而有所增减,故行礼时一律三鞠躬。(五) 常见亲友举行婚礼时,有介绍人报告介绍经过,新郎新娘报告恋爱经过。来宾演说有词极恢谐或猥亵者,有演说甚长、历时甚久者,予以语均非隆重典礼之道,均所不取。故仅请证婚人一人致训词。(六) 俗亦有主婚人致谢词者,予以语现行婚姻,以新郎新娘为主体,故均由新郎新娘致谢礼,不应由主婚人致谢词。(七) 礼堂席次及入席先后,用印先后,各不一致。有新郎新娘携手而入礼堂者,有新郎新娘先行摄影并肩而入者,有证婚人多先入席者,其用印之先后亦凌乱无序。故予均斟酌情理规定如上。(八) 上海办法有于结婚礼后回家接见亲族另行跪拜,一如从前者,亦有家族相见并不正式行礼者,亦有即刻回门者,亦有同一旅社中东边往西边回门者。予均以为不妥。故于结婚礼后，休息数十分钟，即出礼堂正式行家族相见礼，姻亲相见礼，以示正大光明。唯祭祖则于回家入门时行之。以上各点，均经予再三考虑研究而定。故录此以备日后之参考。

二月二十五日，星期一，雨

予因昨日较为辛苦，故臀疮增剧。下午三时，往日本医学博上余霖诊所就诊。断为痔漏之一种（偷粪老鼠），非割去不可。需时两月，需费千元。予以所断诊候，显有错误，不请医治。

七时，访陈朵如兄，请其介绍德医赵启华博士，即往就诊。语内已结管甚深，一寸半，一五分，根本治疗亦非割去不可。需时需费亦颇相同。因所言较为合理动听，姑命为救急医法，消毒敷药而返。

二月二十六日，星期二，雨

昨夜经赵医敷药后，夜半寒热交作，疮痛较剧。晨起即往复诊，语昨夜消毒刺激过甚，故已局部硬化。现改用敷药，使其软化，不致再有寒热，三日后再行复诊。给药而返。

二月二十七日，星期三，阴

今日臀疮较好，唯精神较惫耳。

二月二十八日，星期四，晴

上午十一时，司法行政部监狱司长王新之君元增，偕高三分院赵士北首席检察官来院视察看守所，予陪往视察一周，深为满意。至十二时半别去。

下午二时，王粟初兄往寓见访，由内人接见，略谈而去。

三月一日，星期五，阴

下午一时，开第二十次法规讨论会。

五时，往赵医处复诊，断为肛瘫之一种，非割治不可，否则徒敷药膏无济于事。予考虑后，拟改访中医外科，再行商酌。

下午七时，访王粟初兄，谈一时余而返。

三月二日，星期六，晴

上午九时，往新亚酒店谒郑蒋庭次长。稍谈，转访郭闵畴院长。

下午一时，商品检验局技正周振钧世兄来见。

三月三日，星期，晴

上午八时，谒郑茀庭次长，公出未晤。转访王思默院长，谈至十时余而返。

下午一时，新亲孔纯如太亲翁及舅爷孔立根姻兄来访，谈至三时别去。

三月四日，星期一，晴

下午七时，偕郭闵畴、王思默两院长，向明思首席公宴郑茀庭次长于东亚酒楼，并请沈、梁两院长，郑、赵两首席作陪。至九时始散。

三月五日，星期二，晴

下午四时，沪绅顾馨一君来访。

上午十一时，孙晓楼君来访。

三月六日，星期三，晴

今日奉江苏高等法院训令，代表朱院长往松江县法院监誓。乘七时五十五分特别快车，九时另五分抵站。松江县法院杨伯肯院长立堂。已在站迎候。下车后径赴该院，十时举行宣誓就职典礼。其仪式如下。

（一）振铃奏乐

（二）唱党歌

（三）向国旗、党旗、总理遗像行最敬礼

（四）主席恭读总理遗嘱

（五）监誓员就位

（六）宣誓员就位

（七）宣誓员宣誓

（八）监誓员训词

（九）来宾致词

（十）宣誓员答词

（十一）摄影

（十二）礼成

计到松江本城各机关团体领袖及各报记者数十人，予代表高院长致词如下。

主席、诸位来宾、诸位同事：今天杨院长补行宣誓就职典礼。锡庆奉江苏高等法院训令，代表监誓得躬与其盛，深为荣幸。松江本为旧府治，风俗淳朴，地方富庶，民能安业，讼争较少。向有政简刑清之美。杨院长在司法界历任长官，资验甚深。此次调长松江县法院，定能措置裕如，为民造福，自不待言。唯念法院长官虽为司法官之一，因职务关系颇有数点与推检不同。（一）万事宜以身作则。按长官为全院表率。长官勤，职员不敢惰。长官公，职员不敢私。所语己身正，不令而行。整躬督率，其效自见。（二）各部事务均宜熟悉。凡事必自己熟练方能尽监督指导之责。县法院长官主管事务，除办案外，尚有监督职员及文牍、会计、统计等司法行政，无一不赖长官主裁。悉心考查，是其专责。（三）为人受过。法官职在司法，良法要司凭法也。要司凡遇法律与习惯不同，每每为法受过。为长官者，除为法受过外，尚须为人受过。如推事判案错误，外间不知，推事有独立审判之权，往往归咎长官丛集其过。以上诸端，为法院长官应如何以身作则，如何熟悉事情，并如何减少推事判案之错误，以少受人过。在经验丰富、夙负能名之杨院长皆优为之，无庸锡庆烦言也。

来宾中如松江县党部代表王者五、松江县县长金礼乾、律师公会会长张葆培、款产经理处徐主任，均有演说。至十一时半，礼成摄影，即入席宴会。同席者，松江县金县长、松江县商会主席蔡仲瑜光耀、款产处徐主任、会计师夏孙焕、松江县救济院院长李景仙祖华、松江县第一区长李仰仙祖富、松江县法院首检官朱锡瑜、律师公会张会长等。至一时席散，予即乘一时四十五分快车返沪。杨院长仍亲送至站，登车而别。三时另五分返沪。

三月七日，星期四，晴

三月八日[①]，星期五，晴

下午七时，应郑英伯、陈陶丞、钟爱棠三首席之宴于新雅[亚]酒楼。同席者除郑莽庭次长外，仍均为本埠五法院院长、首席。席间，郑次长语，英美法派人颇不以吾国民事调解、和解为是，其理由语民事在未起诉（即未到法院以前）以前可以说情，由亲友设法调处。一经涉讼，法院只应依法判决，不得再有调解、和解等讲情办法。一则使当事人尊重法院之威信，二则使当事人在未起诉以前得尽量设法调处。故民事诉讼有败诉人员担讼费之规定，亦无非使理曲者易于事前和解，不致涉讼法院，减少诉讼也。否则事端未起以前，尽可强横争执，硬占便宜。好在临讼时，法官终要试行和解，彼时将已占之便宜稍予让步，则强者终占胜于弱者也，复何扶弱抑强之可言，云云。

三月九日，星期六，晴

今日天气骤暖，树木放青，完全春意。

上午八时，谒郑莽庭次长于新亚旅社，陈述近来整饬院务及应付环境之困难，表示辞意。郑次长力加慰勉，劝勿灰心，谈至十时半始出。

三月十日，星期，晴

上午九时，庞镜新庭长来访，请于本月十七日为伊次子冠勋世兄证婚，予允之。

十时，访郑英伯首席。谈至十一时余而出。

正午十二时，应中央银行副经理周守良君之午宴于银行俱乐部。

下午三时，访法医研究所所长林百渊兄几。闻其奉部令免职，故往慰之。谈一小时，转访向首席不遇，顺道往游兆丰花园，遇郭闵畴

---

① 该行原文上标“抄○△”字样符号。

院长于园中小桥边。谈至六时而别。

三月十一日,星期一,晴

下午四时,王粟初兄来谈。

三月十二日,星期二,晴

下午七时,访陈朵如兄闲谈。

三月十三日,星期三,晴

下午三时,郭云翔君来拜。

三月十四日,星期四,晴

下午三时,参加高二分院首检官郑英伯钺。宣誓就职典礼。

五时,答拜郭云翔君,未晤。

七时,应郑英伯君之晚餐于新新酒楼。同席者为本埠五法院院长、首席。至九时余始散。

三月十五日,星期五,晴

今日为予重长沪院就职三周年之日①(予于民国二十一年三月十五日就职)。忆此三年间,承院务败坏之后,整饬纪纲,力图振作,几无日不与恶劣之环境奋斗。精神上之痛苦莫可言宣,而最近一年间为尤甚。兹试分析记之。

一、用人部分。按接任时,原有人员无一旧人。从前资验较深者,均为两特区地院调去,现任各员均系新近毕业毫无经验之人。推事中,无法官资格者占三分之一(有八人之多),其行止不检,操守难信,或沾有嗜好者又大有其人。切实考查经一年之久,始行逐渐设法调走,或呈请免职,或讽令辞职。书记官亦然。一面向各省、各院调用优秀分子,并呈部超叙俸给,或优给补助俸津,以期集中人才。一面力加训练,以纳入正轨。对法官则有法规讨论会,由予亲自主席。除研究现行法规外,凡一月间(每月一日开会一次)考察所见之事,均于开会时提出研究改良之。对书记官,则于每星期六晚上,令庭长轮

---

① 该行原文上标"抄△○"字样符号。

流演讲诉讼法规及公文程式。录事执达员及丁役等，均以考试传补，到差后，命书记官长及庶务书记官等严加训练约束。总之，无论何级人等，务使新来之人必较原有者为优。庶人之得用，能各尽其职，并力重风纪，以杜诱惑。

二、办事部分。予前任上海地审长时，经五年之整理，各部事务已有一定成规。离职五年，全部废弛。故此次先令各部分将已废之成规，限期一律恢复。例如各庭科用纸簿册，照式填用，不得取巧漏略。公文有限期者，应严守期限。法令有明定者，必遵守无违。已废止者，悉令回复。已破坏者，从新修理。及一切整齐清洁等事务，使百废俱举。经一年之久，然后徐议改良以求进境。乃修订《本院办事规则》一百四十五条，《录事雇用及服务惩奖规则》二十条，《执达员送达文件稽核办法》九条，均经先后呈部核准，次第施行。厘订簿册七十五种，用纸约三百三十五种。修订时力求简便，使用时务须照填。删繁就简，俾适实用。因收案激增，陆续呈堆，添设推事书记官各四员，录事六员，以资分配。因法庭不敷，陆续改设法庭四座，以免当事人之久候。对外则严守审理时间，厉行旁听规则。对内则振作精神，早到迟散。人咸勤奋，案无积压。应行改革改良，诸事随时与承办人员切实办理，整齐卷宗，整顿法收。修屋补路，整饬庶务，对于须行法令，则力加遵守，勿使视为具文。对于看守所押犯拥挤，则呈部改建三楼大厦一所，共九十六间。俾有千人之容数，以应付事实之需求。务使各部事务咸有秩序，不再废弛，惨淡经营，渐臻治理。兹将三年间收结案件及收支数额则列表如下。

（甲）收结案件表①

① 原日记《收结案件表》原竖式，现改横排，内容不变。下面《收支数额表》同。

类别＼年份		二十一年	二十二年	二十三年	备考
民事	收	七.三九五	一一.二八五	二〇.五八八	
	结	六.二七三	一〇.三〇七	一九.三〇二	
刑事	收	七.二七七	九.七六五	八.四〇四	
	结	七.一五九	九.五六五	八.二九八	
合计	收	一四.六七二	二一.〇五〇	二八.九九二	三年自一月至十二月计算
	结	一三.四三二	一九.八七二	二七.六〇〇	

（乙）收支数额表

类别＼年份	二十一年	二十二年	二十三年	备考
司法收入	一七二.一九一.二三	三一五.七九五.二二	二七一.八〇八.九五	每年自一月至十二月计算
经费支出	一五三.三九七.六〇	一九三.一〇一.四五	一九八.五二八.七一	支出计算重类均年，审计部核销给有证书。

然因此大招人怨，院外之流氓、讼棍深感不便。院内之不肖分子日被淘汰开除后，乃与流氓讼棍互相结合，大肆攻击，匿名揭帖，印发传单，投函恐吓，无所不至。且声言，文则向各部院控告，武则炸弹手枪同时并进。必使予去职而后已。自去冬罗总长辞职，新部长就任后，以为有机可乘，捏词控告，多至二三十件。凭空诬蔑，故架大题。兹特将予最近呈复江苏高等法院一稿录后，以结此记。而殿吾文印，可见予精神上痛苦之一斑焉。

呈江苏高等法院复核，阅本院各推事判词，经过情形及无从检卷缘由，祈鉴核转呈由二十四年二月廿二日。

案奉钧院训令第八四三六号内开，案奉司法行政部指字第二九一一号指令，本院呈为陈复、陈国梁、陈贵发呈诉上海地方法院院长沈锡庆受贿一案，并无实据。情形祈鉴核，由内开呈悉，仰转饬该上海地方法院院长，将所更改各推事判词原卷检送十宗来部，以凭审核。判决书二份存等。因奉此查此案。前据调查委员朱儁呈报，经即据情转呈在案奉令前因合行抄发原报告令，仰该院长遵照迅收。更改各推事判词原卷检送十宗来院，以凭核转等。因并抄发报告一件下院，奉此窃查推事判词，应由院长认真核阅。早奉前司法部令行有案，本院奉部令核准施行之《办事规则》第十三条亦载“推事裁判案件，如判词有左列情形，院长应指正之。(一) 文字错误或体裁失当；(二) 引用法规有错误或抵触；(三) 理由欠缺或龃龉；(四) 判断与向例冲突”等语，均历经遵照办理在案，锡[1]待罪法曹，廿有余载。办案拟判较诸后生、新进，自问略有所长。每叹近十年来，久不见精练详明之判牍。凡遇新来推事，无不详加指导。沪院案件繁多，每日送阅判词必在五十件以上，深以精力与时间有限，不能仔细核阅为恨。除依本院《办事规则》第十三条之规定，将文理欠通，词句不顺或显系错字随笔改正外，其余如理由与事实龃龉，或情罪不符，或量刑失当，均请承办推事面询情形。或令其重行斟酌，或饬其重行评议后再行送阅。至于体裁失当，或理由欠缺者，则请承办推事自行更正。或求正庭长，另行改拟。因非直接审理之人向无自行更改之事。然此皆新来之推事有之，若办事较久者，即少见也。且此种情形，均于每日送阅判词时，随时匆促为之(本院核阅判词时间只能占办公时间五分之一，其余例行公文，尚有多于阅判数倍者)案由、姓名，本不注意，究系何案何日，

① “锡”字后原有一“△”符号。

实属茫不记忆。命查卷宗,无从检送。锡[1]衰病浸寻,本不堪再胜繁剧,若以核阅判词时加指正为不是,则嗣后谨当废止阅判,各听自然。学偷安而杜口,负素志以愧心。与其掩卷画阅,似不若不阅之为愈也。奉令前,因理合将核阅判词经过情形及无从检卷缘由具文呈复,仰祈钧长鉴核,转呈指令只遵抑更有陈者。锡△重长[掌]沪院,又将三年,受命于沪战剧烈之时,任事于院务败坏之后。整饬纲纪,涤垢荡瑕,内外小人自不免有所开罪。因而知开除之下级职员与院前之流氓讼棍互相结合,日以设法攻击为事,必使锡△去职而后已。庶彼辈可无所顾忌,依然畅所欲为,故每逢长官更迭之时,必增一番呈控,以无为有,任意诬蔑,故架大题,希图耸听。本不必实有其事,亦莫须真有其人也。合并陈明。谨呈。

三月十六日,星期六,晴

上午十时半,据报民庭候补推事陈祖瑜病故,当派书记官长及其同乡关立廷推事前往料理。因其身后萧条,卧病半年,亏累颇巨。所遗一妻一女,无法生活。当就同事中为之集资,先为殡殓。

下午三时,新任法医研究所长孙逵方君来拜。

七时,访陈朵如兄闲谈。

三月十七日,星期,雨

正午,为酬谢和弟结婚时之证婚人、介绍人及帮忙诸君,特假座聚丰园川菜馆宴请之。

下午三时,往惠中旅舍,因庞镜新庭长次公子冠勋世兄与周端庄女士结婚,为之证婚。四时行礼,六时入席,至席散始回。

三月十八日,星期一,雨

---

① "锡"字后原有一"△"符号。

三月十九日，星期二，阴。晨大雾

上午十一时，公安局第三科长黄华君来见。

下午七时，访陈赞钦[卿]君闲谈。

三月二十日①，星期三，阴

下午一时，答拜法医研究所新所长孙逵方君，不晤而返。

三月二十一日，星期四，阴寒

上午十一时，任叔泰典狱长来访。

下午二时，访第二特院首席检察官陈备三君。

下午五时，散值回寓，知陈仲瑜兄夫妇由京来寓。

七时，访陈朵如兄。谈至十时余而返。

三月二十二日，星期五，阴寒

三月二十三日，星期六，晴

下午四时，应吴铁城市长之茶话会于伊邸。系招待日本朝日新闻社来华之访问机也，与会者约百余人，中日各半。五时余散出。

七时，应庞镜新兄之晚餐于伊寓，并出三十年陈绍酒飨客，惜予因病戒酒，不能饮也，仅略尝之。

三月二十四日，星期，晴

上午八时，东吴大学教务员张国维君来见。予辞以疾。

下午，率妻女游兆丰花园，至六时方归。

三月二十五日，星期一，晴

下午五时，散值返寓。知黄涵之先生持片约谈。遂于八时往晤，谈一时余而别。

三月二十六日，星期二，雨

下午二时，何生福伟来见。

---

① 原文作“四月二十日”，当为三月二十日。以下至二十三日，原文月份均误，依次改正。

三月二十七日,星期三,大风雨

下午七时,马赞明君来访,谈至十时别去。

三月二十八日,星期四,雨

三弟和生夫妇自二十四日蜜月后,于今晨八时动身回家。予亦于晚车赴杭,率妻紫垣、次女织仙同行,寓新泰旅馆。

三月二十九日,星期五,晴

晨八时,往三天竺进香,礼观音大士。九时后,便游灵隐,即在该处午餐。下午游岳坟、孤山等处。至六时泛棹返旅舍。

三月三十日,星期六,雨

泛棹游湖。十二时,在楼外楼午餐。后天雨,在西泠印社闲坐。三时后,雨仍不歇,雇车而回。

三月三十一日,星期,晴

上午八时,往视二妹,至则彼已回绍扫墓。折往陈炳生姻叔处,稍坐而返。下午渡江归家,二时,抵凰仪桥车站,家中已放舟来接也。至家,则大小均安。和弟夫妇亦先数日抵家也。

四月一日,星期一,晴

偕全家眷属往张墅陈酿堰等处扫墓。下午二时,回家与裕弟互谈家中琐务。

四月二日,星期二,阴

下午率妻女晋城,彼往娘家,予寓徐叔苏叔家。四时后,王子余、姚慧尘诸君闻信来谈。任葆泉君亦寓徐宅也。

四月三日,星期三,雨

上午八时,访沈仲密族叔,慰唁伊父丧。

十时后,慧尘、子馀、复声陆续来谈,并请张伯涛君转询李医靖南为予臀疮拔管治法。下午得复,似不能医。四时后,天汉、裕[予]忱诸君陆续来谈。

四月四日,星期四,晴。清明

上午八时,约妻女在五云站乘车,返杭寓清华旅馆。

下午雇舟泛湖。七时，访汤韦存兄，谈至九时而返。

四月五日，星期五，晴

下午二时，乘车返沪。八时抵寓。王书记官长来见，语得京信，予已免职，继任者为骆通云。

四月六日，星期六，晴

得京友信，予免职事已征实，继任者确为骆通。下午四时，骆君亦来访，骆字悟深，湖南江华县人。予重长[掌]沪院又逾三年，心力交瘁，此次得以休息，殊深欣慰。

下午七时，往陈朵如兄处闲谈。

四月七日，星期，晴

上午八时，郭闵畴院长来访。

九时，答拜骆悟深君。

十时，钟生秋人来见。

下午二时，莫寿笙来访。八时，向明思兄来谈。

四月八日，星期一，雨

上午九时，谒郑茀庭次长于新亚旅社。

十时，谒沈季让院长，谈至十一时始出。

下午八时，朱维新君来访。

四月九日，星期二，阴雨

下午八时，马赞明君来访。

四月十日，星期三，阴

上午九时抵院，接奉高院转到部令，即往访骆新任，约定明日上午九时接替。兹将院令录下。

江苏高等法院训令第一〇〇四五号

案奉　司法行政部第一六〇四号训令，内开"案查沈锡庆，另候任用，应予免去江苏上海地方法院院长署职，遗缺派骆通代理。除骆通部令径予给领外，合行令仰知照。仍将该员就职任事日期,连同履历三份暨接收交代情形呈部备核。此令"等,因奉此合行令,仰该院长遵照,一俟骆通到任,即按照交代条例之规定,妥为交代具报。此令。

予自前星期六得信后,即饬科赶办交代。现已就绪,移交册亦均抄齐,准于明日交卸。

四月十一日,星期四,阴晴

自昨夜将交代事宜完全办毕后,即命书记官长王介亭兄道周,于今日上午九时移交新任骆悟深院长通接收。兹将移交公函录下。

案奉江苏高等法院第一〇〇四五号训令,转奉司法行政部第一六〇四号训令,内开沈锡庆,另候任用,应予免去江苏上海地方法院院长署职。遗缺派骆通代理令。即按照交代条例,妥为交代具报等。因奉此相应将本院国字第六百二十号铜质大印壹方,铜质院长小官章壹颗,慎、严、绥、密电码各壹本移交。总册壹本移交。分册四十九本,存款贰拾万零壹千壹百陆拾玖元肆角贰分肆厘(内中国银行定期存单陆纸,计洋拾贰万元。活期存款证明书壹纸,计洋肆万壹千伍百元。中央银行活期存款证明书一纸,计洋叁万捌千壹百元。又现洋壹千伍百陆拾玖元肆角贰分肆厘)一并送请贵新任查收。见复为荷。此致。

交卸后,即日代电江苏高院呈报交卸情形。电稿录下。

苏州高等法院院长朱钧鉴:一〇〇四五号训令敬悉。锡[①]已于本日上午九时,将铜质院印壹方,铜质小官章壹颗,慎密、严密、绥密电码各壹本移交。总册壹本移交,分册四十九本,存款

① "锡"字后原有一"△"符号。

贰拾万零壹千壹百陆拾九[玖]元肆角贰分肆厘移交新任骆院长通接收。除遵交代条例，另文呈报外，谨先电奉卸任。上海地方法院院长沈①叩真。

同时统计科同事龚剑虹君送赠一诗(并序)，姑录如下。

昔尹继善督两江，卸任日，门下士袁枚献诗有“人间犹有再来春”之句。后果三次回任，一时儒林传为佳话。剑文学自不敢比简斋，而钧座之公正廉明，则更非文端所可及。唯感念恩遇，则剑与随园固无二焉。庭园春好，怅触万端。率吟五十六字，以志悲感尔。

旧梦零星化作尘，梨花欲落柳花新。补巢谁计衔泥燕，大厦能容失路人。天上已圆前度月，江南还有再来春。离亭漫揾双行泪，卧辙无由肯自珍。

上午十时，郑英伯首检官来访，并知其奉部令为予交代监盘。

下午五时，庞、姚、刘三庭长，钟秋人、王介亭先后来访。

八时，往访余柏后科长于新世界饭店。十时回寓，殷叔祥兄已坐候，谈至十二时别去。

四月十二日，星期五，晴

乘上午九时快车赴苏，晋谒高等法院朱院长，报告交卸经过，并访胡文甫首检官、吴地法院殷[应]溥泉院长、徐松如首席。乘下午四时二十五分快车返沪。

晚餐后，往陈朵如兄处闲谈，适李浩生兄亦在焉。

四月十三日，星期六，晴

上午九时，往江岳峦医生处磋商医治事宜，决定星期一上午施行

---

① “沈”字后原有二“△”符号。

手术治疗。

下午，王思默院长、陈陶丞首席、何德奎会办先后来访。

四月十四日，星期，雨

上午院中同人孙继康、韩作梯两推事，又书记官陈廉桾、徐道乾、经宝毅、来复泰、金鸣盛、谢锡礽，翻译官汪汝松，录事龚剑虹、黄耀棠、朱时骐、杨益民、吴宗沂先后来访。

下午居逸鸿、汤拙存两兄先后来谈。

四月十五日，星期一，晴

上午十时，往江医处施治，渠以药线通入痔管内，一长三寸，一长寸许，使其融解作烂，并嘱明日下午复诊。竟日尚无痛苦，但不能坐耳。

下午八时，陈朵如、孔纯如两君来视予疾，谈至十一时而别。

四月十六日，星期二，阴

予兼任上海市地方公务员惩戒委员会委员长亦于今日交卸。计移交铜质大印壹方，铜质小官章一颗，移交总册乙本，分册五本。节余经费五百余元。当取有临时收据乙纸备查。由王介亭兄来寓报告。下午四时，往江医复诊。

四月十七日，星期三，晴

上午十时，居逸鸿兄来视予疾。

下午三时，复诊。因两次用药后，颇觉肿痛，人亦发热。医嘱暂停用药，于星期五复诊。

下午六时，庞镜新、姚亿如两君来视予疾。

四月十八日，星期四，晴

臀部患处作痛，体热增至华氏百〇二度，人感疲乏。

四月十九日，星期五，晴

上午九时，往江医处复诊，语患处作浓[脓]甚多，不能用药。以热光灯照患处，使其活血，并打一百效针，以增其抵抗力。

下午七时，钟秋人夫妇及朵如兄先后来访。朵兄谈至十一时始去。

四月二十日,星期六,晴

上午八时,陈仲瑜内兄由京来视予疾。

九时复诊,仍打针并用热光灯以治之。

下午八时,陈朵如兄来视予疾,并语伊行即浙江实业银行拟聘予为法律顾问,月薪百五十元,花红百六十元,宿费车费约三十余元云,月入约三百五十元。予允之。

四月二十一日,星期,晴

上午九时复诊,肿稍退,痛亦止。仍用热光灯照之,但不打针。

上午院中推事、书记官陆续来访,均病不能见。

仲瑜兄夜车回京。

四月二十二日,星期一,晴

上午十一时,王介亭兄来访。

下午八时,约陈朵如兄来谈。

上午九时复诊,语疮口太小,致浓[脓]不能畅出。取管敷药,两均不便,随以手术将疮口开大,使管易出。下午体又发热。

四月二十三日,星期二,晴

上午九时,乘车复诊。觉体不能支,遂入院居住。由素娟陪侍,因胡炯须收拾器具,准备移寓,无暇侍予也。

入院后每天诊视两次,一切甚觉方便,可无跋涉之劳。唯体热仍在百度以上,夜眠尚安。

四月二十四日,星期三,晴

上午诊视,管已全部出来,医甚欣幸,身热亦退。

新寓已由内人觅就,戈登路戈登别墅二十三号,决于本星期六迁移。

下午一时,王介亭、钟秋人两君来访。四时,陈朵如、李浩生两君来访。

四月二十五日,星期四,晴

下午四时,陈朵如兄送浙行聘书来。

晚八时,王介亭兄来访,语用事已完全接洽,明日毫无问题。

四月二十六日,星期五,晴

创口经过良好,安睡胃开,内人今晚亦宿院中陪予。

四月二十七日,星期六,阴

上午移寓,由钟秋人、陈荫生两君帮忙。

下午三时,钟秋人约何医德侯来视予疾,并为开调补气血之方,拟自明日起煎服。

四月二十八日,星期,晴

上午,陈朵如、汤韦存、居逸鸿诸君陆续来访。

下午,钟秋人、刘甲一、王介亭诸君先后来访。刘君语已调任司法行政部刑事司第二科长也。

四月二十九日,星期一,晴

下午七时,姚亿如君来访。

四月三十日,星期二,晴

下午六时,庞镜新、姚亿如两君来访。素娟回寓,胡炯来侍。

五月一日,星期三,晴

下午四时,陈朵如兄来访。

五月二日,星期四,晴

予痔漏,就大管部分尚有浓[脓],非再开刀不易收口。乃于下午二时半复施手术,并挖出腐肉甚多,约半时始竣,幸局部麻醉,无甚痛苦。

下午六时,郑啸泉、姚亿如两君来访。八时,王介亭君来访。

五月三日,星期五,晴

昨日手术后,经过良好。晚间虽稍有热度,但不甚高,只百度。

上午十一时,朱维新来视予疾。

下午三时,刘甲一君来访。四时,陈朵如兄来访。

五月四日，星期六，晴

下午三时，居逸鸿兄来访。

下午十时，王介亭兄来访。

五月五日，星期，晴

上午，钟秋人、陈朵如两君先后来访。

下午，陈荫生率织仙来访。晚间，复体热至百度。

五月六日，星期一，晴

晨间体热退尽。下午六时，复热至百度，胃亦稍钝。

五月七日，星期二，晴

晚间体温仍然，但胃已稍开。

下午八时，郑啸泉、钟秋人两君来访。

五月八日，星期三，晴

下午一时，孔纯如君来访。四时半，陈朵如兄来访。

七时，陈仰军、徐遵乾、陈荫生诸君来访。夜出汗甚多。

五月九日，星期四，晴

自二日续施手术剪除腐肉后，旋又发见一洞深寸许，又非开割不可，故定今日下午再行手术。嗣因体温较高，中止手术，俟明日再定。

下午八时，王介亭兄来访。

五月十日，星期五，晴。下午雨

下午三时，施行第三次手术，根本割除计，开深八寸，圆径一寸之创口，经半小时始毕。手术后体热不高。

四时半，陈朵如兄来访。五时半，庞镜新庭长来访。予因手术始毕，精神疲惫，不能致答，由内人招待。

五月十一日，星期六，晴

昨日手术后，经过良好，体热已平，精神较爽。

下午七时，王介亭兄、何景宪推事先后来访。

五月十二日，星期，晴

上午，陈荫生、陈仰军、来复泰、樊介堂、陈朵如、居逸鸿诸君先后来访，探视予疾。

下午，谢守中、金季贤、钟秋人诸君先后来访。

七时后，觉头晕，夜半始愈。

五月十三日，星期一，晴

下午六时，庞镜新、金季贤两君来访。八时，郑啸泉君来访。

五月十四日，星期二，晴

胡炯因病回寓，仍由素娟陪侍。

下午六时，姚生亿如来访。

五月十五日，星期三，晴

下午，陈朵如兄来访。

五月十六日，星期四，晴

下午二时，孔纯如君来访。

八时，王介亭兄来访。

五月十七日，星期五，雨

入院至今已廿五日，手术三次，可告完毕。徐待收口，尚需时日。因病房过小，天气渐暖，空气不佳，而寓中日送饭食，亦觉不便。好在住院之费与出诊之费数亦相等，故与江医生商定，明日出院。由江医生日往寓中换药一次，每次六元云。

下午八时，陈荫生弟来访。

五月十八日，星期六，晴

上午十时，换药后即雇车出院，至戈登路戈登别墅二十三号新寓。

下午四时，钟秋人、何德候两君来访。

六时，庞镜新君来访。八时，王介亭、陈荫生两君来访。

五月十九日，星期，晴

下午一时，江岳峦医生来寓换药，并定以后日日来换。

五月二十日，星期一，晴

下午八时，王介亭君来访，语已承郭闵畴院长之招，调任第一特区地方法院书记官云。

闻陈朵如兄现患感冒，饬胡炯往问之。

五月二十一日，星期二，晴

自医痔瘘后，卧床月余，多日不作书，今日接裕弟来信，伏枕复一书以慰之。

下午八时，王介亭君来见。

五月二十二日，星期三，晴

表叔徐叔荪君偕任葆泉君由绍来沪，上午九时，来视予疾，并赠火腿笋干数事。

下午二时半，江医来寓换药，又发见一洞，复用药线一枝，长寸许，如是则收口复需延迟也。

五月二十三日，星期四，晴

下午四时，襟弟杨春奎夫妇由杭返京过沪，来视予疾，留寓游玩。

五月二十四日，星期五，晴。大风

杨春奎襟弟因假期届满，已于午车先行返京回部销假。襟妹阆真仍留予寓，与内人稍事盘桓。

下午三时，江医来，复添一药线。晚间稍行作痛。

五月二十五日，星期六，晴。大风

上午八时，陈仲瑜内兄由京来视予疾，下午赴杭。

五月二十六日，星期，雨

上午，居逸鸿兄来访。

下午，郑啸泉、刘甲一、庞镜新、钟秋人、陈荫生诸君先后来访。

五月二十七日，星期一，阴

昨夜，陈仲瑜兄由杭返沪。下午一时，偕小姨六妹回京。

五月二十八日，星期二，晴。下午雨

予出院后，又已十日。满拟至月底全愈，乃自第四次复用药线后，亦一星期。近三日反殷殷[隐隐]作痛，腐肉未全出，收口更无期矣。金钱、时间两俱受累，未知何日始能全愈也，思之殊深焦灼。

五月二十九日，星期三，雨

自迁戈登别墅新寓后，因予病，始于今日祭祀地主。

下午三时，王介亭君来，送来沪地法院公函一件，系通知予交卸沪院事。部令已转，准予备案，如是则交卸手续完全清楚，毫无关系也。

五月三十日，星期四，晴

今日起床试步，步履尚安，唯卧床已四十五日，腿力稍软，创口虽已收小，因未完全收口，终难安坐如常，未识尚须若干日也。

下午八时，陈朵如兄来访，渠亦病，故有十余日未来也。

五月三十一日，星期五，晴

上午十时，汤拙存兄来视予疾。

民国二十四年六月[①]

庆

日记

绍兴沈锡庆庆生氏日记

民国二十四年(1935)六月一日,星期六,阴

予今日满拟赴浙江实业银行就职办事,奈创口未全愈,行动起坐仍有未便,只好再俟数日,俟完全收口再行往办,以免功亏一篑。

下午三时,朱郁堂先生女公子荷英小姐来见。

六月二日,星期,雨

上午,王介亭君来见。渠已辞去上海地方法院书记官长职务,于昨日改就上海第一特区地方法院书记官云。

下午,陈荫生、陈朵如两君先后来访。

六月三日,星期一,晴

下午二时,江医生来换药,因创口已小,为节省医资计,俟明日起拟由内人自行洗涤换药。遂向江医说明,自明日起中止出诊,并向其购买药物自办,隔两三日往诊一次。江医允之。

傍晚率妻女往门口散步,觉起床后步履尚佳,闲眺数分钟,归未觉倦。

夜十时,李浩生君来访。

十时半,陈仲瑜兄由京来。

---

① 本册共计 96 页,另附夹作者二弟沈锡裕手书信笺一页。

六月四日，星期二，晴

仲瑜兄乘十一时夜车返京。

六月五日，星期三，晴。旧历端午

下午三时，陈朵如兄来访。

六月六日，星期四，晴

六月七日，星期五，晴

下午九时，陈朵如兄来谈。

六月八日，星期六，晴

六月九日，星期，晴

痔漏创口经自行洗换五日后，创口虽小，而起立甚觉滞痛。今日似又有浓[脓]，乃电报江医复诊。据说无妨，唯收口不宜速成，反致后患，经洗涤后，嘱明晨往诊。

上午，居逸鸿、庞镜新两君来访。

下午，陈彦生、郑啸泉、钟秋人、陈朵如诸君先后来访。

六月十日，星期一，晴。下午雷雨

上午九时，往江医生处复诊，语不日可以收口，别无他患。

下午六时，王介亭君来访。

六月十一日，星期二，阴

下午六时，陈荫生弟来访。

上午九时，往江医处换药。

六月十二日，星期三，晴

上午九时，往江医处换药。

六月十三日，星期四，晴

今日为先祖母逝世三周年纪念，予因病未愈不克回家并祭，仅卧床遥念而已。

上午九时，往江医处换药。

六月十四日，星期五，晴

上午九时，往江医处换药。

十时，往访汤拙存兄，答谢其迭次存问之意。讵渠已赴青岛避暑，不晤而返。

六月十五日，星期六，晴

予自四月十五日就医后，迄今已满两月，臀部尚未完全收口，就病体观，非至月底不能复原。现在自不宜出面服务，唯接收浙行聘书已经五旬，而近两月经济亦亏空至千元之巨。虽再迟延，后难为继，种种考虑，只得于今日赴院换药后，径赴浙江实业银行就职。九时半抵行，往晤该行经理陈朵如兄。继晤该行董事长兼总经理李馥荪铭，常务董事卢涧泉学溥、陈彦畴大畇两君。旋拜各副经理及各部主任、科长后，即在总管理处董事室办事。四时出行回寓，精神身体极感疲惫也。

六月十六日，星期，晴。下午雨

晨醒，内人告知安雅已于十三日辰刻逝世，并出示裕弟来信。因昨日返寓疲极，故不告知也。安雅患肺病年余，去夏接至来沪医治无效，仍行送归。早知不治，乃延至本年，吾先祖母三周年之日始行去世，而卧床不过一二十日，尚属延长，然疾病丧葬重苦吾弟矣。亟挥泪驰书裕弟，以解慰之。

安雅二岁丧母，由予往北京携归。及九岁丧父，复由予派人往北京接归。从此长在予家，由裕弟教养，旋于十六岁时，为入杭州行素女校肄业。天姿聪明，志气高傲。虽初中以第一毕业，而病根自此成矣，卒至送命。噫！可叹也。

上午九时，赴江医处换药。

下午，陈荫生君来访。

六月十七日，星期一，晴

上午九时，赴江医处换药，发见内部又有浓[脓]水流出。医嘱下午四时再往，由江医亲诊。届时复往，仍上药线以烂之，因创口收缩过速，内部未愈故也。

在行审查各种抵押据稿件。

六月十八日，星期二，晴

上午九时，赴江医处复诊，仍上药线一支。

十时赴行，五时返寓。自今日始雇定包车乙辆，早送晚接，约明每月工资十元。车夫名张阿二，海门县人。

六月十九日，星期三，阴。夜雨

上午九时，赴江医处又上一药线，但不甚痛。

得家信，知甥女安雅决葬于彭潭吾兄弟之墓侧，定本月二十四出殡。

下午三时，居逸鸿兄来访。

六月二十日，星期四，雨

上午，为浙行拟借款据四种。

下午四时，赴江医处复诊。

六月二十一日，星期五，雨

上午十一时，钟生秋人来见。

下午四时，赴江医处复诊。

六月二十二日，星期六，雨

下午四时，赴江医处复诊。

六月二十三日，星期，雨

上午九时，赴江医处复诊。

下午姚生亿如、于弼、陈荫生诸君来访。

六月二十四日，星期一，晴

上午九时，赴江医处复诊。

下午六时，庞镜新君来访。

六月二十五日，星期二，阴。傍晚雨

下午四时，赴江医处复诊。

六月二十六日，星期三，晴。傍晚雨

下午四时，往江医处复诊。

六月二十七日，星期四，晴。傍晚雨

下午三时，庞镜新君来访。

四时，往江医处复诊。疮口又生浓[脓]，此症真缠绵极矣，晚间体热又高至百度。

八时，王介亭君来访，谈及陈陶丞已调，思明首检恐不就也。

六月二十八日，星期五，晴

下午八时，汤拙存兄来访。

今日江医处不往复诊，因渠亦无甚办法也。

六月二十九日，星期六，晴。下午雨

上午九时，往江医处研究医法。因创口已极缩小，行将收口，而内部似有烂肉未尽，仍有浓[脓]水流出，若任收口，恐又复发。讨论结果决收疮口，置一小橡皮管，不令收口，俟秋凉再行割治。议甫定，讵见创口过小，橡皮管不能插入，乃又中变，只好听其收口再说云。晚间颇觉不适。

六月三十日，星期，雨

七月一日，星期一，阴

今明两日为银行决算例假之期，故不赴行。

下午二时，偕内子答拜居逸鸿夫妇。

七月二日，星期二，晴

七月三日，星期三，晴

上午九时，往江医处复诊。出浓[脓]较多，似又增剧，午后寒热。五时回寓，创口涨痛甚剧，出脓尤多，体温亦增至百〇二度。至夜半，始退尽。晚八时，致书朵兄，拟自明日起请假三天，以便调养。

今日为予五十一岁生辰，茹素一日，以志母难。

九时半赴行。上午汪秀夫士成来访，下午居逸鸿、陈赞卿两君先后来访。

七月四日，星期四，晴

前为节省医资计，稍觉痊可，即改出诊为门诊。有时并且自行洗换，停诊数次，今又逾月，而疮口反形增剧，欲速不达，其经济困难之故也。自昨日增剧后，转辗筹思，拟为彻底解决之计，决意安眠不动，仍请出诊，至完全医愈为止。一面另服中医补气血之药，以补之。行中亦拟告较长之假，有事送寓办理。决定后，乃电约江医来寓接洽，讵复电语，江医已回广东，须八月间可来沪，计仍失败。不得已仍赴该院，请其助医陈君诊视，因以前亦常由陈医复诊焉。诊毕，转至何德候医生处，据说湿热甚旺，应先理湿，不能补血。乃开一方药而返。

七月五日，星期五，雨

上午九时，赴医院复诊，又上一药线。

七月六日，星期六，晴

上午九时，赴医院复诊，上一药线。

下午八时，陈朵如兄来谈。

七月七日，星期，晴

上午九时，往医院上药线。

上午，陈荫生、钟秋人两君来访。钟生调任开封地推并辞行。

七月八日，星期一，晴

上午九时，往医院。陈医语连上药线三日，内部腐肉已可烂尽，应再防腐，消毒生肌。因创口过小，上橡皮管，防止缩小。

今日起，向浙行续假两星期，以资调养。唯下午送来两稿，当为拟放款抵押合同及整理印刷品简章各乙件。

七月九日，星期二，晴

上午九时，往医院复诊，取出腐肉多块。

下午八时，陈朵如兄来谈，至十一时半别去。

七月十日，星期三，晴

上午九时，往医院复诊，仍取出烂肉数块。

十一时，东吴大学教务长孙晓楼君来访。

七月十一日，星期四，晴

上午十时，由医院回寓，陈仲瑜兄已由京来，当晚下车即返京。

下午六时，陈容百君来谈。

七月十二日，星期五，晴

天气渐热，陈医嘱下午自洗创口一次。

下午七时，陈荫生弟来，语将于后日星期请假回绍，询有无物件寄家。予购桃杏两斗寄与裕弟尝之。

七月十三日，星期六，晴。初伏

上午九时，往复[医]院复诊。

七月十四日，星期，晴

上午九时，往医院复诊。

七月十五日，星期一，晴

七月十六日，星期二，晴

上午九时，往医院复诊。

下午八时，陈朵如兄来访。

七月十七日，星期三，晴

上午九时，往医院复诊。

旧仆胡炯原名胡进，字庭珍，自民国七年间时渠年十九岁随予，迄今十八年。秉性忠实，作事灵敏，万事深得予心，绝无时下仆役习气。不嫖不赌，不要钱，尤为难得。遇予有重大事变时，辄奋不顾身，忠勇努力。故十八年来，深资得力。唯近年来身体多病，精力大不如前。而因家甚重，随予服役，虽岁得三百余金，仍丝毫不能积蓄。长此以往，似无出山之日。予既改业，故亦力为设法荐得鼎鑫纱厂一办事员位置。月薪虽只二十元，然将按年进级，且有花红可分。后望甚长，较诸仆役终身，岂不甚善。且所办系庶务事宜，材力亦尚相称，地位较高，从此能占立一席，亦不枉予培植之意。今日下午，命其往见鼎鑫纱厂当局，定明日进厂办事。晚间详加训勉，俾望有成。

七月十八日，星期四，晴

上午八时，胡炯告别赴厂办事。

九时，赴医院换药。

下午四时，居逸鸿兄来访。

七月十九日，星期五，晴

上午九时，赴医院换药。

上午十一时，陈仲瑜兄由京来。

七月二十日，星期六，晴

上午九时，赴医院换药。

七月二十一日，星期，晴

上午九日，赴医院换药。

今日内人患感冒。

下午三时，陈朵如、孔纯如，徐运臣、渠成兄弟来访。

七月二十二日，星期一，晴

上午九时，赴医院换药。

下午七时，姚亿如来访。

十时，陈仲瑜兄返京。

十一时，次女织仙嘴肿如猪，两手肿硬。内人检《验方新编》，语系不治之症，对时即死。于是合家惊惶，急招医何德候来诊，一面急以白兰地酒檫[擦]其两手心，至三时余，口肿渐退。次晨复檫[擦]，始告平息。

七月二十三日，星期二，晴

今日内人及次女病渐愈。

上午九时，赴院换药。

十一时，陈朵如夫人来访内人之疾。

七月二十四日，星期三，晴

上午九时，赴医院换药。

下午八时，王介亭君来见。

七月二十五日，星期四，晴

上午九时，赴医院换药，又上药线一支。

下午，居逸鸿兄来访。

七月二十六日，星期五，晴

上午九时，赴医院换药。因臀部肿痛，停上药线。

七月二十七日，星期六，晴

上午九时，赴医院换药，又上药线一支。

十一时半，得五平夫人来电，语五平病急，嘱内人速往嘉兴为之主持。

七月二十八日，星期，晴

上午七时，内人乘车往嘉兴视伊弟五平之疾。

九时，往医院换药。

七月二十九日，星期一，晴

上午九时，赴医院换药毕，转往浙行一看，因多日不到行故也。少顷即回，至门首适见内人亦回，知五平病已有转机。

下午三时，陈荫生来访。渠已愿赴镇江地院办事也。

七月三十日，星期二，晴

上午九时，赴医院换药。

下午四时，金鸣盛季贤来见。

七月三十一日，星期三，晴

上午九时，赴医院换药。下午八时，陈朵如兄来访。

八月一日，星期四，晴

胡炯因病向鼎鑫纱厂辞职，仍留予处服务。

上午七时，陈仲瑜兄来，伊由嘉兴接五平弟来沪医病，入铁路医院。仲瑜仍寓予处。

九时，赴医院换药，并以赤外光治疗。

十时，赴浙行处理要事。

八月二日，星期五，晴

上午九时，赴医院换药。语内部已满起不少，约再一星期可以收口，心乃大慰。

下午三时，吴旭初华灿来见。

八月三日，星期六，晴

上午九时，赴医院换药。唯近日湿热甚重，致体温又高。每日下午总在华氏百度左右。胃亦稍钝，已四五日矣。

下午二时，陈荫生君来。渠将于五日赴镇江地院办事，来话别也，至九时别去。

八月四日，星期，晴

上午九时，赴医院换药，改照热光灯。

上午十一时，陈荫生弟来谈，至下午六时别去。

下午三时，庞镜新君来访。

八月五日，星期一，晴

昨觉创口胀痛，今日赴医院换药，出浓[脓]甚多，病既反复，医又束手，语又非俟秋凉开刀不可。现时颇无治法，且内部空间甚小，此脓何来？恐尚隐藏腐肉不能发见。噫！此病真反复之极，不知何日始能全愈。令人闷损，言之怅然。

八月六日，星期二，晴。有骤雨多次

上午九时，赴医院换药。

八月七日，星期三，晴。有阵雨多次

因周月波君介绍，今日改往陈练百医生就诊。据说亦非开刀不可，但察其情形器具之简陋，手术之生疏，似远不及江医之有经验而熟练。予甚觉不满，拟不再往，仍看江医。

胡炯拟自明日请假回籍医病，予允之，并给川资念元。

八月八日，星期四，雨

今日不往医院换药，仅自行洗涤而已。

温州班海晏轮船改定明晨出口，故胡炯改明日启行。

八月九日，星期五，雨

上午九时，往江医处换药。

胡炯于晨六时动身回温。

八月十日，星期六，雨。下午晴

上午十一时，自行换药。觉肉已满起，橡皮管不能插入，何其涨满如是之速，颇滋疑感，亟往医院诊察。结果亦不能确定，仅插入三分许，俟明日再看。

下午三时许，创口觉痛，又复出浓[脓]。上午之所语胀满者，仍系中间隔住一层，兹又通矣。

八月十一日，星期，雨

上午九时，居逸鸿兄来访。

十时，赴医院换药。

下午四时，陈仲瑜、季云兄弟来。晚七时，便餐于德国饭店。

八月十二日，星期一，雨

上午九时，赴医院换药后，顺道往浙江银行。至下午三时回寓，陈五平夫妇已出医院，寄寓予处。

八月十三日，星期二，大雨

今日大雨，不往医院换药，亦不赴行办事。

八月十四日，星期三，晴

上午九时，赴浙行办事。

下午四时，赴医院换药。

八月十五日，星期四，晴

上午九时，赴浙行办事。

下午四时，赴医院换药。

八月十六日，星期五，晴

晨七时，陈五平夫妇返绍，内子送至车站。

上午九时，赴浙江办事。

下午四时，赴医院换药。

八月十七日，星期六，上午晴，下午雨

上午九时，赴浙行办事。

下午四时，赴医院换药。

八月十八日,星期,晴

下午三时,郑啸泉君来访。

八月十九日,星期一,晴

上午九时赴行。下午四时,赴医院换药,顺道过新亚酒楼一衡体重,只壹百〇八镑,较去冬又轻十七镑。

八月二十日,星期二,晴。下午四时雷雨

上午九时赴行。及四时半回寓,知汤彦颐世兄已于上午十时来访。

八月二十一日,星期三,晴。下午有阵雨

上午九时赴行。正午,应徐季荪叔之午餐于乐乡饭店。

下午四时,赴医院换药,橡皮管已不用,改用纱布。

八月二十二日,星期四,晴。间有阵雨

上午八时,织仙赴务本小学肄业。

九时赴行。下午四时,赴医院洗疮。

八月二十三日,星期五,晴

上午九时赴行。下午四时,赴院换药。

八月二十四日,星期六,晴

上午九时赴行。十时,卸任南通县法院院长王晓岑思贤来见。

八月二十五日,星期,晴

上午十时,王介亭君来见。

下午二时,第一特区地院推事莫寿笙寿华来访,谈至四时余别去。

八月二十六日,星期一,晴。午后有骤雨

上午九时赴行。四时返寓。

八月二十七日,星期二,晴

今日为孔子诞辰,行中亦遵例休假。

上午九时,偕内子访朵如夫妇,至十一时而返。知朱维新君来访,不晤而去。

八月二十八日，星期三，晴

上午九时赴行。患处颇感胀痛，下午四时，往江医处。又出浓[脓]甚多，体热亦高至百零一度，夜半始退凉。

八月二十九日，星期四，晴。下午大雨

上午九日赴行。下午四时回寓，适朱维新君偕祝佑轩君来访。

八月三十日，星期五，晴

上午九时赴行。下午四时回寓。

八月三十一日，星期六，晴

上午九时赴院。下午四时回寓。三时，来复泰君来见。

九月一日，星期，晴

下午三时，访陈朵如兄，谈至六时返寓。

九月二日，星期一，雨

上午九时赴医院。江医已返沪到院应诊，为予诊察后，语非开刀不可，决四五日后入院。

十时赴行，下午四时回寓。

九月三日，星期二，晴。夜雨

上午九时，赴医院换药。经江医指定本月六日星期五入院，重施手术。

十时赴行，下午四时回寓。

九月四日，星期三，晴。夜雨

上午九时，赴医院换药毕赴行。下午四时回寓。

九月五日，星期四，阴

明日须入院开刀，故今日行、院两处均不往，稍资休息。

下午三时，朵如夫人率长子运臣世兄来访。

九月六日，星期五，晴。下午雨

上午十时，内人陪同入上海痔疮医院续行割治痔漏。下午四时三十分施行手术，历三十分钟。予已觉痛，而局部麻醉剂已至最高度，不能再加，恐生危险，遂中止手术。仅割一部，定下星期一再行继续。旋亦安卧，神稍惫，胃如常。

九月七日，星期六，晴

上午九时，朱维新、朱中干叔侄两君来访。中干系朱郁堂先生次子，亦因患痔疮拟来此就医。嘱为介绍，定九日入院施行手术。

下午五时，陈朵如兄来访。

九月八日，星期，晴

上午十时，汤韦存、汤彦颐父子来访，并赠菱栗。谈至过午，始行辞去。

九月九日，星期一，晴

上午十一时，孔纯如君来访。下午六时，朱维新君来访。

九月十日，星期二，晴

下午四时，陈朵如、李浩生两君来访。

下午四时半，续行手术，至五时毕事。计开去长三寸、阔寸余、深二寸之臀肉一方，原有痔漏之深根业已去净，从此可望全愈也。夜亦安卧如常。

昨日开刀后经过良好，胃口精神均如常。

九月十一日，星期三，晴

下午八时，朱维新君来谈。

九月十二日，星期四，晴。下午二时后大雨，中秋

予自进院后，天气日热，感如盛暑。今日上午犹闷热，在华氏寒暑表九十五度以上。下午忽大雨倾盆，晚间温度降至六十余度，相差三十度，亦异态也。

九月十三日，星期五，晴

下午八时，朱维新君来谈。

九月十四日，星期六，晴

下午六时，陈容百君来访。

九月十五日，星期，阴

上午九时，居逸鸿兄来访。

下午一时,庞镜新君来访。三时,朱维新君偕其侄女荷英女士来访。

九月十六日,星期一,雨

下午五时,陈朵如兄来谈,并携一合同稿来商。

九月十七日,星期二,晴

下午六时,朱维新君来谈。适来寓中长女素娟电话,语因房租事,由第一特区地方法院来一传票,传九月二十四日上午九时审云云。当饬其明日将传票送阅再说。

九月十八日,星期三,晴

上午九时,素娟来语,房东因与债权人争讼,语八月以前房租犹未收取,故传房客作证云云。当函请将因病不能遵传出庭情形,函致该院执行处知照,并将所知实在情形予以书面证明之。

下午六时,王介亭、朱维新两君来访。

自予入院以来,内人日夜陪视。兹因开刀后已有十日,经过良好,寓中颇不放心,当与素娟对调。自今日起,素娟留院陪侍,内人则回寓也。

九月十九日,星期四,阴

下午四时,陈朵如兄来,即将合同稿改就交出。

八时,朱维新君来谈。

九月二十日,星期五,晴

下午七时,王介亭、朱维新两君先后来谈。

九月二十一日,星期六,晴

朱中干痔疮本轻,嫌住院费太贵,今日出院移往邻近旅馆,即虹口大旅社三楼七十号。

九月二十二日,星期,晴

上午九时,陈仰军、来复泰两君来访。

下午三时,郑啸泉君来访。

九月二十三日，星期一，晴

下午一时，内人突来院语，接和弟来信，裕弟自十七日起患噤口痢甚剧。予因不能起床不能出院，当饬内人乘夜车星夜赶回东浦，调理其病。

下午四时，陈朵如兄来访。六时，徐道乾、汪如松两君来见。

九月二十四日，星期二，晴

内人既于昨夜回浦，寓中无人主持。当饬素娟回寓，另命一女佣之妹来院理值。

下午一时，朱维新君来谈。

九月二十五日，星期三，晴

上午九时，素娟来院，语接家中快信，裕弟病危，已办后事。予既因病不能赶回，焦灼万状，乃决出院回寓。命素娟乘下午三时十五分特快车赶回家中，约明日上午可到家，以代子职。商诸江医，语可以出院，仍日日出诊，来寓换药可也云云。乃收拾一切，于十一时五十分乘车回寓，管理一切。因寓中只女仆姊妹两人，若无人在寓，则邮电杂务等均无从应付也。一面打发素娟回绍，于下午二时半出门，乘三时十五分京间特快车启行。

三时，接紫垣来信，语裕弟病虽危笃，神致尚清，唯已豫备后事云。

八时，陈朵如兄来谈。语真正噤口痢病在十二支[指]肠，非中医所能治愈，西医注射血清系对症药。且病自十七日起，已逾八天。真正噤口痢不能支持至此，恐系类似症，尚非不治云云。予甚以为是，当以长途电话乞徐叔荪表叔代请西医往吾家诊治。复电话，语已当夜偕医驰救。叔荪叔对予事向极热心，至可感也。朵如兄谈至十一时乃去。

九月二十六日，星期四，晴

昨夜不能成寐，心绪恶劣。

上午九时，得紫垣快信，语裕弟昨服白毛石斛后，胃已稍动，能饮米汤。痢略稀，眠亦稍安，予心稍慰，然又恐为宽予心故如此说也。

十时二十分，得徐叔荪叔长途电话，语已请西医张爱白至予家诊视裕弟，连打两针，尚无危险云云。予心又稍放。

下午一时半，江医来寓换药。

九月二十七日，星期五，晴

上午九时，得成序表弟叔荪叔长子快信，语裕弟痢疾已由张医注射两针。唯肝胆肺三脏均有病，验大便似胆囊已破裂云云。全信语气虽未明说病危，然字里行间已隐露不治之意。是昨日电话语尚无危险者，犹是叔荪叔恐予不安之言焉，意甚可感。

下午二时，江医来寓换药。

三时，接内人快信，又说裕弟病可望转机，并叙述经过病状。

下午八时，王介亭君持天津地方法院院长周伯亟兄祖琛名刺，代为问候。语其过沪时颇思相晤一谈，唯渠已以在院卧病，不能接见相复云。

九月二十八日，星期六，晴

昨夜不能成寐，今日未得家书，裕弟病情恐已凶多吉少。

下午二时半，江医来换药。

四时，织仙由校回寓，深以母姊何往相问。予以裕弟之病告之，并出示各信，伊亦颇知着急，恨不得偕姊同归侍疾。

九月二十九日，星期，晴

昨夜又不能入寐。

上午九时，得紫垣快信，知裕弟已于昨日上午三时十五分去世，定昨夜下午十二时入殓云云。始知前昨各信语有转机者，均系为宽予心之言也，后事均由二妹及内子主持云。阅毕，不禁悲从中来，放声大哭。念裕弟三岁时惊风成驼背之残疾，一生多病。祖母以为不能长大，能活至四十八岁已属意外，故不出门专管家事。而予在外三十年，能无内顾之忧者，首赖于此。吾兄弟三十年来，一治内，一主外，相处无间，一旦分离，能无悲痛。而予以病卧沪寓，弥留时不能奔回永诀，属纩时不能抚尸一恸。想念前情，益深抱恨。噫！已矣！此吾家一大损失，而亦予身之一大损失也。

下午二时半，江医来换药。

四时，陈朵如兄率两女来谈。知裕弟已已，竭力慰劝，留此晚膳。膳方毕，汤拙存兄来访，互谈至八时顷。内人驰回，来视予疾，并报告裕弟经过情形。恐吾过于伤痛，亲来劝慰。陈、汤诸君复谈至九时余别去。内人拟明日留寓，后日仍须回绍赶办头七事宜。

九月三十日，星期一，晴

昨夜与内人长谈，伤感太甚，不能成寐，且竭昨今两日一夜时间拟成挽联数则。下午电话请殷远香文莲来寓写就，以便明日内人携家，于首七时悬挂。兹录稿如下。

挽裕生胞弟

其一

自吾母弃养以来，弟主内，兄治外，三十年惨淡经营，辛苦艰难真手足；

溯我父见背而后，子迭死，尔又已，七八载风波拂逆，凄凉悱恻裂肝肠。

其二

廿日接家书，惊悉尔疾病垂危，未见亲归一永诀；

九原侍祖母，为道我精神顿减，不知混得几多时。

其三

一生俱病，本极堪怜，家务劳维持，追念前情今已矣；

先我而已，未始非福，门楣悲衰落，不知后事更如何。

代内人挽

旅邸报违和，代令兄奔返东乡，难觅灵丸延寿命；
萧斋伤永诀，愿吾叔往生西国，好将本性证菩提。

代爱妹挽

拾年来琐务偏劳，回思宵短话长，常赖仲兄为我计；
旬日间沉病莫起，自顾家寒子幼，从兹心事向谁谈。

代长女素娟挽

冲龄失恃，依叔逾年，膝下承欢，寸草有心愧未报；
及笄离乡，随宦数载，床前侍疾，落花无语憾已迟。

代次女织仙挽

随严亲求学沪滨，未偕阿姊同回尽侄礼；
惊仲叔归真天上，倘见曾慈依旧得欢心。

十月一日，星期二，晴

内子紫垣八时动身，乘九时十五分快车回绍，办理裕弟丧事。三日首七，为时已促也。

裕弟近年来，茹素念佛。此次丧事，内人依其意旨，注重经忏念佛，并于病革时，当面告知如何办理。伊亦点首含笑，表示满意。并于弥留之三日间，已满堂焚香点烛，请老妪来家念佛。裕弟神志极清，认为热闹。自知不起，并请二妹及内人等，于其临终时帮其念佛，勿动哀声云。故入殓前，除依吾家惯例，拜路头忏一堂外，二妹另拜阎罗忏一堂，另放毛水焰口一堂。首七道场，二七受生经，三七念佛，四七念佛，五七普佛，六七普佛均已订定。灵前并另请老媪一人，专为念佛。二妹与内人又各于病革时约定，为拜七佛各一堂。云实因裕弟笃信佛教，于弥留时自行要求也。予为尊重弟意，当然照办，毫无异言。予虽不信佛教，然人各有志，不能勉强。予对于志愿，素无强人同我之意，故一一应允。唯予本意，终觉做人应做好人，并应做一正正当当之人，丝毫不容苟且。故生平律己甚严，不肯稍行疏忽。至世俗超度之说，向来不信。否则生前尽可作恶，死后多拜经忏可也。岂设教劝人之本旨如是耶。杂感交集，偶成自挽一联如下。

僧道无缘，请帮忙诸君，毋为争场面；
性灵不昧，告主丧眷属，各自凭良心。

因此忆及十七八年间，病中亦有自挽一联，追录如下。

出处不苟，取与不苟，春夜扪心，只此两端，尚堪自慰；
举措未能，事畜未能，苍天有眼，留兹一介，亦复奚为。

下午二时半，江医来寓换药。渠语有时注视茫茫，目将花，施行手术须带眼镜。且胆渐小，不比从前之有勇气云云。询其年龄，语四十六岁，观其形容似在五十以上。然因此予又有感焉，近人到五十左右，目光必退，已成通病，胆怯一言，颇资经验。昔予任法官廿余年，最初三年以诸事未谙，正在留心学习，判案之胆自小，及手续谙练，法例熟悉，自以为能一无惧心。迨近五年来，觉真事实之不易得，社会复杂，法令繁多，屡恐错误，判案之胆日小。江医之言，实富经验。惟凡人办事无论何业，一生只有十余年。少年则诸多未谙，老年则精力就衰。且今人不比古人，五十以后，即感衰老，故真正能办事，仅四十岁以后之十余年耳。一叹。

十月二日，星期三，雨

午夜后又不能成寐，伤感太多，又成一联，哭裕弟亦自伤也，录如下。

汝亡尚有我为理值；
吾死不知谁来主持。

先妻内弟荫生，后妻内兄仲瑜先后驰书慰唁，感极[激]涕零。荫弟情词沉痛，自告奋勇，愿为帮忙，尤为可感。兹录复仲瑜兄函于下。

（上略）承唁甚感，弟在外三十年，得无内顾之忧者，赖亡弟之治家有方耳。一家有一家情形，稍不得当，柴米油盐，无一不可发生事故。措置调整，煞费苦心，三十年如一日。弟此次续施手术，尚隔日驰书来询病状，乃竟先我而逝。弥留时，不能亲临永诀；属纩时，不能抚尸一恸。追念前情，能无痛哭。此境此情，何能自已。丧非经过不知悲，于今益信。紫垣于廿九晨视殓后，赶至沪寓来视弟疾，并加劝慰。复于昨晨奔回东浦料理丧事。出殡做坟均需时日。在东浦，当有数月羁留。病榻无聊，夜不成寐。得耗后，仅两夜一日之间，哭成数联，交紫垣携归悬挂。特录稿呈正。词虽未工，情尚实在。吾兄阅之，当亦为之太息也。贱恙日就痊可，双十前后可望收功。承念并谢。（下略）

下午二时半，江医来换药。

八时，陈朵如兄来谈，至十一时别去。

十月三日，星期四，晴

今日为裕弟首七之期。溯予此次入院续施手术，裕弟初则颇不赞成，恐无结果。继则隔日一书，来询病状。其起病之前三日（即十三日），犹来函力劝忌口，不意竟先我而亡。噫！此其为裕弟最后之绝笔也，应保存之[①]。

---

① 本卷日记内夹沈锡庆二弟沈裕生致兄嫂信笺一页。书信正文内容如下："哥嫂钧鉴：接素娟于十一日发来一案已照收到。知悉哥第二次割（转下页）

念裕弟主家管理一切，上有祖母之庇荫，而经济之责全由予负。虽不能有如何裕如，然布衣暖，菜饭饱，按时按季预行寄归，故终年无拮据之虑，筹措之劳。其设施自较他家为易，且权极专一，无论何人不来掣肘，可称顺境。唯自祖母故后近三年间，精神上颇有不适，似有来沪同居之意。然一经予拟往接，则又踌躇不来。而予以家中仅继母一人，在三弟媳未归以前，无人通信，亦不坚决命来。数月前，内人颇主往接，修书接洽。语拟俟安雅身后事宜完全结束方可动身。及结束后，又语须合寿材、淋坟泥，仍不能来。即来亦只数日担搁。予以跋涉长途，仅仅数日担搁，似不合算，不如俟予此次医治全愈后自行往接。彼时，渠一切事情可以结束，不妨长居沪地。讵不适予病未愈，而裕弟已撒手先逝也。虽饰终之典无亏，而养生之道究有未尽。追念前情，能无痛哭。噫！悔之晚矣。

下午二时半，江医来换药，并告予可起床，稍行走动不妨。

十月四日，星期五，晴

予自裕弟故后，病榻无聊，益增悱恻哭挽，已非一次。今又续成

(接上页)治，亦已经过。将腐肉完全净尽，喜甚。且经此折磨后，精神尚好，胃口仍开，并不受甚何影响。但臀部转折不甚便当耳，此乃小也者矣。此次真实全愈，或可真有希望矣。医云一个月可出院，照此时期，并不久长，指日可待，慰甚慰甚。但愿都如医生所言，毫不改变。则幸甚矣！弟裕上。九月十三日。"页眉处又添数言，内容如下："此函写毕固封正要付邮，又接嫂由医院发来手书，详悉。哥之割治情形，一切一切，嫂之侍疾情形，一切一切，弟想起来心惊，写起来手颤，不答爰矣。专待生肌收口，全愈复元，答谢神明祖宗矣。嫂拜鉴。弟再启。"页右及下又添数行，内容如下："哥再无此次割治臀疮，如真有完全治愈希望。弟余不要求，惟求忌口以助成功。所谓忌口者，无非忌发食、毒食耳。余都可吃，语云祸从口里出，病从口里入。请哥听弟一言，余不饶舌。如有弟者，请听弟言。如信弟者，请听弟言。弟裕再上。"书信正文落款之后，左下角有沈锡庆附言："此系裕弟最后之一信，绝笔也。应保存之。"

四十字，以哭之。

娶妻有室，遄赋悼亡，恩义足千秋，不许鸾胶赓再续；
视侄如儿，赐名继仲，昙华仅一现，胡教①乌养别成空。

又为三弟和生代挽一联如下。

示之以俭，勖之以勤，驽质自增惭，回首方知教弟苦；
诲我如师，抚我如父，雁行悲遄折，伤心追念仲兄贤。

裕弟之病系噤口痢，在西医为八大传染病之一，应行隔离。然内地情形，何能办到。且便桶依然倒入粪缸，由乡农挑去肥田。此种病菌，浇入菜蔬出售于市，其传染情形，危险不堪言状。然观吾国内地，亦未见有大批死亡，或死已净尽。即就此次吾家论，裕弟之病当然误食病菌而起，然同镬煮菜，同渠饮食，何以他人无恙，裕弟独亡？至语体弱无力抵抗，然闻东浦今年患痢者甚多，患者必死。强壮如谭朗生，闻已先裕弟三日而死。吾家其余诸人，其体质胜于裕弟者有限，何以竟不传染。于是命数之说尚焉，此亦科学与玄学交战而无从判断者也。

下午二时，江医来换药。

十月五日，星期六，阴

上午十一时半，织仙由校归。

下午一时半，江医来换药，并劝予日服当归、黄蓍各三钱，语疮口可易于收功。予知西医最恶中药，亦无庸忌口，兹江医主张忌口并屡劝予参服中药，是殆由经验而来欤？即日购服。

---

① 旁改“可怜”二字，窃以“胡教”为妥。

十月六日，星期，阴

上午十时，三弟和生来寓。渠于昨晚由家返沪，到行销假。今日来述裕弟病故情形。予则“到此伤心无一语，对君惟有泪相酬”耳。晚膳后别去。

下午一时，江医来换药。

三时半，上海地方法院文牍科主任书记官殷远香文莲。来寓为写挽联。

十月七日，星期一，晴

下午二时，江医来换药。

八时，胡炯返寓。渠闻裕弟病故，力疾回沪，予视其面，犹有病容。

十月八日，星期二，雨

上午十一时，徐成序表弟由绍兴来访，并慰裕弟之丧。

下午二时，江医来换药，觉本星期创口进步甚缓，尚有深八分、长六分之部位未曾收口。嘱自明日起，赴医院门诊，以便日照电光以杀菌而刺激之，免致停顿。予询其原因何在，答语身体不良。予恐近数日之伤感及夜不成寐，或有此致之。

十月九日，星期三，雨

上午九时，赴江医处门诊换药，并照紫外光。语此紫外光线是电流通过石英管时，藉电热以激荡管内水银蒸发时所发出之光。其功能(一) 其有极强之杀菌性；(二) 有极强之化学性与刺激力，凡顽固之伤口其肉芽之生长甚慢，此光能增加其新陈代谢而速其肉芽之长成；(三) 能增加体内红血输之血色素。有此三大功能，故痔漏病照此光收口较快云。

十一时，徐成序弟复来谈，并持赠蒋腿①、红旗参等补品。

---

① 蒋腿，即“雪舫蒋腿”，金华火腿中的上品，民国四年(1915)获巴拿马万国商品博览会金奖。

下午六时，织仙由校回寓，因明日国庆例假故也。

十月十日，星期四，雨

上午八时，往江医处换药，并以紫外光治疗。

九时，居逸鸿兄来访。

下午八时，朱中干世兄来访。

今日国庆，第六次全国运动会在上海市中心区新建之运动场开会。林主席森、汪行政院长兆铭均来沪参与。闻到会达二十万人云。

十月十一日，星期五，晴

上午九时，往江医处换药，并照紫外光。

予体本系肝旺气盛，向不宜服参蓍之药。近七八年来，以积劳之故，体弱多病，水不养木，阴亏为甚，滋养品如燕窝、银耳、牛乳、牛汁、鸡汁、龟边、黄鱼肚、红旗参等服之均无大效。亲友中常劝服参，予终不敢尝试。此次割治痔漏，开刀五次，迁延半年。现虽有根本全愈之望，然淹缠时日，尚未收功，深恐再生变化。友人复劝服参，以速其收口。予于前日（即九日）乃姑购别直参一支，计重七钱二分，分作两日煎服。每日三次，服后亦不觉如何。询诸友人，语不觉如何，即是“已投”之象，可继续服之。是殆予体已有变更之故。噫！此衰象也。

十月十二日，星期六，晴

上午九时，往江医处换药，并照紫外光。

予自民国十二年秋，由董医振民发见有糖尿病后，迄今十余年，因未全愈，然亦无若何危害。按西医视糖尿病极为严重，须绝对禁止糖食及有淀粉质食物。语病在脺脏（吾国无此名，唯有语即脾者）。因尚未发明对症之药，故认为不治之症。中医则无此病名，核其病情似同消渴，语病在肝脾肾此三脏。无病则小便自然无糖之成份，非不治也。唯予就此十余年间，除减少糖食外（非绝对不食，不过能除则除耳），亦常经相当治疗，中西俱医，然均无效。间尝与友人中业医者研究，似东洋人之患此病不如西洋人之甚。犹吾国南方人之患疟甚属普通，非如北方人之患疟必死也。其殆体质与地气使然欤？故日本人患糖尿病亦不甚重视，唯吾国之学西医及尝在西洋留学者，则视此病为必死之症，恐惧异常。现予亦淡然置之。

下午七时，朱维新君来访。

八时，陈朵如兄来谈，至十一时别去。

十月十三日，星期，晴

上午九时，往江医处换药，并照紫外光。

十时，庞镜新君来访。

十一时，居逸鸿兄来访。

十月十四日，星期一，晴

上午九时，往江医处换药，并改照热光线一天。

予自四月十五日就江医处医治痔漏，至今日适满六个月。现疮口虽已小如绿豆，唯内深尚有四分，不易涨满。暂置橡皮管于口，以免收口。

十月十五日，星期二，阴

上午九时，往江医处换药，并照紫外光。

下午三时，陈荫生内弟由镇江来。因接家信知伊妻病重遄回赏祊，过沪下车一访，仍乘六时五十分快车而行。

下午七时，汤拙存兄来访，谈至十时余别去。

友人中颇有知予贫者。予今年医药半年，近又遭弟丧，均需费不资。故连日如居逸鸿兄、汤拙存兄均以需钱应用相询，意图资助，予感其意而婉谢之。

十月十六日，星期三，晴

上午九时，往江医处换药并照紫外光。

下午七时，王介亭君来访。

十月十七日，星期四，晴

上午九时，往江医处换药并照紫外光。

予近与汤拙存兄谈教育问题，争论甚烈。伊语凡人性质生成，无关教育。予语天性一半，教育一半。除上知与下愚外，中人之材尤赖教育。各举实例甚多，争辩多次，各不相下。予因而忆及予之为人，从幼即与人不同之点甚多，向不肯与世浮沉。兹就偶忆所及略述二事如下。（一）二十一岁赴日留学过沪时，同乡陈炳奎先生在沪营商，颇好酬应。故予等过沪，伊必照常宴请。除正式宴会外，兼请花酒。予对于花酒托词谢绝不去，同人皆往。次日，同人语予太执，有伤友谊。予不为所动，故至今三十年来无人请予吃花酒者。（二）二十八岁初任浙江省法院法官，颇思用一仆役以理衣食。时东浦剃头匠多拟改业。予家常用之剃头匠玉祥亟谋此事，予已允之。乃伊次日忽送绍酒乙担来家。予恶之，竟不雇用，酒亦不收。就此诸端，予对于处世立身之道似已有一定之见解也。

十月十八日，星期五，晴

上午九时，至江医处换药，询其究于何日方能完全收口。予含糊未能确答，究诘再三，渠语在他人，此种疾病早已收口。尔迄今尚未收口者，谅系身体衰弱之故。就这星期经过，毫无进步，究于何日方能收功，实无把握。再诘其究竟有无收口之望，答曰：难说。乃停止照电，改用注射“海而平”Helpin以增脂肪。如是则此疮又届难决时期也。

十月十九日，星期六，晴

上午九时，往江医换药并照热光线，又打“海而平”一针。

十时，赴永安公司镑体重，仍为壹百〇八镑，与八月十九日同。唯八月间系穿夏布衣，现已穿夹衣。仅就衣服之重量论，已增加数镑，似体重又轻数镑也。

下午五时，汤拙存兄来谈，谈至七时余别去。

十月二十日，星期，晴

上午九时，往江医处换药，并注射“海而平”一针。

予近五日来（本月十六日起），每至下午六七时，觉有寒噤，四肢酸痛，手足发冷，颇似寒热。然以验温计试之，非特无热度，且不到华氏九十八度（体温低于常度，为予向未所本有）。其殆虚弱之征欤？

昨日起服金鸡纳霜后，寒似稍瘥，但仍未绝。今晚亦然，疲惫颇甚。但眠食如常。

十月二十一日，星期一，晴

上午九时，往江医处换药并注射“海而平”针药。

十一时，徐成序表弟由北平南返过沪视我，并赠予水果数色。

十月二十二日，星期二，晴

上午九时，往江医处换药打针。据语疮口已浅，仅二分，将前置橡皮管拔去不用，仍以沙布塞之云。

近日病榻多暇，将裕弟发引告灵等祭文预为拟就，以备出殡时之用。予本拟五七前后为弟安葬，旋因日期难择。据术者言，非至阴历十一月间不可。由夏家择定十二月十四日，即阴历十一月十九日丑时安葬，尚与家中商洽中。兹将两祭文稿录下。

发引祭文

维中华民国二十四年十二月十四日长兄锡庆率家属人等，谨以清酌蔬菜之奠致祭于亡弟裕生之灵帷前。曰：呜呼！弟其先我而逝耶。念吾母所遗子女，仅吾兄弟及两妹而已。不幸大妹蚤亡，弟又继去，所遗四人，死亡及半。死者长已矣，生者其何以堪。呜呼！弟竟先我而逝耶。弟自出生以来，幼甚颖悟，为先祖母所极钟爱。唯以终年多病，念语不能长大。讵竟能侍奉祖母四十余年，养生送终，了无遗憾。就弟之体质论，已不可语非长命；然就吾家及予计，又不能不痛弟死之尚早也。

光绪戊申，弟年二十有一，娶本村徐公佑卿之长女徐氏为室。伉俪情深，克资内助。奈结褵半载，遽赋悼亡；耿耿中心，卒未续娶。虽经祖母多方劝导，绝不回心。家权在弟，非他人所能强为。此固吾弟之情义堪钦，而亦为先父及予所无可奈何者也。吾家丁口不多，上有重闱，需人侍奉。家中常务，亦待经营。通盘筹画，以予方壮年，宜于奔走衣食。弟多疾病，宜于家居事亲。

虽吾弟当初尚有雄心，不甘家食，而位置天然，不容互易。故三十年来，予出外，弟主内，惨淡经营，得以支撑迄今。而使予无内顾之忧者，全赖吾弟之主持得当，措置有方也。乃自民国二十一年间，祖母故后，弟终郁郁不乐。语与祖母相依为命，祖母既死，恐亦不久于人世，精神上颇感不适。今春清明，予因祭扫归家，与予语三日，较前尤为亲热。予观气色尚佳，初不料别未半年，竟成永诀。言念前情，能无痛哭。入秋以来，吾弟颇有来沪之意，予亦敦促其来。奈以琐务牵连，犹豫不决，一再延约，终未成行。设早来沪，此种时疫或不致传染。呜呼！悔已晚矣！予患痔疾，医治五月，尚未全愈。九月初旬，又须入院割治。弟闻之，恐予力不能胜，仍难收效。初则劝阻，继则迭函来问近状。即弟得病之先三日，尚有函询。讵不旬日，弟竟先亡。初予得病讯，因自病在床，不能出院。急遣汝嫂归视。弟已自知不起，而尤以予病为念。呜呼！弟病革不能一视，弥留不能一诀，含殓不能一恸。身心两地，抱恨无穷。凭报号哭，迟矣晚矣。呜呼！吾兄弟分主内外，真如左右手之不能或缺。兹吾弟撒手西归，先我而去。叹家运之不良，追思往事，益感悲伤。呜呼！吾弟之亡，岂仅予一人之损伤，实吾一家之损失也。当兹发引之期，灵其有知，来格来馨。尚飨。

告窆祭文

维中华民国二十四年十二月十四日，长兄锡庆率家属人等，谨以清酌蔬菜之奠，致祭于裕生胞弟之墓次。前曰：呜呼吾弟！予等依弟临终遗言，早为举殡，与弟妇徐氏，合葬于白鱼潭之原。此固入土为安之义。而亦身后必经之过程也。此处本为吾兄弟及吾妻尔妻聚葬之所，为吾弟生前手自经营，既有先室及弟妇安葬于先，今夏又有甥女娄安雅，葬此东侧迎候吾弟。灵其有知，已不寂寞。临穴告窆，所难堪者我耳。今年清明，予与弟来此扫墓，本有今冬筑成之议，兹因弟来归，完成斯举。岂果有预兆耶？数也运也，弟亦可以安之矣。呜呼！尚飨。

下午八时，陈朵如兄来谈，至十一时余别去。

十月二十三日，星期三，阴

上午九时，往江医处换药打针。

下午五时，和弟来告，语接伊妻来信，母病尚未愈，嫂及伊妻又均病，拟明日回绍省视。予颔之。

十月二十四日，星期四，阴

上午九时，往江医处换药，因身体不适，停止打针。十一时返寓，觉体温骤高。下午高至百〇一度，胃亦不开。

十月二十五日，星期五，晴

上午九时，往江医处换药。午前退热，午后复高至百〇一度。

十月二十六日，星期六，晴

上午九时，往江医处换药。下午一时后，仍有热度。

下午二时，汤彦颐世兄来访。

十月二十七日，星期，晴

上午八时，陈仲瑜兄由京来访，当日夜车回去。

上午十时，往江医处换药。下午一时后，仍有热度，胃略开。

下午二时，金季贤君来见。

下午一时半，陈朵如兄来谈，至五时顷别去。

十月二十八日，星期一，晴

连日发热，晨退晚高，已经五日。恐系上午门诊途中受风所致，故拟暂行避风。今日不往门诊，电招江医来寓换药。

下午二时，江医来换药。五时后，仍然发热。七时顷，复至百度。

十月二十九日，星期二，晴

下午二时，仍招江医来寓换药，唯五时后仍有微热。

十月三十日，星期三，晴

上午九时，往江医处换药。途中似不怕风，但黄昏仍有未[微]热。

十月三十一日，星期四，晴

上午九时，往江医处换药。

下午八时，朱维新君来访。

十一月一日，星期五，晴

今日为裕弟五七之期，予当初以为此时臀疮必可收口，故满拟回家。讵不知迁延复迁延，迄今仍不收口，且无收口把握，究不知何若也，闷闷。

上午九时，往江医处换药。

十一月二日，星期六，阴

上午九时，往江医处换药。

下午三时，织仙由校回寓。

十一月三日，星期，雨。上午九时阴暗

上午九时，往江医处换药。

十一月四日，星期一，晴

今日报载财政部令：自今日起，以中央、中国、交通三银行之钞票为法币。以后公私款项均以法币交易，不准使用银币或现金，违者没收云。其余各银行发行之纸币，暂行通用，唯由中央银行陆续收回。

上午九时，往江医处换药后赴浙行一转，以灵市面。至十一时返寓。

十一月五日，星期二，阴

上午九时，赴江医处换药，顺道至浙行，稍坐即返。

下午二时，中央大学法律系主任教授赵之远君由京来访，谈至四时余别去。

下午四时半，访汤拙存兄，不晤而返。

十一月六日，星期三，阴

上午九时，赴江医处换药毕，往浙行闲谈，至下午三时返寓。

十一月七日，星期四，阴

上午九时，往江医处换药。因昨在浙行坐稍久，当晚即感疮口稍痛。今日换药时觉有浓[脓]水，嘱自行洗涤，伊又无办法也。下午四时，自洗一次，并敷以昔搽脚痔之药膏。因此膏前医脚痔，颇著灵效。晚九时，又洗换一次。

十一月八日，星期五，晴

今日不往江医处换药，姑行自洗。分晨七时、下午三时、晚九时三次。仍有浓[脓]，但不痛。

孙俶仁兄来沪，电话邀往一晤。正午，徐叔苏叔宴孙于水上饭店，约予作陪。同席者为陈朵如、陆吟父、尹莘耕、丁桂诚诸君。晚七时，陈朵如、尹莘耕两君合宴孙于小有天闽菜馆。同座者为陈彦畴、李浩生、甘叔腾、夏杏仙、陆吟父、丁桂诚及予等十人。至九时始散。

十一月九日，星期六，晴

下午三时，内人由绍返沪。

十一月十日，星期，晴

上午十时，汤韦存、彦颐父子来访。谈至十二时，偕往伊寓午餐。谈至三时而返。

下午四时，陈朵如兄来谈。五时，访徐叔苏叔于愚园路，不晤，折至陈朵如兄处，谈至九时而返。十时，复返徐叔苏叔于南京饭店。谈至十一时而返。

十一月十一日，星期一，晴

上午十时，访徐叔苏叔于南京饭店。正午，偕往川菜社午餐。谈至四时返寓。

十一月十二日，星期二，阴。上午雨

上午八时，陈仲瑜兄由京来访，仍乘夜车当晚回京。

九时，访陈朵如兄。十时，访徐叔苏叔，稍坐即返。

下午二时，钟泽人世兄来见。

四时，居逸鸿兄来谈。

十一月十三日，星期三，晴

臀疮自洗五日后，浓[脓]仍多，且发见横边又有寸余一洞，终非佳象。改往鸿玉坊朱彦甫痔科医处一诊，不得要领，仍往江医处磋商，终无办法。

十一时，往徐叔荪处闲谈。正午，偕往冠生园午餐。餐毕，赴浙江银行一转，仍回南京饭店，闲谈至三时而出。

下午四时，访汤拙存兄，不晤而返。五时，居逸鸿兄来访。

九时，王介亭兄来访。

十一月十四日，星期四，雨

下午五时，王介亭君来访。

十一月十五日，星期五，雨

上午九时，访徐叔荪叔于南京饭店。十一时返寓。

予自本年四月十五日，就江岳峦医生医治痔漏以来，历时七月，开刀五次，迄未全愈，且已绝望。计共费医药调养之资壹千五百元之巨，就经济上论，已无力续医，且亦不能再得结果。只好就此为止，听其自然而已。

十一月十六日，星期六，雨

上午九时，往四行储蓄库接洽事宜。

十时，转往浙行办事，至下午三时返寓。

自今日起，每晨冲服膏滋药一碗。即以旧存之阿胶、鳖甲胶、龟板各四两，新购鹿角胶乙两，合蒸之。

十一月十七日，星期，阴

上午，应陈朵如兄之力劝，陪往赵启华医生处就诊。渠语臀疮仍流脓，中断医治，必贻后患。往诊结果，语不无办法，容试医之。

十一月十八日，星期一，晴

上午九时，往赵医处复诊，并送小便于朱仰高医生，请其化验，现含糖分若干。

十时，访汤拙存兄不晤。少顷，汤君来寓，谈至十二时别去。

内子于今晨乘七时五十五分特快车转杭回绍。

十一月十九日，星期二，晴

小便化验结果，含右转糖即葡萄糖百分之二。

上午十时，往赵医处换药，伊语须先治糖尿症，方可望收口。予语经过，论小便无糖亦难收口，前已治过也。伊为介绍李善畯博士，专医糖尿病，并代规定菜单。予颔之，诊毕赴行。

十一月二十日，星期三，晴

上午十时，往赵医处复诊换药，换毕赴行。

下午三时，居逸鸿兄至浙行来访。

十一月二十一日，星期四，晴

上午十一时，张孔修君来访。

下午三时，由行往赵医处换药。

十一月二十二日，星期五，晴

今日臀疮觉痛，似赵医药水不宜。下午五时复诊，语已发肿且有硬块。其医法虽极巴结，然经验不足，有害有益。明日起，拟不就诊。

十一月二十三日，星期六，阴

上午九时赴行。十一时得汤彦颐世兄电话，语伊父来沪，邀予午餐。予即命车驰往，至则陈鹤卿君亦在座。谈至下午二时返寓，知王粟初兄已于一时半来寓，不晤而去。

下午五时半，织仙由校回寓。

十一月二十四日，星期，晴

终日不出门，槁卧一日。

十一月二十五日，星期一，阴

上午九时，访陈赞卿、王粟初两君。谈至十一时赴行。

下午四时返寓，臀疮似较好。

十一月二十六日，星期二，阴

上午九时赴行。下午四时返寓。

臀疮日间较好，行动如常，似甚舒适，故终日未睡。讵至晚间七八时，骤然增痛，身或发战。盖新起硬块作脓也。

十一月二十七日，星期三，雨

臀疮痛虽止，而出浓[脓]甚多。每隔二小时排挤一次，故未赴行。

十一月二十八日，星期四，雨

上午九时赴行，四时返寓。

疮痛已止。

十一月二十九日，星期五，阴

上午九时赴行，四时返寓。

晚得家信，知继母病泻以来，肠胃甚弱。现泻虽止，而体弱已甚，唯精神尚佳云。予本拟十二月四日回家，为裕弟出殡，现继母病既转剧，遂电招三弟和生，约定于十二月一日提早回家。

十一月三十日，星期六，雨

上午九时，得家中快信，语继母病危，嘱速回家。唯本日早车已经开出，只能于夜车启行。当电招和弟回归。

九时半，往浙行与朵如说明情形，一面准备归装。

吾家自裕弟病故后，家务无人管理。兹继母又病危，家中更属乏人理值。即内人等不能再行居沪，当将沪寓退租，命胡炯办理结束。

下午三时，织仙由校回寓，遂命向校请假二星期，一同回家。

下午六时，率和弟、织仙及女仆，乘六时五十分快车赴杭。车中遇王燊忱、尹莘耕、金直卿诸君。十二时抵杭，即在车站附近钱江旅馆一宿。

十二月一日，星期，阴

黎明即起，六时渡江，八时抵凰仪桥，八时半抵家。见继母神致极清，精神尚佳，唯饮食只能进米汤而已。当经决定，为裕弟提早于四日子时出殡，预备一切事宜。

十二月二日,星期一,阴

上午九时,往彭潭查勘裕弟坟墓工程。

继母病状依然,尚无变化。

十二月三日,星期二,阴

今日为豫备裕弟出殡事宜,日间徇俗做道场。

夜间十时发引,十二时告窆。予率两女执绋,内人及三弟夫妇因陪侍继母不能往送。

继母于下午七时病忽有变,气甚急,询其情形,据云心腹俱舒服,惟觉气急乏力。历一小时,竟溘然长逝。予等依近来佛教新法,四面环就,不动遗体。须经过八小时以上,方可举哀。

十二月四日,星期三,雨

午前四时举哀,办理继母丧事,一切均照先父丧事办理。下午六时大殓。

十二月五日,星期四,晴

预备八日首七事宜。予因连夜不睡,昨日入殓又匍伏跪拜过多,臀疮增剧。

十二月六日,星期五,阴

预备首七事宜。

十二月七日,星期六,阴

上午十时,请徐仲荪表叔,为继母成主。

十二月八日,星期,阴

今日为继母首七。一切均照吾家旧例及先父首七办理,但不开吊,安昌及城中诸亲戚均来吊唁。

十二月九日,星期一,阴。下午雪

十二月十日,星期二,晴

予自回家后,精神愈觉不振,气力毫无,饮食乏味,大便不通。内人力劝就医,乃于九时雇车赴杭,就诊于何公旦医生。据云症象不轻,速加医治,尚可望痊,嘱勿大意。便就大通旅馆羁寓,是役也,内人与次女偕行。

十二月十一日，星期三，阴寒

内人率次女乘早快车赴沪，送女回校。予槁卧逆旅，煎药自服。

夜十二时，内人由沪归。

十二月十二日，星期四，阴寒

自服何医方药两剂。今晨有大便自下，痰亦较淡，小便减少。九时，复往复诊，据云尚可医治。

午后，偕内人乘车回家。下午三时到家。

十二月十三日，星期五，雨雪

今日为裕弟淋坟。予因病不能前往，命内人赴坟头监工。

十二月十四日，星期六，雨。阴历十一月十九日

今日午前零时三十分，三弟和生生一子，计生年月日为：乙亥年，戊子月，甲子日，甲子时。

予为取名树元。

夜为继母循俗转裀。至午夜二时，事毕方睡。

十二月十五日，星期，晴

上午七时，沈仲密君来访。

沪寓行李亦于今晨运到。

本日为继母二七之期。循俗请道士诵受生经一日。

十二月十六日，星期一，雨

上午九时，往彭潭验收裕弟坟墓工程，计付工料洋四百二十元。验毕，往该田佃户收租。

十二时回家，二妹适由杭来视予疾。下午二时别去。

十二月十七日，星期二，晴

本日午前六时，为继母寿坟破土开矿之期。于今晨二时，命工人等前往陈酿堰坟地办理。

下午五时，胡炯由沪归。报告沪寓结束情形。

十二月十八日,星期三,晴

因继母出殡期近,豫备一切事宜。

十二月十九日,星期四,阴

终日豫备继母出殡事宜。

十二月二十日,星期五,雨

仍豫备继母出殡事宜。

十二月二十一日,星期六,雨

日间做道场。因不开吊,来吊者极少。

一切均循俗例办理。夜十一时发引,用船五只。(一)像亭船,坐道士;(二)主亭船,坐吹手;(三)丧船;(四)祭品船;(五)账房船。至十二时半到达陈酿堰墓地。

十二月二十二日,星期,晴

午前二时告窆,至三时余,封墓完毕,开船回家。

四时,神主升堂。

五时,请执事人等吃转丧饭,并开发一切。

是日,结束出殡一切事宜。

附录

沈锡庆年谱简编

清光绪十一年乙酉(1885)1岁

旧历六月初三生于绍兴东浦。沈氏五代单丁，一脉相传[1]。高祖沈葭辉，曾祖沈锦堂。祖父沈聚垣（？—1871），祖母徐太夫人（1843—1932）。父沈如松（1865—1928），生母顾太夫人（1864—1906）。祖母徐太夫人是绍兴东浦徐氏，辛亥志士徐锡麟姑母。沈锡庆系徐锡麟表侄。

清光绪十二年丙午(1886)2岁

清光绪十三年丁亥(1887)3岁

清光绪十四年戊子(1888)4岁

二弟沈锡裕生，与胞弟手足情深。

清光绪十五年己丑(1889)5岁

清光绪十六年庚寅(1890)6岁

清光绪十七年辛卯(1891)7岁

清光绪十八年壬辰(1892)8岁

清光绪十九年癸巳(1893)9岁

清光绪二十年甲午(1894)10岁

自言10岁以前，智识幼稚，不复记忆。

---

① 年谱主要根据沈锡庆《日记》（稿本，绍兴市图书馆藏）、民国时期政府公文、报刊资料和方志史料编撰而成。凡引《日记》征引不一一注明。

清光绪二十一年乙未(1895)11岁

自言11岁至27岁求学时期,生活专一,脑筋简单,仅记得大事数端,余亦无可记忆。

清光绪二十二年丙申(1896)12岁

清光绪二十三年丁酉(1897)13岁

清光绪二十四年戊戌(1898)14岁

清光绪二十五年己亥(1899)15岁

清光绪二十六年庚子(1900)16岁

清光绪二十七年辛丑(1901)17岁

自17岁开始记日记。表叔徐锡麟谋办团练于绍兴东浦,并筹办东浦蒙学堂(热诚学堂)。

清光绪二十八年壬寅(1902)18岁

清光绪二十九年癸卯(1903)19岁

徐锡麟任绍兴府学堂副监督,同年赴日本,结交陶成章、龚宝铨等。

清光绪三十年甲辰(1904)20岁

相助徐锡麟办东浦热诚学堂。是年光复会在上海成立,推蔡元培为会长。

清光绪三十一年乙巳(1905)21岁

春天离家赴日本留学。徐锡麟与蔡元培、陶成章、秋瑾等交结会党,创办大通学堂。与二表叔徐伟(仲荪)、三表叔徐锡麒(叔荪)、四表叔徐锡骥(季荪)加入光复会当在是年前后①。

清光绪三十二年丙午(1906)22岁

与徐锡麟、陶成章等在日本。生母顾太夫人病故。

清光绪三十三年丁未(1907)23岁

在日本东京留学。是年春,秋瑾为大通师范学堂督办,秘密联络

---

① 《光复会总章》第二章:会员,要求会员年满20岁以上。

会党，运动军学两界起义。7月，徐锡麟在安庆死难，秋瑾在绍兴轩亭口就义，光复军发动皖浙起义失败。

清光绪三十四年戊申(1908)24岁

在日本东京留学。父亲娶继母韩太夫人。

清宣统元年己酉(1909)25岁

在东京与陈震三、陈百年等私交甚笃。

清宣统二年庚戌(1910)26岁

毕业于日本早稻田大学法科[1]。

清宣统三年辛亥(1911)27岁

暑假毕业回国。11月，光复军攻克杭州后，绍兴宣布成立临时军政分府，沈锡庆任民事部治安科员[2]。

中华民国元年壬子(1912)28岁

1月15日成婚，娶陈德芳女士。期间，在杭州兼任私立浙江法政专门学校民总课讲师。4月21日，就任浙江省法院刑庭推事[3]。民国始创法院，竭力购阅日本法律成书以资模仿。继母生三弟沈锡和。长兄如严父，关心弱弟之培养教育，直至其立业成家。

民国二年癸丑(1913)29岁

春，结束浙江法政专门学校法科教师工作[4]。4月3日，就任浙江高等审判厅推事[5]。

---

① 《呈请荐署江苏高等厅推事及各高等分厅推检文》，1913年4月3日，第49号。《民国时期文献丛编·司法公报》第2册，2011年版，第11页。

② 陈天成《绍兴临时军政分府》，《绍兴文史资料选辑》第11辑，1991年版，第82页。

③ 《全浙法院组织大纲》，《申报》1912年4月21日，第117—198页。

④ 朱有瓛主编《中国近代学制史料》第3辑上，华东师范大学出版社1990年版，第648页。

⑤ 司法部公报处编《司法公报》第2册，1913年4月3日，第48号，第12页。

民国三年甲寅(1914)30 岁

4 月 28 日，司法总长张宗祥呈请任命沈锡庆等为江苏高等审判厅推事，由杭州赴苏州任。长女素娟出生。9 月，东浦热诚学校遭遇火灾，校舍焚毁，沈锡庆与陈赞卿、沈钧业联名请求浙江省政当局补助五千元，重建校舍①。

民国四年乙卯(1915)31 岁

在苏州任上，患胃病及伤寒重症数月，不久即医治痊愈，恢复健康。

民国五年丙辰(1916)32 岁

在苏州任上。2 月，因办事尤为得力，获司法部一等金质奖章②。在北京会见东京时之至交陈百年。

民国六年丁巳(1917)33 岁

3 月，司法总长张耀曾呈请任命沈锡庆为湖南高等审判厅推事③，赴湖南就职。

民国七年戊午(1918)34 岁

5 月 17 日，部令浙江永嘉地方审判厅厅长署任所遗员缺派沈锡庆调署④。8 月 23 日，司法总长朱深呈请任命沈锡庆为永嘉地方审判厅长⑤。在温州得长子，不久即殇。民国七年至民国十六年(1918—1927)，在永嘉、武昌、苏州、上海等地任地方审判厅长期间，皆有政绩，历举改革方案，有所条陈。如刑事废止预审，民事注重私解，及变更民刑诉讼法之重要规定等，多经采用。

---

① 绍兴县政协文史资料委员会《绍兴文史资料》第 1 辑，第 132 页。
② 《政府公报》，1916 年 2 月(一)，第 38 号，第 80 册，第 537 页。
③ 《政府公报》，1917 年 3 月(一)，第 417 号，第 104 册，第 321 页。
④ 《司法公报》，1918 年 5 月 17 日，第 219 号，第 73 页。
⑤ 《司法公报》，1918 年 8 月 23 日，第 927 号，第 79 页。

民国八年己未(1919)35岁

在温州永嘉地方审判厅长任上,5月,部令叙列四等厅给八级俸[①]。8月,妻陈德芳去世。结褵八年,留下长女素娟。是年,经寿安任浙江高审厅厅长,拟收回山阴县旧址,托沈锡庆设法为绍兴地方法院作预备,因军队驻扎,未果。

民国九年庚申(1920)36岁

在温州永嘉地方审判厅长任上。

民国十年辛酉(1921)37岁

在温州永嘉地方审判厅长任上。娶继室陈紫垣。5月28日,司法部授予铜质奖章以资策励[②]。9月3日,调署东省特别区域地方审判厅长[③],未就。11月调署湖北武昌地方审判厅长[④]。

民国十一年壬戌(1922)38岁

7月12日,部令派署江苏吴县地方审判、检察厅厅长[⑤],赴苏州任。

民国十二年癸亥(1923)39岁

2月2日,部令调署上海地方审判厅厅长[⑥],13日接印就职,给三等第五级俸。3月21日《政府公报》登大总统令,授沈锡庆予四等嘉禾章[⑦]。自民国十二年(1923)至民国二十三年(1934)年间,努力恢复司法旧观,欲图改进。然政变以后,司法人才多数改业,司法环境退化恶化,业内人士不胜感慨。

---

① 《司法公报》第22册,1919年第391号,第75页。司法部公报处、司法院秘书处编《民国文献资料丛编·司法公报(共88册)》,国家图书馆出版社2011年版。

② 《司法公报》第30册,1921年5月28日,江苏高检厅第6807号。

③ 《司法公报》第32册,1921年9月3日,部令第885号。

④ 《司法公报》第33册,1921年11月4日,部令第1106号。

⑤ 《司法公报》第36册,1922年7月12日,部令第498号。

⑥ 《司法公报》第36册,1923年2月2日,部令第100号。

⑦ 《司法公报》第36册,1923年3月21日,《政府公报》第176期。

民国十三年甲子(1924)40岁

在上海地方审判厅长任上,为大理院解释民事判决书方式[①]。

民国十四年乙丑(1925)41岁

在上海任上,得第二子。6月14日,司法总长章士钊呈请任命沈锡庆为江苏上海地方审判厅厅长[②]。

民国十五年丙寅(1926)42岁

在上海任上。2月,进给三等第四级俸[③]。得第三子。

民国十六年丁卯(1927)43岁

在上海任上。经过5年之整理,各部事务已有一定成规。发表《论豫审制》[④]《论四级三审制之不适用于吾国》[⑤]。春天遭遇大危难,审判厅先遭执持器械的便衣队任意捣毁,遭前上海地方检察厅司法警察绑架,诬陷为反对革命,以枪毙威胁。3月,交卸任内所有公款,移交前厅长郑毓秀接收,并呈报司法行政部备案。

民国十七年戊辰(1928)44岁

4月,丁父忧。在杭州浙江高等法院任内,为新筑绍兴地方法院,竭力与地绅及省府再三筹商。经半年之久,始得确定作为绍兴地方法院之址。经一年之久,奉司法部核准。

民国十八年己巳(1929)45岁

3日间,二子、三子两孩夭殇。浙江高等法院院长殷汝熊,调任山东高等法院院长,随同殷院长赴山东担任书记官长职务。陡患白喉病,因注射血清过量,致心肾脾三脏受病,自此病魔缠身,衰境渐形。

---

① 《司法公报》第39册,1924年4月2日,第190期,大理院复司法部统字第1867号,第562页。

② 《政府公报》第220册,1925年6月,第3320号,第437页。

③ 《司法公报》第46册,1926年2月8日,江苏高审厅,第927号。

④ 《法学季刊(上海)》1927年第3卷,第3期,第103—105页。

⑤ 《法学季刊(上海)》1927年第3卷,第6期,第67—69页。

民国十九年庚午(1930)46 岁

在山东,5 月,殷汝熊院长卸任,随之离开山东。7 月 7 日,任命司法行政部院部科员,在刑事司第三科办事①。牙本极好,在南京司法行政部供职期间,跌跤致上牙全部动摇向外。

民国二十年辛未(1931)47 岁

在南京司法行政部刑事司第三科办事,复核各地院特种犯罪案、无期徒刑案、死刑案、反革命案和徒刑月报。春天发现臀部肛门左边有硬块,臀疮反复发作,后合并发现糖尿病、肛瘘。5 月 14 日,旁听国民会议,与东京留学时好友、考试院秘书长陈百年晤谈。6 月 5 日,回顾从业廿年来处境列表志之。夏,南京一带大水灾,积水月余。7 月 30 日,部令试署江西高等法院庭长②,因病恳请辞职。落职后,于 8 月底回绍兴。工厂基金委员会推举聘请沈锡庆等 5 人为锡麟小学(热诚学堂)校董,不就。九一八事变后,政府谴责日本违反非战公约,请国联制止日本暴行。弱国无外交,民愤高涨,上海商情混乱。记录非常时期民国军费与教育费支出比例悬殊。12 月,国民政府主席蒋中正通电下野,林森代理主席。司法部改隶行政院,罗文干为司法部长。

民国二十一年壬申(1932)48 岁

日军大举进攻上海,抗战爆发。1 月 21 日,上海各报均载沈锡庆被任上海地方法院院长消息。1 月 23 日,奉司法行政部令派署上海地方法院院长,因病延假。沪上战事吃紧,交通梗阻,绍兴现金短缺,酿成挤兑风潮。协助徐锡麒削平现水,平息金融风波。2 月 19 日,接司法行政部罗文干部长信,云:“沪院不理人口久矣,故特借重长才,以资整顿,涤瑕荡垢,有厚望焉。”3 月 15 日就职。离职 5 年,受命于院务废弛败坏之际。重掌院务,不畏当年去职之危难,依法整

① 《司法公报》(第 80 期),1930 年,第 23 页。

② 《司法公报》(第 135 期),1931 年,第 4—6 页。

饬。5月,奉实业部电,兼任江浙陈丝陈茧委员会委员。6月,祖母弃养,哀伤万分。11月,为祖母行安葬之礼。12月,主持公开招考执达员。

民国二十二年癸酉(1933)49岁

开春,应东吴大学法学院吴经熊院长之聘,兼任《审判实务学》教授[①]。召集全院庭长、推事开第一次法规讨论会,至1935年3月任内,共主持召开20次法规讨论会。2月9日,家眷来沪,入住上海辣斐德路万福坊11号新寓。5月18日,兼上海市地方公务员惩戒委员会委员长[②],奉司法院令呈送上海市地方公务员惩戒委员会事务员办事细则[③]。9月,在院侧门遭暴徒拦车抛粪袭击,对革吏联络讼棍流氓对其进行恐吓侮辱在所不计,着手整理监所积习。

民国二十三年甲戌(1934)50岁

3月,对立法院《刑法修正案》就"行贿罪""赌博罪"等提出修正意见。被托名"上海党法农工商学仕女各团体联合委员会"团体控告,监察院派刘百泉委员审查。上海律师公会复函不知该会会址所在[④],并电请国民政府监察院、司法院、司法行政部,要求彻底查究沈锡庆被控事,查究以杜滥冒[⑤]。7月14日,五十初度,从家庭、自身、职务三方面作回顾。自言律己督察甚严,整饬风纪,不容苟且,因而开罪小人。致书审查官、各报编辑部,意欲澄清事实。10月,中央政治会议召开,修改《国府组织法》,司法行政部改隶司法院,司法行政部长罗文干辞职。居正兼部长就职。11月,首席检察官楼英调最高

---

① 《私立东吴大学学院一览(自民国四年至民国二十四年以到校先后为序)》,1936年,第61页。

② 《司法院公报》(第72期),1933年,第3页。

③ 《司法院公报》(第77期),1933年,第6—8页。

④ 《上海律师公会报告书》,《公文摘要》(第32期),1934年,第237—238页。

⑤ 《上海律师公会报告书》(第32期),1934年,第238页。

法院推事，钟尚斌接事。12 月，居兼部长辞职，王用宾为司法行政部长。岁尾，上海各报盛载沈锡庆辞职消息，造谣风波又起。

民国二十四年乙亥(1935)51 岁

元月，看守所推行指纹存档办法以查累犯。应上海市通志馆函请，梳理上海司法机关成立暨改组之五个时期的沿革材料。2 月，因司法行政部部长更换，控告之事死灰复燃。4 月 10 日，奉司法行政部第 164 号训令，免院长之职。4 月 15 日，司法部指令江苏高等法院首席检察官胡诒縠调查施罗呈控上海地方法院院长沈锡庆收受贿赂一案情形。结论："此案承办检察官杨安，对于法医研究生鉴定说明应行详查事项，未予查问，遽为不起诉处分，实未尽侦查能事，殊属废弛职务，应予记过一次，以示警惕。"[①]落职后，受聘于浙江实业银行，臀疮增剧，西医诊为肛瘘，建议手术治疗。9 月 28 日，二弟沈锡裕病故，沈锡庆在沪前后 5 次肛瘘手术未愈，扶疾归里，料理裕弟、继母后事。日记止于 12 月 22 日为继母封墓，结束一切出殡事宜。

民国二十五年丙子(1936)52 岁

在绍兴东浦，劳苦感于外，哀痛积于中，遂至不起。6 月病卒于家[②]。

---

① 《司法公报》1935 年第 36 期，第 12 页。

② 中华民国二十七年绍兴县志委员会刊《绍兴县志资料》第一辑人物列传，1938 年 10 月刊印。杭州古籍书店复印，第 30 册(重订分册)，第 216—217 页。

《沈锡庆日记》人名索引

（以姓氏笔画为序）

五画

六画

七画

九画

十一画

十二画

十三画

十四画

十五画

十六画

十七画

十八画

《中国近现代稀见史料丛刊》已出书目

第一辑

莫友芝日记
汪荣宝日记
翁曾翰日记
邓华熙日记
贺葆真日记
徐兆玮杂著七种
白雨斋诗话
俞樾函札辑证
清民两代金石书画史
扶桑十旬记(外三种)

第二辑

翁斌孙日记
张佩纶日记
吴兔床日记
赵元成日记(外一种)
1934—1935中缅边界调查日记
十八国游历日记
潘德舆家书与日记(外四种)
翁同爵家书系年考
张祥河奏折
爱日精庐文稿
沈信卿先生文集
联语粹编
近代珍稀集句诗文集

第三辑

孟宪彝日记
潘道根日记
蟫庐日记(外五种)
王癸避难日志　辛卯年日记
嘉业堂藏书日记抄
吴大澂书信四种
赵尊岳集
贺培新集
珠泉草庐师友录　珠泉草庐文录
校辑民权素诗话廿一种

第四辑

江瀚日记
英轺日记两种
胡嗣瑗日记
王振声日记
黄秉义日记
粟奉之日记
王承传日记
唐烜日记
王锺霖日记(外一种)
翁同龢家书诠释
甲午日本汉诗选录
达亭老人遗稿

第五辑

袁昶日记
吉城日记
有泰日记
额勒和布日记
孟心史日记·吴慈培日记
孙毓汶日记信稿奏折（外一种）
高等考试锁闱日录
东游考察学校记
翁同书手札系年考
辜鸿铭信札辑证
郭则沄自订年谱
庚子事变史料四种（外一种）
《申报》所见晚清书院课题课案汇录
近现代“忆语”汇编